Marilla

DE GREEN GABLES

Sarah McCoy

Marilla
de Green Gables

Tradução
Paula Pedro de Scheemaker

Principis

© 2018 Sarah McCoy

© 2021 desta edição:
Ciranda Cultura Editora e Distribuidora Ltda.
Esta é uma publicação Principis, selo exclusivo da Ciranda Cultural

Título original: *Marilla of Green Gables*
Texto: Sarah McCoy
Tradução: Paula Pedro de Scheemaker
Preparação: Fernanda R. Braga Simon
Revisão: Erika Alonso
Design de capa: Ana Dobón
Diagramação: Linea Editora
Imagens: ju_see/shutterstock.com;
Hulinska Yevheniia/shutterstock.com
Produção editorial: Ciranda Cultural

Dados Internacionais de Catalogação na Publicação (CIP) de acordo com ISBD

M478m   McCoy, Sarah

Marilla de Green Gables / Sarah McCoy ; traduzido por Paula Pedro de Scheemaker. - Jandira, SP : Principis, 2021.
352 p. ; 15,5cm x 22,6cm. – (Universo Anne)

Tradução de: Marilla of Green Gables
ISBN: 978-65-5552-365-2

1. Literatura infantojuvenil. 2. Romance. I. Scheemaker, Paula Pedro de. II. Título. 3. Série.

CDD 028.5
2021-1358   CDU 82-93

Elaborado por Odilio Hilario Moreira Junior - CRB-8/9949

Índice para catálogo sistemático:
1. Literatura infantojuvenil 028.5
2. Literatura infantojuvenil 82-93

1ª edição em 2021
www.cirandacultural.com.br
Todos os direitos reservados.
Nenhuma parte desta publicação pode ser reproduzida, arquivada em sistema de busca ou transmitida por qualquer meio, seja ele eletrônico, fotocópia, gravação ou outros, sem prévia autorização do detentor dos direitos, e não pode circular encadernada ou encapada de maneira distinta daquela em que foi publicada, ou sem que as mesmas condições sejam impostas aos compradores subsequentes.

Para minha mãe, Eleane Nora McCoy,
Por estar ao meu lado, na jornada, do
começo ao fim, semente da maçã à fruta.

A primavera espalhara-se pela terra, e a passada sóbria e de meia-idade de Marilla era mais leve e mais rápida por causa desta alegria profunda e primeva. Seus olhos se fixaram afetuosamente em Green Gables, espiando por entre as árvores e refletindo a luz do sol que batia nas suas janelas em várias pequenas coruscações de glória.

L. M. Montgomery, *Anne de Green Gables*,
capítulo "Vaidade e vexação de espírito"

SUMÁRIO

Nota da autora 11
Agradecimentos..15
Prólogo...20

Parte 1 – Marilla de Green Gables...25
   A chegada de um convidado..27
   Tia Izzy, uma surpresa 35
   Uma receita de família..44
   A história de tia Izzy 54
   Apresentando Rachel White 68
   Apresentando John Blythe 80
   Tia Izzy e seus ensinamentos...92
   Marilla entretém uma visita... 103
   Marilla e Rachel vão a Nova Scotia 110
   O orfanato de Hopetown... 118
   O piquenique de maio 132
   O broche de ametista 139
   Tragédia em Gables.. 151
   E seu nome é Green Gables... 161

Parte 2 – Marilla de Avonlea.. 165
   Rebelião... 167
   Estudo a dois.. 175

John convida para um passeio 182
Um exame, uma carta e arrependimentos de primavera 192
Avonlea faz uma declaração 204
Primeira eleição da sociedade feminina assistencial 214
Segredos do refresco de framboesa 221
Um leilão de consequências imprevisíveis 230
De volta a Hopetown 238
Cartas e refúgios seguros 248
Imperdoável elogio 256

Parte 3 – A casa dos sonhos de Marilla 267
Nasce uma criança 269
Saudações, uma proposta e um desejo 278
Uma noite de Natal 289
Um telegrama 299
Tia Izzy e os três reis magos 306
Um Natal em Green Gables 314
Apresentando a senhora John Blythe 324
Escravo fugitivo capturado 331
Um amigo mais próximo que um irmão 341
Revelação da manhã 346

Nota da autora

Escrevi este romance sem grandes ambições. Em vez disso, iniciei com uma revelação enigmática, um tecido de mistério contido em *Anne de Green Gables*, capítulo "O ceifador cujo nome é morte":

– Que rapaz bonito ele é. – comentou Marilla distraidamente. – Vi-o na igreja no domingo passado, e ele parecia muito alto e másculo. Ele se parece muito com o pai quando tinha a mesma idade. **John Blythe era um garoto simpático. Costumávamos ser grandes amigos, eu e ele. As pessoas diziam que ele era meu pretendente.**
Anne levantou a cabeça com um interesse repentino.
– Oh, Marilla… E, o que aconteceu?

A pergunta de Anne ecoou em meu coração por toda a minha vida: "*Oh, Marilla, o que aconteceu?*". Este romance é a resposta para tal questão; foi minha criação de Marilla Cuthbert e a origem de Green Gables antes de Anne Shirley chegar com seu espírito livre e caprichoso.

Este romance é incomum à medida que já sabemos seu fim. Lucy Maud Montgomery forneceu-nos como final um glorioso desfecho da família

Cuthbert. Estamos trabalhando para trás no ciclo da narrativa, conectando o fim da jornada ao começo. Imagine-a tal qual o símbolo do infinito, evoluindo ao redor e através do tempo e espaço, real e ficcional, estação após estação. A arte imitando a vida.

Um fato, contudo, deve ser esclarecido: bebemos da mesma fonte, mas somos distintas na essência: eu, Sarah McCoy, e Lucy Maud Montgomery. Suas admiradas obras estão consolidadas na literatura mundial. Mas este é o meu romance, escrevi-o de um lugar privilegiado, em um ambiente ficcional que me deu mais possibilidades para a imaginação. Vislumbrei uma obra que pudesse refletir meu compromisso de honrar o mundo que me dá vida e acrescentar a ele frutos para que Seu criador seja orgulhoso de mim. Escrevo, também, com a esperança de que os leitores entendam Marilla como a mulher que ela é. Seu presente em *Anne de Green Gables* demonstra uma pessoa firme, doce e ponderada forjada por uma infância feliz, adolescência implacável e juventude penosa.

Para fazer justiça a Marilla, estudei rigorosamente a série de livros *Anne de Green Gables*. Além disso, pesquisei o máximo possível sobre a vida de Lucy Maud Montgomery, incluindo uma viagem à Ilha do Príncipe Edward, Canadá. Segui seus passos na vida real: os caminhos das pastagens que ela percorreu, bálsamos e florestas assombradas por onde sonhou e os jardins de sua infância com seus avós MacNeills. A atual Green Gables Heritage Place era a casa de seus primos, que muito frequentou, além da fazenda favorita de sua tia Annie Campbell, Silver Bush. De Cavendish Beach, vi a Ilha se tornar vermelha como fogo e protegi meus olhos do brilho cintilante que irradiava do Lago das Águas Cintilantes. Fui apresentada a seus parentes, com quem desfrutei de momentos felizes. Hoje, moram na Ilha e administram o Museu Anne of Green Gables. Conheci seu lugar de nascimento e toquei em seu túmulo; fiz promessas sobre ele, além de orações para sua alma. Enfim, minha história do mundo de Green Gables seria a história de Lucy Maud Montgomery com as minhas palavras. Gostaria, sim, de sua bênção. E dos leitores que amam e deram suas bênçãos a Lucy. Somos fiéis a vocês.

Notas técnicas sobre a pesquisa e redação:
Curvei-me ao vernáculo do período, que seria o léxico de Marilla, para a grafia e nomes de muitas pessoas, lugares e coisas. Foram sancionados por um jogo-chave dos Leitores do *Canadian Cultural Accuracy*, a quem serei eternamente grata. Ainda, precisamos nos lembrar de que esta é uma versão fictícia do Canadá, Ilha do Príncipe Edward, e do mundo em geral, o qual agora expus por meio de minha própria lente autoral. Avonlea e as províncias vizinhas nunca existiram, exceto nestas páginas.

Abaixo, a lista de fontes nas quais pesquisei, de tempos em tempos, ao longo do processo de escrita. Serei sempre agradecida aos autores e a todos os parentes de Green Gables.

- A série *Anne*, por Lucy Maud Montgomery
  - *Anne de Green Gables*
  - *Anne de Avonlea*
  - *Anee da Ilha*
  - *Anne de Windy Poplars*
  - *Anne e a casa dos sonhos*
  - *Anne de Ingleside*
  - *Vale do Arco-Íris*
  - *Rilla de Ingleside*
- *The Annotated Anne of Green Gables*, por Lucy Maud Montgomery, editado por Elizabeth Barry, Margaret Anne Doody e Mary E. Doody Jones
- *Anne's World, Maud's World: The Sacred Sites of Lucy Maud Montgomery*, por Nancy Rootland
- *In Armageddon's Shadow: The Civil War and Canada's Maritime Province*, por Greg Marquis

- *Black Islanders,* por Jim Hornby
- *Blacks on the Border: The Black Refugees in British North America, 1815-1860,* por Harvey Amani Whitfield
- *A Desperate Road to Freedom (Dear Canada),* por Kathleen I. Hamilton e Sibyl Frei
- *Finding Anne on Prince Edward Island,* por Kathleen I. Hamilton e Sibyl Frei
- *Lucy Maud Montgomery Online,* editado por Dr. Benjamin Lefebvre
- *North to Bondage: Loyalist Slavery in the Maritimes,* por Harvey Amani Whitfield
- *Provincial Freeman Paper, 1854-1857,* por Mary Ann Shadd Carey
- *Rhymes for the Nursery,* por Jane Taylor e Ann Taylor, primeira publicação em 1806
- *Spirit of Place: Lucy Maud Montgomery and Prince Edward Island,* por Francis W.P. Bolger, Wayne Barrett e Anne MacKay
- "Slave Life and Slave Law in Colonial Prince Edward Island, 1769-1825", por Harvey Amani Whitfield e Barry Cahill, *Acadiensis Vol. 38,* Nº. 2 (Summer/Autumn-Èté/Automne 2009): 29-51, htpps://www.jstor.org/stable/41501737?seq=1#page_scan_tab_contents
- *The African Canadian Legal Odyssey: Historical Essays,* editado por Barrington WEalker
- *The History of New Brunswick and Brunswick and the Other Maritime Provinces,* por John Murdoch Harper
- *The Lucy Maud Montgomery Album,* por Kevin McCabe, editado por Alexandra Heilbron
- *The Selected Journals of L. M. Montgomery,* Vol. 1: 1889-1910, editado por Mary Rubio e Elizabeth Waterston

Agradecimentos

A redação de qualquer livro é uma viagem da mente e do coração. Sou infinitamente grata a todas as pessoas que compartilharam desta viagem ao meu lado, o que muito contribuiu para fazer deste livro tudo o que ele poderia ser:

Rachel Kahan, antes de conhecê-la, nunca imaginei que a relação autor-editor pudesse transformar a vida de uma pessoa. Obrigada por acreditar em mim sem nem ao menos saber quais sementes da história poderiam germinar e dar frutos. Sendo crente na interseção divina, entendo que todas as estradas do passado me guiaram a você, amiga do peito e de sangue. Agradeço também a MJ, A e Taylor, aos incontáveis momentos de alegria do vídeo ao longo do processo criativo deste romance.

Jennifer Hart, Kelly Rudolph, Amelia Wood, Alivia Lopez e o time superlativo da HarperCollins por serem vencedores deste livro comigo. Além de Cynthia Buck, minha revisora olhos de águia.

Mollie Glick, minha agente literária e amiga. Forjadas a fogo, chegamos mais ousadas, mais fortes e unidas do que nunca. Obrigada por lutar por mim e sempre estar ao meu lado. Meu amor aos pequenos Glick, que estão crescendo para se tornarem cavalheiros de bom coração, como nosso John Blythe.

Emily Westcott, por ser a heroína anônima de todos os dias. Joy Fowlkes, por seu entusiasmo contagiante, de muita energia e alegria. Jamie Stockton, por liderar a equipe ao redor do mundo e o restante de minha família CAA, por seu apoio incondicional.

Suman Seewat e Melissa Brooks, as fadas madrinhas desse romance canadense. Obrigada por seu olhar editorial técnico. Sua dedicação e seu reconhecimento significaram tudo.

George Campbell, Pamela Campbell, Sociedade Anne de Prince Edward Island e Museu Anne de Green Gables. Obrigada por me receberem ao mundo de Maud como membro da família. Seu amor generoso excedeu minhas expectativas e esperanças. Sou honrada por este romance receber sua bênção e ter sua amizade em minha vida. Este é apenas o começo, e rezo todos os dias para que possamos trazer mais Green Gables ao mundo.

Aos orientadores de Green Gables Heritage Place, por responderem a todas as minhas questões e me deixarem ficar após o fechamento das portas da fazenda, quando não havia mais ninguém, além de mim, minha mãe e as lembranças de Maud, na varanda. Obrigada a Jacqueline e Emily, de Green Gables da Ilha do Príncipe Edward, por exceder meus anseios e serem as melhores anfitriãs enquanto estava acomodada na Ilha.

Eterna gratidão aos amigos autores, que me escutaram com compaixão, me encorajaram para os desafios e compartilharam a alegria desta vida de escritor. Vocês são a minha tribo:

Sue Monk Kidd, por gentilmente ler o manuscrito ainda não editado. Susanna Kearsley, minha historiadora correspondente de emergência das políticas canadenses; Paula McLain e Irmã Mc-Soul, que transmite amor a cada palavra pronunciada, assim como um simples sopro dispersa as sementes de dente-de-leão, que não à toa também é conhecida como flor da esperança; Pepper Sister Jenna Blum, por ser simplesmente você;

Melanie Be, minha melhor amiga em Chicago; as alegres e simpáticas M. J. Rose e Fuzzle; Liza Wingate, minha eterna libélula, símbolo de metamorfose, transformação, adaptabilidade e autorrealização, e Daren Wang, meu lado masculino de Marilla. Sou igualmente grata aos amigos que me suportaram com risos, chás e apoio infinito: Christina Baker Kline, Jane Green, Caroline Leavitt, Sandra Scofield, Therese Walsh, Karen White e Alli Pataki, para citar apenas alguns.

Não seria ninguém sem a legião de livrarias, clubes de livros e leitores a quem sou profundamente devotada. Transcendendo a redação do romance, devo agradecer a: Carol Schmiedecke, o mais autêntico e virtuoso parente de Lucy Maud Montgomery; a divina Jennifer O'Reagan de "Confissões de um Viciado em Livros"; minha honrada família em "Lendo Com Robin", Robin Kall e Emily Homonoff; os estandartes da livraria Bookmarks NC, Beth Buss, Ginger Hendricks e Jamie Southern; Susan McBeth e Kenna Jones de "Aventuras Pelo Livro"; minha família de rádio WSNC e Jim Steele, por ser o querido irmão mais velho que nunca tive, nossos programas "Bookmarked com Sarah McCoy" são diversão garantida do mês.

Christy Fore, JC Fore, e meus honrados sobrinhos Kelsey Grace e Lainey Faith. Cada um de vocês terá lugar em meu coração para sempre.

Meu FBFF[1] Andrea Hughes e as queridas Abigail e Alice Hughes. Entre goles de chá, em algum dia de julho, fiz uma promessa a vocês e mantive minha palavra: ao lerem o livro, certamente se identificarão com algum personagem ou paisagem ou, quem sabe, alguma estrela do céu de Green Gables, farão parte da minha história perpetuamente. Doutora Eleane Norat McCoy, a quem este livro é dedicado e a quem devo, literalmente, minha vida. A história de *Marilla* simplesmente não existiria se não fosse por minha mãe. Você ainda era uma criança quando foi apresentada a Anne Shirley e como tal me apresentou ao mundo de Green Gables,

---

[1] First Best Friend Forever: primeiro melhor amigo para sempre, expressão de amizade eterna, muito comum entre adolescentes e grandes amigos. (N.T.)

pelo olhar de Maud. Caminhamos juntas no tempo e espaço, em lugares imaginários da série *Anne de Green Gables*, até sua versão real da Ilha do Príncipe Edward. Nossa permanência, lado a lado, em outubro de 2017, foi uma inestimável experiência. Suas reflexões perspicazes, aguçado olhar de primeiro leitor e lealdade ao verdadeiro espírito da criação de Maud foram incalculáveis para o desenvolvimento de *Marilla*. Você me inspira em tudo o que faz.

Meus homens McCoys, Curtis, Jason e doutor Andrew McCoy, muito obrigada pelo amor incondicional às mulheres de nossa família, respeitando-nos com seu inabalável suporte e honrando nossas paixões como se fossem suas. Andrew, você viveu comigo enquanto estava nas trincheiras da escrita (Chicago), portanto devo agradecê-lo especialmente por me fazer rir e me encorajar, mesmo quando o ar-condicionado quebrou, o porão inundou e a vida era tão incerta que eu não pude conter minhas lágrimas. Em um tempo em que precisamos desesperadamente de mais homens de elegância e imaginação, obrigado a vocês por serem meus cavaleiros brancos[2], no caso, meus USMA Black[3].

Aos meus avós, Maria e Wilfredo Norat, seu legado é um bastião de afeto e carinho. *Te amo con todo mi corazón y alma.* Bênçãos e beijos para sempre.

Titi Ivonne Tennent e Tia Gloria O'Brian, por escrever um romance sobre uma das maiores "tias" da literatura, tive de conhecer o amor das mulheres que me criaram como filha. Obrigada a ambas por me mostrarem a natureza miraculosa e ilimitada do coração de mãe. Hoje, sou quem sou por causa de suas mãos abençoadas guiando as minhas. Nunca duvidem disso!

---

[2] *White knight*: expressão para qualificar um homem que vai às últimas instâncias para defender mulheres de ataque psicológico, verbal ou sexual. (N.T.)
[3] *USMA Black: United States Military Academy*, Academia Militar dos Estados Unidos, também conhecida como *West Point*, *The Academy* ou simplesmente *The Point*, é a academia do Serviço Federal de West Point, Nova Iorque, a mais antiga entre todas do serviço estratégico americano. A expressão *Black* refere-se aos times de esportes que representam a academia. (N.T.)

Marilla de Green Gables

Meu marido, Brian Waterman (também conhecido como Doc B), você nem imaginava quem era Marilla Cuthbert ou Anne Shirley quando comecei a escrever este livro. Mesmo assim, acenou com estandartes de apoio e entusiasmo, alardeou palavras de motivação, "cabeça, não o rabo"[4], e manteve absoluta convicção ao longo das horas de trevas quando eu mesma já perdia minha própria fé. Sentou-se ao meu lado ao longo de toda a minissérie da televisão, *Anne of Green Gables*, de 1985 a 1987. É um homem de verdade, devo admitir. Não mudaria nem uma letra sequer da história de vida que criamos juntos. As lutas e as mudanças de sonhos ao longo dos anos só me fez amá-lo muito mais do que pude prever aos dezessete anos de idade.

---

[4] *Head, not the nail*: Deuteronômio 28:13: o Senhor fará a bênção prometida de Moisés aos israelitas obedientes, sabemos ser a cabeça, em vez da cauda, a dádiva. Se os israelitas prestarem atenção aos mandamentos do Senhor e segui-los cuidadosamente, estarão sempre no topo, nunca no fundo. (N.T.)

Prólogo

1876

Marilla não se recordava de um mês de maio tão gelado como aquele. Nada fazia lembrar que já era primavera. O frio cortante era próprio de invernos rigorosos. As macieiras, cerejeiras e ameixeiras pareciam menos exuberantes do que de costume. Suas flores enfeitavam o telhado inclinado e desciam em cascata pelos beirais de Green Gables, sem que ninguém percebesse. Marilla e Matthew trabalhavam lado a lado, como cavalos usando antolhos; nada os distraía, seguiam determinados, sempre adiante. A invariável e constante energia dispendida ao longo dos anos os levaria a um futuro promissor. As tarefas na fazenda tinham de ser feitas, botões soltos precisavam ser costurados, a massa do pão deveria ser sovada. O dia era sempre cheio de atividades. Amanhã viria o imprevisível, como era previsível. Não adiantava se preocupar, até que o problema surgisse diante deles.

E naquele dia o problema veio na presença de uma raposa vermelha.

– Provavelmente estava fugindo da chuva à procura de um abrigo – Matt conjecturou.

Marilla bufou, enquanto limpava com unguento de hamamélis o corte profundo aberto na testa de Matthew, que estremeceu. Seu irmão estava sendo indulgente. A raposa não buscava um lugar para tirar uma soneca, mas, sim, procurava suas galinhas e fincaria dentes e garras em todas elas se Matthew não a tivesse descoberto a tempo. Porém, lamentou pela ferida causada.

– Apareceu uma doninha na cooperativa, no mês passado – o doutor Spencer falou, demonstrando empatia. – Matou todas as nossas aves, restando apenas uma de nossas galinhas poedeiras.

– E assustou os ordenhadores – Matthew completou.

Matthew estava, agora, deitado em sua cama, repousando. Horas antes, Marilla o encontrara gelado e desacordado no chão do celeiro; as vacas leiteiras rodeavam seu corpo, ariscas.

– Fiquei muito assustada. – Marilla teve de deixar Matthew caído no estábulo, enquanto disparou em direção à fazenda Lynde, à procura de Thomas, que cavalgou o mais rápido que pôde para buscar o doutor Spencer na cidade. Foi um verdadeiro turbilhão. Levou quase uma hora até que pudesse chegar lá. Em sua juventude, suas pernas foram mais ligeiras; agora, a idade mostrava-lhe a dura realidade. Quando voltou, Matthew estava cambaleando pelo celeiro, com a cabeça sangrando, mas a salvo. E se tivesse sido diferente? A vida lhe dera mais uma lição que fora obrigada a aprender na prática: tempo era uma questão crucial em se tratando de vida ou morte.

– Bati a cabeça contra a viga. Poderia acontecer com qualquer um – falou, para justificar o machucado, deitando-se para receber os cuidados necessários.

– Sim, mas aconteceu com você – ela falou, enquanto colocava o pano na bacia.

O sangue secou na testa, deixando uma faixa vermelha.

– Por sorte, não há fraturas, apenas uma leve contusão – asseverou o doutor Spencer, que se curvou bem próximo a Matthew a fim de examiná-lo. – A pupila não está dilatada, mas parece muito exausto. Precisa de descanso.

Marilla se levantou para jogar fora a água tingida de sangue. As vozes masculinas ecoaram do quarto à cozinha.

– Você já não é mais aquele jovem do passado, Matt. Aos sessenta anos, dificilmente conseguirá administrar sozinho uma fazenda. Além de médico, falo também como amigo, que convive com você há muito tempo. Creia, os anos serão mais difíceis daqui para a frente. Já pensou em contratar alguém para ajudá-lo, que possa morar aqui?

Houve uma longa pausa. Marilla parou o que estava fazendo a fim de ouvir melhor o que os dois homens conversavam.

– Eu não posso ter um homem morando aqui – Matthew respondeu, por fim. – Tenho uma irmã solteira em casa. Eu não faria isso.

– Claro, você tem razão, pensei em um menino; há muitos órfãos em Nova Scotia à procura de um lar onde possam trabalhar e garantir o próprio sustento. Na próxima semana, minha nora irá até lá buscar um deles. Não lhe custaria nada trazer dois.

– Primeiro, preciso conversar com Marilla sobre o assunto.

Aquelas palavras soavam como música aos seus ouvidos. Ver crianças correndo pelos campos da fazenda era um antigo desejo de Marilla, mas que estava enterrado em seu coração havia muito tempo. Era um sonho. Meninos alegres, rindo em torno do tabuleiro de xadrez. Uma árvore de Natal carregada de frutas silvestres. Meias penduradas na cornija da lareira. O sorriso do amor verdadeiro. Queria enfeites, luzes brilhantes e Izzy – querida tia Izzy.

Seus olhos ficaram marejados com a lembrança. Com o dorso das mãos, enxugou as lágrimas e continuou a lavar a bacia.

O doutor Spencer surgiu diante dela, vindo do quarto de Matthew.

– Ele ficará bem, Marilla.

– Dou graças ao Senhor por não ter sido pior, como já disse.

O médico anuiu.

– Mantenha-o descansando. Após uma noite de sono, será o velho Matthew de sempre.

Serviu uma fatia do bolo assado naquela manhã, acompanhado de um cálice de vinho de groselha. Era uma de suas últimas garrafas da bebida. Quando o novo pastor da igreja chegou, desaprovando bebidas alcoólicas fermentadas, todos os frequentadores da missa dominical concordaram, parecendo animais domesticados, como verdadeiras ovelhas. Questionou-se se eles seriam tão críticos a Cristo, que transformou água em vinho. Marilla nunca mais produziu seus vinhos, no entanto o doutor Spencer já convivia com eles havia anos para render-se aos movimentos antialcoolismo. Era um médico na meia-idade, que atendera sua família desde sempre, ficou ao lado de sua mãe em seus piores dias e cuidava de todos ao menor sinal de resfriado nos últimos quarenta anos. O vinho dos Cuthberts era o seu favorito. E servi-lo seria o mínimo que poderia fazer, como pagamento adicional pela consulta domiciliar e pela imediata presteza.

Marilla mal conseguia esperar para desejar boa-noite ao médico e retomar o assunto com Matthew.

– Casualmente, ouvi a conversa entre vocês.

Por um momento, ele pareceu confuso, até que se deu conta do que ela estava falando.

– E então, qual sua opinião sobre o assunto? – ele perguntou.

– O doutor Spencer é um homem sensato, além de ser nosso amigo. – Cruzou os braços à frente do peito, demonstrando segurança em suas palavras. – Um menino seria de grande ajuda. Dessa forma, não ficaria mais preocupada com você, trabalhando sozinho. Deveríamos ter alguém para ajudar nas tarefas da fazenda, ser mensageiro, dar fim às raposas, o que fosse necessário.

Matthew suspirou e deu um leve sorriso.

– Esperava que dissesse isso. Faz muito tempo desde que...

Ela concordou rapidamente, com um movimento de cabeça, sem lhe dar chance de concluir o pensamento.

– Assarei os biscoitos de festa. E roscas doces com geleia de ameixa.

Seriam as boas-vindas da família Cuthbert.

Os desejos, por fim, estavam se tornando realidade.

PARTE 1

Marilla de Green Gables

A chegada de um convidado

Fevereiro de 1837

O sol e a lua brilhavam igualmente durante as tempestades de neve. Suas sombras fundiam-se em uma só, bordas suavemente sobrepostas, como o dente-de-leão, que representa a alternância entre o dia e a noite, a lua e o sol. Sua cor dourada e amarela transformava-se em uma esfera branca semelhante à lua cheia, ao anoitecer. Marilla apercebeu-se do fato ao ver a silhueta do trenó de seu pai, descendo a estrada coberta pela neve.

A meteorologia previa um inverno agradável. Mas já era fim de fevereiro, e os bancos de neve não paravam de aumentar, o que fazia Marilla, aos treze anos, temer que a primavera nunca mais chegaria. Estava sendo muito difícil de imaginar o pomar de maçãs sobrevivendo, verdejante, sob aquele cobertor gélido, branco e sombreado.

Marilla observava pela nova janela da sala. A imensa sala da casa havia sido anteriormente o quarto onde toda a família dormia: Marilla, seus pais Clara e Hugh, seu irmão mais velho, Matthew, além de Skunk, o pequeno gato arisco, de pelos brancos e uma listra preta. Clara encontrou-o dentro de um saco de estopa, à margem do riacho que serpenteava pela floresta atrás do celeiro. Provavelmente, alguém queria dar fim ao pobre animal. Marilla e a mãe cuidaram dele, oferecendo leite quentinho e sardinhas frescas, pelo menos até que seu pelo estivesse brilhante e sedoso. O gato ainda não confiava nos humanos, o que Marilla e Clara compreendiam e não o condenavam por seu comportamento.

Antes que os primeiros flocos de neve caíssem, seu pai concluíra a reforma dos quartos no andar superior da fazenda e, no segundo andar, o quarto do funcionário que iriam contratar, embora ainda não pudessem contratar ninguém. Da infância até os vinte e um anos, Matthew trabalhou para o pai dia após dia, eram as cenas recorrentes na memória de Marilla. A propriedade se resumia a uma pequena casa de quatro cômodos, um celeiro e campos a perder de vista; moradores de Avonlea sempre se referiam ao lugar como "os campos sem fim dos Cuthberts". Porém, tudo seria diferente quando a primavera chegasse, e todos veriam admirados a Fazenda Gables, se é que conseguiriam vê-la. Hugh construíra as fundações da nova sede a cerca de quatrocentos metros de distância da entrada da fazenda, na principal rua de Avonlea, para desgosto de Clara.

– Assim, teremos tempo suficiente para trancar a porta quando alguém da família Pye vier nos chamar – o marido brincou.

O comentário seria suficiente para que Matthew risse, mas ele tinha vergonha, por causa de seu dente torto, o incisivo.

Os membros da família Pye orgulhavam-se por serem muito rabugentos, foi o que Marilla ouviu casualmente as senhoras da igreja comentar entre elas. Pessoalmente, nunca vira ninguém além da velha viúva Pye com sua esvoaçante capa preta batendo nas costas, como asas de um corvo.

– Mas e se eu precisar de linhas de costura ou de um pote de compotas? – Clara parecia preocupada. – Terei de caminhar muito para me encontrar com alguma de minhas amigas.

– É verdade, e sugiro que não corra até lá – o marido riu.

Hugh era um homem tímido, suas crenças religiosas norteavam sua vida. Seu lar era seu santuário particular. Mantinha a Bíblia sobre a mesa da grande sala e, em voz alta, lia todas as noites um versículo para a família, antes de Clara trazer seu chá e sua dose de uísque. Mas ia à igreja a contragosto, não por causa dos sermões, dos quais gostava muito, mas, sim, pelos paroquianos que se aglomeravam entre ele e seu carro logo após as missas. Então, assim que a comunhão começava, Hugh e Matthew fugiam, cúmplices, até alcançarem o carro e partirem velozes. Clara, por sua vez, ficava com a filha até o fim da missa, e voltavam andando para a fazenda.

Marilla amava estar ao lado da mãe, em silêncio, enquanto ouvia as senhoras fofocar sobre esse ou aquele assunto. Era tão interessante quanto as histórias do *Livro da senhora Godey*, que o senhor Blair, dono do armazém, lhe dera e que escondia sob seu colchão. Seus pais não suportavam desperdício de tempo. E, para eles, ler significava exatamente aquilo. "Se Marilla tivesse um tempo livre", Clara dissera uma vez, "deveria tricotar luvas, sempre muito úteis. Ou, quem sabe, xales para as noites frias de orações, que a escola doa anualmente aos órfãos de Nova Scotia. E então seus corações se sentirão confortados, sendo unidos no amor".

Ao ouvir a citação da epístola dos Colossenses, do Novo Testamento, Marilla não tinha como contra-argumentar as palavras de sua mãe.

No entanto, havia dias em que Marilla não queria tricotar ao lado da mãe, ou mesmo seguir o irmão e atravessar os jardins até os campos de pastagem. Sua vontade era desfrutar de um dia em verdadeiro ócio, mesmo sabendo que estaria cometendo um pecado. Sempre que pudesse roubar um tempo para si, seguiria pela floresta de bálsamos, levando consigo seu livro, até o riacho que conduzia a um pequeno lago dividido ao meio por um exuberante carvalho. Sentada no chão, em sua idílica Ilha, a água borbulhante ao seu redor, ficaria lendo até que os raios de sol se inclinassem ligeiramente por entre as árvores. E, então, voltaria para casa, colhendo pelo caminho manjerona suficiente para aromatizar a sopa da noite.

"Sempre é muito difícil colher as ervas." E não era uma inverdade, uma vez que os coelhos comiam a maior parte delas por onde passavam.

E agora, ao pensar no sabor refrescante das ervas, sentia a boca salivar. Por semanas, comeram apenas nabo e outros legumes.

As nuvens baixaram rapidamente, fazendo o meio-dia parecer meia-noite. O cavalo de Hugh puxava o trenó e marchava lentamente contra o vento.

– Mamãe – chamou Marilla –, papai está chegando com tia Elizabeth.

Clara estava na cozinha, assando uma fornada de pães para dar as boas-vindas à convidada. Ao ouvir as palavras da filha, limpou a farinha de seu queixo e tentou alcançar os cordões do avental para desamarrá-los. Mas o simples ato parecia muito difícil por causa de barriga.

– Como foi que consegui vestir isso? – reclamou em tom baixo, movendo-se de um lado para outro, inutilmente. – Marilla – finalmente capitulou –, venha e ajude sua mãe com esse avental!

Clara recostou-se contra o batente da janela aberta. O vento que soprava era um alívio para o calor que sentia. O esforço fez com que pequenas gotas de suor escorressem pela testa. O doutor Spencer alertou-a para ser cautelosa. Antes do nascimento de Marilla, Clara tivera dois abortos. E mais um, antes da atual gravidez. Os bebês pouco se desenvolveram, nada havia a enterrar, apenas flores da estação primaveril. O reverendo Patterson dizia sempre que Deus via o coração em cada corpo, mesmo em fetos. Assim, foram plantadas cruzes de madeira atrás do celeiro, na colina, da qual se tinha a mais bela vista do mar. O doutor Spencer praticava a medicina moderna. Alertou-a para ouvir a linguagem de seu corpo; talvez dois filhos fossem o que ele poderia gerar. Certamente, Clara havia sido duplamente abençoada. Ele conhecia muitas mulheres que sofriam porque não podiam ter um filho sequer.

Apesar disso, Clara se lembrava muito bem de quando Hugh e ela ainda namoravam. Na época, o desejo do namorado era de ter muitos filhos homens, tal como Abraham, na Bíblia, para ajudá-lo na fazenda. Ambos, muito jovens e ingênuos, não sabiam que os sonhos levariam uma vida inteira para se realizar. Sentiu-se desapontada consigo mesma por não cumprir a sua parte. Hugh nunca tocara no assunto, porém todos sabiam que era um homem de poucas palavras.

Marilla pôs-se de imediato atrás da mãe, desamarrando os cordões do avental e, em seguida, dobrando-o e guardando-o na gaveta do armário.

Aos poucos, o aroma de manteiga derretida tomou conta do ambiente. Um minuto a mais e tudo queimaria. Antes que Clara falasse qualquer coisa, Marilla já estava próxima do fogão, erguendo a assadeira, ágil. Clara tocou a barriga. "Como as crianças crescem rápido", refletiu.

– Devo rechear esses pães com geleia de ameixa ou de maçã? – Marilla indagou.

Seria apresentada à sua tia Elizabeth, Izzy, como sua mãe a chamava; ou, pelo menos, Marilla não se lembrava de tê-la conhecido antes.

Izzi se mudara para Upper Canadá quando Marilla tinha apenas quatro anos, e desde então nunca mais colocara os pés na Ilha do Príncipe Edward.

Chegou a perguntar para a mãe a respeito, mas Clara simplesmente encolheu os ombros. "Provavelmente, é muito ocupada com seu serviço".

Agora, Izzy viera para ajudar a irmã até o nascimento do bebê, assim como fez quando Clara estava grávida de Mathew e Marilla.

– Apenas manteiga – respondeu a mãe –, sua tia prefere doces mais simples.

Marilla franziu a testa. "O que seria um pão sem recheio de frutas? Um pão vazio!" Ela dispôs a manteiga ao lado da geleia de ameixa, sobre um guardanapo perfeitamente engomado e dobrado.

Além de contente por conhecê-la, Marilla estava ansiosa. Parente de sangue ou não, Izzy era uma visita, desconhecida.

– Será que a família não se importa por ela se ausentar por tanto tempo? – perguntou à mãe.

Seus pais e Matthew conviveram em harmonia com Izzy ao longo de todos os anos antes de sua partida para Upper Canadá. Portanto, tê-la de volta à Ilha era uma alegria e não causava estranheza, exceto para Marilla.

— Tia Izzy não tem marido ou filhos, lembra-se, meu bem?

Sim, esquecera-se do fato. Clara já comentara tempos atrás. Mesmo assim, Marilla não conseguia imaginar uma mulher adulta solteira. Inclusive, não conhecia mulher alguma acima dos trinta anos sem marido ou filhos, em toda Avonlea. Mesmo as viúvas tinham filhos, e as mulheres sem filhos eram casadas. Não ter filhos nem marido a fez pensar se Izzy seria o tipo de pessoa intratável.

— Izzy é uma costureira muito habilidosa e famosa em Saint Catharines. — Clara levou às mãos o pano de algodão pendurado em seu ombro. — Talvez ela possa nos ajudar a fazer vestidos novos para a primavera.

Clara não era uma costureira muito habilidosa. E Marilla não ousava dar palpites sobre o assunto. Sempre que precisava, pegava os vestidos feitos pela mãe e acertava a bainha das saias, cosia a casa dos botões e improvisava fitas para ajustar a cintura. Reparos fáceis. Não valia a pena correr o risco de ferir os sentimentos de sua mãe com bobagens.

Um pensamento interessante passou pela mente de Marilla: imaginou-a sendo uma borboleta, voando pelos campos, leve e elegantemente colorida. Porém, ao menor e súbito movimento, poderia cair no chão e nunca mais voar, morrendo sem que ninguém percebesse. Em pensamento, brincou de ser uma pequena lagarta, esguia e delicada, em lento, mas constante, movimento. Seu pai e Matthew seriam imensas macieiras, fontes ricas de alimento, suportando calados o peso de cada estação. Sim, eram devaneios aos quais Marilla se entregava mais e mais.

Seu professor, senhor Murdock, sempre dizia que uma mente vazia era a oficina do demônio. Ficou muito impressionada com tais palavras. Mas certa vez seu pai dissera à esposa, em voz baixa, que o professor se formara em uma universidade de York mais conhecida por sua soberba do que por sua qualificação acadêmica. O professor considerava que todos em Avonlea eram inferiores a ele. Seu pai era um homem de raros comentários, sendo sempre referências para Marilla. Depois daquela declaração, nunca mais levou a sério palavra alguma do senhor Murdock.

E, então, a porta da cozinha que levava à varanda dos fundos se abriu. Uma rajada de neve misturou-se ao ar quente da casa e logo se transformou em água derretida, molhando todo o chão.

– Papai e Jericho estão vindo pela estrada. – Matthew carregava sob o braço um enorme feixe de madeira seca. Bateu as botas no chão, tentando tirar o gelo grudado nelas. – Achei que seria melhor acender a lareira antes de levar Jericho ao estábulo. O frio está cortante lá fora.

– Obrigada, filho. – Clara alongou as costas e pressionou a mão ao lado da barriga.

– Está doendo? – perguntou Marilla. Apesar da serenidade no semblante da mãe, Marilla fora capaz de perceber seu olhar cansado.

– Apenas uma leve fisgada. Está frio; creio que o bebê não goste de vento gelado.

Depois de fechar a porta, Marilla a trancou e atiçou com um ferro as brasas do fogão. Faria um pouco de chá preto para acompanhar os pãezinhos. Passava pouco do meio-dia, mas, em dias como aquele, a hora do chá poderia ser em qualquer momento. O dia estava frio, e o céu, muito nublado.

– Acomode-se ao lado da lareira do salão, mamãe, eu farei o chá. – Marilla colocou a água para ferver. – Será que tia Izzy aprovará meu chá? – conjecturou, encaminhando-se em direção ao fogão.

O senhor Murdock veio novamente à sua mente. "Quem mora na fronteira entre os Estados Unidos e Upper Canadá foi obrigado a desistir da bebida após a Festa do Chá de Boston; foram 342 baús lotados de chá jogados ao mar do píer do porto". Trezentos e quarenta e dois, Marilla era boa de memória, principalmente de números. Chá tinha três letras; assim, inventou o mnemônico chá para dois, três letras, quatro letras e numeral dois. Foi perfeito para se lembrar do número quando o senhor Murdock perguntou à classe, na aula de História Americana. Marilla foi para a escola aos sete anos, e agora estava tendo aulas em casa. Depois que o bebê nascesse, desejava retornar à escola e concluir seus estudos. Faltavam apenas dois anos para o exame final.

– Mas é claro que ela aprovará seu chá – Clara riu –, não há por que se preocupar tanto em agradar as pessoas com perfeição. Tia Izzy a ama e amará muito mais ao ver a menina educada e gentil que se tornou. – Beijou a testa da filha, e um leve aroma de leite ficou após aquele gesto.

Marilla não pretendia agradar com perfeição; desejava apenas deixar uma boa impressão.

Encheu a chaleira com água da cisterna e a dispôs sobre a boca do fogão, fazendo um leve tinido. Clara olhou por cima de seu ombro em direção ao som, permanecendo no salão.

Sozinha, envolvida por seus pensamentos, Marilla estava nervosa porque sua família conhecia os visitantes muito mais do que ela. E, agora, tia Izzy estava a caminho de sua casa e partilharia de sua vida por meses. Nunca um convidado ficara por tanto tempo. Na verdade, nunca haviam recebido um convidado sequer. Somente outros fazendeiros haviam passado a noite por lá, e mesmo assim dormiam no mezanino do celeiro, apesar de os quartos já estarem prontos. Tia Izzy seria a primeira pessoa sem o sobrenome Cuthbert a dormir sob o mesmo teto que sua família, e, aparentemente, Marilla era a única que não parecia tão eufórica quanto os demais.

Tia Izzy, uma surpresa

Marilla ouviu o tilintar dos sinos de arreio de Jericho minutos antes de a porta ser aberta, o que lhe deu tempo suficiente para derramar a água quente sobre as folhas de chá e colocar a jarra sobre a bandeja para a infusão. Da cozinha, conseguiu ouvir a tia antes mesmo de vê-la.

– Clara, minha irmã! Oh, olhe só para você, rechonchuda como uma abóbora! – O tom de voz era alto e grave, diferente de tudo o que já ouvira, mesmo entre os habitantes de Avonlea.

Os lábios de Clara se abriram em um leve sorriso.

– Pareço-me mais com uma porquinha chafurdando na lama – murmurou.

Marilla franziu a testa. A última coisa que sua mãe parecia era com uma porca na lama. Os braços e as pernas de Clara eram finos como delicadas hastes de jasmim, que a uma lufada de vento mais forte poderiam se quebrar em várias partes.

– Estou tão feliz por você ter vindo, Iz. – Clara tinha nos olhos o brilho da felicidade.

– Céus, pareceu uma eternidade chegar até aqui. A carruagem tornou essa viagem a pior de toda a minha vida! Sentei-me esmagada entre um homem que tomava óleo de fígado de bacalhau a cada três horas e uma mulher com dois bebês ainda em fraldas. Consegue imaginar o que fui obrigada a inalar ao longo de toda a viagem? Ao embarcar na balsa, o cheiro do mar parecia o de um perfume francês. Além de tudo, se pelo menos a tempestade de neve tivesse esperado apenas mais um dia para cair, não teria atrapalhado o caminho de Hugh para me buscar. Senti-me péssima por causa disso.

– Não se incomode – amenizou Hugh. – Creia, buscá-la foi um prazer. Há muito tempo não nos vemos, Izzy. Clara sente muito a sua falta.

Marilla permanecia de pé na cozinha, incapaz de caminhar até a sala com receio de interromper o encontro. Pela primeira vez na vida, sentia-se como uma intrusa em sua própria casa.

– Sim, muito tempo – Izzy suspirou.

Para Marilla, o tom de voz de sua tia soava um pouco teatral.

– Mas agora já cheguei! Então, onde estão meus sobrinhos queridos?

A simples menção de seu nome fez Marilla sentir o rubor nas faces. Alisou as pregas de seu vestido e certificou-se de que os cachos de seu cabelo não caíam sobre a testa.

Antes que pudesse dar um passo adiante, Izzy soltou um grito de alegria.

– Meu pequeno Matthew! Aliás, não tão pequeno. Já é um homem. Belo e elegante.

Que absurdo! Marilla nunca deixara a Ilha do Príncipe Edward, mas sabia que havia vários rapazes ali e que poderia ver claramente que seu irmão nada tinha de belo ou elegante. Era uma pessoa discreta e circunspecta, que ia à igreja todos os domingos, exatamente igual aos demais homens da Ilha.

– Marilla? – a voz serena de Clara ao chamá-la deixou-a um pouco mais calma. – Marilla, querida, venha até aqui para sua tia Izzy dar uma olhada em você.

Dar uma olhada? Quem eles achavam que ela era, um macaco de circo? Não que ela soubesse como é um macaco de circo, afinal nunca, em sua vida, vira um animal desses. Apenas em jornais que o senhor Murdock trazia para mostrar as notícias do *London Standart*, como a Feira de Bartolomeu. Havia imagens de macacos que dançavam, animais selvagens, homens que faziam malabarismos e mulheres que se vestiam de sereias dentro do aquário. Todas as cenas eram ao mesmo tempo maravilhosas e assustadoras.

Marilla ouviu dizer que tais coisas podiam ser vistas em qualquer rua de Saint Catharines, ou seja, talvez Izzy estivesse habituada a espetáculos como os da feira.

Marilla decidira naquele exato momento que provaria à sua tia Izzy que as moças da Ilha do Príncipe Edward eram tão educadas quanto as princesas da Inglaterra. Colocou os ombros para trás, olhou para a frente, as mãos na cintura e caminhou a passos confiantes e ousados como pretendia.

A sala, que antes acomodava confortavelmente quatro pessoas, de repente tornou-se lotada como nunca. O crepitar da lenha na lareira soava alto, e uma fumaça anormal tomou conta do ambiente, tornando-o nebuloso.

— Esta é nossa Marilla — Clara disse, orgulhosa, afastando-se para o lado a fim de apresentá-la a Izzy, que ainda vestia sua bela capa azul-claro. Ao ver a sobrinha, tirou o chapéu sorrindo.

Marilla sentiu o coração palpitar. Teve de engolir o grito que já estava em sua garganta e moveu-se para trás, tropeçando na caixa de lãs onde Skunk dormia. O gato rosnou alto, desviando-se das botas dela, e disparou pelo corredor até um esconderijo mais seguro. Se pudesse, a menina tomaria o mesmo rumo.

Clara franziu a testa.

— Marilla, minha filha, o que há com você?

As duas irmãs se deram as mãos, posicionando-se lado a lado e olhando fixamente para ela.

Embora os cabelos de Izzy fossem castanho-claros e caíssem sobre os ombros como uma cascata de cachos, seu rosto era muito parecido com o de Clara. Era possível dizer que eram idênticos, não fosse a maquilagem de Izzy, que a mãe nunca usara.

A jovem apontou o dedo em direção às irmãs.

– Vocês duas são muito parecidas! – Marilla estava confusa.

Ambas se entreolharam, fazendo a mesma careta. Marilla teve vontade de chorar, de pânico.

Matthew pigarreou, chamando a atenção para si.

– Bem, creio que Marilla nunca tenha visto gêmeos antes.

De fato, nunca vira gêmeos, apenas ouvira falar. A senhora Berry tinha uma prima em Kingsport cujos filhos eram gêmeos. O que todos pensavam dela? Não era uma caipira do interior. Mas, se ao menos alguém tivesse lhe contado que sua mãe e a tia eram gêmeas, certamente não estaria tão perplexa naquele momento.

Izzy e Clara caíram na gargalhada ao mesmo tempo, os olhos brilhando de alegria.

Marilla estava indignada por não ter percebido antes que eram idênticas, exceto pelo fato de a mãe ter a pele lisa, enquanto Izzy tinha covinhas que saltavam aos olhos quando sorria. Ao menos, sentiu-se aliviada por perceber uma diferença entre elas.

– Eu tinha certeza de que todos sabiam, por isso nunca falei nada! – exclamou Clara.

– Desculpe-me, minha sobrinha – sorriu Izzy –, não foi nossa intenção assustá-la!

Marilla tentou recompor-se o mais rápido que pôde. Sentiu o rosto queimar de constrangimento.

Hugh lançou um olhar em direção a Matthew.

– Vamos levar Jericho para o celeiro. Tudo indica que nevará mais. Vocês, senhoras, por favor, acomodem-se.

– Ao voltarem, terão chá e petiscos à sua espera – disse Clara.

Hugh piscou para a esposa, fazendo a filha ruborizar. Esse era o jeito de ele mostrar seu amor.

Em seguida, ambos saíram.

– Venha, tire sua capa, afinal ficará um bom tempo por aqui. – Clara ajudou a irmã e pendurou a peça perto da lareira para secar.

Izzy trajava um vestido de saia em seda estampada com flores lilases e corpete feito de gaze creme que ia do cotovelo até o pulso, e uma faixa do mesmo tecido cobria os ombros. Diferentemente do vestido de Marilla, o de Izzy fora confeccionado sob medida para a fina cintura da tia e plissado nas costas, criando um leve movimento. E nada tinha de ousado ou frívolo, muito pelo contrário! Cada costura parecia milimetricamente calculada para criar efeitos visuais de impacto. A execução geométrica assemelhava-se ao campanário de uma igreja. Nenhum desperdício de tecido ou *glamour* em excesso. Cada detalhe tinha um propósito para ser admirado no conjunto como um todo. Mal comparando, o vestido de sua mãe tinha detalhes e tecido em excesso. Mas, claro, não poderia ser injusta, afinal ela estava esperando um bebê, e suas roupas deveriam servir até o fim da gravidez.

– A viagem deve tê-la deixado com fome – Clara presumiu.

– Estou faminta!

– Ótimo, pois Marilla fez pães de nata para você.

Não era uma verdade absoluta. Marilla apenas colocou no forno a massa que a mãe preparou. E tirou os pães do forno assim que ficaram prontos. E foi só.

– *Choux à la crème*! – Izzy bateu palmas como uma criança.

– Feitos com manteiga especial, produzida com a melhor matéria--prima de toda Avonlea, o leite de nossa querida vaca Darling. – Clara dirigiu-se à cozinha.

Marilla já ia falar que colocou a panela de barro e o bule de chá sobre a bandeja, de modo que sua mãe não precisaria fazer mais nada. Porém, as palavras ficaram engasgadas na garganta, diante daquela desconhecida.

Izzy esticou os braços o máximo que pôde até alcançar um pouco do calor que vinha da lareira. Bocejou discretamente.

– Darling seria a vaca da qual me falou há três anos? A mesma que comprou da família Blythe? Se for isso, você tem razão, os produtos deles são os melhores da Ilha. Lembro-me de nosso tempo de criança, quando mamãe já comprava queijos deles. Como diz o ditado, a maçã nunca cai longe da macieira. Os filhos dos Blythes devem estar seguindo a tradição dos pais.

Marilla não tinha ideia do que sua tia estava falando: o que ela queria dizer com maçãs? Que tolice! Estavam falando sobre vacas, animais, e não sobre maçãs e plantações. Talvez, por morar há tanto tempo na cidade, já não se lembrava mais de como era a vida no campo. Pensando bem, o fato de ela saber quem eram Darling e os Blythes fez a jovem refletir o que Izzy sabia de suas vidas, o que sua mãe haveria contado a ela. E Marilla, por sua vez, nem tinha conhecimento de que a mãe e a tia eram gêmeas!

De repente, Izzy virou-se em sua direção.

– Marilla – o som de sua voz vibrou como as asas de um pássaro –, você se tornou uma bela menina. Alta e elegante, exatamente como falei para sua mãe, não é, Clara? – Izzy exagerou no tom de sua voz como nenhum Cuthbert já houvera falado, dentro ou fora de casa. – Eu disse: "Minha irmã, não se preocupe. A pele dela pode ser mais escura agora e sem graça, mas todos os bebês são assim". Deveria ter visto Matthew! "Espere", eu disse, "posso ver no brilho dos olhos dessa menina que será encantadora". E então, quando sua mãe me pediu sugestões para um nome, falei sem hesitar: "Marilla, cuja origem vem de amarílis, você sabe, uma flor sedutora e ousadamente discreta".

Calou fundo em seu coração ser chamada de sem graça, mas o que a deixou mais chocada foi saber que sua tia escolhera seu nome. "Sedutora"?, com certeza, não. Todos sabiam que seu nome, Marilla, derivava do nome Maria, a Mãe de Todos. "Ousadamente discreta?", a família Cuthbert tinha orgulho de ser membro fiel da bem-aventurada Igreja Presbiteriana.

Izzy acomodou-se no sofá e deu um tapinha no assento ao seu lado, convidando a sobrinha a se sentar. Marilla obedeceu, ainda irritada com os comentários de sedutora e ousada em relação ao seu nome. Ficou tão próxima à tia que conseguia sentir o perfume da maquilagem que ela usava, *lilac* e um toque de cobre, o tom do inverno.

– Desculpe-me por tê-la assustado.

– Ninguém me contou que você e minha mãe são gêmeas. – Marilla tinha a voz segura e firme diante da tia pela primeira vez, certificando-se também de que não vacilaria em momento algum.

– Sua mãe é a pessoa mais doce e graciosa que existe na face da Terra, como sempre foi – piscou de soslaio em direção à sobrinha –, e logo se vê que você está seguindo os passos dela.

E então, de surpresa, Izzy beijou sua bochecha. Marilla permaneceu estática o mais que pôde durante e após o gesto, com receio de que o batom vermelho manchasse sua pele.

Ouviu-se o barulho de uma colher cair ao chão na cozinha.

– Marilla! – Clara gritou.

A jovem pôs-se de pé o mais rápido que pôde, sendo acompanhada pela tia. Na cozinha, viram sua mãe rindo enquanto procurava uma colher. Deu dois passos para a frente, outros dois para trás, inclinou-se para a direita, para a esquerda. Em seguida, girou nos calcanhares, como se estivesse dançando. O objeto estava escondido sob o armário.

– Pensei que pudesse... – Clara começou a falar, mas de repente sentiu o ar lhe faltar e recostou-se em Marilla, enquanto Izzy se abaixou para resgatar a colher.

– Por que quis colocar uma colher junto à minha xícara? Sabe que não preciso dela, não gosto de açúcar nem leite em meu chá. Basta despejá-lo na xícara e pronto.

– Eu sei, mas pensei que pudesse ter mudado – pressupôs Clara.

– Engana-se, minha irmã. Posso eventualmente variar quanto a lugares ou como fazer as coisas, mas, em se tratando de pessoas e preferências, sou tão imutável quanto as estações do ano.

Izzy pegou um pão da assadeira, leve como a nuvem, e o partiu ao meio. Usando a colher que caiu ao chão, passou manteiga nas duas metades e, sem cerimônia, devorou-o como se fosse a última refeição do mundo.

– Delicioso!

Com mais um pão na mão, fez o mesmo e o estendeu a Marilla. E um terceiro foi entregue a Clara.

– Por favor, não sou visita nesta casa, portanto não me tratem com deferência. Sou da família e estou aqui para tomar conta de vocês.

Ao apontar em direção a todos, percebeu um pouco de manteiga na ponta do dedo. Sem pensar duas vezes, lambeu-o e foi até a bandeja.

– Posso servir chá para vocês?

Clara apoiou-se mais um pouco no ombro da filha, quase a sufocá-la, mas Marilla não se moveu um milímetro sequer.

– Por favor, minha irmã. Estamos muito felizes com a sua presença. – Após um suspiro profundo, Clara comeu seu pão.

Com um meneio de cabeça, a sobrinha concordou e também deu uma mordida em seu pão, ainda certa de que nunca seria igual se recheado com geleia. Até aquele momento, Izzy era uma surpresa para ela. Mesmo assim, estava contente, uma vez que poderia contar com a ajuda adicional. Dia após dia, o trabalho da casa tornara-se mais pesado para a mãe e, em seu íntimo, Marilla temia pelo que estava por vir, uma incógnita. A natalidade não era um assunto comum entre as senhoras da igreja, muito menos se podia ler em artigos de revistas. A única experiência que tivera com nascimentos foi quando ajudou seu pai no parto de um dos bezerros de Darling, a vaca, na primavera anterior, e, mesmo assim, presenciou a cena apenas porque Matthew estava ocupado, trabalhando nos campos.

O filhote era muito grande para a vaca. As patas da frente já estavam fora do útero, mas a cabeça continuava presa no canal e não havia meio de forçar sua saída. Para salvar ambos, Hugh teve de enfiar a mão e até o braço para puxar o bezerro, trazendo-o para o mundo. A função de Marilla era manter a tranquilidade de Darling. Acariciando a cabeça do animal, a menina cantarolava músicas de ninar, sempre bem calma; porém, não resistiu quando viu seu pai coberto de sangue e de um líquido viscoso, dos braços até a cintura, e passou muito mal. O bezerro estava a salvo e saudável. A vaca, visivelmente aliviada, agora descansava. Marilla era a única naquele lugar que ainda não estava totalmente recuperada. Clara repreendeu o marido por pedir a ajuda da filha para aquele fim. Era cedo demais para lhe mostrar a luta pela vida na natureza. Mas Hugh não tivera outra opção, infelizmente.

Quase um ano depois, Marilla temia que alguém precisasse entrar na barriga da mãe e trazer o bebê à vida. Não desejava por nada ter de cumprir aquela função e comemorava a presença de Izzy, que certamente faria a tarefa se necessário.

Uma receita de família

A manhã seguinte trouxera o sol preguiçoso lançando seus primeiros raios sobre o Golfo de Saint Lawrence. Marilla espreguiçou-se, esfregou os olhos para logo em seguida os arregalar, surpresa. Que agitação era aquela, risos altos, barulho de panelas? Gables sempre fora um lugar silencioso. Os membros da família Cuthbert eram discretos e se expressavam comedidamente, ainda mais de manhã. As palavras do pai não passavam de sussurros, ao menos até a hora do almoço, e o irmão, esse era calado e assim poderia ficar ao longo de todo o dia.

Levantou-se em direção à janela. Matthew já conduzia as vacas leiteiras do celeiro ao pasto. Apercebeu-se de que estava atrasada. Sua mãe não a acordara, como de costume, para ajudá-la a preparar o café da manhã da família. Preocupada com a repentina quebra de rotina da casa, apressou-se em ajeitar a camisola e desceu as escadas rumo à cozinha.

– Marilla – a mãe a cumprimentou –, bom dia, querida.

Ainda vestida de robe, Clara bebia chá acomodada à pequena mesa de madeira, na qual era costume cortar vegetais e legumes para o preparo das refeições. Próximo a seus pés estava o saco de groselhas secas, colhidas no verão passado, e o pano, onde as frutas ficaram expostas ao sol para completar o processo de desidratação, estava estendido no chão. As groselhas foram guardadas para a receita dos bolos de Páscoa. Aparentemente, os planos de sua tia eram outros.

Izzy circulava pela cozinha trajando um vestido de listras coloridas, parecendo um doce de vitrine. Os cabelos cacheados, penteados com esmero, emolduravam seu rosto com muita delicadeza. A semelhança entre as irmãs ainda a perturbava, apesar de não haver como confundi-las. Clara era a personificação da serenidade da lua, enquanto Izzy era o puro brilho do sol.

Ao ver a sobrinha, Izzy ergueu a panela de ferro e bateu nela com uma colher de madeira. Pareciam badalos de sino, como se estivesse tocando dentro da cabeça de Marilla, de tanto que doía.

– Minha linda flor!

Irritada, a jovem bateu o pé, em protesto velado. Por sorte, ninguém percebeu seu gesto grosseiro. Gostaria mesmo de mostrar a todos que estava muito incomodada com aquela situação. Considerava que bichos de estimação com nomes de pessoas já era anormal; além disso, seu nome era simplesmente Marilla, uma adolescente, e não uma flor. Assim, ignorou educadamente a tia, se é que isso fosse possível, e ficou ao lado da mãe.

– Bom dia, mamãe – beijou o rosto de Clara. – Por que não me acordou antes?

– Pensamos que você merecia descansar um pouco mais.

"Como assim, nós?", perguntou-se. E por que precisaria descansar mais do que nos demais dias?

– Sempre fiz o café da manhã de papai e de Matthew...

Não havia sequer um dia em sua memória que não tivesse feito omeletes antes do amanhecer.

– Sua tia está aqui para nos ajudar e fez o mais delicioso mingau que já comi em toda a minha vida. Guardamos a maior porção para você, querida.

Izzy sorriu e agradeceu o elogio. Mas nada daquilo impressionava a menina. Também faria o melhor mingau do mundo se houvessem lhe pedido.

– Uma jovem como você necessita de muitas horas de sono para sonhar – disse Izzy. – Em um piscar de olhos, você se tornará adulta e, então, só terá tempo para as obrigações do lar, acredite.

Marilla franziu a testa. O excesso de bom humor de tia Izzy logo cedo e seus conselhos de quem nunca tivera filhos não tinham o menor fundamento. Aquelas palavras só faziam sua dor de cabeça aumentar. Marilla temeu que pudesse enlouquecer completamente quando o bebê nascesse.

– Tenho prazer em fazer o café da manhã para minha família – disse, por fim.

Izzy descansou a panela de ferro sobre a mesa e sorriu.

– Muito bem, então o que faz parada aí? Vamos, vista-se e volte pronta para os *afazeres*.

Dizendo isso, virou-se sem esperar resposta alguma de Marilla e encheu a panela com a água da cisterna.

Clara pegou na mão da filha:

– Faça o que sua tia diz.

Uma dor aguda apertou seu coração ao perceber que deveria obedecer a uma mulher que mal conhecia e que parecia estar sendo coroada como a nova rainha da fazenda.

Afastou o pensamento da mente e jurou a si mesma que surpreenderia a todos, provando ser muito melhor do que qualquer expectativa que a tia pudesse ter dela. Endireitou os ombros, dobrou as mangas da camisola e marchou em direção ao seu quarto. Entrou e fechou a porta atrás de si. Com um punhado de água gelada, lavou o rosto e escolheu o vestido mais ajeitado e limpo que tinha no armário. Ela mesma passara a ferro o traje, caprichosa. Sem nenhuma ruga ou mancha, até parecia novo. Os cabelos ficariam soltos como de costume, mas naquele dia preferiu prendê-los em um coque com um pente de marfim. Ao puxar os cabelos para trás, conseguiu até aliviar o latejar da dor que sentia. Mirou-se no espelho.

Sim, o reflexo à sua frente poderia muito bem ser de uma mulher madura de dezesseis anos, e não de uma adolescente de treze. Sorriu, sentindo-se orgulhosa, enquanto descia rumo à cozinha. As duas irmãs estavam tão entretidas em definir os próximos passos da receita que mal repararam nela.

— Devemos dissolver o açúcar na água fervente e depois adicionar as groselhas.

— Parece que estou vendo nossa mãe amassar as frutas — disse Clara.

— Sim, mas aquelas eram frutas frescas, e estas são secas. Nossa mãe nunca usaria groselhas secas.

— Verdade, você tem razão. Minha memória não está muito boa ultimamente. Às vezes, subo as escadas para buscar algo e, quando chego lá em cima, já me esqueci do que queria — Clara riu e recostou a cabeça no ombro da irmã.

Parecia até que Clara estava se esquecendo de sua única filha. Marilla tossiu discretamente a fim de chamar a atenção da mãe, mas foi Izzy quem olhou em sua direção.

— Oh, Marilla, que bom que chegou, precisamos de você. Tome seu café e venha nos ajudar. Deve aprender a receita secreta da família.

Clara colocou a tigela de mingau sobre a mesa. Verteu a cobertura quente sobre a aveia. Marilla tinha de admitir, nem que fosse apenas para si mesma, que a refeição estava uma delícia.

— Qual receita secreta de família? — perguntou, entre colheradas do mingau.

Clara cozinhava tão bem quanto costurava, era o que costumava dizer, mas apenas o suficiente para considerar a tarefa feita. Todas as receitas que sabia, logo tratava de ensiná-las a Marilla, porque tinha certeza de que a filha se dava melhor no fogão do que ela. Inexplicavelmente, a jovem tinha muito jeito na cozinha, enquanto a mãe era puro desastre com as panelas. "Minha filha simplesmente tem o dom", falou a Hugh. "Assim como Deus deu aos raios do sol o poder de tornar as folhas mais verdes, o mesmo acontece com Marilla. Algumas coisas não se questionam, simplesmente são".

– O vinho de groselha vermelha da família Johnsons – Izzy piscou. – A receita é passada de geração em geração pelas mulheres da família e tornou-se uma tradição consagrada a cada batismo de um recém-nascido. Deve ser feito e mantido engarrafado por, no mínimo, três meses para apurar o sabor da bebida.

– Devemos prepará-lo agora para que o sabor esteja apurado quando o bebê nascer. – Clara acariciou a barriga proeminente, como se estivesse tocando a cabeça do bebê.

Enquanto Hugh tomava uma dose de uísque todas as noites, a mãe compartilhava de uma taça do vinho no Natal ou em dias especiais de comunhão, depois que o ministro oferecesse a primeira dose. Desde então, para Marilla o vinho era uma bebida sagrada, que não deveria ser consumida no dia a dia. E também só poderia ser preparada pelo reverendo Patterson e seus auxiliares, na adega da igreja, para ser armazenado em tonéis de carvalho e receber a bênção celestial. Observando melhor, percebeu que as garrafas da despensa de casa haviam sido retiradas da igreja.

Mais uma vez, desde a chegada daquela senhora, o que Marilla sabia a respeito de fatos e tradições de sua família e de Avonlea estava se revelando uma mentira.

– Que idade tínhamos quando experimentamos o vinho de groselhas vermelhas pela primeira vez, Iz? – Clara perguntou.

– Acho que éramos um pouco mais novas do que Marilla – Izzy olhava para o teto enquanto fazia algumas contas –, 1807 ou 1808? Não me lembro exatamente, apenas que foi no ano em que o pequeno Jonah Tremblay nasceu...

– O ano em que um enxame de insetos tomou conta da cidade, em junho – arriscou Clara.

– Verdade! Então, quantos anos tínhamos, doze ou onze? Não, não, onze anos – asseverou Izzy.

– Tem razão, e o vinho seria o presente de batizado dos Tremblays. Que Deus os abençoe. Possivelmente, foi a pior safra de vinho desde que nossa família começou a produzir. Lembro-me de ter experimentado um gole, fui até o quintal e cuspi tudo. Nunca mais bebi vinho depois disso, só quando cheguei aos dezessete anos. Naquele ano, perdi a unha do meu polegar de tanto amassar as frutas – Clara confessou.

– Clara! – Izzy engasgou com o próprio grito.

Rapidamente, Clara continuou.

– Minha unha caiu acidentalmente enquanto amassava as uvas. Mas não tive coragem de contar para ninguém. Ficaria arrasada se tivesse de admitir que arruinei uma safra inteira após o desgastante trabalho que tivemos! Isso me fez rezar todos os dias para o Senhor, ao longo do período de fermentação, para que a unha desaparecesse de qualquer jeito. E, como por um milagre, quando mamãe entornou o vinho no barril, nenhuma partícula de unha foi achada!

As três desabaram em gargalhadas. Marilla bem que tentou, mas não conseguiu se conter.

– Nem sei como me lembrei disso! Nem ao menos consigo saber onde guardei minha cesta de costura ontem. – Clara limpou a lágrima de alegria que estava no canto do olho.

– Se Hugh chegasse agora, certamente pensaria que estamos bêbadas – Izzy comentou.

"Bêbadas", essa palavra teve o poder de deixar Marilla pensativa. Anos atrás, a jovem ouvira aquela palavra pela primeira vez, quando Matthew chegou tarde da noite em casa. Seu irmão fora a uma festa com amigos da escola e havia algo além de limonada na bebida servida no local. Naquela época, a reforma da fazenda não estava concluída, e por esse motivo todos dormiam juntos na sala de estar.

Ao entrar em casa, seu irmão tentou acender a lamparina da cozinha, a fim de enxergar por onde andava. Para seu azar, tropeçou no objeto, derrubando todo o óleo. Em pouco tempo, o fogo tinha se alastrado pela cozinha até a sala.

– Tirem-no daqui, esse menino está bêbado! – Hugh gritou, enquanto tentava apagar as chamas.

Marilla estava atordoada. Fora a primeira vez que a jovem sentiu-se verdadeiramente em perigo e, pior, causado pelas mãos de uma das pessoas em quem mais confiava. Tentando negar o fato, disse a si mesma que aquele definitivamente não era o seu Matt, era outra pessoa, bêbada. Como saldo daquela fatalidade restaram, além de alguns objetos da família, um tapete em macramé queimado, as tábuas do assoalho estorricadas e muita fumaça inalada.

Matthew, porém, fora o mais atingido: uma grave queimadura na perna deixara sua pele totalmente marcada. Uma cicatriz que jamais mostraria a quem quer que fosse. A lembrança do passado fez sentir uma dor aguda nas têmporas, que tentou aliviar fazendo massagem com a ponta dos dedos.

– Está com dor de cabeça? – Izzy perguntou, após perceber o desconforto da sobrinha. Aproximou-se, franzindo a testa em sinal de preocupação.

– Um pouco – Marilla não mentiria.

Izzy polvilhou um pouco de sal no mingau da jovem.

– Sua dieta deve ter mais minerais. Você é muito magra. Coma e se sentirá melhor.

Marilla finalizou seu café da manhã e, surpresa, fora obrigada a admitir que sua tia estava certa: a dor de cabeça simplesmente desvanecera. E em boa hora, pois a água adoçada já estava pronta para receber as groselhas. O saco estava muito pesado e, para que as frutas não se espalhassem pelo chão, cada uma delas tomou nas mãos uma caneca, pegando as groselhas diretamente do saco e contando as porções retiradas.

– Uma – Clara começou.

– Duas – disse Izzy.

– Três. – Era a vez de Marilla, que, aliás, estava se divertindo por fazer parte daquele momento.

– Quatro.

– Cinco.

– Seis.

– Creio que precisamos de mais uma porção para garantir o sucesso da receita – disse Izzy. – Pode nos dar a honra, minha sobrinha?

Marilla pegou mais uma medida das frutas, milimetricamente nivelada, lançando-as na água com açúcar.

Sete.

Segurando as asas da panela, Clara movimentou a água doce com as frutas, criando um redemoinho vermelho, de efeito maravilhoso.

– Minha intuição diz que este será o melhor vinho de todos esses anos.

– Sou capaz de apostar nisso, Clara! – garantiu Izzy, voltando-se para Marilla. – Tampe a panela e deixaremos apurando por uma hora antes de coarmos e engarrafarmos a bebida. É quando a mágica acontece.

– Mágica?

– Sim, a transformação da água em vinho! Cientificamente falando, é o momento da fermentação. Sem isso, teremos apenas um delicioso fortificante de groselha, ideal para o dia a dia, mas o nascimento de um bebê não é uma ocasião cotidiana, concorda comigo?

– Sim – era a primeira vez que sobrinha e tia concordaram desde o momento em que Izzy pôs os pés na fazenda, no dia anterior.

Descascar batatas foi a próxima missão, além de bater a manteiga para o jantar. Para seu espanto, as tarefas domésticas eram feitas na metade do tempo com Izzy em casa. Sem explicação, a tia guardou as cascas das batatas para fazer uma receita de beleza que uma de suas clientes, atriz norte-americana, ensinara-lhe a fazer. Consistia em esmagar as cascas em suco de limão e aplicar a mistura no rosto, à noite. O resultado era uma pele tão macia quanto a casca de pêssego. Marilla nunca fora vaidosa em relação à sua aparência, no entanto aquela parecia uma boa forma de reciclar algo que seria invariavelmente descartado. Clara achou que seria um ótimo creme para as estrias que insistiam em se espalhar por sua barriga. A irmã prometeu-lhe aplicar a mistura mais tarde.

Izzy trouxe também um livro de poesia infantil, das irmãs Jane e Ann Taylor.

– Oh, Iz! – exclamou Clara. – Estou à procura desse livro há anos!

– Quer que eu conte a história sobre a menina que batia na irmã? Curvaram-se de tanto rir.

Marilla não conhecia tal poema ou qualquer outro daquele livro. A mãe nunca lera poesias infantis quando criança, delegando ao pai a tarefa de contar suas histórias pitorescas.

– O que acha de "A estrela"? – Izzy tossiu um pouco, para limpar a garganta. – Brilha, brilha, estrelinha, quero ver você brilhar, lá em cima flutuar, com diamantes a brilhar. Brilha, brilha, estrelinha, quero ver você brilhar.

Clara lançou um olhar amoroso para a irmã e afagou a barriga com carinho, como se quisesse que o bebê também ouvisse a música.

– Brilha, brilha lá no céu, vou ficar aqui dormindo, para esperar Papai Noel – finalizou a irmã, com um meigo sorriso.

Marilla viu-se sorrindo também, apesar de relutar em admitir que o clima entre as três era de pura cumplicidade.

Izzy virou a página para ler mais uma poesia, e o tempo passou em um piscar de olhos. Na panela, as groselhas incharam quase a explodir.

– Sendo esta sua pioneira e oficial receita de vinho de groselha, creio que a chefe de cozinha deva ser a primeira a experimentar. – Izzy entregou-lhe solenemente uma colher, e Marilla aceitou.

Mãe e tia prostraram-se uma de cada lado, enquanto ela saboreava uma fruta. A combinação da receita era mais doce do que qualquer baga da videira, com um leve toque ácido que a fez desejar mais.

– Está muito, muito bom – enfatizou a jovem.

Izzy bateu palmas enquanto Clara pegava a colher da mão da filha para provar a receita e concordar.

– Devo dizer que nossa receita com groselhas secas está bem melhor do que com groselhas frescas.

– Talvez não seja a fruta, mas, sim, a cozinheira que agregou mais valor à receita da família. – Izzy passou o braço por cima do ombro da sobrinha. – Agora, só nos resta esperar para depois envazar a bebida. A tocha está sendo trocada de mãos. O vinho de groselha vermelha Johnson passa a ser o vinho de groselha vermelha Marilla Cuthbert.

– Brindaremos a isso quando o bebê chegar. E, se for menina, vamos ensinar-lhe a receita também, tudo no seu devido tempo – Clara garantiu.

Marilla até que gostou do comentário. Tinha um irmão, mas não fazia ideia de como seria ter uma irmã.

Tendo mãe e tia ainda ao seu lado, sorriu para ambas. Tentou imaginar se as três tivessem a mesma idade. Certamente, seriam amigas. Marilla não tinha nenhuma amiga de verdade em Avonlea. Sinceramente, não sentia a menor falta, pois tinha a seu lado sua mãe, seu pai e seu irmão. No entanto, a amizade sincera e amorosa entre Clara e Izzy a fez repensar… seria bom ter uma irmã?

A história de tia Izzy

Os últimos gramas de açúcar foram consumidos para se fazer o vinho de groselhas vermelhas, e, como precisavam de mais açúcar, a solução seria uma visita até a loja da família Blair, no sábado. Mas a verdade era que Clara acordara indisposta naquela manhã. De pronto, a irmã se dispôs a comprar o que fosse preciso, afinal de contas, de acordo com suas próprias palavras, estava lá para ajudar a família. Fez a lista das tarefas que pretendia realizar nas redondezas de Gables, tudo o que fosse necessário para a chegada do bebê, além das linhas e tecidos para suas costuras. Trabalho não lhe faltaria: quando não estivesse tirando moldes para seus vestidos, ocuparia seu tempo com novelos de lã e agulhas de tricô. "É sempre bom conservar as habilidades em dia", era sua teoria para se manter sempre em atividade, pensava enquanto estava na sala da fazenda, tricotando mais uma peça para o enxoval do bebê, ao lado de Clara e do cunhado, que lia em voz alta as escrituras do Evangelho.

Noite dessas, chamou Marilla para ensinar-lhe como tirar molde de um vestido, mesmo sem perguntar se a jovem tinha a intenção de aprender ou algo mais importante a fazer.

– As mulheres que frequentam minha loja são cultas e ricas, porém incapazes de escolher o que vestir. Não queremos nossa garota tão dependente, não é mesmo, Clara?

E, para surpresa de Marilla, sua mãe concordou de pronto!

– Deve estar preparada para cuidar de si, minha querida.

Como se atrevia a dizer aquilo? A jovem sabia cerzir uma meia tão bem que parecia nova, e com seu crochê fizera muitos xales para os órfãos de Hopetown. Mas fora obrigada a admitir que nunca fizera uma peça nova que pudesse chamar de sua. No máximo, usava roupas de segunda mão, doadas por amigas de sua mãe, da igreja, cujas filhas já não cabiam mais nos vestidos. As poucas roupas que Clara costurou para a filha eram feitas de lençóis velhos ou outros tecidos, comprados em ofertas, sendo que a maioria só tinha serventia para fazer roupas de ficar em casa, de acabamentos grosseiros. Certamente, não eram apropriados para se usar em público. Sim, estava animada com a perspectiva de fazer vestidos como os da tia, tão ricos em detalhes de bom gosto.

Izzy preparava-se para ir à loja dos Blairs, a fim de buscar o material necessário para fazer um conjunto de verão para o bebê.

– Vamos começar costurando uma roupinha antes de fazermos o vestido – ela explicou.

Marilla tinha em mente comprar um tecido amarelo e verde, as cores do sapatinho-de-princesa, a flor favorita de sua mãe. A mesma flor cor-de-rosa era muito comum em qualquer jardim da Ilha, mas apenas ao longo da cerca da fazenda ela era amarela, brilhante como os raios do sol.

– Odeio acabar com a diversão das pessoas – Clara declarou, sentada na poltrona da sala de estar e os pés imersos em uma bacia com água morna e sais de banho. – E está um dia tão lindo!

O céu era de um azul-claro que Marilla não via havia meses. O horizonte azul fundia-se ao azul do mar, formando uma única paisagem, pequenas lascas de gelo se desprendiam e tilintavam como sons de um sino. Era como se os ruídos da primavera pudessem ser ouvidos ao longe.

Os passeios de Marilla eram muito raros e restritos; ir até a cidade era tão inusitado e agradável que já estava ansiosa, mesmo sabendo que Izzy poderia muito bem ir sozinha até lá. Portanto, andou até seu cesto com lãs e agulhas para terminar sua peça de crochê.

– Sugiro que descanse, minha irmã – aconselhou Izzy. – Não se preocupe com as tarefas. Marilla e eu daremos conta de tudo. – Parou de falar, pegou o cachecol e o enrolou habilmente em volta do pescoço. – Vamos, minha sobrinha?

Marilla estava dividida, ao mesmo tempo exultante e triste. Por um lado, passeariam juntas, ela e a tia. Por outro, sua mãe não lhes faria companhia. Não que fosse uma garota acanhada ou coisa parecida, adorava se sentir independente e livre para ir e vir. No entanto, o que a deixava aflita era o fato de estar a sós com Izzy. Mesmo que o relacionamento entre ambas tivesse se estreitado ao longo da semana após sua chegada, ainda a considerava uma estranha.

– Venha, venha, querida – Izzy a chamou, apontando para o armário de casacos –, certifique-se de que está bem agasalhada. Não à toa esse lugar é chamado de Ilha dos Ventos Uivantes.

A sobrinha sabia muito bem por que a Ilha do Príncipe Edward tinha aquela alcunha, mais ainda como deveria se vestir. Afinal, aquela era sua casa, e não a dela. Abotoou o casaco, colocou seu gorro de flanela grossa e calçou suas botas forradas de lã de carneiro. Após as instruções da tia, avaliou de cima a baixo o que ela trajava. Seria uma longa jornada até Avonlea, e Marilla não tinha muita confiança nas roupas de Izzy, que, apesar de serem da moda, não lhe pareciam propícias para aquele dia.

Antes de imprimir a primeira pegada na neve fofa, Izzy fez estalar o chicote que tinha em mãos, atrelou Jericho ao trenó e sentou-se com as rédeas prontas para partir.

– Suba, menina! Prometi à sua mãe que voltaremos antes que Hugh e Matthew retornem de Carmody.

Jericho só teve tempo para bater a neve de seus cascos antes que Marilla se acomodasse ao lado da tia.

Depois de um puxão nas rédeas, saíram em disparada.

Sempre que saía de trenó com o pai ou o irmão, o ritmo de Jericho era bem mais lento. Agora, no entanto, Izzy afrouxou as rédeas, permitindo ao animal que ditasse o próprio galope, aliás, acelerado. De repente, o capuz da capa azul de sua tia caiu e deixou seus cabelos ao vento. Apesar do frio regelante, Izzy não fez a menor questão de cobrir a cabeça; ao contrário, os cachos foram se soltando dos grampos, esvoaçantes, completamente ao sabor da ventania. O pedaço de pão que Marilla tinha em mãos para comer no caminho caiu e simplesmente desapareceu em meio ao branco da neve. E, pior de tudo, foi obrigada a prender a respiração e cerrar os olhos para proteger-se dos flocos de neve, que açoitavam suas pálpebras.

Enfim, chegaram à periferia de Avonlea, parando à frente de casas geminadas e onde a calçada já havia sido limpa, estando livre de neve.

– Devagar, rapaz – disse Izzy. – Acho que Jericho já cumpriu sua cota de exercícios diários. Merece um torrão de açúcar. – Manteve-o parado, enquanto o animal recuperava a respiração.

– Quando éramos jovens, sua mãe e eu costumávamos escapar alguns dias no inverno, quando nada havia para fazer na fazenda além de ver nossas unhas crescer e a neve derreter. E sabe como fazíamos isso? – inquiriu, com sorriso nos lábios. – Subíamos no trenó e andávamos o mais rápido possível. Uma vez chegamos até o rio Hope, na fazenda da família Stanley. Conhece aquele lugar?

Marilla assentiu com um menear de cabeça. Havia uma ponte pela qual já atravessara diversas vezes.

– Deixamos o cavalo e o trenó para invadirmos as margens congeladas do rio. Andávamos admirando a paisagem, a brancura que se preparava para degelar, dando lugar ao verde e amarelo da primavera. Havia uma lenda de que um futuro abençoado seria destinado a quem jogasse a pedra mágica na calota de gelo. E ficávamos por horas jogando e jogando pedras.

Ao fim, o que tínhamos à nossa frente era um monte de pedras cobrindo a neve, como um grande bolo coberto de chantili e muitas ameixas por cima! Até que desistimos. – Com a lembrança, surgiu um sorriso no canto dos lábios.

– E qual foi seu pedido para o futuro?

Izzy permaneceu calada, tirou uma fita do bolso do casaco e prendeu os cachos rebeldes para trás, revelando um colar e uma pedra, pendente. Era muito pálida para ser uma ametista; o tom parecia de um belíssimo azul lavanda.

Tomou-a entre os dedos, alisando-a delicadamente.

– Fiz o mesmo pedido para todas as pedras que lancei à neve: viajar para vários lugares e me tornar uma mulher de grandes Victórias. Muito maior do que cortar lenha nos invernos, colher ervilhas nos verões ou ainda ser preparada para casar e cuidar de uma casa. Temos apenas uma vida para ser vivida, Marilla – seus olhos percorreram toda a extensão da cidade, mas ainda manteve Jericho quietinho ao seu lado. – É muito egoísmo de uma pessoa acolher tudo o que é dado sem ao menos saber se é o que precisa. E eu sempre necessitei de muito *mais*, o que poderia ser interpretado como egoísmo. Poderia até ser, mas jamais esperei que trouxessem meus objetivos em uma bandeja de prata; eu os alcancei por meus próprios méritos, sem que outro alguém o fizesse por mim. Entende o que quero dizer?

Sim, Marilla compreendia, mas seria inconcebível em sua mente que alguém partisse da Ilha para *sempre*. Afinal, Avonlea era o melhor lugar do mundo para se viver. O que mais uma pessoa poderia almejar para seu futuro? Sim, também era real que nunca havia colocado os pés para fora da Ilha do Príncipe Edward, contudo os jornais eram enfáticos em relatar que o resto do mundo estava crivado de conflitos. Guerras e mortes do norte do Texas ao sul do Brasil. Culturas sendo dizimadas e famílias de agricultores sofrendo com a fome, de leste a oeste do Canadá. Preferiu responder com outra pergunta:

– Quer dizer que seus sonhos se tornaram realidade?
– De alguma forma, sim, mas não foram totalmente realizados.
– Mas não hesitou em partir para Saint Catharines?

Até onde Marilla soubesse, o destino de sua tia poderia muito bem ter sido também Timbuktu. Ambos eram igualmente distantes, longe de tudo e de todos. O senhor Murdock havia mostrado em classe a localização, estendendo o mapa do mundo no quadro negro. Saint Catharines localizava-se na fronteira da América, ao lado das Cataratas do Niágara. Em sua visita ao município, o professor se hospedou no hotel mais luxuoso do local, cuja chave do apartamento era de ouro e as fronhas dos travesseiros de pena de ganso, de seda pura. A jovem não conseguia imaginar-se usufruindo de tanto requinte e fausto. Para que uma chave de ouro se o mesmo objeto em ferro cumpriria a mesma função? Fronhas de seda pura para pessoas que nem ao menos estavam acordadas para que fossem apreciadas? Bobagem. Porém, ao mesmo tempo que condenava tais símbolos de desperdício e luxúria, tinha curiosidade para saber como seria ter em mãos uma chave de ouro ou dormir em lençóis e fronhas de seda pura. Sua mãe um dia lhe confidenciara que Izzy costurava para todas as senhoras da sociedade local, com seus chapéus de penas de pavão e botões de pérolas. Muita elegância…

– Saint Catharines não é tão discordante de Avonlea – Izzy garantiu. – Quanto mais o tempo passa, mais percebo a semelhança. Riqueza pode-se ter em qualquer lugar, o que não se pode confundir com ostentação. Podemos ter grandeza nas coisas mais simples. Aliás, muito mais do que em qualquer outro lugar. Lembre-se disso, meu bem.

Izzy suspirou, o que Marilla interpretou como um sinal de tristeza. Por acaso, ela teria encontrado seu futuro em Saint Catharines? Ou ainda lançava as pedras do desejo em busca do que ainda não conquistara?

Izzy estalou a língua, de modo que Jericho começou a trotar em direção à rua principal. O velho senhor Fletcher vendia castanhas tostadas em frente aos correios de Avonlea.

– Ora, ora, se não é a senhorita Elizabeth Johnson. Por pouco não a confundi com Clara! – ele a cumprimentou.

– Não seria nem a primeira muito menos a última vez! – Izzy sorriu, fazendo Jericho parar.

– Bem-vinda ao lar! Tome. – E colocou em sua mão um cone de papel com castanhas.

– Nunca provei castanhas mais saborosas.

Atravessando a rua, os cinco garotos da família Cotton saíam naquele exato momento da barbearia, parecendo carneiros recém-tosquiados.

– Izzy Johnson, é você? – perguntou a senhora Cotton, um passo atrás de sua prole.

A senhora Cotton estudou com Clara e a irmã na mesma escola, quando eram as jovens que jogavam pedras do desejo no rio Hope.

– Prazer em revê-la, querida amiga. Clara me contou que se casou com um dos irmãos Cottons.

A senhora Cotton anuiu com um menear de cabeça e esticou os braços a fim de abraçar seus rebentos.

– E estes são os meus lindos filhos.

Izzy cumprimentou a todos, e a cada um deles deu um punhado de castanhas.

– Sejam boas crianças e obedeçam à sua mãe, garotos. Ela me ajudou a soletrar a palavra Armagedom, e eu fui vencedora do campeonato regional de soletração por causa disso.

O caçula perguntou a um dos irmãos:

– *Arma* o quê?

Um dos mais velhos cutucou o outro do meio por trás da orelha, e o mais velho deles falou para ambos para se calarem, antes que ficassem em maus lençóis.

– A-R-M-A-G-E-D-O-M – a senhora Cotton disse em um tom grave para restabelecer a ordem. – Oh, que ironia!

Izzy sorriu, embora a sobrinha não tivesse entendido o motivo. Ouviu o reverendo falar sobre Armagedom com ardente paixão, batendo no púlpito com os punhos cerrados, assustando e espantando até os pombos que descansavam nas vigas do teto. Seguramente, era um assunto controverso, motivo pelo qual seria mais prudente evitá-lo.

– É muito bom tê-la de volta entre nós – disse a amiga. Por um instante, seus olhos se voltaram para a loja da família Blair. Deu um leve sorriso e logo retornou para Izzy, com um simpático semblante. E com um aceno disse adeus, sendo seguida pelos filhos, do mais velho ao caçula.

Izzy prendeu as rédeas de Jericho no poste em frente à loja da família Blair, o pequeno depósito que no passado fora uma grande sala de estar da moradia do senhor e senhora Blair. Ambos não tinham a pretensão de montar um negócio, mas começaram a vender pequenos objetos para casa, como produtos de limpeza, vassouras e baldes, evitando que as senhoras tivessem de viajar de Avonlea a Carmody. Em pouco tempo, as encomendas aumentaram, igualmente a variedade de produtos. Logo, o senhor Blair já vendia de rendas a especiarias. Viu-se obrigado a reformar a sala para dar lugar a uma pequena loja. Desse modo, passaram a morar no andar superior. Não foi necessário levar muitas coisas para a nova casa. Mas a loja, sim, agora era muito procurada pelas senhoras de Avonlea. A campainha da loja tocava sem dar chance de descanso para os Blairs.

– Oh, céus, abençoado anjo da guarda, estou vendo fantasmas! – exclamou a senhora Blair, que estava em cima de um banquinho à procura de um rolo de macarrão para a senhora Copp.

A senhora Coop virou-se em direção às duas visitantes, arqueando a sobrancelha e inspirando profundamente.

– Oh, meu Deus, Elizabeth Johnson!

Diferentemente das mulheres, o senhor Blair veio de trás do balcão, afastando-se de um cliente, que permaneceu estático, querendo pagar a conta que tinha em mãos. Abraçou Izzy como uma filha que retorna à casa.

– Izzy!

A senhora Blair juntou-se ao marido, hesitante.

– Olá, Izzy. Passou-se tanto tempo desde a última vez que nos vimos. Desde... bem, quem se lembra exatamente? Não importa, afinal.

– De fato, faz muito tempo. Peço desculpas por não ter retornado antes; no entanto, creio que tenha sido melhor assim.

– Provavelmente, sim – a senhora Blair mordeu os lábios.

A distância entre elas aparentemente tinha um clima gélido, pelo qual Marilla não responsabilizara o vento daquele dia. Embora a senhora Blair fosse uma pessoa retraída, jamais fora hostil em suas palavras ou atitudes.

– Estou em Avonlea a fim de ajudar minha irmã, Clara, para a chegada do bebê – explicou Izzy.

O senhor Blair concordou com um meneio de cabeça.

– Tenho certeza de que ela está muito feliz com a sua presença. Viu onde a casa foi construída?

Izzy sentiu-se aliviada pela mudança de assunto.

– Claro que ela viu, afinal trouxe Marilla para acompanhá-la – observou a senhora Blair.

O marido pegou nas mãos o livro de contas para calcular a despesa do outro cliente.

– Lamentavelmente, a casa foi construída muito longe da estrada principal. Antes, sua irmã participava mais dos acontecimentos da cidade. E agora mal a vemos desde que Hugh construiu naquele lugar.

O pai de Marilla concluíra as obras no mês anterior, então não entendera o motivo para aquela discussão. Clara estava sobrecarregada, cuidando da casa, dos filhos e, além disso, grávida. Ademais, era inverno, quando o calor da lareira é mais convidativo do que as gélidas ruas de Avonlea.

– É uma belíssima casa, afinal – disse o senhor Blair em defesa do amigo. – Hugh Cuthbert sabia o que estava comprando quando adquiriu a propriedade. Sempre achei o lugar mais bonito da Ilha. Da colina, pode-se ver a floresta e o mar ao mesmo tempo – completou.

O cliente tirou o chapéu.

– Bem-vinda, senhorita Johnson.

– Obrigada, Hiram. Por favor, diga à sua mãe que estou com saudade dos bolos de manteiga e castanhas dela.

– Direi, senhorita Johnson. Ela se mudou para a casa de meu primo para cuidar das crianças.

– Seu primo mais novo já tem bebês? – Izzy balançou a cabeça. – Quantas mudanças desde que parti para Saint Catharines! Minhas recomendações a todos.

O rapaz concordou novamente, cumprimentou os Blairs e partiu.

Aos olhos de Marilla, era como se a tia conhecesse todos em Avonlea, e todos a conheciam. Muito mais do que ela mesma.

– Bem, o que posso fazer por vocês? Duvido que tenham vindo até aqui apenas para uma visita.

– Oh, sim, precisamos de meio quilo de açúcar branco e de tecidos para costura. – Izzy abraçou a sobrinha.

A senhora Blair fez sinal para que a seguissem até as prateleiras onde estavam os rolos de fazendas.

– Infelizmente, não temos a mesma variedade e qualidade dos tecidos encontradas nas grandes cidades, mas fazemos o possível para atender nossas clientes com novidades.

– Não precisamos de nada exclusivo ou luxuoso. Faremos roupas para o bebê, irmão ou irmã de Marilla.

– Tem alguma preferência de cor?

– Pensei em amarelo – respondeu Marilla. – Uma cor que pode ser para menino ou menina.

– Bem pensado, minha sobrinha – Izzy sorriu.

– Algo liso, floral ou xadrez?

Marilla apontou para um rolo de algodão macio: amarelo claro salpicado de folhas de hera verdes. Como um grande jarro de limonada e folhas de hortelã, aquele tecido encheu sua boca d'água, e a pele sentiu o calor do verão chegar.

– Esse é perfeito! – elogiou Izzy. – Três metros, por favor, senhora Blair. Deve ser suficiente para uma veste de bebê e algo mais que pensarmos em fazer – piscou para Marilla. – Vamos levar um pouco da musselina marfim. E também adereços para completar os detalhes. Assim, podemos fazer o que tivermos vontade. Muitas possibilidades, enfim.

Marilla não considerou cores neutras para bebês, mas, sim, musselina marfim poderia ser uma ótima opção. Ao lado de Izzy, reconsiderou que opções locais poderiam se transformar em peças extraordinárias, desde que fossem vistas com outros olhos. E sua tia sabia como ninguém transformar um simples tecido em algo esplendoroso e de bom gosto.

O senhor Blair pesou o açúcar enquanto a esposa media e cortava os tecidos. Os produtos foram devidamente embalados em papel marrom e amarrados com barbante.

– Não temos a edição mais recente da revista Godey's, mas, assim que chegar, guardo para você – o senhor Blair sussurrou, enquanto a esposa se dirigiu a outra cliente que se dividia entre a farinha de centeio e a de aveia. Esta estava meio centavo mais barata, mas a cliente não sabia se o resultado seria o mesmo.

– Simplesmente, não sei, não quero que meu pão fique ruim, mas o preço da aveia é tentador... – ela murmurou.

Marilla nunca entendeu por que algumas pessoas simplesmente falam o que vêm em sua mente para quem quiser escutar e em qualquer lugar onde estejam. Era como se aquela senhora estivesse sozinha na loja, falasse alto e gesticulasse com movimentos amplos para quem quisesse ver e ouvir. A jovem continuava a se perguntar com quem ela achava que estava falando. Seu pai chamava tal comportamento de "o mal da indiscrição". A pessoa não consegue resolver os próprios dilemas e os compartilha com quem quer que esteja presente, ansiando por uma solução. Involuntariamente ou não, a situação era desconfortável para Marilla. Irritada, desviou a atenção circulando pela loja, até que seu olhar repousou sobre o balcão, mais exatamente sobre um pote de vidro repleto de balas de menta. Adorara a bala desde o primeiro dia que a experimentou. Menta era uma erva que não tinha em seu jardim, o que tornava o confeito muito mais atraente.

Ao observar a sobrinha, Izzy abriu o pote e serviu uma bala a ela e pegou mais uma para si.

– Ainda bem que podemos pegar algumas balas – ela brincou. – Menta é um sabor ao qual não consigo resistir. Ela me dá a sensação de frescor, como se tivesse engolido uma lufada de ar gelado, não acha, Marilla? – perguntou, sorrindo.

A ideia nunca passou por sua mente! Entretanto, ao fechar os olhos com a bala na boca, achou que a tia estava mesmo com razão. Era capaz, até, de sentir os cabelos esvoaçantes.

– Pode incluir as balas em nossa conta, senhor Blair.

– Por favor, aceitem as balas como cortesia – disse o dono da loja. – Minha esposa faz essas balas duas vezes por semana. É a favorita de William, você sabe. – A voz falhou e, para disfarçar, o senhor fingiu dobrar alguns papéis que estavam ao alcance de suas mãos.

Quando abriu sua bolsa para pegar a carteira, Izzy se atrapalhou com o fecho. Tossiu discretamente.

– Como está William?

O homem olhou para a esposa ocupada do outro lado do salão, e então respondeu com a voz baixa.

– Está bem. Casou-se. Lottie é o nome da mulher dele. Estão morando na Escócia. Na primavera, eles se mudarão para Carmody, e a partir de então a previsão é de que seu primeiro bebê nascerá a qualquer dia.

Colocando as moedas sobre o balcão, Izzy terminara as contas para o pagamento.

– Parece que crianças estão brotando em Avonlea, como as novas folhas da primavera. – Seus lábios delinearam um sorriso discreto. A covinha, sua marca registrada quando o riso era frouxo, permanecia escondida. – Por favor, dê-lhes os meus parabéns e boa sorte a William e Lottie. Ouvi dizer que ela é uma pessoa de admirável simpatia.

— Sim, é uma garota especial, devo dizer – ele repousou sua mão sobre a mão de Izzy, fazendo com que se sentisse segura. – Os acontecimentos conspiram para que tudo dê certo.

Marilla reconheceu naquelas palavras a passagem bíblica, dos Romanos. Era um dos versos favoritos de seu pai.

O senhor Blair entregou a sacola com açúcar para a menina e o pacote com os tecidos, para Izzy.

— Se você e sua irmã têm intenção de costurar – ele continuou –, acabou de ser inaugurado o Círculo de Costura das Senhoras de Avonlea, não é mesmo, senhora Blair? – ele se dirigiu à esposa, que pesava a aveia em oferta.

— Como?

— Estou contando a Izzy e sua sobrinha sobre o grupo de costura das senhoras da cidade, que se encontram uma vez por semana, na casa da família White.

A esposa espirrou por conta do pó da aveia.

— Não tenho muitas informações a respeito. Em sua maioria são jovens senhoras e esposas. Nós, as mais velhas, não temos tempo para essas diversões, porém, considerando o aumento das vendas de dedais e linhas, tudo indica que essa é a nova moda extraída dessas frívolas revistas femininas, sem dúvida!

— A senhora White esteve aqui na semana passada e pediu-me para divulgar o evento. Não há como ter um encontro de costura entre senhoras sem um encontro de senhoras. Se assim fosse, seria apenas uma linha de costura – o senhor Blair desdenhou do comentário da esposa.

— Bem, eu não tenho certeza... – Izzy começou, mas o senhor insistiu.

— Considere que estará fazendo um favor a todas, ensinando as novas tendências dos centros urbanos. A família White acabou de chegar de East Grafton, e essa foi uma ideia para conhecer pessoas daqui – ele piscou.

– Pensando bem, seria uma boa oportunidade para praticar – concordou Izzy. – Tenho a intenção de ensinar meus melhores truques e conhecimentos a Marilla.

Embora a adolescente tenha dominado a arte do crochê, estava longe de ser hábil o suficiente para se juntar a um grupo feminino de costura.

– Rachel, a filha dos Whites, tem a mesma idade de Marilla – a senhora Blair emendou. – Soube até que ela já aprendeu a fazer o nó francês, muito difícil, aliás.

A menina sentiu-se envergonhada: nem ao menos sabia o que era o nó francês!

– Perfeito! Então, escreverei para a senhora White assim que chegar em casa – disse Izzy. – Muito obrigada, senhor Blair. Tenho certeza de que Clara irá conosco caso se sinta melhor.

Marilla sabia muito bem que sua mãe era péssima com agulhas e linhas. Ficou preocupada ao longo de todo o caminho para casa, até assumir que teria de encarar o grupo, não havia como escapar. Estava tão envolvida em seus próprios pensamentos que apenas quando chegaram perto de Jericho para soltar as rédeas do poste ela se lembrou:

– Esquecemos o torrão de açúcar para o cavalo!

Izzy sacou a bala de menta do bolso.

– Ele pode ficar com a minha bala.

Com apenas uma mordida, o animal engoliu o doce e relinchou de satisfação.

Aquilo fez Marilla pensar com seus botões se os animais também sonhavam com estrelas e outras coisas além de seu pequeno mundo.

APRESENTANDO RACHEL WHITE

Na terça-feira seguinte, Matthew seguiu viagem até Carmody a fim de comprar uma nova prensa de queijo, visto que a atual, de madeira, havia quebrado, e Clara implorou por uma nova, caso contrário o bebê nasceria gritando por queijo, era o que dizia. Por uma semana, ficaram com a máquina quebrada em casa, e Clara passou a sonhar com montanhas de queijo, cachoeiras de iogurte e rios de creme de queijo. E sentia o bebê chutar de dentro da barriga com voracidade, o que a convenceu definitivamente de que já havia passado da hora de comprar uma prensa nova. E, assim, Matthew foi obrigado a sair em busca de uma nova prensa de queijo. Naquele mesmo dia, seria a reunião de costura, e, como era seu caminho, o rapaz deixou Marilla e Izzy em frente à casa da família White.

De manhã, naquele dia, Clara acordou com uma leve tosse.

– Infelizmente, não irei com vocês, queridas. Atrapalharia a reunião, não conseguiria fazer nada e assustaria todas as senhoras com a minha tosse.

Izzy ofereceu-se para ficar em casa e ajudar no que fosse preciso, no entanto Clara insistiu.

– Oh, não, por favor, Iz. Gostaria que Marilla participasse dessas reuniões. Ela já está há muito tempo dentro de casa, e uma jovem precisa sair para saber o que está acontecendo além de seu território. Mostre à sua sobrinha tudo o que puder. Por favor, minha querida irmã.

Sendo assim, não havia como negar tal pedido, e ambas empacotaram o material necessário para a reunião, além de uma garrafa do vinho de groselhas vermelhas. Como exigia o protocolo para se produzirem vinhos, a posição das garrafas havia sido invertida, o que significava que a última etapa estava cumprida, e a bebida, pronta para o consumo.

– Sempre devemos levar um agrado aos anfitriões – Izzy explicou. Embrulhou e aninhou a garrafa cuidadosamente em seu cesto de costura, o que fez a jovem lembrar-se do bebê Moisés, o personagem bíblico, que flutuou no rio Nilo.

Marilla estava tão nervosa e suas pernas tremiam tanto que quase caiu quando Matthew a ajudou a descer do trenó.

– Calma, vai se sair bem – o irmão sussurrou em seu ouvido, como se adivinhasse seus pensamentos. – Respire fundo e apresente-se de cabeça erguida. Busque coisas boas e coisa boas achará, certo? – Lembrou-se do provérbio que seu pai dissera na noite anterior. "Quem busca coisas boas certamente as encontrará."

Marilla concordou com o irmão. De fato, era impossível contrariar Gospel[5]. Mas ainda se sentia amedrontada só de pensar que estaria sob os olhares críticos daquelas mulheres. Gostaria muito de bem impressioná-las.

Matthew subiu no trenó e desapareceu pela estrada, enquanto Izzy aguardava pela sobrinha na entrada principal da casa.

– Vamos, meu bem. Se nos atrasarmos, começarão sem nós.

A residência da família White chamava a atenção dos transeuntes pelo telhado de várias águas, beirais cobertos por flores que na primavera revelavam sua cor púrpura e venezianas pintadas em suave cor de pêssego. Um pé

---

[5] "Evangelho", em português, ou seja, "palavra de Deus" e também "boas notícias", o termo surgiu nos Estados Unidos, no cotidiano dos cultos religiosos. (N.T.)

de malva-rosa gigante enlaçava seus galhos e folhas no poste de luz ao lado da porta de madeira entalhada. O imóvel era bem próximo do centro, e de lá se ouvia o badalar dos sinos da igreja, anunciando as horas do dia.

– Como vão, senhora Johnson, senhorita Cuthbert? – a senhora White cumprimentou-as ao abrir a porta. – Estou muito feliz que podem se juntar a nós. – Ao percorrem o corredor, um aroma de baunilha tomou conta do ambiente. – As senhoras estão se servindo de chá e bolo antes de começarmos.

Apesar de seu delicado vestido de rendas e colar de pérolas, a dona da casa era rechonchuda, de grandes olhos castanhos, mãos sólidas e gestos austeros.

– Deixem-me guardar seus casacos. Entrem. Nossa empregada, Ella, lhes servirá o chá. O vento gelado e cortante lá de fora chega aos ossos. Sonho todos os dias com a primavera finalmente chegando. – E, com isso, encaminhou-as até a sala, onde oito mulheres estavam sentadas em círculo de dez cadeiras, todas com uma fatia de bolo servida em pratos de porcelana nas mãos.

– Senhora Elizabeth Johnson e senhorita Marilla Cuthbert – anunciou a senhora White à empregada ao passarem por ela para guardar seus pertences no armário sob a escada.

Ella era uma jovem francesa não muito mais velha do que Marilla.

– Posso servir-lhes algo para comer ou beber, senhoras?

Marilla nunca esteve antes em uma casa com criadas. Soava-lhe muito excêntrico dividir o mesmo teto com um estranho. Em sua opinião, a experiência não lhe parecia confortável. Mal tolerava a presença de Izzy, que era sua parente de sangue. Uma criada ficaria a par de todos os movimentos da casa, os assuntos familiares, todos os seus segredos. Quem a impediria de fofocar, roubar ou de fazer qualquer outra coisa ilícita?

Não, definitivamente, não gostaria de ter criada alguma em casa. Nem que cerzisse todas as meias da casa e assasse mais de cem bolos. Faria todas as tarefas de casa para não ter sua privacidade invadida.

– Olhe só para isso, deve estar delicioso! Nunca vi tantas cores em um bolo. Em uma coisa eu posso apostar: quem fez esse doce é uma artista – Izzy falava como uma criança diante da guloseima, enquanto Ella, acanhada, servia a fatia do bolo, cujo recheio de geleia de morangos escorria por entre as camadas.

– A primeira fatia é para você, Marilla – a tia insistiu.

A jovem tomou o prato nas mãos, sentindo-se totalmente deslocada, sem saber se os lugares eram marcados ou não. As senhoras sentavam-se em pares, conversando alegremente entre uma garfada e outra de cobertura de baunilha. A senhora White voltou à sala, e Marilla não entendeu seu jeito professoral ao bater palmas como se quisesse chamar a atenção das presentes.

– Senhoras, agora que todas chegaram, bem-vindas à primeira reunião oficial do Círculo de Costura das Senhoras de Avonlea!

Garfos batidos nos pratos simulavam aplausos.

– Sirvam-se de mais bolo e, então, começaremos nossas costuras em quinze minutos.

A anfitriã cuidava da reunião e de sua casa com a precisão de um relógio suíço, sem desperdiçar um só segundo. Deu a volta pelas cadeiras até posicionar-se ao lado de Marilla.

– Venha comigo, criança, você precisa conhecer minha Rachel.

Embora não ousasse desobedecer à ordem da senhora White, os pés da jovem pareciam duas bolas de chumbo, grudadas ao chão, que insistiam em não dar um passo sequer. Para ajudá-la, Izzy deu-lhe um leve empurrão.

Sob uma grande samambaia, cujas volumosas folhagens pendiam em cascata, Rachel acomodara-se em uma cadeira, e sua agulha já dera os primeiros pontos no tecido. Tinha uma beleza singular, elegante. Seus cabelos loiros estavam presos em duas tranças, harmônicas. Pequenos cachos laterais, semelhantes a delicados lírios do campo, emolduravam seu rosto. Tanto as bochechas quanto os braços eram mais redondos e roliços se comparados aos de Marilla. Assemelhava-se a uma boneca.

– Marilla, esta é minha filha, Rachel. Rachel, esta é Marilla Cuthbert, sobrinha da senhorita Johnson.

– Como vai? – Rachel levantou-se, fazendo uma reverência.

Ambas pareciam dois peixes solitários em um aquário, todos os olhos sobre ambas para ver quem se esquivaria primeiro.

– Muito bem, obrigada. E você?

– Bem, tanto quanto posso estar, com a barriga cheia de bolo e sem sorvete para arrematar minha gulodice – Rachel se queixou.

– Da próxima vez, pode se esquecer do bolo e de tudo o mais. Há prudência na abstinência, minha querida – sua mãe proferiu em voz alta.

Rachel simplesmente raspou o prato no qual comeu o doce. Estava evidente que a menina era gulosa.

– Bem, quem sabe um chá digestivo seja uma boa ideia – ela, por fim, conformou-se.

– Perspicaz sua observação – concordou a mãe. – Por que você e Marilla não se servem de um pouco da bebida antes de começarmos? Marilla, coloque seu prato na cadeira ao lado de Rachel; este será seu lugar.

Até chegarem a casa, a jovem tinha a certeza de que ficaria ao lado de Izzy, assim ninguém repararia nos pontos perdidos e linhas embaraçadas. Sem saber o que fazer, obedeceu à ordem da dona da casa. Rachel tomou-a pelo braço e juntas atravessaram o salão em direção à mesa de chá.

– Se pudesse, minha mãe nos mandaria tomar água e comer cenouras todos os dias. Meu tio, Theodore, levou sua esposa, minha tia Luanne, para a estação termal em Vichy, na França, caso não saiba, e voltou parecendo Lady Godiva. Ela nos contou que foi obrigada a fazer uma dieta restritiva, apenas água e vegetais, para regular a circulação sanguínea. Consegue imaginar o inferno para onde a levaram? Isso mais parece tortura, mas mamãe parece animada com a nova silhueta de minha tia, não deu nem uma mordida sequer no bolo que Ella fez. Mas papai alertou-a de que a transformação de tia Luanne deveu-se exclusivamente aos banhos termais e ao ar puro da região, no entanto mamãe acredita na versão de minha tia – Rachel esboçou uma careta e respirou fundo. – Alguma vez já sentiu ser a única pessoa no mundo que consegue enxergar as evidências quando outros não conseguem?

Com frequência, Marilla tinha a sensação de que todos enxergavam o óbvio, menos ela. A jovem não discordou, porém Rachel parecia não se importar com a opinião dela.

– A propriedade dos Cuthberts localiza-se a quatro quadras à esquerda da igreja – Rachel continuou. – Nós moramos a sete quadras à direita da igreja, ou seja, pode perceber como ficaremos longe uma da outra. A não ser que você mude de casa.

Marilla não viu muito sentido naquela conversa, totalmente fora de contexto, porém ficou admirada com a rapidez de seus cálculos e também sentiu-se lisonjeada por Rachel se importar com a distância entre elas.

– E não deve ter me visto na escola. Fiquei severamente doente de catapora há dois anos, o que me deixou muito atrasada em relação à minha turma. Para não prejudicar tanto meus estudos, mamãe achou por bem estudar com um professor particular em casa até que eu consiga recuperar todas as matérias.

– E como está agora, digo, em relação, à escola?

Rachel despejou o que restava de chá na xícara de Marilla, tomando o cuidado para que as folhas permanecessem no bule.

– Sinto dificuldade em ler os livros. Por vezes – ela limpou a garganta –, as letras se misturam, e meus olhos não conseguem enxergar. O doutor Spencer disse que preciso usar óculos, mas nunca vi pessoas da nossa idade usando óculos. Por Deus, não! Isso é para as velhas solteironas. Se eu usar óculos agora, nunca conseguirei um marido! Tome – deu a xícara a Marilla –, pode tomar a última dose de chá.

– Obrigada, muito gentil de sua parte – ela sorriu. Rachel falava muito e, só de ouvir, Marilla já ficou com sede. Talvez fosse o açúcar do bolo que lhe dava tanta energia para falar, concluiu.

As senhoras, guiadas pela anfitriã, dirigiram-se ao salão após degustarem com prazer os petiscos feitos por Ella. Todas abriram seus cestos e expuseram sobre a mesa suas sugestões de costura de cada uma delas e discussão de novas ideias. De repente, ouviu-se um sonoro suspiro de admiração quando Izzy expôs o seu trabalho.

– Este é o Gros Point Veneziano, usado como colarinho para vestidos – Izzy explicou, com tom de voz sereno.

– Que belo trabalho feito com agulhas em Saint Catharines – a senhora White foi a primeira a falar.

– Adorável – comentou outra senhora.

– Pode nos ensinar?

Uma após a outra, deu sua opinião elogiosa sobre a costura de Izzy.

– Bem, sua tia voltou – Rachel sussurrou no ouvido de Marilla, que bebia o chá. – Escutei algumas senhoras da escola dominical dizer que ela só está na Ilha novamente porque o senhor William Blair está casado agora. Como sabe, eles foram noivos, mas mudou de ideia e, sem nenhuma explicação, pegou o trem e partiu para Saint Catharines. Audaciosa e completamente sem remorsos! As fofocas correram por todas as ruas de Avonlea. Um dia, minha mãe se encontrou com a senhora Barry, e esta foi logo contando as últimas novidades sobre o assunto, ainda chocada. Dizia-se que a senhora Blair não ficou surpresa com a atitude da senhorita Johnson. Entre as duas irmãs, todos sabiam claramente que sua mãe era muito mais confiável e que Elizabeth era uma pessoa inquieta, como se estivesse sempre atrás do pote de ouro no fim do arco-íris. Além disso, era evidente que Izzy estava em busca de um futuro completamente diferente daquele traçado para a irmã. Portanto, ela não poderia ter feito melhor escolha do que partir, e bem rápido. Para os moradores de Avonlea, o senhor William encontrara a pessoa certa para se casar.

Marilla engasgou após sorver o gole de chá e depois do que Rachel lhe contou. Também se lembrou do que a tia dissera antes de chegarem à loja da família Blair. Pôde concluir que havia muito mais história escondidas sob as palavras de Izzy. Na opinião da jovem, era necessário muita coragem para ficar noiva, porém muito mais para se romper um noivado. Izzy estava provando ser uma mulher muito mais especial do que aquela que Marilla encontrou uma semana antes.

– Você está bem? – Rachel entregou um guardanapo a Marilla, preocupada. – Por favor, não morra, justo agora que estamos nos tornando amigas...

Amigas. Marilla não tinha amigas. E não queria que Rachel soubesse disso; assim, disfarçou o nó engasgado na garganta e pressionou o guardanapo contra os lábios.

– Nunca... nunca soube do relacionamento de minha tia com o senhor Blair.

Rachel suavizou o semblante.

– Desculpe-me. E, por favor, não dê ouvidos a mim. Minha mãe sempre me fala que sou uma pessoa muito franca. Até demais. Talvez seja porque não tenha ninguém com quem conversar aqui. E, quando quero falar, o que quer tenha em mente vem à tona. Não deveria ter dito nada sobre sua tia.

– Ela voltou para ajudar minha mãe.

– Claro que sim – Rachel concordou –, não acredito em nenhuma palavra dessas pessoas fofoqueiras.

A senhora White bateu palmas novamente para chamar a atenção das presentes.

– Aos seus lugares, senhoras. Logo será noite.

Rachel conduziu Marilla de volta às suas cadeiras.

– Estou muito feliz por ter alguém da minha idade para conversar entre um ponto e outro. Comprei uma caixa de fios, de todas as cores do arco-íris. Estão à sua disposição. Posso não ser muito boa em leitura, mas meus olhos são ótimos para costurar. Tia Luanne me deu uma revista francesa com vários modelos e padrões; há um deles que gostaria muito de tentar fazer, um buquê de amarílis vermelhas, que pode ser aplicado no corpete ou nas mangas de um vestido. Seriam necessários dois bordados para que os lados direito e esquerdo sejam iguais. Talvez você possa fazer um, e eu faria o outro, ou já está se dedicando a outro propósito?

– Tia Izzy e eu planejamos fazer uma roupa para o bebê, mas ainda não começamos, apenas compramos o tecido na loja da senhora Blair.

Marilla lembrou-se das balas de menta e do comentário que o senhor Blair fez em relação ao filho, William. Soava estranho pensar que a tia pudesse fazer parte daquela família: Izzy Blair. A menina fez uma careta; a ideia não tinha o menor cabimento.

– Conseguiria fazer as duas coisas? – Rachel perguntou, com expressão de súplica. – Poderíamos alternar o uso do vestido quando ficasse pronto! – Ela fez o gesto de prece com as mãos. – Prezaria muito sua ajuda e companhia.

Se Marilla poderia fazer o bordado com ela? Sim, claro que sim! Sentia-se muito mais do que afortunada pelo convite. Simpatizou com Rachel. Era estimulante ter alguém ao seu lado que não a fizesse adivinhar o que se passava na mente. Para o bem ou para o mal, a jovem estava feliz com a nova amizade.

– Oh, sim, devo adverti-la de que não sou muito boa com agulhas. Corremos o risco de uma das mangas ter um buquê florido, e a outra, um buquê de amarílis murchas.

Rachel riu de si mesma e se jogou na cadeira que ocupava, esquecendo-se de que as agulhas estavam exatamente no assento da cadeira. A alegria que sentia logo se transformou em dor. Tão rápido como se sentou foi o modo como pulou da cadeira, gritando e segurando a saia do vestido.

– Droga!

Os olhos da menina lacrimejaram. Todas no salão voltaram seus olhares assustados à garota.

– Por que, em nome dos céus, está gritando, minha filha? – perguntou sua mãe, alarmada.

Soltando a saia e inspirando profundamente, Rachel resmungou baixinho para que ninguém ouvisse, o que parecia ter irritado a senhora White.

– Vamos, estou esperando suas explicações. Sabe que não suporto quando resmunga como uma velha.

Em segundos, Marilla veio em socorro da nova amiga.

– Suponho que ela tenha sido picada por algo.

Não estava mentindo, uma agulha não deixava de ser um tipo de ferrão, foi o que pensou.

– Oh, querida, que horrível! – a senhora White amenizou o tom de voz.

As demais senhoras se levantaram praticamente ao mesmo tempo e, em um ímpeto, agitaram a saia dos vestidos.

– O que poderia ter sido: uma vespa, uma abelha?

– Por onde deve ter entrado?

– A família Gillis foi obrigada a derrubar o galpão da propriedade porque uma colmeia de abelhas carpinteiras foi construída e por lá ficaram o inverno inteiro, infiltradas nas paredes.

– Só de pensar, tenho calafrios!

A conversa estava causando pânico àquelas mulheres. Todas, ao mesmo tempo, juntaram-se no centro da sala, de modo que estavam bem afastadas de qualquer parede.

– Senhoras, senhoras, por favor... – a dona da casa tentava acalmá-las, sendo que ela também estava bastante nervosa, observando se alguma abelha saía das cornijas, enquanto Ella surgiu da cozinha com uma vassoura, no caso de ter de espantar qualquer inseto com ferrão.

Em meio a todo aquele caos, apenas Rachel e Marilla permaneciam em silêncio e não ousaram se entreolhar, receosas de romperem em gargalhadas.

– Talvez devêssemos nos reunir novamente após a senhora White inspecionar a casa – Izzy sugeriu, abanando a mão acima da cabeça, afastando um enxame de vespas imaginário.

– Excelente ideia, senhorita Johnson. Minha pobre Rachel foi picada. Odiaria se mais alguém sofresse como minha filha. Ella, entregue os pertences das senhoras, por favor.

A criada retornou sob um amontoado de casacos e material de costura. As mulheres praticamente pularam sobre a criada, puxando o que pudessem alcançar com as mãos, e se apressaram em direção à porta.

– Uma infestação de abelhas carpinteiras na casa da família White!

Izzy e a sobrinha foram as últimas a deixar a residência.

– Trouxemos isso para a senhora – Izzy entregou à senhora White a garrafa do vinho de groselhas vermelhas. – Mais alguns meses e estará ótimo para consumo. – Ela abotoou o casaco, enquanto observava as paredes com desconfiança. – Mas fique à vontade, abra quando achar melhor.

– Obrigada, farei como pediu – a senhora White estendeu o braço e tomou a garrafa nas mãos.

Izzy esperou por Marilla do lado de fora da casa. Por um momento, as meninas ficaram a sós no vestíbulo.

– Nunca poderemos contar a elas... – Rachel começou, mas olhou por cima do ombro em direção à mãe, que entregara a garrafa a Ella e tomara a vassoura que a criada levava nas mãos e, sem mais demora, golpeou o teto vigorosamente com o objeto. – Será o nosso segredo.

Marilla sorriu; nunca tivera um segredo com quem quer que fosse, muito menos com amigos.

Rachel cobriu a boca com as mãos para esconder a risada, para em seguida estender os braços e alcançar as mãos de Marilla.

– Promete nunca contar a ninguém, enquanto respirar e viver?

Ao ter entre suas mãos as de Rachel, pensou que nunca havia tocado em mãos tão macias além das de sua mãe.

– Enquanto eu viver e respirar.

Rachel apertou as mãos da nova amiga, liberando-as em seguida.

– Devo ajudar minha mãe, ela deve estar péssima. Virá aqui novamente? Espero que sim, e então poderemos fazer nossas mangas de amarílis.

Marilla concordou com um gesto de cabeça.

– Rachel – chamou a senhora White –, sentiu a picada aqui, perto dessa cadeira? – bateu com a vassoura no assento, fazendo-o cair para o lado.

– Até logo – Rachel sorriu e foi ao encontro da mãe, ansiosa por se livrar de qualquer vestígio de abelhas ou outro inseto que fosse.

– Até logo – Marilla cumprimentou-a.

O sol estava brilhando. A neve derretia silenciosamente, e a água escorria pelos cantos escondidos das casas, pelos beirais e pelas árvores. O chão, ao contrário, ainda estava rígido como gelo, ao que Marilla agradeceu, uma vez que andariam o caminho para casa.

– Aparentemente, fez uma nova amizade hoje – Izzy observou.

– Acredito que sim – respondeu a jovem.

Izzy deu uma piscadela e tomou a mão da sobrinha entre as suas.

Com o gesto, muitos pensamentos vieram à mente da jovem garota, como o juramento que fez a Rachel. E o juramento que sua tia não cumpriu ao senhor William Blair. Ainda era difícil de acreditar que por pouco Izzy seria a senhora Blair, nora do dono da mercearia. Tudo indicava que havia muitas coisas que até então não sabia sobre sua família e sua cidade, sobre o lugar onde morava.

Apresentando John Blythe

Marilla e Rachel haviam acabado metade dos dois bordados de amarílis em abril. O processo foi mais lento do que o previsto porque a senhora White ordenou que poderiam iniciar o trabalho com aquele desenho desde que ambas tivessem feito, ao menos, dez linhas do projeto do grupo: os xales de oração para o orfanato de Hopetown, em Nova Scotia. Sete das dez senhoras também faziam parte das aulas da escola dominical presbiteriana, portanto detinham a maioria dos votos. O grupo retomou as reuniões após o fiscal do condado fazer a vistoria na casa da família White e não ter achado vestígios de vespas, abelhas, marimbondos ou qualquer inseto semelhante nas paredes da residência. De acordo com o fiscal, qualquer que fosse o inseto, teria morrido após perder o ferrão, presumidamente no corpo de Rachel.

– Senhora White, sua casa está vistoriada – determinou o fiscal, após verificar todas as áreas da lista de inspeção.

Mesmo antes da chegada do especialista, a dona da casa e sua criada esfregaram todas as paredes, do chão ao teto, deixando-a muito mais orgulhosa do laudo oficial, propagado em bom som a quem passasse em frente ou mesmo perto da residência.

– Vistoriada, foi o que o inspetor disse. Oficialmente.

A neve derreteu, e as chuvas chegaram, deixando tudo muito úmido em Avonlea. A água parecia vir de todas as direções, inclusive do chão, onde as gotas se juntavam às poças que estavam em toda parte. Era impossível andar mais de um metro e não ficar encharcado.

Marilla correu para a casa de Rachel entre uma chuva e outra; a tempestade que ia em direção a Newfoundland estava dando lugar à aproximação de outra chuva vinda de New Brunswick. E ela mal chegara à porta da residência da família White quando nuvens pretas tomaram conta do céu e pesados pingos de água começaram a bombardear as ruas da cidade. Da varanda coberta, uma bela vista de Avonlea se abria para quem quisesse apreciar; podia-se admirar o golfo e o mar agitado ao longe, o vento era tão forte e assustador que poderia carregar pessoas de um lado a outro, as árvores frondosas se dobravam como varas de bambu. De repente, era como se um véu cinza envolvesse todas as casas, todas as ruas e a chuva castigasse quem ainda insistisse em correr entre uma propriedade e outra. Marilla tinha a mente confusa, não estava reconhecendo sua Ilha, como se nunca tivesse encarado um tempo como aquele. Foi quando se realizou: aquela não era sua casa, portanto seus olhos jamais haviam visto Avonlea daquela perspectiva.

– Entre, antes que fique toda encharcada – Rachel a puxou para dentro da casa. – Veja isso: consegui aprimorar nossas rosetas. Todos os modelos de vestidos de noiva, de Paris a Londres, estão usando esse enfeite. Dizem que a princesa Victoria ordenou que fossem bordadas pelo menos dez mil rosetas como essa em seu vestido de coroação. Nem consigo imaginar tamanha beleza.

Com muito orgulho, ergueu seu bordado para admirá-lo. Sua obra em nada devia ao ponto original da revista, e Marilla preferiu ficar em silêncio.

– Infelizmente, não foi muito fácil, mas posso ensinar a você – Rachel se ofereceu. – Porém, não desanime caso não consiga fazer tão rápido como eu. Algumas pessoas levam anos até alcançar um bom resultado, principalmente quando não têm o talento dado por Deus.

Rachel percebeu, no segundo encontro, que Marilla não compartilhava do mesmo talento, mas seu trabalho tinha potencial, desde que fosse perseverante e exigente consigo mesma.

– Serei muito grata se me ensinar – Marilla respondeu.

– Vamos deixar pronto nosso xale de oração primeiro. Mamãe contou minhas dez carreiras antes de ela e papai partirem para *Four Winds*. Rachel puxou de seu cesto de costura o novelo de lã grossa e felpuda. – Ella fez alguns quitutes que meus pais levaram para meus primos. Pobres crianças, os cinco filhos estão com catapora ao mesmo tempo – Rachel pegou a agulha de crochê e a linha, um ponto, uma laçada, outro ponto, outra laçada.

Marilla juntou-se a ela e, com a agulha de crochê, começou a fazer o seu xale para os órfãos.

– A varicela é uma doença muito perversa – Rachel tinha na voz um tom maternal. – Mamãe envolvia meus dedos com tecido para que eu não coçasse as feridas, e a mesma coisa minha avó fez com ela. Se não fosse cautelosa, poderia deixar cicatrizes no corpo para toda a vida. Fiquei muito feliz que sarei da doença e não fiquei com uma marca sequer. Certa vez, li uma história sobre uma linda jovem que tinha uma ferida exatamente no centro da testa como se tivesse sido ungida com uma ferida sagrada. Aliás, esse era o nome da história: *Ungida por uma ferida sagrada*. Pareceu-me tão adorável o enredo que desenhei uma pequena cicatriz na minha testa com o pó carmim de minha mãe. Quando me fez confessar o que diabos fazia com sua maquilagem, disse que minha atitude era uma grande tolice e me levou até o cais do porto para ver os meninos franceses que viviam por lá. Um deles tinha marcas no rosto de uma orelha à outra, parecendo uma espiga de milho. Ele era visivelmente triste, e eu fiquei tão envergonhada que nunca mais toquei no assunto. – Balançou a cabeça como se quisesse tirar aquelas lembranças da mente à força. – Você já teve catapora?

– Sim – respondeu. – Matthew tinha nove anos, e eu, um ano. Mamãe me contou que nunca havia visto uma criança tão doente. Eu era muito nova para me lembrar das febres e coceiras. Coincidentemente, Matthew e eu temos uma cicatriz exatamente igual, logo creio que tenha sido dessa doença.

– Você tem mesmo uma cicatriz? – Rachel deixou seu crochê de lado.

Marilla estranhou que a menina tivesse tão mórbida fascinação. Era apenas uma cicatriz de catapora, tão comum como uma sarda e horrorosa quanto uma verruga. Não conseguia entender essa obsessão para romantizar um assunto tão desagradável. Ao mesmo tempo, lembrou-se de que Rachel era filha única e que sua imaginação poderia envolvê-la em situações fantasiosas. Seguramente, ela era mais realista.

– Está bem aqui – arregaçou o punho da manga esquerda para revelar, na parte interna de seu cotovelo macio e pálido, uma pequena cicatriz em forma de lágrima, tão discreta quanto o bordado de roseta de Rachel.

– Oh, essa é a mais linda cicatriz que já vi, se lhe serve de consolo – Rachel disse, radiante.

– Meu irmão tem a mesma marca no cotovelo direito – ela explicou. – Mamãe diz que sempre é assim com irmãos. A dor que um sente, o irmão também sente. Quando se nasce de um mesmo útero, a natureza dará conta de que as vidas serão compartilhadas.

Rachel tinha os olhos brilhando de curiosidade.

– E se a pessoa não tiver irmãos?

Marilla abaixou a manga. E se tivesse magoado a amiga, mesmo não sendo essa a intenção?

– Bem, talvez por isso Deus nos reservou amigos para compartilharmos as experiências da vida.

Agora, seus olhos brilhavam mais ainda de contentamento e sorriu.

– Sim, você tem razão. O reverendo Patterson fez um belíssimo pronunciamento sobre esse assunto na última semana, baseado em um provérbio: um homem com muitos amigos pode até ir à ruína, mas sempre haverá um amigo tão próximo como um irmão, ou irmã, em nosso caso.

Marilla assentiu com um gesto de cabeça.

– Pode ser que eu não tenha uma cicatriz no cotovelo como você, mas eu tenho uma no meio de sabe onde, após sentar naquela maldita agulha no mês passado – Rachel sorriu. – Você me salvou de uma humilhação perpétua, Marilla Cuthbert. Serei eternamente grata a você.

Marilla não considerou o acidente ou o que quer que tenha dito como algo que pudesse assemelhar-se a uma humilhação ou merecesse gratidão infinita. Mas, de novo, aprendera rápido como Rachel enxergava o mundo e como atitudes podem ser completamente diferentes de uma pessoa para outra diante de um mesmo fato.

Ella interrompeu a costura.

– *Mademoiselle* Rachel, *monsieur* Blythe veio para uma troca.

Rachel meneou a cabeça e franziu a testa.

– Mamãe e papai não mencionaram nada para mim.

– A mim também não. Seu nome é John Blythe – Ella esclareceu. – Diz que veio a pedido de seu pai referente a uma arma.

– Arma? – Rachel enrolou a linha no novelo que estava usando. – Seguramente, papai falou com ele na reunião da prefeitura, segunda-feira passada. – Guardou o material de costura na cesta. – Diga-lhe que meus pais não estão em casa e peça que volte mais tarde.

Ella concordou, porém viu-se obrigada a fazer uma observação.

– Farei isso, mas ele veio o caminho inteiro sob a chuva torrencial. Poderíamos servir-lhe uma bebida quente? Decerto, ele se sentirá mais reconfortado. Seria um modo de fazermos uma caridade, *oui*?

As moças se entreolharam, e Marilla encolheu os ombros. Ela não conhecia John Blythe, mas já sentira a força da chuva molhando até os ossos, suficiente para deixá-la de cama, gripada por uma semana. Esperar a chuva amenizar antes de mandá-lo embora seria mais sensato.

– Está bem. – Rachel levantou-se, alisou o vestido e beliscou as bochechas de leve.

Para Marilla, aquela atitude era estranha. Havia muito tempo que não dava a mínima atenção à própria aparência. Seus maxilares proeminentes eram uma característica de seu pai e, sob o sol escaldante do verão, assemelhava-se mais à camurça de sapatos do que à cor de alabastro. Maquilagens e beliscões só deixariam sua pele mais manchada. Marilla era simplesmente Marilla, o que nunca a incomodou. E, afinal, era apenas a filha de um fazendeiro, não havia como negar suas origens.

John Blythe estudava na Avonlea School, dois anos à frente de Rachel. Não havia meninas em sua classe. Muitas abandonavam as aulas para cuidar de irmãos mais novos e ajudar nas tarefas do lar. Se fosse necessário, teriam aulas em casa, como ela fora obrigada a fazer por causa da doença. Assim, John Blythe era mais um entre tantos meninos mais velhos que estudavam naquela escola. No entanto, algo nele havia mudado que a fez estremecer quando Ella o trouxe desde a porta da cozinha até a entrada do salão, o que não passou despercebido também aos olhos da criada.

– *S'il vous plaît*, entre, *monsieur* Blythe. Deve estar molhado até a alma. Aqui, deixe-me pendurar seu casaco para secar perto do forno. Farei *a tasse de thé*. *Mademoiselle* Rachel e sua amiga o aguardam no salão.

– Obrigado, muito gentil de sua parte – ele agradeceu.

Aos ouvidos de Marilla, o tom de voz masculino era muito agradável.

Rachel deixou cair com displicência um cacho dos cabelos sobre a testa, enquanto Marilla friccionou o pescoço levemente ao ouvirem passos ecoar pelo corredor.

Primeiro, o bico de sua bota surgiu das sombras para logo em seguida ele despontar. Era alto e forte. A água da chuva molhou sua camiseta, colando sobre o peito, como uma segunda pele, e revelando as linhas do dorso, braços e costas. Os cabelos cacheados, também molhados, caíam sobre a fronte, e os olhos castanhos cintilavam como ouro sob as luzes do salão. Ao lançar seu olhar de Rachel para Marilla para depois fazer o movimento inverso, sentiu-se antes na luz e depois na penumbra.

– Olá, Rachel.

– Olá, John Blythe – Rachel respondeu. – Esta é minha amiga, Marilla Cuthbert.

Ele a cumprimentou com um menear de cabeça.

– Conheço seu irmão, Matthew. Estudamos na mesma escola antes de ele trabalhar com seu pai. Prazer em conhecê-la. – Ele sorriu, e seus olhos pareciam brilhar muito mais.

Marilla fora obrigada a desviar o olhar, que chegava a machucar, como se estivesse olhando para o sol.

– Muito prazer.

– Como nossa criada o informou – Rachel disse, com uma das mãos sobre o quadril –, meus pais não estão em casa. Viajaram para Four Winds, visitar meus primos. O que o traz aqui são negócios urgentes?

Algumas gotas de água escorreram pela têmpora e pingaram sobre o tapete do salão. John ajeitou os cabelos para trás, e Marilla por pouco não engasgou por causa de uma marca em sua têmpora esquerda. Um pequeno sinal, que passaria despercebido a qualquer pessoa, exceto… E elas estavam conversando sobre cicatrizes havia poucos minutos. Ungida, Rachel havia dito. Sentiu calafrios percorrer todo o seu corpo.

– Perdão pela intromissão. Não sabíamos, meu pai e eu, que haviam viajado hoje – John desculpou-se. – Combinamos de fazer uma troca. Uma de nossas vacas da raça Jersey seria trocada por uma Ferguson, que o senhor White comprou de um exportador londrino no ano passado. Meu pai pediu-me para vir até aqui para avaliar a condição da arma antes de trazermos a novilha.

Rachel inclinou a cabeça.

– Acho que me lembro dessa arma. Papai ainda disse que foi um dinheiro mal empregado, um verdadeiro desperdício, pois nunca a carregara, afinal não há muito em que atirar, além de coelhos e pássaros aqui, em Avonlea. Além disso, meu pai não tem tempo, muito menos sede de sangue para tal tipo de diversão.

– Foi exatamente isso que disse a meu pai – John concordou.

– Bem, sinta-se à vontade para ver a arma. Sei onde ele a guarda. – E Rachel os levou até o armário do corredor e apontou para a prateleira de cima. – Praticamente nova, ainda está na caixa.

– Posso?

– Sim, por favor. Eu não poderia aceitar que atravessou a cidade sob uma forte tempestade para nada.

John trouxe a caixa para baixo. Seus braços flexionaram sob o tecido de algodão. Estavam os três muito próximos, confinados naquele corredor estreito. Marilla podia sentir o cheiro do couro molhado e do sal marinho de sua pele. Ele abriu a caixa, e todos contemplaram o longo cano de madeira polida.

– Havia me esquecido de como a arma é bonita. – Rachel deslizou os dedos sobre o gatilho em metal polido. – Assemelha-se a um cetro real.

– Que pode ser muito perigoso, eu presumo – John opinou.

Rachel ergueu o queixo e o encarou.

– Depende de como é usada. Se a pessoa mirar nada mais do que o belo céu azul, pode muito bem ser um cetro. – A menina riu, um som metálico que ecoou pelo corredor de azulejos azuis.

Para Marilla, era surpresa ter uma arma tão perto de seus olhos. Nem ao menos sabia se o pai guardava um rifle desses em casa. Se a pólvora já era cara demais, o que se poderia dizer de uma arma como aquela? E, como o próprio senhor White constatou, não havia motivo algum para se ter uma arma em Avonlea. Era uma cidade civilizada, em uma ilha civilizada. Não havia perigo algum em morar lá, a não ser um mau elemento provocando o gado em alguma fazenda. E, para isso, um forcado cumpria essa função melhor do que qualquer outra coisa. O pai de Rachel obviamente a comprou para brincar. Mas, agora, John foi orientado a trocar uma vaca Jersey por esta sofisticada arma de fogo, e Marilla estava curiosa para entender esse negócio.

– Por que a sua família quer um rifle como esse? – Marilla perguntou.

O jovem girou nos calcanhares e a encarou, fazendo-a enrubescer.

– Para proteção.

– Não temos inimigos na cidade – Marilla insistiu –, nenhum lobo ou ursos, aqui é uma ilha.

– Nenhum homem é uma ilha, por si só. O indivíduo é um pedaço do continente, uma parte do todo.

O senhor Murdock, seu professor, lera essa frase uma vez. O nome do autor estava na ponta da língua...

– John Donne – ela disse, lembrando-se por fim.

– Você é muito inteligente – John sorriu na direção dela.

Marilla sentiu o ar faltar, o chão se abrir sob seus pés, a maré puxar seu corpo para o fundo do mar.

– Não concordo – Rachel se opôs. – Você se acha tão esperto apenas porque sua mãe permite que estude o dia inteiro. No entanto, a minha mãe sempre diz que há mais para a vida do que livros. – Fechou a tampa da caixa. – Agora, pode voltar para casa e dizer ao seu pai o que achou do rifle.

A boca do jovem se curvou em um sorriso.

– Sou-lhe grato por me permitir fechar o negócio que me foi designado. Porém, sou apenas um humilde lavrador, *mademoiselle* White – disse isso curvando-se como um homem dos tempos feudais.

– Não tente me agradar com palavras gentis. Sou imune a falsos intelectuais. – Rachel alisou as pregas de seu vestido e voltou ao salão.

Marilla se virou para segui-la, porém John se colocou em seu caminho.

– Há rumores de uma insurreição – ele disse.

O coração de Marilla acelerou como um galope de ginete.

– De quem?

– Fazendeiros canadenses, habitantes da cidade e comerciantes contra a aristocracia corrupta, a Châteaux Clique e a família Compact.

Marilla soube dos conflitos internos entre americanos, mas tal problema não havia relação com os canadenses. Eles eram pacíficos com seus conterrâneos, pelo menos ela acreditava nisso. Ao notar sua inquietude, John alcançou seu cotovelo, e os dedos envolveram exatamente o lugar onde estava a marca que havia mostrado a Rachel uma hora antes. Conseguia sentir o toque de seus dedos trespassar a manga da fluida musselina.

– Não se preocupe, Marilla, você estará a salvo.

Ela não se atreveu a encontrar o olhar do jovem.

– Eu estarei salva.

– Sem dúvida, tenho certeza de que Matthew e seu pai estão tomando medidas de precaução. Todos estão. – Seu olhar se dirigiu ao salão, para onde Rachel se retirou, voltando à sua costura. – A maioria, pelo menos. O senhor White declarou a meu pai que a única razão para fazer a troca do rifle pela vaca é porque já comprou outra arma, um mosquete, mais adequado para alvos de curta distância.

As mãos de Marilla estavam úmidas ao sentir que o perigo estava tão próximo.

– Chá? – Ella trouxe a bandeja.

John soltou o braço de Marilla.

– Muito obrigado, mas é melhor eu partir.

Ella não escondeu o desgosto em seu rosto e se virou para retornar à cozinha.

– Certamente, direi ao meu pai que o rifle está em excelentes condições.

John chamou por Rachel.

– Mais uma vez, peço desculpas por interromper sua tarde, senhorita White. Espero que possa retomar sua costura após minha saída.

– Está sendo inconveniente, senhor Blythe! – Rachel levantou a voz, mas a amiga percebeu um tom de ironia naquelas palavras. E John também.

– Tenha um bom dia, Rachel.

Como resposta, ela apenas resmungou.

— Tenha um bom dia, Marilla. — Além da saudação, o jovem piscou.

O gesto não foi bem-visto por Marilla; pelo contrário, considerou uma ousadia dele em um primeiro encontro. Mais ousado até do que pegar em seu cotovelo.

— Diga a seu irmão, Matthew, que estou mandando um abraço. Faz muito tempo desde a última vez que fui à propriedade da família Cuthbert. Talvez faça uma visita a ele.

As três meninas viram John partir a galope, os cascos do cavalo espirrando água das poças. A chuva já não caía, o céu se abriu, e o tom alaranjado tingiu o pôr do sol.

— Ele é tão bonito quanto o demônio — a criada suspirou.

Rachel envolveu seu dedo com um dos cachos de seu cabelo.

— Já vi homens mais bonitos — ela comentou com desdém. — E aparentemente ele só quis ser educado com Marilla.

— Apenas porque ele conhece meu irmão.

Rachel ergueu a sobrancelha desconfiada.

— Se eles fossem mais próximos, já o teria conhecido.

Matthew mal tinha tempo para amigos. Ele e o pai eram muito ocupados com a fazenda. E, após o episódio do incêndio, ele raramente saía para se divertir. Considerou se John também participara da festa naquela noite. Provavelmente, não, ela concluiu, porque seu irmão estava com vinte e um anos, enquanto John tinha dezesseis anos. A diferença entre eles não permitia que fossem amigos de classe. Sendo assim, por que demasiado interesse em visitar Matthew agora?

Rachel finalizou a carreira de crochê do xale de oração.

— Ele não faz o meu tipo, mas tem seus atrativos, não concorda, Marilla?

— Como qualquer homem bonito. O que tem valor é o que uma pessoa diz.

Já estava ficando tarde. Sua mãe e Izzy a aguardavam para jantar; assim, organizou seus pertences de costura. A criada acendeu as lamparinas enquanto Rachel conduzia Marilla até a varanda. O ar tinha o cheiro característico de terra molhada com a proximidade da noite.

– Seja sincera, Marilla, O que faria se John Blythe surgisse de repente diante de sua porta?

– Eu lhe daria as boas-vindas. Exatamente como faria com qualquer amigo de Avonlea.

– Tome cuidado no caminho para sua casa – Rachel alertou. – O sol já se pôs, e eu me odiaria por toda a vida se você caísse em algum buraco de lama.

Ao longo de todo o caminho para casa, Marilla pensou na cicatriz de varicela localizada na têmpora de John. Era difícil de imaginar seu rosto sem aquele sinal, tão pequeno. Uma insignificante falha para a maioria das pessoas, mas, ainda assim, para ela, era um detalhe dos mais interessantes, porque fazia parte de sua história. A partir de então, entendeu por que Rachel considerava desejável uma simples cicatriz.

Tia Izzy e seus ensinamentos

Os comerciantes e fazendeiros estavam reunidos em Carmody para discutir os preços do óleo de semente, que dispararam na primavera. O inverno havia sido rigoroso ao longo do território canadense, e a crise econômica afetara a maioria das fazendas. Três dias era o tempo que Hugh ficaria ausente da fazenda por causa das reuniões. Nesse período, Matthew deveria estar à frente e cuidar da fazenda, enquanto Izzy se dedicaria a Clara. Tudo estava organizado, e mesmo assim Hugh não estava confortável em se ausentar. Em menos de um mês, o bebê nasceria, e Clara sentia muitas dores. O doutor Spencer insistiu que ela deveria permanecer em repouso absoluto.

– Você deve ir, caso contrário não teremos colheita na primavera nem para o nosso sustento – Clara argumentou. – São apenas alguns dias. Nosso bebê ainda tem algumas semanas para crescer aqui dentro. Ademais, Izzy, Matthew e Marilla estarão ao meu lado. Estou muito mais preocupada com você, viajando sozinho, arriscando-se a ser atacado por ladrões na estrada.

– Os únicos ladrões que temos na Ilha são os amaldiçoados esquilos, que insistem em roubar nossas sementes – Hugh praguejou. – E se a criança nascer antes do previsto?

– Vai perder o alvoroço de um parto, meu bem – ela brincou. – De minha parte, ficarei aqui, repousando, como o médico recomendou. Nosso bebê não verá ninguém ao nascer além de você, eu prometo.

Hugh pegou as mãos de Clara com carinho e as beijou.

Os irmãos Cuthberts permaneceram à porta do quarto. Considerando as palavras de John, a ideia de uma rebelião mostrava-se mais real do que nunca.

– Papai estará seguro na estrada, não é, Matt?

– Claro que sim. Por que tem dúvida? – Matthew franziu a testa.

– Há rumores ecoando pelas ruas da cidade. – A jovem encolheu os ombros.

– Sabe de onde vêm os comentários?

Ela ficou em dúvida se deveria ou não citar nomes. Porém, estava falando com seu irmão, e não havia razão para esconder qualquer assunto dele.

– John Blythe. Ele esteve na casa de Rachel para atender a um pedido do pai, buscar um rifle. Disse, também, que era para proteger sua família, propriedade e o que mais precisasse. E mais: muitas pessoas vão pegar nas armas para tomarem parte de uma rebelião.

O irmão mordeu os lábios e desviou o olhar para a mãe, que pedia ao marido para levar mais uma camiseta. O vento estava demasiadamente gelado.

– Isso é verdade?

Dessa vez, ele encarou a irmã, sem antes observá-la por uma fração de segundos.

– Temo que sim, minha irmã.

Marilla sentiu um nó na garganta, que incomodava.

– Não vamos ficar preocupados, não há perigo de sermos atacados, garantiremos sua segurança. – Matt falou e pousou a mão sobre o ombro dela, transmitindo-lhe tranquilidade e conforto.

– John disse o mesmo.

– Ele é um bom rapaz. Deve escutá-lo – concordou com um gesto de cabeça.

– Mas prefiro escutar você.

Matthew sorriu.

– Acho melhor preparar Jericho para nosso pai. Ele deve seguir sua viagem agora.

O irmão desceu as escadas, sendo seguido pelo pai com sua mala de viagem.

– Cuide muito bem de sua mãe, minha filha. – E o pai saiu depois de beijar a fronte de Marilla.

Só, ela entrou no quarto dos pais.

– Deite-se um pouco ao meu lado, querida – Clara acenou ao vê-la diante de sua cama.

Marilla subiu na cama como fazia quando ainda era uma criança, atendendo ao pedido carinhoso da mãe. Clara exalava um cheiro maternal de leite e mel. Passou o braço pelos ombros da filha. Marilla gostaria que o tempo parasse naquele exato momento; sentia-se muito segura sob a proteção da mãe.

– Quando você era menor, eu costumava ficar deitada por horas e horas, mantendo-a em meus braços assim, como agora, contando tudo o que havia acontecido ao longo do dia. – Ao respirar, sua barriga, muito redonda, subiu e desceu abruptamente. – Quando temos companhia, ficar aqui, repousando, não é tão ruim. Porém, quando estou sozinha, o tempo se arrasta para passar.

– Pois então não vou mais deixá-la sozinha nem por um minuto sequer – a jovem garantiu.

– Minha doce Marilla, mesmo que isso me traga a maior felicidade, você não poderá ficar aqui para sempre. Terá de crescer e viver sua própria vida.

A filha pressionou seu rosto contra o peito materno para ficar mais perto e inspirou profundamente. Uma culpa silenciosa transformou-se em dor; por mais que quisesse permanecer ao lado da mãe, também desejava crescer e usufruir de tudo o que a vida adulta lhe reservava. Odiou ter seu coração dividido.

Clara alisou seus cabelos.

– A infância passa muito rápido, você verá. Em um primeiro momento, um bebê é uma flor em botão para, na próxima primavera, desabrochar como a mais linda flor do mundo.

– Mamãe, não sou linda – ela sussurrou.

Clara elevou o queixo da filha com um dedo, de modo que os olhares se encontraram.

– Oh, você é linda, meu bem. E logo encontrará um rapaz que pensará assim também. Vocês se apaixonarão, casarão e formarão sua própria família.

– Como descobriu que amava papai? – Marilla inclinou o rosto para aninhar-se mais uma vez no abraço da mãe.

Clara inspirou profundamente e pausou antes de responder.

– Eu sempre soube que nutria por ele uma amizade profunda porque crescemos juntos, lado a lado. No entanto, não reparei nele até o momento certo. Quando me dei conta, foi como se eu o tivesse visto pela primeira vez, o homem mais lindo do mundo. Esse foi o momento que eu descobri estar apaixonada por ele, quando não pude mais negar o destino.

Marilla sentiu o olhar de John Blythe entrar em sua mente, o que fez o peito arder sem queimar, e não se sentiu desconfortável por isso. Porém, era muito cedo para afirmar que estava apaixonada. Para John, ela nada mais era do que a irmã mais nova de Matthew. De certo modo, sentiu-se aliviada, poderia ficar protegida naqueles braços acolhedores por mais tempo. Ainda era um botão. Bem fechado.

Fiel às previsões de Clara, tudo levava a crer que aquela seria a última noite de inverno. A neve de abril trouxera os irmãos juntos para a lareira do salão.

Izzy voltou do quarto da irmã, para onde levara uma tigela de sopa. Estava arrumando a cozinha, enquanto Matthew lia o *Royal Gazette* e

Marilla finalizava os acabamentos da vestimenta do bebê, cujo molde do tecido amarelo e marfim a tia e ela haviam cortado. Estava orgulhosa do que fizeram. Poderia não ter o mesmo dom para fazer os ricos bordados de Rachel, mas tinha a mesma habilidade da tia em fazer roupas sob medida. A peça fora costurada com muito esmero, e seus pontos poderiam durar por anos. Sem detalhes em excesso, mas de extraordinária beleza, exatamente como ela gostava.

De súbito, desviou o olhar de seu trabalho para a manchete do jornal que Matt estava lendo: "Canadenses negros agora estão votando em canadenses".

– Pensei que todos já tinham o direito a voto.

– Não, ainda não – ele respondeu. – E esse é apenas o começo. Vocês, mulheres, também poderão votar nas próximas eleições.

– Mas já não podemos? – O fato era uma surpresa para ela. Não que achasse que mulheres já tinham esse direito. Simplesmente nunca pensara no fato de não poderem votar.

Matthew balançou a cabeça.

– O mesmo critério se aplica ao namoro. Uma mulher não pode entrar em uma festa e escolher o homem com quem queira dançar. Ela deve esperar um convite do cavalheiro.

– Bem, essa é a coisa mais ignorante que já ouvi – Marilla franziu a testa. – E por que não poderia?

– Porque essa é a regra. – O irmão riu internamente. – Isso não quer dizer que concorde com a regra. Estou apenas lhe contando a realidade e afirmando como o assunto é tratado.

Marilla refletiu por um longo minuto antes de se aventurar a perguntar.

– Você já cortejou uma moça?

– Bem, não sei bem ao certo.

Marilla finalizou a costura, deu um nó na linha e a cortou com o dente.

– Uma pessoa sabe se já cortejou ou não.

O irmão dobrou o jornal.

– Então, posso dizer que nunca o fiz. Mas isso não quer dizer que não conheça as regras.

Marilla riu.

– Você não deve estar falando sério. Está me dizendo que, se eu for a uma festa e quiser dançar a *Scotch Reel*[6], não posso simplesmente escolher um par e dançar?

– Isso mesmo que estou lhe dizendo.

– Bobagem! – Marilla meneou a cabeça.

A conversa entre ambos chamou a atenção de Izzy, que deixou a cozinha com Skunt aninhado em seus braços. A cena era totalmente incomum, visto que o gato jamais permitira que alguém o tomasse no colo. Marilla suspeitou de que só poderia ser porque Izzy o alimentava com sardinha defumada, quando todos da casa lhe davam, quando muito, punhados de ração. Certa vez, Clara comprou petiscos sabor chocolate, o que não o atraiu, mesmo esfomeado.

– O que é bobagem, meus queridos? – perguntou.

– O que Matthew está afirmando. Quer me ensinar as regras para cortejar quando ele mesmo nunca o fez.

A barba do rapaz não foi suficiente para esconder o rubor das faces.

– Nunca teve uma namorada, Matt? Diga a verdade. Terá muitas bolhas nas mãos se mentir para a família – Izzy ameaçou, piscando. – Não sinta vergonha, temos o mesmo sangue correndo pelas veias.

Matthew reuniu forças não sabia de onde para enfrentar a inquisição. Tossiu para conseguir falar.

– Não tenho tempo para isso. Ademais, não conheci ninguém que me interessasse.

Izzy acomodou-se na cadeira de *rattan*.

– Não ter tempo, posso até acreditar. Porém, quanto a não ter interesse em ninguém... – Acariciou o gato delicadamente. – Não estou muito

---

[6] Animada dança escocesa, da região das Terras Altas, marcada por movimentos circulares e passos deslizantes. (N.T.)

certa, mas observei-o admirando uma das meninas da família Andrews, fixamente, na hora da comunhão, na igreja.

Mais uma vez, Matthew sentiu as faces quentes. Abriu a boca no intuito de negar todas as palavras da tia, mas recuou.

– Qual delas, tia? – Marilla quis saber.

– Pergunte ao seu irmão. Vamos ouvir o que tem a dizer.

Ambas lançaram um olhar de curiosidade a Matthew e sorriram enquanto ele por fim jogou o jornal no chão e se levantou.

– Muito bem, não posso negar que fiquei encantado por Johanna.

Izzy estava exultante com a conversa.

– Você tem toda razão, ela é a mais bonita de todas – Marilla concordou.

Eram quatro as irmãs Andrews: Catherine, Eliza, Franny e Johanna. Cada uma delas tinha o seu charme, mas Johanna tinha os cabelos negros, lábios cor de carmim e sardas salpicadas no nariz e nas bochechas, o que a distinguia de todas as demais irmãs.

– Ela nem sabe da minha existência – Matthew falou com tristeza em sua voz.

– Bem, essa é uma ótima oportunidade para apresentar-se a ela – Izzy insistiu.

Colocou o gato no chão, mesmo assim o animal não parou de ronronar e trespassar suas pernas, para chamar sua atenção.

– De fato, esse assunto deveria ser discutido com seus pais, porém, dadas as atuais circunstâncias – Izzy suspirou –, suponho que conversar com um membro da família é mais adequado do que com qualquer outra pessoa.

Matthew se acomodou ao lado da irmã novamente. Aparentava estar entusiasmado e curioso com a opinião da tia.

– Considerando minha limitada experiência – Izzy tossiu –, tudo é muito simples – começou e parou mais uma vez.

O barulho do estalar da lenha chamou a atenção de Izzy, o que a fez levantar-se e atiçar as brasas. Assim que o fogo iluminou o interior da lareira, a tia se juntou a eles.

— Muito bem, vamos começar do básico. Matthew, você gosta de Johanna, certo?

Matthew esboçou um sorriso tímido.

— Perfeito. Marilla, suponha que algum dia você venha a se encantar por um garoto.

De pronto, a imagem de John Blythe veio à sua mente. Pelo menos, serviria de inspiração para aprender algo novo.

Agora, levantem-se os dois — orientou.

Ambos obedeceram.

— Convide seu *amour* para fazer um passeio a seu lado. Não importa se será perto ou longe, convide, mas apenas ela e você. Assim que caminharem, será o momento de pegar em seu braço e acomodá-lo aqui, desse modo — tomou a mão de Matthew para que se juntasse à de Marilla e gentilmente passou a mão da irmã por dentro de seu braço, apoiando-a na parte interna do cotovelo.

— E você, Marilla, deixe o jovem senhor pegar em sua mão e conduzi-la como demonstrei, e partirão para o passeio, entenderam?

Marilla concordou com um aceno de cabeça.

— E depois? — Matt perguntou.

— E depois você colocará um pé à frente do outro e caminhará. Podem ir! — Izzy ordenou. — Podem dar uma volta pela sala.

Marilla não pôde conter o riso. A cena tinha algo de bobo, porém Matthew conduziu a irmã adiante até o corredor e voltaram.

— Perfeito! — Izzy aplaudiu. — Todavia, não se esqueçam de conversar. Não podem simplesmente passear mudos, não é o ideal. Esta é a oportunidade, sobrinho, de tabular uma conversa íntima entre vocês dois.

— Íntima? Conversa? Eu não sei... — Naquele momento, Matt soltou o braço da irmã.

O jovem era muito tímido. Tomar a atitude seria viável, mas bastava adicionar um diálogo para que as dificuldades se tornassem intransponíveis.

— É simples — disse a irmã, tentando ajudar.

Pegou seu braço mais uma vez.

– Senhor Cuthbert, como será a colheita de sua família neste ano?

– Boa – o rapaz murmurou.

– Pergunte-me sobre minha família – Marilla sussurrou.

– Mas você é minha família – respondeu sussurrando também.

A menina meneou a cabeça.

– Jogue o jogo, finja que eu sou Johanna e eu fingirei que você é... bem, você é você mesmo.

Ela engasgou, por pouco não deixou escapar o nome de John.

– Pergunte-me sobre assuntos que perguntaria a Johanna.

– Sua irmã está certíssima – Izzy asseverou.

Matthew suspirou e limpou a garganta.

– Soube que seu pai comprou uma carruagem em Charlottetown.

– Muito bem, está ótimo! – Marilla exclamou antes de se colocar no papel de Johanna. – Oh, sim, ele comprou. É uma bela carruagem.

Matthew começou a gaguejar, sem saber o que dizer a seguir.

– Pergunte-me como é a carruagem.

– Por Deus, eu não sou bom para essas coisas! – ele resmungou, erguendo as mãos.

– Sobrinho, estamos aqui para praticar – seu tom era de consolo. – Não há regras. Não pense nisso como algo que deve ser bom ou mau. Cortejar alguém nada mais é do que conhecer uma pessoa. Logo, sempre que der um passo adiante, descobrirá coisas novas.

– Como uma história de jornal, relatando novas notícias a cada edição, certo? – Marilla citou o exemplo.

– Corretíssimo – Izzy concordou. – Da mesma forma que é curioso para ler sobre acontecimentos, seja curioso sobre a vida da pessoa que está cortejando.

Tudo fazia sentido para Marilla, contudo seu irmão ainda parecia perplexo.

– Não sei... – repetiu.

— Essa é a magia do namoro, meu rapaz. Não existe um começo a ser conhecido. Não poderá evitar de se apaixonar, do mesmo modo como não poderá evitar de respirar. São situações naturais da vida – Izzy sorriu.

Marilla refletiu se a tia havia sido cortejada por William Blair. E, se isso aconteceu, o que a fez mudar de ideia em relação ao amor que sentia por ele. Talvez amar e não amar sejam sentimentos instintivamente iguais. Certamente, não era assunto para ser abordado. Nem naquele momento nem nunca.

— Mesmo nosso velho Skunk tem um amor – afirmou Izzy. – Encontrou uma gata no celeiro, Molly. Porém, ela me pareceu um tanto selvagem. Suponho que sua permanência não atravesse esse verão. É possível que seu destino seja desbravar o que o mundo tem a lhe oferecer.

Marilla tomou o gato nas mãos e o aninhou sobre os ombros, rente ao pescoço, não se importando com os miados de protesto.

— Quem sabe podemos oferecer leite quente e sardinhas à sua gatinha, e ela ficará por aqui.

— Veja, isso é cortejar, Marilla!

— Não tenho certeza de que leite e sardinhas serão atrativos para Johanna.

O riso frouxo era tão alto que, no andar de cima, Clara acordou e de sua cama também riu.

No domingo, após o reverendo Patterson terminar seu sermão e a congregação cantar os salmos, os fiéis foram conduzidos ao cemitério, onde grupos de três e quatro pessoas juntaram-se para a hora da comunhão. E, para surpresa de Marilla, o irmão caminhou diretamente até a família Andrews. Apertou as mãos do senhor Andrews, com um aceno de cabeça cumprimentou a esposa dele e, em seguida, disse algumas palavras que fizeram os olhos de Johanna piscar tão rápido que até ele percebeu. A jovem deu um passo à frente de suas irmãs. Matthew pegou sua mão para aconchegá-la em seu braço, exatamente como sua tia lhe mostrou. Quando o casal se virou, percebia-se um leve rubor nas faces de Matthew, todavia seu andar era seguro, e Marilla até notou que sua boca emitira algumas palavras.

– Enfim, esse é o comportamento masculino – Izzy comentou com a sobrinha.

Matthew e Johanna se entreolharam, trocaram sorrisos que não poderiam ser sufocados por quem quer que fosse, porque era óbvio que ambos estavam completamente embriagados pela paixão que pairava no ar.

– Vá em frente, Matt – sussurrou a jovem, enquanto seu irmão caminhava ao lado de Johanna em direção à área de piquenique da igreja, onde folhas brotavam dos bordos-açucareiros, perfeitas para fazer o delicioso licor *Chartrese*.

Marilla tinha a esperança de saber os segredos do passeio, e ansiava por uma experiência tal como a do irmão, mas que não demorasse tanto.

Faz muito tempo desde a última vez que fui à fazenda Cuthbert. Quem sabe, eu deva ir lá mais uma vez, John falou. E, naquele momento, Marilla rezou a Deus para que ele viesse.

Marilla entretém uma visita

Marilla acabara de finalizar o xale de oração para as senhoras do projeto do círculo de costura. A escola dominical contabilizou um total de cinquenta deles, portanto os xales dela e de Rachel somariam cinquenta e dois. A senhora White considerou que mais de cinquenta xales seria uma quantidade mais do que suficiente, logo eles já poderiam ser entregues ao orfanato de Hopetown. A jovem levaria o seu à casa da família White, tendo em vista que fora convidada para o jantar.

Matthew e o pai retiravam o feno do estábulo. Clara descansava, e Izzy estava na varanda dos fundos, segurando um pincel, com manchas de tinta amarela cobrindo boa parte do rosto. Decidiu que a cadeira de madeira usada para contar histórias para a irmã deveria ser pintada de amarelo: "para levar um pouco dos raios do sol primaveril para dentro do quarto da mamãe". Sendo assim, comprou uma lata de tinta na loja do senhor Blair e improvisou um pequeno ateliê de pintura na cozinha da casa.

– Alguém está no portão! – Izzy avisou pela janela aberta.

– Sim, eu escutei – respondeu a sobrinha.

– É bem provável que seja a senhora Sloane. A mulher me chamou de canto na igreja para trazer sua cópia do exemplar *As regras do bom comportamento*, caso precisemos relembrar. Essa família continua a mesma – Izzy meneou a cabeça. – Querida, seria eternamente grata se recebesse o livro por mim. Pode me fazer essa gentileza? Diga-lhe que estou indisposta. Não tomará mais do que um minuto.

A sobrinha se prontificou a atender a visita. Ao abrir a porta, o ar lhe faltou. Não era a senhora Sloane, mas, sim, John Blythe.

– Oh, olá de novo, Marilla.

– Olá, John – a voz falhou, e o embaraço ficou evidente.

Os cabelos compridos caíam em ondas sobre os ombros. A fita que antes controlava as mechas mais rebeldes havia caído. Mas o que antes não a incomodara, agora a deixara com muita vergonha, os cabelos emaranhados eram sinônimo de desleixo. Era óbvio que, para quem estava em casa, vê-la com os cabelos despenteados era uma cena normal. Entretanto, quem estava diante de si era John Blythe, e sob seu olhar sentia-se superexposta e com as faces ardendo em brasa.

– Vim para uma visita a Matthew.

Ele vestia um terno de linho claro, muito diferente da roupa de fazendeiro usada no encontro anterior. Estranhamente, ostentava traje completo de domingo em uma corriqueira terça-feira.

– Por favor, entre – Marilla convidou. – Matthew está no celeiro com meu pai. Vou chamá-lo.

– Sim, obrigado.

A jovem se virou em direção à varanda dos fundos, mas foi detida pelo rapaz.

– Vou importuná-la se antes trouxer um copo d'água para beber? As estações de transição, como a primavera, sempre são incógnitas. Um dia é congelante e, no próximo, o sol parece que vai assar as pessoas.

Gotas de suor escorriam por sua fronte.

– Oh, mas é claro! Deveria ter oferecido de pronto.

– De minha parte, peço desculpas por não ter avisado sobre minha visita.

Ambos suspiraram e trocaram sorrisos.

Marilla foi à cozinha buscar um copo de água fresca. Ao vê-la através da janela aberta, Izzy deu um passo adiante, com olhar questionador.

– Não é a senhora Sloane – Marilla sussurrou. – É John Blythe. Veio para visitar Matthew.

A tia inclinou a cabeça.

– O filho do fazendeiro dos laticínios?

Marilla assentiu com um gesto de cabeça.

– E por que ainda estamos sussurrando?

A jovem tossiu de leve sem responder e retornou à sala de estar.

John tomou o copo na mão e bebeu a água com avidez.

– Muito obrigado por sua gentileza. – Os lábios ficaram úmidos e brilhavam ao falar.

– Você buscou o rifle na residência do senhor White? – perguntou Marilla, lembrando-se da aula que recebera da tia sobre comportamento de uma garota sozinha com um rapaz no mesmo ambiente. Era uma ótima oportunidade para praticar, participando de uma conversa íntima como a tia sugeriu, mesmo que não fosse um cortejo oficial. Pelo menos, ela não achava que fosse e, como nunca tivera a experiência, não poderia ter certeza de nada.

– Sim. – O jovem aparentava estar aliviado com a bebida e com o diálogo travado entre eles. – Meu pai ficou satisfeito, e a família White trocou o rifle por nossa melhor novilha Jersey; logo, suponho que todos ganharam com o negócio. E como vão as costuras em companhia da senhorita White?

– Muito bem, obrigada. Finalizei o xale para os órfãos de Hopetown – e apontou em direção ao sofá, onde a peça estava cuidadosamente dobrada.

– Em Nova Scotia, sim. Creio que minha mãe também fez uma peça como essa.

– Não me surpreenderia. A senhora White é diretora da escola dominical. Tudo leva a crer que ela mandou Avonlea inteira fazer xales para oração.

– Órfãos sortudos.

– Não tão sortudos assim – Marilla franziu a testa. – Apesar dos xales, um órfão não tem uma casa, muito menos uma família.

– Você tem toda razão, expressei-me mal. – Com o copo ainda em mãos, John ficou a analisá-lo. Cristal, transparente. Antes de entregar-lhe o copo d'água, Marilla cerificou-se de que filtrara mais de uma vez a água para que não restasse partícula de nenhum resíduo.

– Grato – ele falou, após um longo minuto de reflexão. – Queria dizer que os órfãos têm sorte e são gratos por terem tantas pessoas amáveis e solícitas a ajudá-los, apesar de não se conhecerem.

Contradizê-lo não foi a intenção da adolescente, apenas fora sincera e verdadeira. Conversas sem propósito, superficiais sempre a incomodaram. *Como vai? Bem, e você? O tempo está agradável. Sim, Deus nos dá o sol, mas também nos priva dele. Como vai sua mãe? Um pouco doente, e a sua? Bem, bem, muito gentil de sua parte perguntar por ela.* E assim por diante. Duas pessoas podem passear e conversar por horas e ao final serem tão desconhecidas como antes do encontro. Alguns podem crer que a conversa fora até íntima, mas Marilla não tinha o menor interesse por conversas sem conteúdo, formais. Sua preferência recaía sobre pessoas cativantes, cuja fala era relevante. Ou melhor seria não dizer absolutamente nada.

– A senhora White recolherá todos os xales para levá-los a Nova Scotia antes do final deste mês.

– Sim, eu soube. Meu pai e o senhor White pretendem comprar pólvora enquanto permanecerem em Hopetown. O senhor Murdock trouxe as últimas notícias de Lower Canadá. O reformador Louis-Joseph Papineau liderou diversas assembleias de protesto em todo o país, ganhando apoio entre as pessoas. O professor acredita que as tropas reais serão enviadas em breve para nos manter alinhados.

Marilla ficou a divagar o que Hugh diria se o pai já soubesse dessas divergências políticas. Seu irmão foi cuidadoso ao não deixar os jornais espalhados pelo chão.

— Seria inoportuno perguntar por que deixou a escola? — John inquiriu.

Marilla ficou aliviada e agradecida por ele perceber e falar sobre assunto mais agradável.

— Minha mãe vai ter um bebê e requer minha assistência.

O rapaz anuiu.

— Sua tia, atual moradora de Saint Catharines, está na fazenda, correto?

Mais uma vez, Marilla se perguntou como ele sabia tanto de sua vida e de sua família, enquanto ela sabia tão pouco sobre ele e sobre seus familiares.

— Desejo voltar à escola no próximo outono.

— Vou aguardar. Estou no último ano e já farei os exames finais. Meu pai insiste para que eu termine os estudos antes de começar a trabalhar nos negócios.

— Não imaginei que a criação de vacas leiteiras exigisse conhecimento de geometria.

Era apenas uma provocação. Marilla abominava geometria, aquela infinidade de diagramas e gráficos que mais pareciam manchas no quadro negro do que matéria escolar.

John assumiu uma postura mais defensiva.

— Bem, não, não, exatamente. — O jovem franziu a testa. — Meu pai entende que sempre é melhor ter conhecimentos acadêmicos do que não os ter, não importa em quais circunstâncias ou finalidades.

— Seu pai é um homem sensato — afirmou Marilla. — É consenso que pessoas sem formação acadêmica habitualmente ocupam posições menos admiradas ou remuneradas.

— Correto. — Bebeu o último gole de água para em seguida dispor o copo sobre a mesa. — Esse foi o motivo pelo qual tomei a liberdade de trazer os recortes de jornal que estavam na escola. O senhor Murdock deu sua permissão, tendo em vista que já os lemos. Refleti se você, Matthew e o senhor Cuthbert gostariam de ler – e sacou do bolso de seu colete algumas páginas de jornais.

– Muito atencioso de sua parte.

Ao que Marilla estendeu o braço para alcançar os textos dos jornais, o dedo indicador de sua mão tocou acidentalmente o polegar da mão masculina. Um inesperado ardor subiu vertiginosamente pelo seu braço, fazendo-a retraí-lo o mais rápido que pôde.

Se ele percebeu, Marilla não poderia afirmar. Voltou seu olhar para as letras em tinta preta do jornal: "Fazendeiros rebeldes travam batalhas contra a elite política que eleva impostos e tarifas territoriais. Conservadores buscam a monarquia, enquanto reformadores suplicam por uma nova república. Não cometam erros, a mudança está próxima!".

Marilla dobrou o jornal ordenadamente.

– Decerto meu pai e meu irmão prezarão ler as notícias da província maior. Obrigada, senhor John Blythe.

– Foi um prazer. Inclusive, traria com satisfação outros textos da classe, se tiver interesse.

Levantou o olhar e dirigiu-lhe um sorriso. Atreveu-se a falar por si.

– Apreciaria muito.

Na varanda, do lado de fora da casa, Izzy simplesmente largou a trincha no chão, e o barulho despertou a atenção da sobrinha.

– Vou chamar Matthew.

– Não.

John tirou a mão do bolso como se fosse tocar a mão da jovem, parando menos que um centímetro antes. O espaço entre ambos mal continha um sopro de suspiro.

– Ele deve estar ocupado. Você já tem o que eu trouxe para entregar – ele sorriu. – Diga a Matt que o encontrarei em Avonlea, no próximo encontro de fazendeiros. Se você o acompanhar, talvez possamos conversar juntos sobre as notícias.

Ela não via motivos para ir ao encontro. Apenas seu pai e Matt compareciam aos encontros de fazendeiros. Mas, quem sabe, iria à cidade para comprar mais linhas e fios na loja da senhora Blair. Desde que os xales para oração já eram suficientes, Rachel e ela poderiam finalizar as mangas de amarílis. Se, porventura, viesse a encontrar John Blythe, bem, não haveria nenhum problema.

Após desejar um bom-dia ao rapaz e fechar a porta atrás de si, Izzy surgiu, ainda trajando seu avental de pintura.

– A que se deveu a visita do jovem John Blythe?

A sobrinha apontou para os recortes de jornal sobre a mesa.

– Alguns dos textos que não li na escola. Cogitou que Matt e meu pai gostariam de lê-los também.

Izzy ergueu a página do jornal.

– Vamos ver... desordem na colônia? Bem, concordamos que os recortes são, de longe, muito mais interessantes do que o manual de regras do bom comportamento, da senhora Sloane, não acha?

Marilla deu um sorriso tímido e pegou o copo de água oferecido a John, agora vazio, para levá-lo à cozinha. À beira da pia, hesitou por um momento antes de lavar a marca deixada por seus lábios.

Marilla e Rachel vão a Nova Scotia

– Oh, Marilla, estou muito feliz que esteja aqui. Tenho notícias sensacionais! – exclamou Rachel, assim que a amiga surgiu no alpendre da varanda e atravessou a sala de estar em direção à sala de jantar.

Um convite havia chegado da escrivaninha talhada em madeira e detalhes em marfim da senhora White: "Senhorita Marilla Cuthbert é gentilmente convidada para o jantar na residência da família White, nesta terça-feira, pontualmente às cinco horas da noite". Marilla nunca recebera um convite formal antes, considerando-o uma exclusividade entre adultos. Clara e Hugh, era óbvio, concordaram com o compromisso. Embora Marilla frequentasse a residência com frequência, aquela seria a primeira refeição à mesa com a família. Quase uma honra. Os pais de Rachel recebiam apenas adultos para refeições protocolares.

Izzy ajudou-a a fazer ajustes em seu mais belo vestido de algodão. Para ter a cintura regulada, foi costurada uma fita de cetim azul e, sim, esse pequeno detalhe promoveu uma transformação absoluta na vestimenta.

Marilla nunca se sentiu tão bem. Verdade, o ombro de uma das mangas tinha alguns fios soltos, e Izzy tinha de dar alguns pontos na gola para que ficasse no lugar certo, mas, se Marilla mantivesse as mãos unidas à frente e movimentasse pouco os braços, ninguém notaria esses pequenos reparos. A tarefa foi mais difícil do que Marilla pudesse supor, principalmente com Rachel saltitando e a abraçando como uma criança.

– Minha mãe quer lhe dizer algo, mas não consigo manter o segredo – puxou a amiga pelo braço até a despensa de louças que conduzia à cozinha.

Ella continuava seu trabalho, não lhes dando atenção, apesar de atrapalharem um pouco, pois estavam diante da prateleira onde se guardavam os pratos de servir.

– Agora, me prometa que, quando mamãe lhe contar, agirá com surpresa. Conseguiria parecer surpresa mesmo sabendo que não está?

Marilla franziu a testa. Não era versada em teatro, e muito menos tinha essa intenção.

– É muito fácil – Rachel afirmou.

Arregalou tanto seus olhos que Marilla temeu que fossem cair e rolar pelo chão como bolas de gude. Em seguida, ladeou as faces com as mãos e gritou baixinho.

– Oh, meu Deus!

Quando se convenceu de que Marilla assimilara a lição, Rachel colocou a mão no colo, e seu semblante voltou a ser natural.

– Viu como é fácil?

Marilla concordou, balançando a cabeça.

– Mas você não me contou nada, assim não tenho por que fingir surpresa.

Rachel pegou as mãos da amiga e colocou-as entre as suas, apertando-as ansiosa. Aos gritos, transbordava sua alegria.

– Vamos juntas a Hopetown!

– Hopetown, em Nova Scotia?

Marilla nunca deixou a Ilha do Príncipe Edward em sua vida. Os habitantes de Avonlea viajam para o continente com frequência, porém aquela seria sua primeira vez.

Inexplicavelmente, havia um misto de ansiedade e preocupação tomando conta de sua mente e de seu coração.

– Não sei se devo ir. Minha mãe está prestes a ter o bebê e...

Rachel não lhe permitiu completar o pensamento.

– Não seja boba – Rachel falava com euforia. – Mamãe planejou tudo. Já falou com seus pais, que, claro, deram permissão. Além disso, não iremos sós. Vamos com meus pais, que lhe farão o convite durante o jantar, mais exatamente ao longo da sobremesa. Ela fez o mais delicioso pudim de caramelo, especialmente para essa ocasião!

O ponto de costura soltou, e a gola do vestido se desprendeu e saiu do lugar. Com discrição, apertou o indicador contra a gola, tentando mantê-la em ordem.

– Hopetown é muito longe, e muito grande.

– Sim, para isso ficaremos fora por três dias. Papai tem negócios a resolver, e nossa tarefa será ajudar mamãe a despachar os xales de oração para o orfanato de Hopetown.

Três dias inteiros. Parecia uma eternidade. Nunca ficara longe da família sequer uma noite. Mesmo quando seus pais foram a Charlottetown, Matthew ficou com ela na fazenda. Não tinha mala de viagem, muito menos um casaco apropriado, embora soubesse que Izzy emprestaria tudo o que fosse necessário. Suas botas precisavam de novo solado, nunca pisaram em ruas de paralelepípedo. E mais: não tinha um chapéu adequado para a ocasião; ninguém iria para a cidade sem um chapéu.

– Quando iremos?

– Depois de amanhã! – Rachel aplaudiu.

Sem perceber, Marilla soltou a gola, porém aquela não era mais uma preocupação, pouco importava se estava no lugar ou não.

– Rachel! Marilla! – a senhora White chamou da sala de jantar. – Onde estão vocês, meninas? Já é hora da refeição.

– Vamos – Rachel pegou na mão da amiga e a conduziu até onde estavam seus pais.

Momentos antes de entrar no cômodo, Marilla alisou a gola o melhor que pôde. Rachel beliscou de leve suas bochechas, hábito a ser adotado que Marilla aprendeu.

– Lembre-se de parecer surpresa com a novidade – Rachel sussurrou.

Assim, de mãos dadas, ambas entraram na sala de jantar, iluminada por um grande candelabro. À mesa, galinhas d'angola assadas e a deliciosa e tradicional iguaria americana, *succotash*, que Marilla amava quando sua mãe fazia. A boa comida, a sala lindamente decorada; sim, ela poderia ter desfrutado mais daquele momento com a família White, contudo a expectativa do pudim de caramelo tornava seu coração palpitante, teria de fingir espanto e emoção. Marilla era pura preocupação. Quando, por fim, a sobremesa chegou e a senhora White lhe fez o convite, a adolescente desempenhou seu melhor papel de admiração; no entanto, pela expressão dos pais de Rachel, imaginaram de imediato que ela estava surpresa com a sobremesa: pão de ló de chocolate e creme de baunilha, uma receita inusitada de pudim de caramelo. O olhar da senhora White era de pânico. O pai levantou a sobrancelha, assustado.

Rachel levantou-se de seu lugar, contornando a mesa até ficar ao lado da amiga.

– Marilla está *muito* surpresa, não está, Marilla?

A jovem assentiu com discrição.

– Agradeço pelo convite, tanto para jantar quanto para viajar a Nova Scotia.

Após a declaração, a senhora White respirou aliviada.

– Muito bem, poderá ajudar com todos aqueles xales. Ademais, claro, Rachel está deslumbrada com sua companhia.

– Papai reservou quartos no hotel *Majesty Inn*, bem no coração da cidade – Rachel continuou, enquanto comia um pedaço da sobremesa. – É o lugar mais fascinante que já sonhou!

Marilla nunca sonhou com algo que pudesse lembrar um hotel. A ideia de não ficar em uma casa com amigos ou sem a família jamais passou por sua mente antes.

— É um hotel bem conceituado e fica entre a empresa do senhor White e o orfanato, portanto é muito prático – a senhora White explicou. – Além de ser esplêndido, devo admitir.

O pai de Rachel tossiu antes de falar, mas a esposa intercedeu.

— Estamos muito felizes em tê-la conosco nessa viagem, Marilla. Passaremos por sua casa quinta-feira pela manhã para buscá-la, em nossa carruagem, portanto tome um café da manhã reforçado. A viagem não é curta e, uma vez na estrada, prefiro não parar antes de chegar a nosso destino.

Passados dois dias, Marilla disse adeus à sua família, trajando o casaco de viagem azul de Izzy e levando a mala de viagem emprestada.

— Desejaria ir também – a tia comentou.

— Traga-nos muitas histórias sobre a cidade. – Clara beijou o rosto da filha com muito carinho.

— Esteja atenta com as carruagens, pois os cocheiros nunca olham por onde estão indo – alertou o pai.

— Tente se divertir muito, garota – o irmão aconselhou.

O coração de Marilla batia acelerado, ao mesmo tempo que a família White chegou. Hugh, Matthew e Izzy permaneceram na varanda da casa, acenando para eles. Marilla foi obrigada a engolir a vontade de chorar. Sempre esteve ao lado de quem ficava, jamais ao lado de quem partia.

— Não se preocupem, tomaremos conta dela – a senhora White garantiu. – Voltaremos na sexta-feira.

Embora tenha crescido a bordo de pequenas embarcações e em barcos de pesca, aquela seria a primeira viagem de travessia do Estreito de Northumberland. A balsa era grande e assustadora como uma baleia. A senhora White só fez aumentar a excitação das meninas ao contar detalhes sobre uma família inteira arrastada por uma onda descomunal e avassaladora.

— Morreram afogados, todos os sete membros da família.

A senhora recomendou que seria melhor as meninas permanecerem na cabine da balsa e evitar o deque. Assim, ambas não se atreveram a se aproximar da porta, ladeadas pelos pais de Rachel, em segurança, enquanto a embarcação cruzava o denso nevoeiro da manhã. A travessia durou menos do que o tempo previsto por Marilla, e logo o tripulante gritou:

– Porto à vista!

Mal tivera tempo de ver uma onda.

Uma carruagem estava à sua espera, ao lado do ancoradouro. Em minutos, já estavam a caminho de Nova Scotia, um longo dia de viagem. O cavalgar sem fim dos animais era o único som da estrada silenciosa. Marilla quase adormeceu quando, de repente, Hopetown surgiu no horizonte.

A visão da cidade fez seu coração disparar de emoção. Era uma cena inédita: um emaranhado de edifícios quase perdido entre a cortina de fumaça. A distância, parecia ouvir zunidos de abelhas. À medida que se aproximavam da cidade, notou que o barulho ficava cada vez maior, sem ritmo, uma sinfonia errática de campanas, vozes de vendedores ambulantes, apitos e martelos, enquanto pessoas e cavalos se moviam em múltiplas direções; o cheiro de couro, de fuligem e de lama era, ao mesmo tempo, forte e fraco. Somente quando cobriu o nariz com o capuz do casaco e cerrou os olhos descobriu a paz de Avonlea mais uma vez.

– Isso é maravilhoso! – Rachel gritou, encantada. – Papai disse que um novo banco está sendo construído mais adiante. E uma casa de ópera do outro lado. E, oh, veja! Lá há um homem vendendo biscoito *wafer*! Eu simplesmente amo biscoitos *wafer*! Mamãe, podemos comer alguns desses biscoitos?

– Não pararemos antes de chegarmos ao hotel – a mãe respondeu categórica. – Estou com dor de cabeça.

Assim sentia Marilla também, contudo Rachel aparentava energizada pelo caos. Recostou-se na cabine da carruagem de modo que pôde ver o condutor guiar os cavalos pela estrada lateral que levava ao hotel.

Fizeram o registro de entrada na recepção, enquanto o carregador pegou a bagagem de Marilla e da família White e levou aos quartos. O saguão do hotel era exatamente igual à descrição de Rachel. As paredes forradas de madeira escura eram entalhadas com desenhos de ramos de flores e laços decorativos semelhantes aos perfeitos bordados de Rachel. Incensos de jasmim queimavam nas lamparinas. Ao atravessar as portas, Marilla podia imaginar-se em um jardim primaveril especial, envazado em um vidro de perfume. Velas cintilavam em cada aresta, de noite ou de dia, tudo brilhava. O mais notável era o imenso teto pintado como se fosse o céu. Anjos rosa e azuis voavam por uma extensão iluminada pelos raios de sol celestiais. Os hóspedes que também estavam no saguão olhavam para o teto esbarrando entre si, sem ao menos um pedido de desculpas.

E, por isso, Marilla não percebeu quando alguém bem próximo tocou seu cotovelo.

— Essa pintura parece querer nos enganar, não? – era uma voz familiar.

Marilla foi ágil ao se virar, porém quase caiu quando sua bota enroscou na barra de seu casaco.

Em um movimento ligeiro, John conseguiu segurá-la, o queixo da jovem apoiado no peito dele, o reconfortante aroma de Avonlea no seu entorno.

— Caindo sobre si mesma apenas para me ver, senhorita Cuthbert? – o rapaz piscou e a colocou sobre os próprios pés.

Marilla puxou a ponta do casaco, passando-a por cima de seu ombro, de modo que seria impossível pisar na barra outra vez.

— Senhor Blythe, o que faz por aí?

O senhor White e a esposa estavam ocupados na recepção enquanto Rachel buscou saber se a cozinha teria uma porção de biscoitos para hóspedes.

— Vim acompanhar meu pai – ele respondeu. – Quando estive em sua casa, naquele dia, acho que mencionei que ele e o senhor White são parceiros nos negócios.

Ela concordou, relembrando vagamente algo sobre pólvora.

— E o senhor também está hospedado aqui?

— O *Majesty Inn* é o único da cidade que oferece uma cama sem os indesejáveis colegas de quarto: os insetos – ele sussurrou ao seu ouvido.

– Há pessoas que não se incomodam, até justificam que convivem bem com as pragas de seus parceiros de viagens – John brincou.

A senhora White passou o lenço na testa e resmungava enquanto subia os degraus, seguida pelo marido, relutante.

Marilla mordeu o lábio inferior a fim de evitar o riso.

– O senhor é maldoso, John Blythe.

– Marilla, biscoitos *wafer*! – Rachel veio com um prato das guloseimas em mãos. – Oh, olá, John Blythe.

– É um prazer vê-la também, senhorita White.

Rachel engoliu delicadamente o último pedaço do doce.

– Bem, não há biscoitos para três.

John permaneceu onde estava e falou em alta voz.

– Eu jamais roubaria os doces de uma bela senhorita.

– John Blythe, está sendo terrivelmente indecoroso! – Chocada, olhou ao redor para ter certeza de que nenhum outro hóspede ouvira aquelas palavras. Pegou na mão da amiga e levou-a rapidamente em direção à escadaria. – Se nos encontrar saboreando nossa refeição no salão de jantar, seja gentil em nos deixar em paz. Que ousadia! – queixou-se com Marilla.

– Ora, mas a senhorita não sabe – ele falou, tentando acompanhar as meninas, mas em vão –, nossas famílias vão se encontrar com frequência nesta viagem. De fato, seu pai acabou de me pedir para acompanhar você e sua mãe até o orfanato, amanhã.

– Que Deus me perdoe – Rachel sibilou para a amiga –, John me leva a pensamentos pecaminosos! E ainda mais agora que teremos a companhia dele o dia inteiro!

Marilla virou o rosto discretamente para esconder seu sorriso, contudo cruzou seu olhar com o de John a observá-las ao pé da escada. Em sinal de cumprimento, o rapaz abaixou a cabeça, fazendo a franja cair sobre a fronte, cobrindo a têmpora e a pequena cicatriz deixada pela varíola. A garota cruzou os braços e pressionou a marca do cotovelo. Não queria ser desleal com Rachel, mas... ficou feliz por tê-lo encontrado.

O orfanato de Hopetown

Durante do café da manhã, composto por ovos cozidos, coalhada e fatias de maçã, a senhora White planejou seu itinerário do dia. O marido já havia saído para encontrar-se com o senhor Blythe na unidade de artilharia, próxima ao cais.

— Temos um encontro com as Irmãs da Caridade, ao meio-dia e meia, para entregar os xales de oração das Senhoras Cristãs de Avonlea, ou seja, podemos fazer o que quisermos durante a manhã. Assim, tenho uma surpresa para vocês, garotas — ela tossiu e fez uma pausa até ter a atenção integral delas.

Rachel engoliu sua fatia de maçã. Marilla deixou de lado a colher que estava usando para descascar o ovo.

— Vamos visitar a Butique de Chapéus Madame Stèphanie!

— Chapéus? — Rachel comeu mais uma fatia de maçã e se virou para a amiga. — Mamãe tem fascínio por chapéus.

— Você deveria agradecer por ter uma mãe que está sempre bem informada sobre moda. — A senhora White lançou seu olhar para Rachel e depois para Marilla, em seguida concentrou-se em seu chá, tomando um gole cerimoniosamente.

Marilla sentiu o rosto queimar e voltou a quebrar o topo da casca do ovo com a colher.

– Nunca encontrei chapéus que me agradassem – disse Rachel. – Apertam meu queixo e tornam impossível ver qualquer coisa além do meu nariz. Nada mais solitário do que sentir-me presa sob um chapéu.

– Bobagem – a mãe retrucou. – Apenas ainda não encontrou o chapéu ideal. Marilla, você gosta de chapéus, não é?

O chapéu de palha que Marilla usava estava um pouco torto pelo uso excessivo. No entanto, cumpriu muito bem sua função de manter a sujeira longe de seu rosto. Nunca entendeu por que as pessoas faziam questão de chapéus de seda ou de penas. Uma viagem de carruagem e tudo estaria arruinado. Era o que diziam.

– Sim, gosto de chapéus, senhora White – não poderia negar. – Entendo que um chapéu permite que uma pessoa mantenha um ínfimo espaço íntimo, mesmo em meio a uma multidão.

Rachel a encarou como se estivesse diante de Judas; depois, empurrou as sementes da maçã para o lado do prato.

– Sim, meu bem, corretíssima sua avaliação. Provaremos chapéus londrinos e parisienses – a senhora White estava animada. – Eu vou escolher algo em tom verde-esmeralda. Soube que essa cor é a moda da estação.

– Haverá uma sorveteria perto da loja de chapéus? – a filha perguntou.

Sua mãe a ignorou.

– Sim, um chapéu cor de esmeralda combinará muito bem com o pendente de esmeralda de mamãe – estava divagando em seus próprios pensamentos.

– Bem, vou gostar de tudo à la mode – Rachel simulou um sotaque francês –, principalmente porque estarei com minha melhor amiga. *Oui, mademoiselle* Cuthbert?

– *Oui, mademoiselle* White – Marilla respondeu entre risos.

Meia hora depois, as três caminharam em direção à Butique de Chapéus Madame Stèphanie. Sobre uma prateleira branca da loja estavam alinhados chapéus adornados com plumas de garça cor de marfim e chamuscantes lantejoulas. E, bem ao lado, chapéus de algodão ornados com laços, flores de seda e bordados em ponto *smocking*. Marilla sabia que a tia aprovaria qualquer trabalho artesanal, as costuras eram perfeitas. O acabamento das pregas era irretocável, pontos bem pequenos, menores quando comparados aos de Izzy.

A maioria dos chapéus e gorros era de criações exuberantes se confrontados aos seus chapéus de palha, não obstante, Marilla não se sentiria confortável com extravagâncias. Apenas um deles chamou-lhe a atenção, um chapéu cor de vinho feito de veludo, plissado com perfeição junto ao rosto, delicados laços de cetim e forrado de seda, para não desfazer os cabelos bem penteados das senhoras. Era requintado, mas não imponente.

A passos acelerados, a senhora White atravessou a sala da butique com dois chapéus em mãos, acompanhada de uma vendedora. Ao ver outro chapéu na posse de Marilla, parou de pronto.

– Que lindo! Deve experimentar, minha querida.

– Ele é muito lindo, mesmo – e o dispôs em seu lugar sobre a prateleira –, mas não poderia pagar por ele.

– Querida, não lhe perguntei se poderia pagar. – Enquanto a vendedora arrumava os espelhos, a senhora White recostou-se com delicadeza em Marilla. – Você pensa que posso levar esse modelo com penas de *motmot*[7]? Claro que não! Meu marido me enforcaria antes. Mas apreciar o que é belo não custa nada. Admiração e bondade não podem ser confundidas, criança.

A senhora tomou o chapéu cor de vinho nas mãos.

– Marilla vai experimentar este – informou. – Rachel, achou algo de seu agrado? De preferência, um chapéu que alongue sua testa pequena.

---

[7] Ave típica dos trópicos americanos, de cauda longa, plumas azuis e marrom-esverdeadas. (N.T.)

Rachel estava no balcão, servindo-se de confeitos armazenados em um grande pote. Ao perceber que não conseguiria sair da loja sem escolher um chapéu, aquiesceu ao pedido da mãe e optou por um suntuoso chapéu de abas largas adornado com rendas e mais rendas, como se um antimacassar[8] tivesse caído sobre ele.

– Este é maravilhoso: ponto grós veneziano[9]– e riu de sua audácia.

Apesar de seu olhar dúbio, a senhora White não se atreveu a contestar a escolha de Rachel.

Diante dos espelhos, as três colocaram seus chapéus.

– Sinto-me como se estivesse vagando por um sonho italiano – Rachel suspirou. Alguns fios de seus cabelos se projetavam indóceis por baixo do véu de renda.

Balançando o queixo de um lado a outro, a senhora White viu no reflexo do espelho as plumas brilhantes de *motmot* balançar ao ar, por causa do movimento de seu rosto. Alguns minutos de contemplação e tirou o chapéu da cabeça.

– Essas plumas penduradas em frente ao meu rosto mais parecem meias penduradas no varal – e riu das próprias palavras.

Mais comedida, experimentou outro adereço: de tecido cinza adornado com flores rosa.

A simpática vendedora ajudou Marilla a colocar o chapéu de forma correta.

– Você deve amarrar e colocar o nó para o lado, assim – dizendo isso, passou as fitas de cetim sob suas bochechas e as amarrou. – Vê como ficou?

Marilla quase não se reconheceu naquele reflexo. Uma jovem refinada estava lá, não era a menina da fazenda que ela viu diante da penteadeira do quarto do hotel naquela manhã. Por causa de um simples adorno, ela

---

[8] Tecido todo trabalhado para ser colocado no encosto de poltronas e sofás. (N.T.)
[9] Originário de Veneza, em meados do século XIV, o ponto grós caracteriza-se pelo uso de renda bordada com padrão floral acolchoado em alto-relevo. (N.T.)

amadureceu. Esperava por aquele momento havia tanto tempo, e agora lá estava ela, piscando-lhe de volta sob o veludo cor de vinho.

– Belíssimo. Caiu-lhe muito bem – a senhora White elogiou.

A garota sorriu, emoldurada pelo plissado perfeito.

– Vou levar o chapéu cor de vinho, mais o cinza e... – pausou, franzindo o cenho em direção a Rachel.

– Oh, mamãe, por favor! – a garota suplicou.

– Imaginei que não gostasse de chapéus.

– Você afirmou que eu ainda não tinha encontrado o certo para mim, e agora achei!

A mãe acenou com a mão em sinal de rendição.

– Muito bem. Mas poderia por gentileza diminuir a quantidade de enfeites? Presumo que assim o preço também seria menor, correto?

– *Oui* – confirmou madame Stèphanie. – Vamos deixá-lo perfeito para *mademoiselle* – E sem demora a madame usou sua tesoura.

– Por favor, não tire o babado que cobre os olhos. É meu enfeite preferido. – Rachel pediu por trás da dona da loja.

Discretamente, Marilla retornou seu chapéu para a prateleira.

– Agradecida, senhora White, mas não posso aceitar um presente tão caro. Estou aqui, desfrutando dessa viagem, apenas por causa de sua generosidade.

A senhora tocou seu queixo com a ponta de seu dedo indicador, elevou o rosto da jovem, e seus olhares se cruzaram.

– Bobagem, querida, esse chapéu foi feito para você, Marilla.

E, assim, saíram as três da butique, vestindo chapéus de alta-costura Madame Stèphanies. Marilla jamais se sentira tão deslumbrante. As fitas de cetim brilhavam sob os raios de sol do entardecer, e todos que passavam por elas interrompiam o passo apenas para admirá-las.

John aguardava no saguão do *Majesty Inn*. Com as faces cobertas sob as abas dos aderecos, ele não as reconheceu de imediato, no entanto virou-se como as demais pessoas. Foi quando reconheceu a capa azul brilhante, emprestada por Izzy. Seu queixo caiu, e seu olhos encontraram os de Marilla com um sorriso.

A senhora White quebrou o encanto do momento ao comentar:

– O recepcionista foi muito gentil em guardar os pacotes de xales no armário da entrada.

– Como bom menino, poderia pegá-los para nós, John?

– Tudo indica que acompanharei as senhoras mais elegantes de Nova Scotia.

Fez uma reverência e dirigiu-se à recepção.

– Gosto desse tom de vermelho em você – sussurrou no ouvido de Marilla.

A jovem agradeceu a Deus por ter a face parcialmente coberta pelo plissado do chapéu, caso contrário ele perceberia seu rosto ardendo em chamas.

O orfanato localizava-se a poucos quarteirões adiante, distância muito curta para se valerem de uma carruagem no trânsito saturado. Seria mais rápido caminhar até lá. Assim, cada uma das moças pegou um pacote de xales. Restaram quatro pacotes, levados por John em seus braços. Como praticamente vedava sua visão, seu andar deveria ser cauteloso e lento.

– Não careço de ver a calçada, seguirei seus chapéus. Quando vir um hábito de freira, saberei que chegamos.

As Irmãs de Caridade recebiam órfãos pobres de todas as províncias, inclusive da América. O prédio era modesto, com tijolos vermelhos, sem cornijas ou colunas, e janelas com caixilhos de madeira não proviam de privacidade o interior da construção, uma vez que nada as separava da rua, por onde muitas pessoas passavam. Fumaça violeta subia pela chaminé, e Marilla pôde sentir o cheiro de repolho no ar. Alguém naquela cozinha estava preparando um ensopado. O jardim da frente, em cascalho, era cercado por uma grade de ferro e livre de pegadas. Uma discreta horta foi feita do lado direito da entrada, e havia duas mudas de árvores do lado oposto. Bordos vermelhos, Marilla reconheceu, ótimos para fazer sombra para as crianças. Aos seus olhos, o lugar carecia de alegria.

– Sejam bem-vindos, meus queridos – a Madre Superiora os cumprimentou da porta. Seu rosto era tão alvo quanto a touca que usava, fazendo Marilla se lembrar da clara do ovo que comera no café da manhã.

– Estamos honrados de estar aqui, em nome de Avonlea – disse a senhora White.

– E nós estamos honradas em recebê-los, senhora White – a Madre Superiora respondeu com aceno de cabeça. – Quem mais trouxe para se juntar a nós?

– Minha filha, Rachel, e a senhorita Marilla Cuthbert – respondeu a senhora White, apresentando as garotas. Ambas fizeram uma reverência.

– Admiráveis essas meninas. – E a Madre Superiora apontou para trás delas: – E quem poderia ser essa pessoa, carregando tantas caixas na mão?

– Oh, desculpe-nos! John Blythe – completou a senhora. – Um jovem gentil de Avonlea que educadamente se ofereceu para nos ajudar.

– Muito prazer – John falou por trás das caixas. – Gostaria de tirar meu chapéu para cumprimentá-la adequadamente, mas para isso deveria deixar essas embalagens no chão, ao lado desses cachorros de rua. E não seria justo, porque esses animais não saberiam dar o valor que esses maravilhosos xales merecem.

– Oh, não, por favor, entrem, coloquem as caixas aqui no canto e tire o chapéu aqui dentro.

No passado, o orfanato pertencia a uma abastada viúva. Com a chegada das freiras a Hopetown, a amizade entre elas foi imediata, intensa e só cresceu com o passar dos anos. A senhora adoeceu e, sem herdeiros diretos, suas posses foram herdadas pelas Irmãs da Caridade. As freiras transformaram a grandiosa casa em uma residência de muitas camas. O que antes era a sala de estar abriga agora fileiras de camas, com pequenos brinquedos, coelhos de pelúcia, bolas, bonecas, tudo esperando pelo próximo hóspede. A sala de jantar foi remodelada para ser uma classe, com fileiras de mesas e cadeiras; um quadro-negro foi colocado na parede defronte às mesas. As crianças estavam no pátio para o almoço. Eram tantas que foi necessário fazer revezamento entre elas para usar a longa mesa de piquenique. Metade delas comia sopa de repolho, e a outra metade brincava de pular corda e amarelinha. As freiras estavam justamente tocando o sino para alternar as turmas quando os visitantes de Avonlea chegaram.

Como peixinhos em um aquário, os pequenos se misturavam e se separavam de novo, barriguinhas cheias para brincar e outras vazias para comer. Os meninos vestiam bermudas, e as meninas, aventais. Corriam por todo lugar, multicoloridos e multirraciais: franceses e britânicos, mestiços e negros, canadenses e americanos. Todos eram órfãos.

– São tantos! – Marilla sussurrou.

– Sim – John concordou.

A jovem não percebeu que ele estava ao seu lado. A aba do chapéu masculino bloqueava parcialmente sua visão.

– Difícil de imaginar crescer sem saber de onde se veio.

Marilla concordou. Ela nasceu em Avonlea e nunca ficou atormentada com a ideia de morrer lá algum dia, porque ela pertencia àquele lugar. Não seria Marilla Cuthbert de nenhum outro lugar.

Percebendo que estavam sendo observados, um garotinho sussurrou para seus amigos de mesa, e todos se viraram ao mesmo tempo para ver Marilla e John.

– As crianças pensam que são um casal que veio para adotar um deles – explicou a Madre.

O coração de Marilla bateu mais rápido. As palavras atravessaram o amplo quintal até o momento que todas as crianças os estavam encarando, cada uma delas idealizando como seria sua vida amanhã se fosse a escolhida daquele dia. Marilla deu um passo para trás, afastando-se de John. Não era justo para as crianças.

A Madre conduziu-os ao vestíbulo e depois para seu escritório, onde uma mesa liliputiana adornava um dos cantos da sala, fornecendo mais espaço para as prateleiras com os documentos dos órfãos. Era uma sala tão pequena que, no máximo, apenas duas pessoas se sentiriam confortáveis ocupando o lugar ao mesmo tempo. Logo, Marilla, Rachel e John permaneceram do lado de fora da sala, enquanto a senhora White desembalou os presentes.

Algumas garotas, não muito mais novas do que as duas amigas, surgiram pelo corredor. Uma delas trazia nas mãos um hinário, outra, um violão bem usado, enquanto as outras duas conversavam animadamente sobre que música a Madre Superiora gostaria que elas cantassem para os pequenos dormirem. Emudeceram ao se aproximarem dos três e ficaram do lado de fora do escritório, aguardando a sua vez. Um silêncio enfadonho desabou entre eles.

Por fim, incapaz de suportar o silêncio constrangedor, Rachel afastou a renda de seu chapéu de seus olhos.

– Nós usamos o mesmo hinário para cantar – e apontou para o livro que a garota tinha em mãos. – *Amazing Grace* é minha favorita – limpou a garganta e cantarolou, desafinada. – *Amazing Grace*, como é suave o som...

A amiga segurou a respiração. O tom de voz era estridente, semelhante aos miados de Skunk.

– ... que salvou um miserável como eu. – Rachel pausou para inspirar. – Então, vocês sabem como continua.

As meninas olharam, inabaláveis.

– Foi muito bem – disse a menina com o violão. – Talvez possa cantar conosco se ficar por aqui.

Rachel colocou a mão na garganta.

– Oh, gostaria muito, mas não ficaremos por muito tempo. Temos planos para jantar com meu pai. – Refazendo-se, sorriu e colocou de volta a renda do chapéu na frente de seus olhos.

– Gosto de seu chapéu – outra menina disse para Marilla.

A pele da menina tinha o tom de canela. Os cabelos tinham a cor de mogno, penteados para trás em uma trança apertada. Uma estranha cicatriz cortava a face sardenta.

– Acabamos de comprar – Rachel respondeu –, não são lindos?

A menina assentiu com um olhar tão sério que Marilla não pensou duas vezes e soltou o laço sob seu queixo.

– Gostaria de provar o meu?

Rachel se virou abruptamente na direção da amiga; no entanto, Marilla manteve o olhar na órfã.

– Adoraria muitíssimo, se você permitisse.

Marilla ofereceu-lhe o adorno. Com cautela, a órfã tomou o objeto nas mãos e o vestiu.

– Amarre as fitas ao lado. Vou lhe mostrar. – Marilla deu um laço nas fitas como a vendedora fez para ela.

A garota olhou para a janela. O vidro, apesar de sujo, mostrava o reflexo de um sorriso. Tal como Marilla fez no espelho da loja, a menina se virava de um lado para o outro, a fim de admirar todos os ângulos possíveis.

No mesmo instante, a senhora White e a Madre saíram do escritório.

– Os xales são lindos. Nossas meninas vão adorar. Que amigos amáveis temos na Ilha do Príncipe Edward!

Acreditando ser Marilla sob o chapéu cor de vinho, a senhora White repousou um de seus braços sobre aqueles ombros e, com o outro, abraçou sua filha.

– De fato, as senhoras de Avonlea eternamente apoiarão os órfãos e as viúvas, como dito nas Escrituras.

A garota se virou, e a senhora White percebeu seu erro.

– Oh; pensei que fosse Marilla.

– Por favor, senhora, eu não tive a intenção de… – ela se atrapalhou com as fitas, e as lágrimas brotaram de seus olhos.

– Não, não – Marilla interveio. Pegou na mão da menina, macia e rósea como a flor de begônia. – Senhora White, sei que me concedeu com muito carinho esse presente, contudo eu gostaria, agora, de oferecê-lo a…

As apresentações nem ao menos haviam sido feitas.

– Juniper, mas todos me chamam de Junie – a menina murmurou com a cabeça tão baixa que sua voz mal se conseguia ouvir.

— A Junie — completou Marilla —, com a sua bênção, sem dúvida.

— Eu, eu — a senhora White gaguejou, esfregando uma luva contra a outra. — Bem, é claro, desde que a Madre aprove.

— Um coração caridoso é o verdadeiro reflexo de nosso Pai do Céu. Nossos amigos de Avonlea são a personificação da bênção. — Curvou-se diante de Marilla. — Obrigada, senhorita Cuthbert.

Junie fez uma reverência.

— Muito obrigada, senhorita Cuthbert — repetiu. — Cuidarei de meu presente como nunca prezei outra coisa para o resto de minha vida.

Marilla sentiu algo dentro do peito expandir e em seguida retrair. Não estava certa se seria alegria por Junie ou tristeza por si mesma. Preferia pensar em Junie, porém aborrecida por pensar em si também. Sentia-se traidora de Deus por sentir seu coração tão hesitante. Não obstante, estava feliz por dar o belíssimo chapéu. Afinal, já tinha tantas coisas: uma casa, família, pessoas que faziam parte de sua vida, e ela, da vida dessas mesmas pessoas. Poderia ter outros chapéus para ela, todavia talvez aquele fosse o único para Junie.

Rachel repetiu o gesto de Marilla.

— Tome — entregou-o à garota que segurava o hinário. — Já que não poderei cantar com você...

— Muito obrigada, senhorita — respondeu a menina. Segurou o chapéu como se fosse um pássaro delicado, que voaria a qualquer momento. As outras lançaram um olhar de desejo.

A senhora White manteve seu chapéu fincado na cabeça.

— Bem, que dia de bênçãos! Aos que dão e aos que recebem, como nosso Senhor Cristo exemplificou.

A Madre Superiora fez o sinal da cruz, assim como as quatro órfãs. A senhora White fez um gesto estranho de meia cruz, movendo sua mão de ombro a ombro e balbuciando amém. Nada tinha a ver com nossa religião.

– Agora que nossos deveres já foram cumpridos, não tomaremos nem mais um minuto de seu tempo. Há muitas crianças a serem assistidas – concluiu a senhora White.

– Por favor, venham de novo. Serão sempre bem-vindas.

– Com certeza, voltaremos. As damas de Avonlea iniciarão de imediato nosso próximo lote de xales.

Rachel resmungou e, para sua sorte, apenas Marilla ouviu.

– Venha, minha filha. – A senhora White conduziu sua filha para a frente.

Enquanto ambas tagarelavam no caminho para a saída, Marilla e John seguiam alguns passos atrás.

– Foi um gesto nobre o que fez – John comentou.

– Não tive a intenção de causar nenhum alvoroço. Senti que a menina precisava de algo que já fosse dela.

– Acho que tem razão. Observou o rosto dela?

– Uma terrível cicatriz – ela acenou com a cabeça.

– Era uma marca de um dono de escravos – John explicou.

Marilla parou no corredor e olhou para trás. As meninas estavam agrupadas, observando-os. John pegou o braço de Marilla e levou-a adiante.

– Vi esse tipo de cicatriz antes; eram foragidos da América. O dono de escravos desfigurava seus rostos e, se fugissem de novo, seriam facilmente identificados.

– Acredita que ela foi uma escrava? – Marilla inclinou-se um pouco.

– Você quer dizer que ela é uma escrava? Muito jovem para ter pagado sua liberdade. Não teria cicatriz se tivesse nascido livre.

– Onde estão os pais dela?

John pendeu levemente a cabeça, de modo que suas palavras permanecessem entre eles.

– Adultos não podem ficar escondidos em um orfanato, Marilla. Se ainda tem pais, fizeram o melhor deixando a filha com as Irmãs da

Caridade. Poderão encontrar um lar seguro para ela. Há outros como ela aqui. Viu-os na mesa de refeições?

Havia muitas famílias africanas nas Maritimes[10]. A Ilha do Príncipe Edward aboliu a escravidão quando Marilla tinha apenas um ano de idade. Em 1834, o Parlamento publicou o Ato da Abolição, banindo a escravidão em todas as colônias britânicas. Hopetown tinha uma capela africana em um lado da cidade, e a *Royal Acadian School*[11], no outro lado. Sim, ela notou os órfãos negros, porém não presumiu que fossem fugitivos americanos.

A Igreja Presbiteriana considerava que ser dono de alguém, por motivos de torpeza moral, desobedeciam às leis do Senhor. Sendo a maioria dos habitantes de Avonlea membros da Congregação, era senso comum que a escravidão era um pecado perverso. Contudo, fora da Ilha era um mundo diferente. Havia muitos canadenses que toleravam e, pior, apoiavam os donos de escravos. E, por causa deles, caçadores de recompensa vasculhavam as províncias em busca de escravos foragidos, e os devolviam aos donos, mediante pagamento. Nos anúncios de jornais transbordavam descrições de foragidos. Qualquer africano que estivesse nas ruas poderia se encaixar naquelas características, escravo ou não. E os tribunais eram comandados pela elite, que mantinham os olhos fechados enquanto os cofres públicos estivessem cheios. Escravos ainda eram considerados como um negócio, e não como uma transação imoral. Todavia, Marilla ali viu a realidade: essas pessoas, órfãs de coração e de terra, não pertenciam a ninguém. As freiras estavam proporcionando muito mais do que as aparências revelavam.

– Não poderei agradecer o suficiente por tudo. – A Madre virou a tranca de ferro da porta da frente para abri-la. – Nunca saberão o quanto seus presentes representam para essas crianças.

Ela sorriu para Marilla.

---

[10] Províncias canadenses em Nova Scotia, Ilha do Príncipe Edward e New Brunswick. (N.T.)
[11] Escola criada para descendentes de pessoas marginalizadas de Nova Scotia, fundada por W. Bromley, em janeiro de 1814, com os mesmos objetivos que a *British and Foreign School Society in Nova Scotia* – Sociedade das Escolas Britânicas e Estrangeiras em Nova Scotia. (N.T.)

– Vestir seus cordeirinhos é minha nova vocação – a senhora White declarou. – Entraremos em contato em breve.

– Que Deus os guie. Tenham uma viagem segura para casa. – A Madre acenou para logo depois fechar a porta e deslizar o ferrolho com um baque pesado.

– Bem... – A senhora White suspirou e voltou seu olhar para Marilla, curiosa. – Quem sabe nosso Círculo de Senhoras de Costura possa se comprometer a tricotar chapéus para fazer conjunto com os xales? Uma linda ideia, Marilla.

Assim, ela saiu puxando Rachel pelo braço e caminharam juntas pela rua.

– Não devemos deixar o senhor White esperando, e tenho certeza de que o senhor Blythe gostaria que seu filho lhe fizesse companhia.

Marilla e John andaram lado a lado por todo o retorno ao hotel, fazendo com que seus braços roçassem a cada passo. Quando se viram diante de uma poça d'água, mãe e filha desviaram, passando ao lado dela, porém John não mudou o curso de seu trajeto. Pegou no cotovelo de Marilla, ajudando-a a pular. Ao sentir o controle firme da mão masculina envolvendo seu cotovelo, a única sensação que veio à sua mente era de proteção, conforto por tudo o que viram e sentiram ao longo da tarde e que não havia como expressar em palavras. Quando o *Majesty Inn* surgiu ao longe, uma ansiedade anormal brotou em seu coração: não queria que ele fosse embora. "Tola", pensou de si mesma, afinal estavam chegando ao mesmo lugar onde ficariam hospedados.

O PIQUENIQUE DE MAIO

 O Piquenique Anual de Maio celebrava a chegada da primavera com todo o seu esplendor e glória. O sol praticamente derretera o último floco de neve do inverno. Agora, o mar azul-turquesa que se avistava no horizonte tinha a floresta verde-esmeralda como moldura, além de campos sem fim de tremoceiros em tons de rosa e roxo. As raras orquídeas chinelo-de-senhora, encontradas apenas naquela região, pareciam ter sede para beber toda a luminosidade da estação. Folhas de hera e videiras forravam pradarias ao longe, enquanto macieiras e cerejeiras tornavam cada curva um deleite de esperança.

 A senhora White fora obrigada a adiar os planos de atribuir novas tarefas às senhoras do Círculo de Costura e à escola dominical pelo menos até que todas as moradoras de Avonlea providenciassem seus vestidos do piquenique. Era tradição que todos trajassem roupas novas e tão esplendorosas como a Ilha.

 Marilla acordava todas as manhãs na expectativa de dar as boas-vindas ao novo bebê. Clara poderia dar à luz a qualquer momento, e todos estavam muito felizes e ansiosos por isso. Sua barriga crescera redonda e tão rígida como um melão, e Clara, branca como um fantasma e frágil como uma folha de alga, quase desaparecia atrás dela. Izzy finalizou a poltrona amarela, levando-a para ficar ao lado da cama, onde ela lia e costurava todas as horas. Apenas deixava a irmã sozinha para ajudar Marilla na cozinha, mas as refeições ela fazia sempre ao lado de Clara, dividindo o mesmo prato, uma colherada para Clara, outra para si. Marilla observava e imaginava o que seria amar e cuidar de uma pessoa com tamanha intensidade. Sentiu chicotadas de culpa em sua consciência. Deveria admitir que se sentia aliviada por não precisar se sentar naquela poltrona dia após dia. Temeu que tal pensamento pudesse torná-la uma pessoa perversa e pedia perdão em suas orações por isso.

Rachel e ela finalizaram as mangas de amarílis. A costura ficou delicada, uma vez que as pétalas foram lindamente replicadas. Marilla jamais havia visto par de mangas tão fino. E, para sua surpresa, Rachel insistiu que ficasse com ele.

– Adorne seu vestido do Piquenique de Maio com as mangas – ela insistiu. – Dessa forma, podemos provar a todas as meninas da escola de Avonlea que somos oficialmente membros do Círculo das Senhoras de Costura, e não apenas fazendo costuras infantis, como todas as outras senhoras. Ademais, mamãe fez uma encomenda especial de meu vestido, de algodão com estampa exclusiva que não combinaria com as mangas.

Dito isso, Rachel estava orgulhosa por terem feito as mangas e admirava o trabalho. E suspirou. Marilla sabia quão difícil era para a amiga desistir de tudo de que se orgulhava, o que tornava o presente muito mais significativo.

– Primoroso! Você fez essa arte? – Izzy ficou maravilhada quando a sobrinha trouxe o bordado para casa.

– Eu fiz uma, e Rachel, a outra.

Izzy analisou ponto por ponto.

– Estão ambos perfeitos! Diria que estão idênticos. Veja a habilidade manual de sua filha! – exultou o trabalho da sobrinha, mostrando-o para a irmã.

Clara sorriu, debilitada, sob a colcha de *patchwork* e passou os finos dedos sobre o bordado, seguindo os ramos, da folha à flor.

– Maravilhoso.

Marilla transpareceu alegria.

– Eu pensei... bem, esperava poder costurá-las em meu vestido do piquenique, isto é, com a sua ajuda, sendo que nunca fiz algo parecido antes.

Um pedido para fazer um vestido parecia trivial. Izzy estava muito ocupada cuidando de sua mãe. Estaria sendo egoísta porque desejava muito...

– É claro! – Izzy concordou. – Acabamos de ler *Ivanhoé*, e coincidentemente precisamos pensar em outro projeto para nos mantermos ocupadas antes da chegada do bebê. Correto, Clara?

A irmã concordou e pegou na mão de Marilla.

– Faremos para você o vestido mais arrebatador, minha querida.

– Por sorte, tenho exatamente o tecido que combinará com perfeição – Izzy afirmou –, um brocado Spitafields[12] que guardei para uma ocasião especial. Trouxe em minha bagagem – ela sorriu. – Tive um pressentimento de que algo incomum aconteceria aqui. Está em meu baú, um tecido com laços cor de creme e vermelho, em fundo azul-claro. – Izzy foi até seu quarto, levando as mangas bordadas com amarílis.

– Sente-se ao meu lado um minuto – Clara pediu com um aceno de mão. – Minha menina, que já uma adolescente. Conte-me de novo sobre a viagem à costa.

Marilla precisou de dois dias inteiros para contar a Clara tudo sobre sua viagem a Nova Scotia. A mãe fechou os olhos enquanto ouvia a voz de Marilla e assim conseguia visualizar as imagens em sua mente. Não visitava Hopetown desde que era noiva e estava na cidade para comprar um faqueiro de estanho que durasse por uma vida inteira. Marilla deixara de contar a parte dos lindos chapéus e de quando conheceu a escrava de nome Juniper. Em vez disso, descreveu o mar, a cidade e o que se passou nos três dias que estiveram lá.

---

[12] Seda bordada em relevo característico de Spitafields, cidade localizada próxima a Londres. (N.T.)

Diferentemente do que aconteceu quando deixaram a Ilha a caminho do continente, na volta partindo de Nova Scotia, o senhor White convenceu sua esposa a deixar as meninas se aventurar na proa da embarcação, dado que o dia estava ensolarado e sem ondas, apenas pequenas marolas de espuma branca. A navegação era a parte favorita da história de Marilla. Os ascendentes dos Cuthberts devem ter sido fazendeiros, mas a família de Clara, os Johnsons, eram navegadores escoceses. Marilla agora entendia como o mar poderia seduzir o espírito das pessoas; por esse motivo, relatou mais uma vez como o vento sibilava uma nota afinada cruzando o céu de brigadeiro, como a água parecia craquelar quando deslizavam sobre ele a bordo da balsa, quando compraram chocolate quente do vendedor da balsa e ele mergulhou uma bala de menta em cada copo para que tivessem sorte. E quando ela inspirou fundo e sentiu o cheiro das marés. Marilla percebeu que, sempre que contava a história, via e sentia muito mais do que na primeira vez, quando vivenciou a experiência. A memória transformou-se em seu arco-íris da felicidade, transportando-a do passado ao presente.

– Conte-me sobre as praias vermelhas... – As pálpebras de Clara pareciam pesadas, os olhos piscavam como se quisessem flutuar em sono profundo.

Diferentemente da costa de ostras de Nova Scotia, a costa da Ilha do Príncipe Edward era formada por anéis vermelhos, como as cascas cortadas de maçãs.

– Nunca soube que nossa Ilha era diferente das demais.

– *Abegweit* – Clara murmurou. – Este é o nome que o povo micmac[13] deu à Ilha. Diz a lenda que o deus Glooscap fez a nossa ilha misturando várias cores de terra e acariciando o oceano com seu pincel mais macio. *Abegweit* significa "embalar sobre as ondas". – Pôs a mão sobre a barriga. – É um nome bonito, não?

---

[13] Nome do povo nativo norte-americano que morava nas províncias marítimas do Canadá. (N.T.)

Marilla concordou, embora não pudesse afirmar que conhecia alguém com esse nome. Soava como um nome de conto de fadas, algo que tivesse saído do reino do faz de conta, portanto faria sentido em sua história. A respiração de sua mãe tornou-se um suave ressonar.

– *Abegweit* – Marilla murmurou. Beijou a testa da mãe, sentindo a pele aquecida, e saiu na ponta dos pés.

Izzy permanecia em seu quarto com o tecido brocado aberto sobre a cama. Sobre ela também estava um de seus vestidos de festa. Com alfinetes, pregou as mangas de amarílis.

– Temos quase a mesma altura, mas posso fazer uma bainha na saia, se preferir. Gosta do brocado?

Marilla passou os dedos sobre os meticulosos bordados em relevo do tecido.

– É o mais refinado que já vi.

Izzy tivera a ideia de fazer um vestido semelhante ao seu, pois as medidas das duas eram praticamente as mesmas. Faria todas as adaptações necessárias para que a sobrinha se sentisse como uma legítima princesa.

Da cozinha, vinha o ruído pesado das botas masculinas, seguido pela voz de baixo tenor de Matthew. Era meio-dia. Os homens nunca chegaram tão cedo.

Izzy enfiou sua agulha de costura de volta à almofadinha.

– Será que Matthew veio acompanhado? Seu pai levou Jericho para colher batatas. Está muito cedo para ele voltar.

– Talvez um dos pastores de carneiros tenha parado para beber água – comentou a jovem. – Cuidarei disso.

No entanto, sua ajuda provou-se desnecessária. Matthew e sua companhia saíram para a varanda de trás da casa. Sobre a mesa da cozinha estava uma cesta de aspargos de um verde tão intenso que seu olhar se fixou naquelas plantas, hipnotizado. O cheiro de tabaco pairava no ar.

– É verdade, as marés estão mudando – Matthew dizia quando a irmã surgiu pela porta. – Marilla – tirou o cachimbo da boca –, veja quem está aqui.

John vestia o mesmo terno que usara em sua primeira visita à fazenda, dessa vez sem a jaqueta. As mangas da camisa estavam simetricamente arregaçadas até a altura dos cotovelos, revelando antebraços musculosos, queimados pelas horas do plantio da primavera.

– Prazer em vê-la de novo, Marilla. – Ele sorriu. – Trouxe um pouco de nossos aspargos, apenas uma amostra de nossa recente colheita.

– Eu vi, obrigada. Minha mãe ficará muito agradecida também. Ela ama sopa de aspargos. Não sei como pode colher aspargos tão bonitos. Os nossos parecem dedinhos de crianças, de tão finos. – Até ela riu da própria comparação.

– São as vacas. O estrume faz maravilhas para o cultivo.

Matthew tossiu de leve e bateu o cachimbo para tirar as cinzas.

– Melhor eu voltar para meu trabalho. Vou deixá-lo aqui para fazer o que queria. Foi bom conversar com você. Volte e fumaremos juntos outra vez.

– Isso é uma promessa – concordou o rapaz.

Marilla deu um passo atrás, confusa. Supôs que John tivesse vindo para visitar seu irmão.

– O que veio fazer aqui? – perguntou de modo franco.

Matthew conseguiu rir, discreto, ao mesmo tempo que respirava. John esperava Matthew afastar-se alguns passos em direção ao celeiro.

– Vim para fazer-lhe uma pergunta, senhorita Cuthbert.

Ela cruzou os braços diante do peito ao ouvi-lo chamá-la daquele modo formal. Não estava com disposição para brincadeiras. Estava na hora de fazer o jantar e queria ajudar sua tia a cortar seu novo vestido.

– Não fique aí apenas perguntando por perguntar. Fale o que está pensando.

– O Piquenique de Maio de Avonlea será daqui a algumas semanas. Meu pai me ofereceu o cabriolé[14], caso eu queira ir acompanhado à festa, o que aceitei de pronto. Quer me acompanhar?

---

[14] Pequena carruagem, leve e rápida, de duas rodas, dotada de capota móvel e movida por apenas um cavalo. (N.T.)

Tão inesperado foi o convite que Marilla não teve tempo nem de pensar se se sentia lisonjeada ou receosa. Andar sozinha no cabriolé de John Blythe, até o piquenique? Os Cuthberts sempre iam juntos. Quem levaria o cesto de tortas com firmeza e todo o cuidado, como ela fazia todos os anos?

– Sempre vou com minha família.

Ele meneou a cabeça.

– Bem, uma vez que seu irmão convidará Johanna Andrews para acompanhá-lo e que sua tia e seu pai não deixariam sua mãe sozinha em casa...

A jovem não sabia o que a irritava mais: o fato de ele já ter conversado com sua família ou que ele estava falando sobre um assunto que nem ela estava sabendo. E assim, pela primeira vez, parou de se perguntar o que deveria fazer como filha-irmã-sobrinha, mas, sim, o que ela deveria fazer como Marilla.

– Creio que seria muito agradável, John. Muito agradável.

Não era a intenção manter nada em segredo. Estavam apenas indo juntos publicamente a um importante evento da cidade. Todos estariam lá. Não faria a menor diferença quem iria na carruagem de quem. Não obstante, sentia um furacão crescer no estômago.

John passou os dedos entre os fios do cabelo e apenas naquele momento ela viu pequenas gotas de suor brilhar na testa dele. Por causa do calor ou porque ele também estava tenso diante daquela situação?

– Muito bem. Virei buscá-la, então.

O BROCHE DE AMETISTA

Nas duas semanas posteriores, no dia do piquenique, Izzy ajudou Marilla a dar um laço em seu cinto e envergar seu novo vestido de brocado. As irmãs trabalharam incessantemente no traje. Izzy foi responsável pela tarefa mais fatigante da alfaiataria, e Clara cerziu todas as casas de botão com muito esmero e ternura. Quando Marilla vestiu a peça, podia jurar que sentiu as mãos da mãe em suas costas. De sua parte, a jovem garantiu que as costuras e a bainha fossem acabadas com perfeição. Até os dedos ficaram pontilhados de furos de agulha. Para ela, cada furinho valera o esforço. O vestido era o mais elegante que já tivera, o mais requintado que jamais vira. Por fim, o cabelo seria a cereja do bolo, como diziam. Izzy o dividiu ao meio, em laçadas que se juntaram ao seu diadema, simulando o padrão do bordado de amarílis. No rosto, aplicou cera de abelha nos lábios e cílios, que brilhavam como mel.

Clara não conteve a emoção quando Marilla entrou em seu quarto.

– Minha linda criança... – lutou contra a própria barriga, forçando-se a ficar de pé. – Você está encantadora, minha elegante dama! – E as lágrimas escorreram pelo rosto. – Tinha sua idade quando comecei a sair com seu pai.

Marilla abaixou a cabeça, envergonhada.

– Vamos apenas juntos no cabriolé, mamãe.

– Sim, claro, mas em breve vai se apaixonar por alguém e partirá para pradarias mais verdes.

Sentiu um nó abaixo de suas costelas. O cinto estava apertado demais. Não queria se mudar para pradarias mais verdes. Onde morava, Avonlea, era tudo de que precisava.

– Sempre serei a sua Marilla.

Clara sorriu e acenou em direção a Izzy para que buscasse o saquinho de veludo no criado-mudo.

– Tenho uma surpresa para você.

Virando a palma da mão de Marilla para cima, abriu o saquinho e entornou o conteúdo. Um broche oval ornado com belas gemas, as mais púrpura que já vira, como pétalas de uma orquídea.

– Ametista. Um presente de um tio navegador. Contou-me que ganhou de uma missionária, garantindo-lhe que as pedras foram abençoadas com proteção. É seu agora, minha filha.

Marilla passou o polegar sobre o broche. As ametistas brilhavam muito. Já vira sua mãe usá-lo na Páscoa e em feriados religiosos. Nos demais dias do ano, guardava-o em segurança em seu baú, ao lado de seu vestido de noiva, fios de cabelo de bebê presos em fitas de cetim e outras lembranças.

– Será sua joia da Coroa – disse Izzy.

Clara envolveu suas faces com as mãos.

– Agora, vá e tenha o mais maravilhoso dia no piquenique. Estou triste por perder o evento e a companhia de todos. Mande meu amor a Avonlea, meu bem.

– Eu o farei. – Marilla beijou a mão da mãe. – Obrigada.

Hugh acenou positivamente com a cabeça quando ela desceu os degraus de Gables.

– Melhor levar um xale. O vento está cortante. Significa que o tempo pode mudar.

Fez o que o pai pediu e prendeu o broche bem perto de seu coração. Lá fora, Matthew estava sentado na carruagem ao lado de Johanna Andrews. Sorriu ao vê-la descer os degraus da varanda.

Esperando ao lado de seu cabriolé estava John, o rosto barbeado com perfeição. Em poucos passos estava diante dela, contudo Marilla hesitou, voltando-se para trás em direção a Hugh e Izzy, na varanda. Aceitar sua mão seria uma atitude com muito significado. Uma vez que consentisse, não poderia voltar atrás em tempo algum. Assim, evitou o embaraço erguendo a barra do vestido para entrar no cabriolé. John acomodou-se no assento ao lado dela.

– Um momento, por favor – ele murmurou. Em um rápido movimento, ouviu-se o estalar das rédeas fazendo o cavalo disparar a galope.

Marilla assustou-se e nada podia fazer a não ser inclinar-se para o lado dele e segurar em seu braço, se não quisesse cair.

– Oh, desculpe-me – ele se retratou, uma vez que o cavalo tinha se acalmado, trotando cadenciado, até que a fazenda se tornou um belo retrato em miniatura atrás deles –, esse cavalo é muito novo, ainda não está totalmente adestrado e ainda tem muito vigor para extravasar.

A garota concordou; tinha pouca prática com potros. Jericho era um animal castrado e velho que obedecia aos comandos do pai e do irmão. Este, inclusive, mantinha Jericho controlado ao lado de Johanna, atrás deles.

Como ondas quebrando nas encostas, podiam ouvir o alvoroço vindo da multidão que estava no piquenique, antes mesmo de chegarem ao topo da colina. O gramado estava forrado por pessoas sentadas em seus cobertores ou passeando entre as mesas cobertas por tecidos de algodão multicoloridos. Eram servidos sucos de diversas frutas, licores, barquinhos de pepinos[15], ovos em conserva[16], bolos gelados[17] e pudins. Ao longe, o

---

[15] Entrada feita com pepinos cortados no comprimento e recheados de cubos de tomate, queijo feta, ervas e temperos. (N.T.)

[16] Ovos cozidos curados em vinagre. Esse aperitivo, como muitos alimentos, foi originalmente uma forma de preservá-los para serem consumidos meses depois. (N.T.)

[17] Bolo com cobertura gelada. (N.T.)

reverendo Patterson tinha uma visão ampla do piquenique, protegido do sol pela enorme copa de um bordo de açúcar e dando instruções à banda acomodada em cadeiras que formavam um semicírculo. Um mastro fora colocado bem no centro do gramado, que, infelizmente, estava pisoteado pelos habitantes de Avonlea. Fora decorado com fitas policromáticas, além de narcisos, rosas do açafrão, tremoceiros e folhas verdes de heras, que formavam um arco-íris de flores.

Ao lado esquerdo do mastro ficava o parque, cujas atrações eram de tirar o fôlego: o carrossel, pertencente aos Clarecens, uma família circense que navegou de Bristol a Avonlea para tentar uma vida nova. Marilla estava estupefata ao observar todos os detalhes em cada peça: cavalos de madeira entalhada com expressões arrebatadoras, as crinas pintadas em azul cobalto e coral e os rabos pintados em lilás e verde limão. Havia espelhos pendurados em cada poste, de modo que, quando se girava a manivela para trocar o sentido dos cavalos, as cores se misturavam e se multiplicavam. A força da rotação fazia os animais de madeira sair do chão, como se voassem. Marilla estava encantada. As cenas à sua frente beiravam a magia. Habitantes de Avonlea de todas as idades permaneciam em longas filas à espera de sua vez no carrossel, assim como ela também esperaria ter uma chance.

A senhora White ficara responsável pela barraca da escola dominical, onde seriam vendidas conchas ornamentais, pintadas em vistosas cores: era o projeto de primavera. Ao ver Marilla e John se dirigir ao pátio de cascalhos, ficou boquiaberta, virou-se para a esposa do reverendo e murmurou algumas palavras. Ambas sorriram para a jovem, que apenas ergueu o queixo por considerar que nada havia a esconder. A amizade entre ela e John era de respeitável integridade. Porém, mais uma vez, John sentiu-se compelido a desafiar as convenções da sociedade.

Em vez de ajudá-la a descer do cabriolé, como faria para qualquer outra mulher, tomou a cintura dela entre as mãos e levantou-a por cima do protetor de pés, alcançando o chão firme, com os braços ao seu redor para que todos os vissem. Sabia que deveria interpor sua mão entre eles e afastá-lo de si, mas não foi o que fez... Porque o sol brilhava forte, e o ar rescendia a pipoca doce torrada e a grama pisada. Porque a banda começara a tocar uma melodia agradável naquele exato momento. E porque a brisa era um leve sopro que afastava os cachos dos cabelos de John de sua testa, inclusive os cachos dos cabelos dela. Por que fazer diferente? Era apenas um rapaz ajudando-a a saltar da carruagem em um perfeito dia de maio.

– Você está linda! – John elogiou.

– Minha mãe e tia Izzy ajudaram-me a fazer o vestido. Rachel e eu costuramos as mangas, vê? – Deixou o xale escorregar até os cotovelos e mostrou-lhe os ombros para que visse o bordado.

– Nunca vi composição tão perfeita.

– Atrelarei seu cabriolé ao lado do nosso de modo que possamos compartilhar o mesmo cocho para aveia. – Matthew limpou a garganta antes de falar.

As irmãs de Johanna Andrews a viram chegar e de imediato dispuseram-se ao seu redor para perguntar como havia sido o passeio a sós com Matthew. Nenhuma delas havia sido cortejada antes.

Matthew ansiava por fazer algo para se distrair até que as moças dispersassem. Grupo de pessoas deixava-o nervoso, mesmo sendo de garotas.

– Muito obrigado, Matthew – John agradeceu. – Levarei Marilla para beber algo e depois, quem sabe, dar uma volta no carrossel.

– Podemos esperar por vocês assim que Johanna ficar sozinha?

O alívio tomou conta de Matthew. Queria saber o que fazer naquele momento e depois também. Os Cuthberts eram pessoas de planejar a vida. A espontaneidade não estava em sua essência. Marilla sentia-se agradecida por John entendê-los sem maiores explicações.

Passou o delicado braço pelo seu, sentindo que a mão da jovem estava calmamente repousada, enquanto caminhavam até a área do piquenique.

– Olá, Marilla! Olá, John Blythe! – a senhora White os saudou. – Dia perfeito para um par de rolinhas, não?

– "Pouse o pássaro cantante sobre a solitária árvore da Arábia, a anunciar e proclamar, triste, aos que obedecem às castas asas" – John recitou, o que causou surpresa à senhora. – *A fênix e a tartaruga*, de Shakespeare, senhora White – ele esclareceu.

– Não conhecia – ela resmungou. – Bem, estou vendendo conchas para ajudar a Igreja Presbiteriana. Se gosta de declamar versos, quem sabe não seria ideal investir em poemas bíblicos?

– Você é terrível – Marilla o censurou quando ninguém podia ouvi-los. – É certo que a senhora White contará tudo à sua mãe.

– Ora, em primeiro lugar, foi minha mãe quem recitou o poema para mim. Ela valoriza pessoas inteligentes e equilibradas.

– Não conheço todas as obras de Shakespeare, apenas alguns sonetos, da escola fundamental. No entanto, gostaria de ler mais após presenciar a sua interpretação.

– E assim fará quando retornar à escola.

– Meus pais gostariam que eu concluísse meus estudos – ela assentiu.

Marilla continuou a pensar sobre o assunto. Se ela se esforçasse bastante em casa, poderia até voltar à frente de seus colegas no início das aulas. Rachel, pelo contrário, afirmara não querer estudar mais, pois considerava suficiente ter estudado até o nível seis. Marilla tinha como objetivo terminar o nível oito; estava determinada a ser a primeira pessoa na família a atingir tal grau. O irmão nunca fora admirador dos livros. A matemática obrigatória para realizar os negócios da fazenda veio naturalmente a ele, o que o deixou à vontade para abandonar a escola assim que atingiu a idade para dirigir o arado.

– Será ótimo tê-la de volta.

– Marilla! – Rachel a chamou da mesa do piquenique. Em sua companhia, um grupo de meninas ruidosas da escola dominical.

Marilla as conhecia por causa de suas mães: Clemmie, filha da senhora Gillis, Olivia, filha da senhora Sloane, Nellie, filha da senhora Gray, e assim por diante.

– Olá, olá, olá – cumprimentaram repetidamente.

– Estava contando a elas, neste momento, sobre o tecido de meu vestido – Rachel agitou a saia de sua vestimenta. – Fomos obrigadas a dirigir até Carmody para comprá-lo; é um legítimo *toile de Jouy* [18] francês. – E desviou seu olhar para as mangas do vestido de Marilla. – Oh! – Passou os dedos sobre as mangas. – Nós fizemos o bordado! E onde você comprou o tecido de sua saia? Harmonizou com primor!

– Tia Izzy trouxe de Saint Catharines.

As garotas fizeram um círculo em torno dela, e não faltaram demonstrações esfuziantes. Marilla sentiu-se sufocada sob tamanho assédio. Para seu alívio, John chegou para resgatá-la segurando duas taças de licor.

– Desculpem-me, senhoritas, preciso de companhia para ir ao carrossel.

O silêncio se fez presente entre todos. Três das quatro garotas pareciam dispostas a aceitar o drinque nas mãos de John Blythe; no entanto, foi para Marilla que ele ofereceu a taça.

Os olhos de Rachel estavam arregalados como nunca, e ela sorriu com arrogância.

– Cuidado, minha amiga, o senhor Blythe contou ao meu pai que John com frequência perde as rédeas de seu cavalo.

– Ora – John arqueou a sobrancelha –, pode parecer assim aos olhos desatentos; contudo, para o cavaleiro, é uma corrida apaixonada de emoções descontroladas.

Olívia suspirou profundamente, recebendo uma cotovelada indiscreta da filha da senhora Spencer.

– Falei com minha amiga, e não com você, John – Rachel respondeu.

– Obrigada – Marilla intercedeu. – Para nossa sorte, o carrossel tem cavalos de brinquedo – lembrou a amiga. – Se eu cair, será por minha culpa e merecerei ser pisoteada.

---

[18] Estampa que surgiu na França, no século XVIII, e que retrata cenas do dia a dia no campo, fábulas, cenas pastorais, episódios mitológicos e históricos, cujas cores tradicionais são azul, rosa, marrom e preto, sempre em fundo claro. Toile: tela ou tecido, e Jouy-en-Jousas: cidade onde foi criado, próxima a Versailles, interior da França. (N.T.)

— Não a deixarei cair — John afirmou, categórico.

— Que patético. — Rachel estava indignada. — Prefiro jogar croqué[19]. O carrossel é para as crianças. Vamos.

As garotas a seguiram sem contestar.

— Não deveria tê-la irritado dessa forma — Marilla o advertiu assim que elas se foram. — Por que fez isso?

John riu antes de ouvir em sua voz pura sinceridade.

— Foi apenas... uma provocação. Não tive a intenção de ofendê-la.

— Provocação é como urticária, que vai aumentado até que alguém se machuque.

— Se quer que eu pare, será o que farei.

Marilla jamais pediria a um homem para fazer qualquer coisa para atendê-la, mas era o que estava fazendo naquele momento.

— Sim, por favor. Rachel é minha amiga.

Ergueu sua taça em juramento.

— Prometo — e tomou de um gole a bebida, para olhar a taça vazia. — O que é isso, afinal?

— Licor de gengibre. A esposa do reverendo Patterson leu um artigo acerca dos efeitos positivos do gengibre sobre as alergias da primavera, o que seria ótimo para a saúde de Avonlea, assim ela afirmou.

— Prefiro o licor de frutas vermelhas.

Marilla concordou sem sombra de dúvida. Assim, deixaram as taças de lado e caminharam para assistir à corrida das três pernas, ao jogo de argolas e ao jogo de John Bull[20]. Em seguida, partiram em direção ao carrossel, até que Marilla ficou sem fôlego de tanto rir e entusiasmada com o giro aéreo. Depois, comeram ovos em conserva com mostarda cremosa

---

[19] Jogo de recreação que consiste em golpear com tacos de madeira bolas de mesmo material ou plástico por meio de arcos encaixados no campo de jogo, diferente de críquete. (N.T.)
[20] Caricatura popular, personificação nacional do Reino da Grã-Bretanha, criada por John Arbuthnot, em 1712, e popularizada por impressores, ilustradores e escritores tanto da Inglaterra como dos Estados Unidos. (N.T.)

e compartilharam uma fatia de bolo de anjo, cortado com os próprios dedos. Ao primeiro piscar dos vagalumes, o reverendo Patterson anunciou:

– Para o Poste de Maio! Todos os homens e mulheres habilitados, ao mastro!

Marilla dançou ao redor do poste desde que dera os primeiros passos ao lado da mãe. As crianças tinham sua vez, mas a primeira dança sempre cabia às pessoas solteiras mais jovens de Avonlea. Marilla e John tomaram seus lugares no círculo. À frente deles estavam Matthew e Johanna.

– Agora, número par – comandou o reverendo. – Todos pegaram fitas? Quem não pegou terá de esperar a próxima vez. Lembrem-se: mulheres no sentido horário, homens no sentido contrário. Direita, esquerda, direita, esquerda, por cima, por baixo, por cima, por baixo. Prontos em seus lugares? E lá vamos nós!

A banda tocou uma melodia conduzida por dois violinos.

Marilla pegou uma fita roxa. Levantou-a bem alto; em seguida, abaixou-a. Os círculos moviam-se como engrenagens de relógio. As cores se misturavam no mastro e, quando chegavam à parte inferior, todos deveriam soltar as fitas e alcançar a mão mais próxima para a volta final. John estava ao seu lado. Entrelaçou seus dedos nos dela, e o mesmo ela fez. O ajuste perfeito. O som dos violinos tocava mais rápido, acompanhado pelos pés de quem dançava. Marilla estava atordoada sob o cata-vento de arco-íris. Ao finalizar, a cidade inteira explodiu em gritos e assobios. Ninguém percebeu o par que saiu do círculo em torno do mastro, de mãos dadas, passando pelo bordo com a banda abaixo dele, pela fileira de choupos que protegia o cemitério aos fundos da igreja, avançando no declive até o silencioso e distante limiar da campina, onde os azevinhos do mar e as centáureas eram tão densos que qualquer pessoa poderia esconder-se entre as plantas. Sentaram-se juntos sob um dossel de gramíneas e ao abrigo de um céu azul e nuvens de algodão-doce. Marilla ainda sentia o coração palpitar. A dança havia sido pura emoção. E o mesmo sentia John, porque ela percebia a pulsação nos dedos entrelaçados. Depois de ler vários artigos de revistas, presumiu que ficaria constrangida ou envergonhada por segurar a mão de um rapaz, da mesma forma como se sentiu ao ler páginas das revistas românticas. Ao contrário, John só lhe transmitia boas emoções: integridade, segurança e retidão. Esse era seu entendimento. Porém, uma dúvida rondava sua mente: por que John a levara até aquele lugar?

– O que estamos fazendo aqui?

– Quero que ouça algo, um segredo.

Soltou a mão dela. O frio fez formigar a palma das mãos. John inclinou-se para o lado até alcançar algo no meio dos centeios selvagens.

– Deve chegar mais perto para escutar o que há aqui.

Inclinando a testa na direção dele, John elevou o punho até o ouvido dela. Ouviu-se um chilro.

– Um grilo? – ela riu.

– Minha mãe sempre diz que os primeiros a surgirem no início da primavera não são grilos, e sim fadas disfarçadas, que escutam seus desejos e os transformam em realidade – o jovem explicou.

Aparentemente, cada um tem o seu jeito de fazer desejos. Marilla duvidava de que qualquer um deles fosse capaz de realizar qualquer sonho, mas ao mesmo tempo esperava que todos pudessem ser realizados.

O pequeno inseto emitiu mais um chilro. Marilla sorriu. Sentiu saudade desse som durante os longos invernos.

– Então, como devo fazer?

Ele se aproximou, apenas à distância da mão que embalava o grilo entre eles.

– Feche os olhos, pense em um sonho e ele se tornará realidade.

E assim ela fez. Ao cerrar os olhos, sentiu como se estivesse em queda livre, caindo em chamas púrpura por trás das pálpebras. O ritmo da dança ainda ecoava em suas têmporas.

– Eu...

A respiração masculina aqueceu seus lábios.

– Eu, eu desejo *que me beije*.

– Marilla!

A voz era de seu irmão.

– Marilla!

Abriu os olhos e encontrou o olhar confuso e assustado de John. Algo estava errado. Matthew estava chamando, gritando por ela.

Pôs-se de pé, pisando na grama alta, e correu na direção dele.

– Matt, estou aqui!

Alcançando-o, o suor de sua testa e a tensão em seus olhos foram suficientes para lhe dizer tudo de que precisava saber.

– Mamãe?

Ele assentiu com um gesto de cabeça.

– O bebê?

Matthew já havia atrelado Jericho.

– Precisamos ir.

– O doutor Spencer está lá? – John estava ofegante, sem fôlego tentando acompanhar os passos ligeiros de Marilla.

– Papai veio buscá-lo; já devem ter chegado em casa. Não conseguimos achar você, Marilla.

A jovem engoliu em seco. O licor de gengibre ainda queimava em seu estômago. Subiu na pequena carruagem.

– Como posso ajudar? – John perguntou, aflito.

Matthew simplesmente balançou a cabeça.

– Eu não sei. Eu realmente... não sei. – Em seguida, deu uma leve chicotada com as rédeas, e Jericho partiu trotando.

A imagem de John e do Piquenique de Maio tornavam-se menores e menores. O som da música da banda foi diminuindo até o silêncio total assim que alcançaram a estrada vazia entre Avonlea e a fazenda.

– Onde estavam? – perguntou Matt. – Estava à sua procura há quase uma hora.

Passara tanto tempo assim?

– Mais rápido, Jericho! – ela gritou em vez de responder.

O céu da noite perdeu o seu encanto rapidamente. Uma tempestade estava se aproximando.

Tragédia em Gables

Assim que chegaram em casa, a tempestade que estava se armando caiu. Marilla fora obrigada a amarrar bem forte o xale, para não o perder no temporal. Os cabelos ficaram soltos à medida que foi perdendo os grampos, e as tranças se desfizeram como ramos de junco. O vento batia em suas costas e levava os fios de cabelo direto para o céu.

– Entre – Matthew recomendou. – Levarei Jericho ao celeiro.

Marilla saltou da carruagem, correu pelos degraus da varanda e atravessou a porta de entrada. Fechando-a atrás de si, sentiu um silêncio perturbador no ar. Um som ainda permanecia em seus ouvidos.

– Papai? – ela chamou.

A sala estava vazia. As toras de madeira da lareira transformaram-se em cinzas.

– Tia Izzy?

O forno da cozinha ainda estava quente, porém a panela com caldo estava ao lado. Congelada. O pão fora fatiado e abandonado sem manteiga. Skunk, o gato, circulava entre seus tornozelos, miando de fome. Ela jogou uma fatia no chão.

– Agora, coma – confortou-o e deixou-o a se fartar de pão.

Ao pé da escada, ela hesitou. A respiração falhou. A mente parecia vazia. A subida que fazia todos os dias, o dia inteiro, agora parecia intransponível. O ambiente estava muito silencioso. Forçou-se a subir a escada, degrau por degrau, até chegar ao outro andar.

– Mamãe? – sussurrou.

Hugh, Izzy e o doutor Spencer estavam ao redor da cama.

Izzy foi a primeira a encarar Marilla, os olhos marejados e as faces molhadas pelas lágrimas.

– Oh, minha criança...

Hugh e o médico se viraram, mas a jovem não conseguiu ver o rosto deles. A visão ficou turva.

Vermelho.

O chão se abriu a seus pés. O baque no assoalho foi como cair no gelo, a dor e o choque foram impactantes e, em um sobressalto, colocou-se de pé antes que seu pai pudesse ajudá-la.

– Mamãe?

Izzy cobriu a irmã com um lençol de musselina. A palidez acentuava o sangue por baixo de seu corpo. Trajava um vestido cor de marfim e bainha carmesim.

– Marilla – Clara respondeu em um murmúrio.

Os olhos estavam sem brilho, e as olheiras, mais escuras. Seus lábios tinham uma estranha sombra cor de violeta.

– Tenho receio... – A respiração de Clara era apenas um sopro. – O bebê se foi.

Marilla desviou seu olhar para Izzy, que não escondia as lágrimas, apenas meneou a cabeça.

– O bebê era natimorto – disse o médico. – Nada poderia ser feito. Mesmo se eu estivesse aqui. Nada a se fazer.

Clara piscou para Marilla.

– Minha garota... minha menina, determinada e fascinante Marilla. – Fixou-se em Izzy. – Cuide dela, por favor.

Hugh ajoelhou-se ao pé da cama, as mãos a envolver os pés gelados da esposa.

– Salve-a, por favor.

– Se eu pudesse... – A voz do médico estava por um fio. – Ela já perdeu muito sangue.

Um débil sorriso esboçou-se nos lábios de Clara.

– Meu amor, não fique triste. Tudo valeu a pena nesta vida.

Hugh afundou a cabeça nos lençóis e deixou escapar um triste lamento.

Matthew passou pela porta do quarto, e todos estavam em silêncio. Seu olhar fixou-se em seu pai, que retribuiu, com semblante estarrecido.

Clara voltou-se para Marilla.

– Eles precisam de você. Você me promete cuidar deles?

– Eu prometo – respondeu a filha. – Eu prometo. Eu amo você. Eu prometo...

Não conseguiu parar de dizer aquelas palavras, mesmo depois que a luz dos olhos de Clara se apagou e as mãos ficaram gélidas.

O tempo evaporou. Em determinado momento, Hugh se foi, Matthew o seguiu. O médico checou os sinais vitais de Clara pela última vez, para, então, escrever a data de óbito em seu prontuário antes de levar o bebê morto do quarto. A mente de Marilla se fixou no espaço vazio onde estava o pequeno corpo. Bebês morrem. Era um fato da vida. Pessoas lamentam, plantam cruzes, para depois seguirem em frente com suas vidas para construírem um novo futuro. No entanto, ninguém lhe avisara que mães morriam também. Ninguém a alertou de que um leve suspiro poderia separar a vida da morte.

Tia e sobrinha permaneceram no quarto. Sentaram-se em lados opostos da cama. Um espelho vivo de sua irmã gêmea. Traiçoeiramente bela, a morte poupou os delicados atributos de Clara. Os cílios sedosos pincelavam as faces cor de alabastro. Os cabelos castanho-dourados repousavam sobre o travesseiro.

Izzy deslizou os dedos pelos fios brilhantes; um choro débil escapou de seus lábios.

– Não pode me deixar sozinha... Preciso de você.

O temporal desabou sobre suas cabeças. Os beirais da casa gemeram para enfrentar o aguaceiro. Relâmpagos tomaram os céus de Avonlea.

"Eu deveria estar aqui", era tudo que Marilla pôde pensar. Enquanto ela vestia roupas graciosas, comia bolos e dançava, Clara estava em trabalho de parto agonizante. Enquanto vagava pelos campos, trocando segredos com um rapaz, sua mãe estava morrendo. Os menores princípios produziam as mais significativas mudanças. Fermento no pão. Água no solo. Luz na escuridão. Se ao menos ela estivesse lá, poderia ter salvado sua mãe.

A tempestade encolerizada perdurou por horas, para depois não deixar nada além de pingos pesados no vidro das janelas.

Izzy tomou a sobrinha nos braços. Marilla dormira debruçada ao lado de Clara.

– Já passa da meia-noite.

O rosto singelo de Izzy era idêntico ao de sua mãe. Os cabelos soltos pendiam sobre as faces de Marilla, rescendendo a perfume da fazenda. Somente, então, as lágrimas rolaram, pesadas. Marilla permitiu que a tia a embalasse como sua mãe fazia quando tinha um pesadelo. Fechou os olhos e desejou como nunca acordar e ter Clara afastando seus medos e garantindo-lhe que tudo seria melhor no dia seguinte.

No entanto, o dia seguinte trouxe apenas um silêncio solene. E o dia seguinte e o dia seguinte do seguinte. Caminhavam pela casa como fantasmas. Izzy limpou os corpos e os preparou para o sepultamento. Pai e filho foram até a cova aberta à beira do riacho e dividiram as bétulas brancas para um único ataúde. Clara e o bebê teriam uma solenidade como se fossem apenas uma única pessoa. Hugh deu ao bebê o nome de Nathaniel, *aquele dado por Deus...* e por Ele tirado. A senhora White providenciou o funeral junto à esposa do reverendo Patterson.

E Marilla? Fez tudo o que pôde para manter-se ocupada: varrendo, lavando, cozinhando, fazendo manteiga, esfregando... varrendo, lavando, cozinhando, fazendo manteiga, esfregando... e de novo, e mais uma vez. Nunca estava bom o suficiente. Via manchas em todos os lugares e estava determinada a limpá-las. Quando encontrou a roupa amarela e verde do bebê, tremeu de raivosa culpa e o guardou no fundo do baú de sua mãe, ao lado de seus vestidos. Não suportaria ver as peças penduradas impalpáveis.

Antes de repousarem Clara e Nathaniel dentro da urna de veludo, Marilla entrelaçou delicados fios dos cabelos da mãe, cortou-os e enrolou-os por trás do broche oval de ametista. Era seu maior tesouro herdado dela. Uma lembrança da promessa que fez para olhar por Matthew e Hugh. Ambos dependiam dela, mesmo que nunca assim afirmassem. Mesmo que nada dissessem.

Há tanto tempo Hugh não pronunciava nem sequer uma palavra que Marilla temeu por se esquecer de sua voz. Inclusive a própria voz. O pai nada falou no funeral.

Todos de Avonlea estavam reunidos no cemitério sombreado por álamos. A família Keiths, os primos de terceiro grau do lado da família Cuthbert, vieram de East Grafton acompanhados dos filhos. Além de um número considerável de pessoas que Marilla não reconheceu vindas de Carmody e White Sands.

A senhora White ofereceu-se para apresentar as louvações.

– Uma mulher honrada de uma honrada família. Sua vida estava a serviço deles. Deixa como legado a prova de sua retidão, refletida no marido e nos filhos.

Marilla sentiu-se abalada. Se pelo menos todos soubessem a verdade... Abandonou sua mãe quando ela mais precisava. Escolheu o egoísmo, a vaidade, o desejo. Não deveria ter ido ao piquenique quando sua mãe estava prestes a dar à luz.

O reverendo Patterson deu voz à prece.

– "Os sábios brilharão intensamente como o esplendor do firmamento, e aqueles que dirigirem a maioria à justiça serão para sempre como as estrelas." E assim será com nossa amada irmã Clara Cuthbert. Amém.

Foi o único momento em que os Cuthberts falaram, uníssonos:

– Amém.

O esplendor do firmamento... a descrição atingiu Marilla tal qual a *ferida sagrada* golpeou Rachel. Deu-lhe dor de cabeça por imaginar algo tão vasto. E, mesmo bonito, deixou sua mãe se sentir ainda mais distante. O dissabor latejante aumentara em suas têmporas. E, assim, a jovem registrou a realidade: a vaca precisava dar leite, a fechadura da porta entre a cozinha e a copa estava quebrada, a manga da camiseta que seu pai usava estava a um ponto de ficar desfiada. Tais necessidades estavam sob seu controle, o que lhe era conveniente.

Chegara a hora de todos formarem uma fila para dar o derradeiro cumprimento com flores. Hugh e os filhos foram os primeiros, cada um deles depositando uma rosa escocesa dentro da sepultura. Clara trouxera a muda do arbusto da Escócia quando criança. E flores brancas desabrocharam, como lindos pompons, exatamente naquela semana. Marilla considerava quase impossível que a natureza permitisse a planta florescer enquanto sua mãe perecia... mas, sim, aconteceu o improvável. Em seguida, vieram todos de Avonlea.

– Um verdadeiro anjo na Terra – disse a senhora Blair. Colombinas cor-de-rosa.

– Uma mãe maravilhosa – disse a senhora White. – Estimada por todos.

– Oh, Marilla – Rachel chorou. Peônias vermelhas.

– Ela está com o Senhor, e o Senhor está com vocês – disse o reverendo, ao lado da senhora Patterson. Flor de costela-de-adão e eva roxa.

Mesmo a viúva Pye e sua família estiveram presentes. Ela ergueu o véu preto, sendo a primeira vez que Marilla vira seu rosto. Era suave e redondo. A viúva permaneceu em silêncio, apenas depositou as hastes de corações-sangrentos.

Marilla ficou comovida. Todos eram amigos queridos. Alguns ela conhecia bem, outros nem tanto. Contudo, todos faziam parte dela: Avonlea. Sem eles, tinha a certeza de que seria enterrada junto com Clara. Para cada um agradecera com grande estima.

John e os pais aguardaram para serem os últimos.

– Senhor Cuthbert – John tirou o chapéu. – Senhorita Johnson. Matthew. Marilla.

A jovem preferia não ter de cruzar com seu olhar, capaz de arpear através dela.

– Hugh, se precisar de qualquer coisa – disse o senhor Blythe.

– Qualquer coisa, mesmo – enfatizou a senhora Blythe.

John tinha em mãos um ramalhete. A mesma mão que Marilla segurou em vez da mão de sua mãe. Chinelos-de-senhora amarelas.

Marilla ergueu o olhar.

– Eram as favoritas dela. – Uma lágrima escorreu por sua face. – Obrigada.

O olhar de John era fixo nela, mesmo que em alguns momentos o endereçasse a Hugh.

– Senhor Cuthbert, gostaria de ajudá-lo no que fosse possível.

– Um garoto francês está chegando para nos ajudar, como parte de um negócio – o senhor Blythe explicou –, uma de nossas vacas Jersey por um par de mãos para trabalhar no verão.

– Minha família pode me dispensar – John completou.

Hugh olhou para os dois filhos. Estava preocupado em como lidar sozinho com suas duas crianças. Clara e ele tinham planos para que Marilla concluísse seus estudos, mas como seguir em frente sendo apenas eles três a dar conta da casa e da fazenda? Marilla conseguia vislumbrar as engrenagens de sua mente girando. A ajuda oferecida por John os ajudaria com os trabalhos no campo e, assim, no outono seria necessário apenas fazer as contas da colheita.

– Muito gentil de sua parte. Izzy retornará em breve a Saint Catharines. Logo, só temos a agradecer.

Marilla recuou um passo. Izzy estava de partida? Ainda não tivera tempo nem cabeça para pensar em qualquer coisa que não fosse o presente, o que já bastava para fazer o oceano transbordar.

Janelas e espelhos eram cobertos por tecidos pretos na casa de Gables, uma tradição sempre que um ente querido deixava a família. Os homens saíram para carbonizar o sofrimento que sentiam fumando cachimbos, e assim Marilla e Izzy ficaram a sós pela primeira vez após a noite da morte de Clara.

Em seu quarto, Izzy fazia suas malas.

– Quando?

Era uma pergunta que exigia uma resposta. Marilla estava cansada de tantas surpresas; preferia suportar a dura verdade.

Izzy deixou de lado o tecido que dobrara.

– No fim da semana. – Os olhos estavam marejados. – Não posso permanecer em Avonlea. Este lugar pertence à minha irmã, não a mim. Tenho minha casa e meus negócios em Saint Catharines. Minha vida é lá.

Marilla balançou a cabeça. Clara e Izzy nasceram do mesmo ventre. Compartilharam da mesma maquiagem. Uma vida de segredos, sonhos e desejos. Por que não poderia viver com eles? Por ela, se não por ninguém mais. Izzy já teria se esquecido das últimas palavras de sua mãe, para cuidar deles?

– Por favor.

Izzy se dirigiu ao quarto por ela ocupado, de janela voltada para o leste, e abriu a cortina preta. A brisa trouxe para dentro o perfume adocicado da muda de cerejeira. Inspirou o mais profundo que pôde e permaneceu um longo minuto admirando a paisagem vista do cômodo. De costas para Marilla.

– Será muito difícil superarem a dor se eu ficar. Todos ainda verão Clara, exceto eu.

Lá fora, Matthew e Hugh, pequenos como formigas, subiam a colina.

– Não quero que vá embora.

Izzy se virou. O vento bateu nas cortinas.

– Venha comigo para Saint Catharines. Conheço a diretora de uma ótima escola para moças. Moro no andar de cima de minha loja. Há um sótão totalmente vazio. Faria um quarto aconchegante. Janela claraboia e teto inclinado. Hugh e Matt poderiam contratar alguém que trabalhe e durma na casa. Você não estaria deixando a Ilha para sempre. Apenas até... – a tia vacilou por um instante.

O futuro era incerto. Ninguém era capaz de responder à pergunta velada: até quando? De qualquer modo, seria inútil saber. Marilla já dera sua palavra à mãe: eu prometo. Não abandonaria Hugh, o irmão ou Gables. Nunca.

– Meu lugar é aqui.

Izzy concordou com um meneio de cabeça.

– Sim, sei que é. Assim como eu sei que este não é o meu lugar.

Mesmo entristecida, Marilla respeitou a decisão da tia, que nunca poderia assumir o papel da mãe, muito menos ela desejava aquilo. Ficar seria uma constante lembrança da perda sofrida e uma eterna comparação entre ambas. Houve apenas um caminho para Marilla seguir adiante: cindir sua vida em duas, Marilla com a mãe e Marilla sem ela. Sua mente assimilou a ideia e sentiu-se fortificada.

No final da semana, Matthew carregou a bagagem de Izzy na carroça, com Jericho na condução.

– Escreva-me dando notícias sobre vocês e como estão se saindo, caso contrário ficarei preocupada – pediu a Hugh. Seu silêncio foi um assentimento.

Marilla entrelaçou os dedos sob o avental, determinada a ser forte.

Izzy a abraçou.

– Sentirei saudade mais do que tudo, minha linda flor. Promete escrever-me também?

Marilla engoliu em seco contra as lágrimas.

– Está tudo bem. – Izzy beijou seu rosto. – Escreverei para você, e você responderá se quiser ou não, mas eu persistirei em escrever. – Virou-se para a carroça e, então, Marilla não resistiu à emoção.

– Tia Izzy! – jogou-se nos braços de Izzy, afundando seu rosto contra o pescoço perfumado com pó lilás.

– Eu a amo, minha querida menina. Muito mais do que imagina.

E, então, Izzy partiu, pegando na mão de Matthew para subir e se sentar. O sobrinho assobiou, e Jericho começou a trotar em direção à longa estrada. Izzy não deu adeus, muito menos se virou para trás, contudo podiam perceber ao longe seus ombros balançarem. Hugh e a filha permaneceram em silêncio na varanda até Jericho desaparecer no horizonte refrescante e úmido de junho. Em seguida, ele colocou o boné na cabeça e foi ao celeiro, enquanto Marilla caminhou até o jardim com um balde em mãos. Ervas daninhas cresceram entre a plantação de ervilhas por pura negligência, e Marilla tinha em mente exterminar todas elas.

E seu nome é Green Gables

Passaram-se quinze dias, Marilla voltava da estrada dos bordos, recolhendo ervas da floresta, e John trouxe suas vacas para a pastagem.

– Oh – ela se sobressaltou quando o viu e deixou cair o ramo de segurelhas-do-jardim[21].

Ele o pegou do chão e entregou-o a Marilla.

– Bom dia, Marilla.

– Bom dia, John – ela acenou com o buquê de ervas. – Farei um pão de ervas. Quer vir para o jantar, mais tarde?

Ele ajustou seu lenço. Os raios de sol ardiam na pele, apesar do sombreado proporcionado pela imensa copa das árvores, cujas reentrâncias assemelhavam-se a arranhões de garras de urso. Gotas de suor escorriam pelas faces.

– Agradeço o convite, mas prometi aos meus pais que estaria em casa para jantar.

---

[21] Erva aromática. (N.T.)

– Posso levar uma porção da sopa mais tarde se quiser – Marilla se ofereceu.

Conferiu o ramo de ervas em suas mãos; sim, havia o suficiente para quatro pessoas; aliás, não sabia cozinhar para menos pessoas.

– Agora há o menino francês para sua família alimentar, e nós, uma pessoa a menos. – Enxugou uma lágrima que insistiu em escorrer pela face. Mordeu o lábio.

John estendeu o braço para alcançar a mão dela.

– Não – Marilla trouxe a mão para trás das costas. – Obrigada, mas...

– Queria apenas dizer que... – Ele levantou o canto da boca em um sorriso discreto. – Não tivemos nenhuma de chance de estarmos a sós desde... você sabe...

– Desde o dia que minha mãe faleceu? Sim, eu sei. – Levantou o queixo, apesar de não querer encará-lo. – Preciso voltar. As obrigações de casa me aguardam. – E se colocou a caminho.

John a segurou pelo cotovelo, sua mão gentilmente envolveu a cicatriz. Ela esmoreceu.

– Meu pai sempre diz que a dor endurece o coração por um tempo. Entendo perfeitamente, Marilla. Você sabe onde me achar. Estarei à sua espera.

Uma brisa envolveu os troncos de bordos, passando entre eles e suas folhas. Marilla recostou-se nele de leve, para em seguida aprumar-se.

– Devo voltar agora. – A jovem não olhou para trás por cima dos ombros enquanto percorria a distância que a separava de Gables; até chegar à porta da cozinha, e lá ouviu os sinos das vacas ao longe.

Marilla enrolou a fatia adicional do pão em papel manteiga e deixou-a sobre a mesa de corte. Estava lá por um minuto para desaparecer no minuto seguinte. John deve ter entrado enquanto ela varria o quintal. Seu pai e Matthew lavavam a louça para o jantar. Estava feliz por sentir sua falta e ao mesmo tempo muito triste.

Serviu os homens à mesa, absortos em seus próprios pensamentos. Ela comeu algumas colheradas de pé enquanto lavava a louça e recolhia as migalhas da mesa. A noite estava muito quente dentro da casa. Após a refeição, todos saíram para a varanda de trás. Hugh e Matthew acenderam os cachimbos, e Marilla acomodou-se na cadeira de vime. Três pardais sobrevoaram a varanda e pousaram nos cascalhos. Andavam sobre os pedregulhos de um lado a outro, chilreavam sons conhecidos apenas entre seu bando.

– Este lugar precisa de um nome – Hugh limpou a garganta.

Marilla surpreendeu-se.

– Um nome? Mas já temos um nome.

O pai balançou a cabeça.

– Sua mãe queria que esse lugar tivesse um nome especial. Fiquei pensando por dias, porém nada me surgiu à cabeça.

Enquanto refletiam sobre o assunto, o sol descia lentamente no horizonte, lançando raios dourados sobre as pastagens dos Cuthberts. Aquele foi o último movimento do dia antes do anoitecer. Vaga-lumes surgiam e desapareciam, várias vezes o mesmo movimento. Aqui e ali, lá e acolá. As lâminas verdes da pradaria se uniam às folhas verdes, e as folhas verdes, ao golfo verde e além...

– Green Gables – disse Marilla.

Os homens pensavam, considerando o que foi dito.

– Eu gostei... – Matthew declarou.

– Simples e encantador – concordou o pai. – Sua mãe também aprovaria.

Os três permaneceram sentados na varanda, admirando o manto da névoa púrpura da noite cobrir a paisagem que se fechava dentro de si como uma concha. Os grilos iniciaram sua tradicional sinfonia de cricrilar. Por fim, Marilla concluiu que estava onde queria estar, onde era para ser. Em seu lar, Green Gables.

PARTE 2

MARILLA DE AVONLEA

Rebelião

Fevereiro de 1838

– Matthew não jantará de novo? – Marilla perguntou quando seu pai chegou sozinho à mesa. – É a terceira vez nesta semana. – Pegou uma colherada da torta de carne, da panela de ferro. – Temo por sua saúde. Não estou certa de que terá forças suficientes para cuidar da fazenda se sai todas as noites, perdendo seu tempo.

– São encontros políticos. Homens de sua idade têm necessidade de se envolver nesses assuntos.

A filha colocou um garfo limpo ao lado do prato de Hugh. O metal brilhou à luz da lamparina. Aprendera a limpar todos os talheres com vinagre.

– Muitas atividades para manter o dia tomado – Marilla comentou.

Hugh espetou lentamente sua torta de carne com o garfo, quebrando a crosta, misturando-a ao caldo.

– Ativismo nacional, quis dizer. Jovens, como Matt, julgam ser necessário deixar sua marca na história de seu país. É muito difícil para as mulheres entenderem esse sentimento.

– E como explica isso? – ela rebateu. – Não sentimos essa mesma necessidade?

Era verdade, ela não entendia. Desde que sua mãe partiu, conseguia concentrar-se apenas na rotina do presente, aqui e agora. Sair da cama todas as manhãs, lavar o rosto, pentear os cabelos, vestir seu avental, moer a farinha, bater os ovos, fritar, cozinhar, servir, lavar e repetir tudo de novo. Dia após dia, mês após mês. Se algum minuto não fosse ocupado, Marilla tinha medo de cair em um abismo e nunca mais sair dele. Sabia que, se parasse por um instante, a dor seria implacável. Por vezes, sentia a necessidade de fechar os olhos e respirar, inspirar e expirar profunda e lentamente. Caso contrário, o aperto dentro do peito a deixaria paralisada até sua cabeça latejar e o corpo inteiro se tornar um cata-vento de dor. Sair da cama seria uma tortura. Tudo o que a confortava estava em Green Gables. Clara estava lá. Caminhou sobre as tábuas de madeira do assoalho, acendeu a lareira, proferiu orações e leu poemas em voz alta enquanto misturava água ao vinho de groselha. Cogitou se o mundo lá fora sempre fora tão penoso. Mas ela também nunca soube porque Clara era seu amparo, seu porto seguro. Sem ela, não havia greta que não fosse cinza.

Enquanto o pai comia, Marilla esfregava os candelabros de prata. As chamas e a cera os deixaram enegrecidos.

Hugh afastou de si o prato vazio.

– Muito bom.

– Esta é última porção de carne comprada do açougueiro nesta primavera. – Mergulhou o pano na tigela de água com vinagre e esfregou com força até que a prata estivesse brilhando.

– Um dos bois da família Blythe. Posso sentir o gosto adocicado de morangos e maçãs na carne. São os únicos em Avonlea.

– Sim, John comentou que as frutas fazem parte da ração do gado, assim como o leite dos novilhos também é adoçado.

John trabalhou com eles ao longo de todo o outono, muito mais do que havia se oferecido. Ele sempre chegava direto da escola para recolher as vacas, enquanto o pai e o irmão recolhiam a colheita. Ele começava a se sentir como pertencente a Green Gables, como qualquer um da família Cuthbert. Ao fim do outono e quando os primeiros flocos de neve caíram, voltou aos seus estudos após as aulas.

Então, em novembro, a rebelião foi desencadeada. Os reformistas chamaram-na de Movimento Patriota. Na Batalha de Saint-Denis, reformistas canadenses surpreenderam, derrotando o exército britânico. O feito se espalhou rapidamente por todas as províncias. A Lei Marcial foi declarada em Montreal. Panfletos foram distribuídos.

Metade da população gritava pela independência do Canadá, abaixo a Monarquia. E a outra metade proclamava a união e vida longa à Rainha.

A cada semana, os jornais reportavam focos de violência entre os dois partidos, reformistas contra conservadores. De imediato, a dissidência chegou à Marinha. Assim como o senhor Murdock antecipara, as tropas britânicas chegaram para patrulhar a cidade. Os habitantes de Avonlea reconheceram que a anarquia estava em franco progresso. Dessa forma, as portas foram reforçadas, e as armas, mantidas em punho. John estava certo quando previra os acontecimentos meses antes. Rachel revelou que seu pai adquirira dois novos mosquetes, um para ficar na entrada da frente, e outro, na porta de trás. Tudo indicava que Hugh também tinha uma arma. Trouxera do celeiro um dia e a mantivera perto de sua poltrona da sala. No primeiro momento, Marilla supôs que ficaria incomodada com a arma, mas, para sua surpresa, sentiu-se protegida. Estavam prontos a defender Green Galbes quando necessário.

Até o Ano-Novo, muitos dos líderes rebeldes foram assassinados, enforcados ou presos. No entanto, o Movimento Patriota ainda perseverava. Como uma epidemia, crescera no coração das pessoas. Mesmo em Avonlea, as facções políticas tornaram-se assunto corriqueiro na população da cidade. De mensageiros a pastores de ovelhas, todos estavam discutindo com veemência suas convicções políticas, os conservadores contra os reformistas liberais. Os jovens de Avonlea reuniam-se para debates em um velho celeiro, cujo telhado estava pela metade, localizado à margem da estrada, entre as árvores e a escola. Deram-lhe o nome de Agora.

– A noite está fria. Aposto como Matthew ficaria contente se a irmã lhe trouxesse uma torta quente para encher sua barriga. – Hugh olhou para a frigideira. – Suficiente para alimentar dois homens, devo reconhecer.

Marilla pôs de lado o pano de limpeza. Um cacho de seu cabelo soltou-se da trança e ficou pendurado roçando seu nariz. Puxou-o para trás e sentiu o cheiro de vinagre na mão.

– Mulheres não são bem-vindas em Agora – ela comentou.

– Você não é apenas uma mulher – o pai contemporizou. – Você é Marilla Cuthbert, irmã de Matthew. – Tomando seu cachimbo nas mãos, dirigiu-se à sala, deixando a filha com a torta quase inteira.

– Será melhor para ele se eu acabar com essa comida – reclamou com Skunk.

O gato se sentou perto de seus calcanhares, com um olhar de obediência.

– Se fosse uma torta de cavalinha, daria a porção restante inteira para você comer, mas esta é a última torta de carne.

Dito isso, envolveu o restante da comida em papel, lavou suas mãos com detergente e esfregou fava de baunilha nos punhos para camuflar qualquer cheiro residual do vinagre. Em seguida, agasalhou-se com seu melhor casaco de inverno, luvas e gorro de lã.

– Se eu não retornar em uma hora, provavelmente fui comida pelos lobos.

– Não há lobos na Ilha – o pai riu.

– Uma consciência culpada pode atormentar a mente de uma pessoa, é a minha opinião.

– Depois de morar quase quinze anos em Avonlea, acredito que não cairá no mar ou será devorada por animais selvagens. – Beijou-a antes de ela partir.

Era uma noite fria, mas sem vento. A lua era crescente como o formato da torta restante em suas mãos. As árvores da estrada estavam nuas e cobertas de neve; seus olhos então se voltaram para o céu estrelado, que se arqueava sobre uma grandiosa e cintilante empena. A neve se soltara das botas, e o cheiro de pinheiro queimado ficava mais forte à medida que se aproximava do velho celeiro. Em meses mais quentes, a campina que cruzara era um mar de violetas deslumbrantes. E, agora, não passavam de vestígios de flores esmagadas. Do lado oposto, a fogueira ardia na parte descoberta do celeiro. A fumaça quente subia até o céu para depois cair fria rastejante pela terra gelada. Sentiu os olhos arder, e a visão tornou-se turva. Ficou feliz quando finalmente viu a luz da porta entreaberta.

Empurrando a tranca para o lado, abriu-a sem cerimônia e foi encarada por uma dúzia de fantasmas. O fogo desenhava sombras obscuras sob seus olhos e em volta das mandíbulas. Embora soubesse que lá estavam filhos de fazendeiros, vizinhos e colegas de escola, eles vestiam máscaras de homens ameaçadores. Matthew se levantou de um banco do lado oposto à porta. No centro, John falava, de costas para ela.

– Não podemos ser condescendentes com a situação diante de nós. A aristocracia por meio da nobreza não pode definir as lideranças, assim como governar os novos povos. – Voltou-se para trás, para os demais participantes, e sorriu ao se deparar com Marilla.

– Trouxe torta de carne – explicou – para meu irmão Matthew e para quem porventura não jantou ainda.

Matthew aproximou-se ligeiro da irmã, tomou o pacote de suas mãos e a conduziu para fora do celeiro.

– Muito obrigado – ele sussurrou. – Voltarei em breve para casa.

– Talvez devêssemos ouvir a opinião de uma mulher – John expôs sua opinião ao grupo.

Resmungos pairaram no ar.

– Nada de mulheres em Agora – a voz parecia de Clifford Sloane.

– Está quebrando as regras – protestou Sam Coats, ao seu lado.

– Estamos aqui por causa de homens ousados que desafiaram a lei! – John levantou o punho. – Coloquemos em votação, então. Quem é contra?

O ambiente ficou em silêncio. Uma tora de madeira rachou na fogueira e espalhou uma névoa de brasas.

– E então? – John perguntou.

Matthew e ele trocaram olhares.

– Sim – Matthew foi o primeiro a responder.

– Até agora são dois votos contra nenhum, portanto a pergunta permanece no ar.

Matthew conduziu a irmã para a frente, embora os pés dela permanecessem enterrados no chão. Ninguém perguntou *a ela* se queria falar ou não! Ao lado de John, sentia o rosto queimar ao ser colocada no centro das atenções. E o calor da fogueira só fazia piorar. Tirou as luvas e o gorro e cruzou os braços sobre o peito a fim de manter os nervos sob controle.

– Como uma jovem de nossa comunidade, pergunto a vocês: de que lado vocês estão na questão das rebeliões, dos conservadores ou dos reformistas?

Rachel a visitou várias vezes desde a morte de Clara, sentindo ser seu dever preencher o vazio que Marilla sentia com conversas sobre o mundo e atualidades. Contou à amiga por que sua família estava ao lado dos reformistas, com propostas de mudanças progressistas para uma sociedade mais igualitária e um governo mais responsável que represente os cidadãos. Chegou mesmo a dizer que seus pais *não* eram favoráveis à família real, e sim a favor de uma república autônoma como os Estados Unidos. Palavras de sedição! Marilla ficou confusa com aquelas conversas, porém Rachel insistiu que todos discutiam abertamente tais assuntos, incluindo os Blythes. Como as duas famílias eram amigas e parceiras nos negócios, concordavam que as velhas regras de classe e riqueza não poderiam unir uma nação.

Marilla nada comentou durante as arengas da amiga. Política parecia um assunto irrelevante se comparado à perda que sentia e os pesares que trazia em seu coração.

Mesmo assim, uma noite, Marilla trouxe o assunto à baila com Hugh.

– Qual a sua posição, papai?

– Somos Presbiterianos conservadores e leais à Coroa. Esta é a sagrada ordem das coisas. Precisamos acreditar na soberania de Deus e nas mãos soberanas que Ele unge. Caso contrário, o que impediria qualquer pessoa de se coroar rei? – A seguir, leu a longa e cautelosa passagem de Deuteronômio.

Em primeiro lugar e mais importante, Marilla era uma Cuthbert, leal à sua família e a seus preceitos. Portanto, na reunião de Agora, ela concordou com a opinião de seu irmão.

– Matthew fala pelos Cuthberts. O que ele disser eu concordo.

– Conservadores! – alguém gritou, com orgulho.

John levantou a mão em sinal de silêncio.

– Nós sabemos o que Matthew diz. O que *você* diz, Marilla?

Frustrada com sua insistência, manteve o olhar direto e franziu a testa. Nem ao menos piscou.

– Não tenho nada a dizer, John.

– Não acredito nisso. Você é uma pessoa muito inteligente.

Os gritos de "conservadores" e "reformistas" retornaram com mais força.

Matthew retirou-a do centro da roda para a porta do celeiro, em direção ao jardim, sob a luz da lua. Ali, na serenidade da solidão, seu longo suspiro coloriu o ar cinzento entre eles.

– Venha – ele pediu –, vamos para casa.

Silenciosamente, seguiram os rastros que os passos dela deixaram quando ela caminhara em direção ao celeiro. No entanto, a mente de Marilla ainda estava em Agora, reprisando a cena repetidas vezes, imaginando o que poderia ter dito, que o progresso não deveria vir, necessariamente, com derramamento de sangue. Que ela tinha fé em sua família e fé em sua terra. Que eram fazendeiros e deveriam saber as leis da natureza! Uma vaca não precisaria morrer para nascer um novo bezerro, nem uma monarquia para uma nova nação. Mas em seguida pensou em sua mãe e Nathaniel enterrados juntos no cemitério da Igreja Presbiteriana. Seus olhos lacrimejaram. Fechou-os para protegê-los de uma lufada de ar gelado e marchou adiante.

No tempo em que foram para casa, Hugh foi dormir. De tantas idas e vindas, a torta congelou, parecendo uma massa de mingau. Matthew comeu apenas os pedaços de carne. Deu o resto a Skunk, que ficou acordado vigilante, como se soubesse que sua hora de comer chegaria.

Estudo a dois

Março

Uma derradeira neve de fraquíssima intensidade cobriu a Ilha, envolvendo os brotos de árvores como uma geada prateada, enquanto o céu se abria límpido como uma gota cristalina de fonte. Após a noite em Agora, Marilla viu-se lendo todos os recortes de jornais que Matthew trazia para casa, todos os boletins de política expostos nas paredes dos correios, quaisquer livros disponíveis em Gables. Sua mente tinha fome de palavras. Tudo mantinha seus pensamentos em alerta, e seu coração sentia a tristeza sombria.

– Gostaria de fazer o exame da escola mais cedo – comentou com o pai durante o café da manhã. – Terei de dedicar mais tempo aos estudos – explicou –, o que me obrigará a me afastar das tarefas de casa.

Hugh ergueu uma caneca de latão que refletia seu rosto de tão polida. Para tanto, Marilla deixou a peça de molho e depois a esfregou até que parecesse mais brilhante do que uma nova.

– Penso que não haverá problema. Antes, terá de pedir a permissão do senhor Murdock.

– O senhor Blythe pediu emprestadas as pinças de casco. Levarei amanhã – Matthew comentou.

– A escola está na mesma direção – Hugh complementou.

Marilla olhou do pai para o irmão. Matthew piscou e tomou um gole de seu café. Ela sorriu.

Havia muito tempo que deixara a escola, tanto que seus vestidos do dia a dia já não lhe cabiam mais. Tudo o que restara eram vestidos que usava para trabalhar nas tarefas de casa e um ou outro vestido de domingo. Assim, tomou a liberdade de procurar algo entre as coisas da mãe. Izzy passou todas as camisetas brancas de Clara com sua própria água de lilás. Marilla sentira-se grata pelo fato de o perfume ser o de sua tia, e não da mãe. Arrebatou forças do fundo de seu coração para abrir o baú. De lá, escolhera uma camisa creme e uma saia estampada; nunca vira sua mãe usar aquela roupa, de flores negras sobre fundo verde escuro. Para sua sorte, coubera-lhe com perfeição.

A família ainda estava de luto. As cortinas pretas permaneceram fechadas ao longo de todo o inverno, para impedir a entrada das correntes de ar, disse a si mesma. Já se fora quase um ano, e os meses de calor estavam chegando. Em breve, teria de tirar as cortinas; no entanto, estava determinada a manter suas vestes pretas de luto, não importava a estação do ano. Deslizou a braçadeira preta de crepe por cima da manga da camisa. Não tinha energias para fazer trança no cabelo; optou por puxá-lo para trás e fazer um coque. Estava decidida a provar ao senhor Murdock que era mais madura do que sua idade evidenciava e, portanto, apta a aplicar mais cedo para o exame.

Matthew esperou junto do trenó. Quando Marilla surgiu diante da porta, o irmão assobiou discretamente, o que ela ignorou, mas gostou. Precisava de toda a confiança que pudesse ter.

A neve recente derretera e se misturava à da noite, enquanto deslizavam pelos campos a leste, em meio às árvores e pela estrada que levava à vila de Newbridge. À porta da Escola de Avonlea, as merendas dos estudantes estavam enfileiradas. Alguns trenós foram estacionados próximos dali. As janelas cintilavam tão brilhantes e aquecidas como nunca vira. A vida era simples: as horas divididas em segmentos de aprendizado; cada dia abastecido como um pote de feijão para ser levado para casa, digerido e enchido novamente no dia seguinte. Se pelo menos eles ficassem daquele jeito... Marilla cronometrou o tempo para não interromper a aula do senhor Murdock. Ele era muito rigoroso no que dizia respeito a horários, e era sua intenção gozar de suas boas graças. Em breve, faria uma pausa para o intervalo de almoço. Matthew amarrou Jericho do lado leste da escola, perto da macieira, de onde os alunos pegavam seus frutos doces após a aula, no outono. Agora, no entanto, estava improdutiva como um feixe de galhos secos.

– Vou esperá-la aqui – disse Matthew. Inclinou-se para trás e virou o chapéu para proteger seus olhos dos raios de sol.

Marilla desceu do trenó e espiou pela janela da escola, a fim de ver se o senhor Murdock ainda estava dando aula. E estava, mas, antes que pudesse se afastar, um dos alunos mais novos a viu de relance e começou a apontar, inquieto, em sua direção. Marilla colocou seu dedo na frente dos lábios para tentar silenciá-lo, porém só o fez chorar mais.

– Senhor Murdock, há uma mulher na janela!

O mestre aproximou o rosto barbudo da janela, a alguns poucos centímetros de seu nariz. Estreitou o olhar como um velho avarento.

– Senhorita Cuthbert, posso ajudá-la? – Sua voz abafou no vidro, embaçando-o.

– Eu... eu vim para falar sobre meus estudos – ela respondeu.

– Então, presumo que seria mais apropriado entrar pela porta, e não pela janela.

Ela sentiu o rosto corar.

– Sim, senhor – disse e deu a volta até a porta, onde parou, incerta se deveria bater à porta antes de entrar. Decidiu a favor da etiqueta, uma vez que o senhor Murdock já parecia irritado.

Após três batidas, ele respondeu.

– Por favor, entre.

Permaneceu de pé, na frente da sala, apoiado em sua bengala. O pequeno Spurgeon MacPherson estava no cantinho do burro com o chapéu em cone, forçando para fora suas orelhas caídas.

– Senhorita Cuthbert, venha para a frente, e assim poderá contar a todos o propósito de sua visita.

Os joelhos enfraqueceram por um momento, porém ela obedeceu, caminhando ao longo do corredor, enquanto a classe inteira tinha os olhos voltados para ela.

– Peço desculpas por interromper, senhor Murdock. Supus que estivesse no intervalo agora.

– Não se lembra dos horários? – tirou o relógio do bolso. – Temos cinco minutos inteiros antes do intervalo. Cinco minutos inteiros nos quais meus diligentes alunos deveriam estar aprendendo a topografia de Upper Canadá, porém a senhorita os distraiu. Portanto, deverão retornar cinco minutos antes do fim do intervalo para compensar sua intromissão.

A classe lamentou. Uma garotinha da fileira da frente abaixou e encostou a cabeça na mesa, consternada, e choramingou.

– Verrugas de sapo!

As mãos da jovem tremiam tanto que fora obrigada a cerrar os punhos ao lado do corpo para disfarçar.

– Senhor Murdock, imploro para que não puna a classe por minha causa. – E rezava também para que ele não a punisse. – Vim para perguntar-lhe se posso aplicar antes para meus exames finais, nessa primavera.

– Os exames de conclusão? Bem, senhorita Cuthbert, esse privilégio é dado apenas aos nossos alunos mais avançados que têm o domínio fiel e bem-sucedido da educação cristã, ao longo do grau oito, como especificado no Sistema Lancastriano de nossa Rainha e país. – Ele limpou a garganta. – E, como pode ver, meus pupilos da última fila são em menor número, e apenas eles estão preparados para os exames finais.

Ela se virou para as mesas. Lembrou-se vagamente de cinco deles que estavam em Agora; somente naquele momento demonstravam expressão de inocentes e pessoas conservadoras. John era o último da fileira, girando seu bastão de giz entre os dedos, observando-a. Estava determinada a não falhar em sua missão.

– Entendo, senhor Murdock, porém conversei com Rachel White, que estuda em casa há alguns anos, e ela me afirmou que o senhor permitirá que aplique para os exames finais quando ela desejar.

O professor bufou.

– A mãe da senhorita White assegurou-me de que a filha está sob sua tutela direta e com professor particular. Por esse motivo, ela é uma exceção, apesar de não haver completado seus trabalhos na Escola de Avonlea.

– Como sabe, não tenho mais mãe para assegurar por mim. – Sua voz falhara, mas manteve-se ereta. – No entanto, dou-lhe minha palavra de que estudarei com todo o meu empenho, de modo que possa acreditar em mim, e de que farei os exames apropriadamente.

O professor mudou seu tom de voz à menção de Clara e abaixou o bastão que tinha em mãos.

– Por mais verdadeiro que seja, devo cumprir as regras. Quem não frequenta as aulas não consegue educar a si próprio, baseado no que não sabe. A senhorita precisa de um tutor.

Marilla não conhecia nenhum tutor, muito menos a sua família tinha recursos para pagar um, como a família White. Era um impasse para o qual não tinha solução.

– Sinto muito, senhorita Cuthbert – lamentou o professor. – Por esse inconveniente e por sua perda.

A gentileza dele causou nela profunda angústia. Preferia que tivesse sido grosseiro ou algo assim. Sabia como lidar com essas situações, proteger-se para não se machucar, mas o professor a surpreendeu com sua empatia, e ela perdeu sua fortaleza de espírito.

– Eu assumo a responsabilidade, senhor Murdock. – John se levantou de sua cadeira.

Algumas das crianças mais novas começaram a dar risinhos sacudidos. O professor advertiu ameaçadoramente, inclusive o aluno que estava de castigo, e todos se calaram.

— Alunos, podem sair em ordem e em silêncio para o almoço. Lembrem-se de não se afastarem muito para dentro da floresta. Voltem cinco minutos antes. Pupilos atrasados terão mais lição de casa para fazer. Senhor MacPherson, está suspenso de seu castigo, porém deverá trazer lenha para a tarde. Senhor Blythe, aproxime-se.

John se dirigiu à frente da sala, contra o fluxo de alunos que estavam saindo. Marilla e John aguardaram, lado a lado, diante do professor, até que o último estudante fechou a porta atrás de si.

— Senhor Blythe, não tolero conduta inconsequente de meus pupilos.

— Peço desculpas por minha impulsividade, mas não pelo que falei, senhor Murdock.

O professor torceu o nariz.

John continuou.

— Estou disposto a ser tutor de Marilla em todas as matérias. Recentemente, o senhor disse ao meu pai que estou à frente de todos os outros alunos do meu grupo e que poderia fazer os exames amanhã, se fosse de minha vontade, e com as melhores notas.

O senhor Murdock mordeu os lábios.

— Essa foi uma conversa entre mim e seu pai.

— Se o senhor é um homem de muitos conhecimentos e de boa-fé, sua avaliação é um salvo-conduto para chancelar minha competência para ser o tutor bem-sucedido de Marilla.

O professor pegou um punhado de papéis de sua mesa, suspirou profundamente, espalhando pó de giz para todos os lados.

— Perfeito. Poderá ser o tutor de Marilla, desde que as aulas sejam diárias e após completar seus estudos em minha sala. Isso causará um impacto significativo em seu trabalho na fazenda de seu pai. Está ciente disso?

— Sim, senhor — John concordou.

O coração de Marilla parecia saltar pela boca.

– Senhorita Cuthbert, deverá me entregar um relatório antes da data dos exames finais, de modo que avaliarei se estará apta ou não para se sentar com os demais alunos.

– Sim, senhor, obrigada. Prometo não falhar diante do senhor.

– Não se preocupe comigo; preocupe-se em não fazer esse jovem senhor Blythe perder seu tempo e talentos. – Virou-se para John e estendeu o braço para um aperto de mão, em sinal de compromisso. – Senhor Blythe, a falha de Marilla será a sua falha.

John apertou a mão do professor sem piscar os olhos.

Do lado de fora, os estudantes mais novos correram em volta de Jericho, que coiceou o chão, perturbado.

– Muito obrigada, John.

– Como já disse, você é muito inteligente. Muito mais do que qualquer outra garota que conheço.

Aquelas palavras a deixaram lisonjeada, muito mais do que qualquer outro elogio que já recebera. Sua mãe era virtuosa, Izzy era linda. E ela, Marilla, seria inteligente.

– Quando começaremos? – ela perguntou.

– Agora. Hoje!

– Hoje? – ela riu. – John, você é, definitivamente, a pessoa mais impulsiva que já conheci.

– *Carpe diem*! Sabe o que essas palavras representam?

– Latim – Marilla levantou o queixo em direção aos raios de sol –, "aproveite o dia".

– Muito bem, pupila! – John limpou a garganta a assumiu o tom de voz professoral do senhor Murdock. – E onde essa frase em latim teve sua origem?

– Horácio, o poeta romano.

Ele bateu palmas.

– Parabéns! Vamos desafiar o velho senhor Murdock.

John convida para um passeio

Dia após dia, John Blythe tomava o caminho de volta da escola de Avonlea atravessando a campina que florescia qual um mar de rosas púrpura, por entre a floresta densa de abetos, cujas folhagens e galhos tornaram-se viscosos por causa dos raios de sol, e descendo a estrada que levava a Green Gables. O arco formado pelos bordos exibia a opulência primaveril. Flores sedosas cor-de-rosa adornavam seus ramos e, filtradas pela brisa suave, polvilhavam de pólen quem passasse sob a cobertura verde. John chegaria à porta de trás espirrando e coberto por um halo dourado.

O casal estudava na mesa da cozinha, de modo que Marilla também pudesse cuidar da panela do jantar. Embora sempre tivesse lhe oferecido compartilhar das refeições, John nunca aceitou. Dissera que sua mãe não descansaria enquanto ele não chegasse para o jantar e seu pai não fumasse o cachimbo. Era a rotina da família Blythe, o que ele respeitava. Marilla entendeu perfeitamente. A família sempre estivera em primeiro lugar.

John trouxera as tarefas do senhor Murdock para que fossem partilhadas com Marilla. Matemática era a parte mais fácil; no entanto, foram necessárias duas longas semanas para estudar história, geografia e educação cívica. Apenas depois iniciaram os estudos de gramática e redação.

– O tema da redação exigida pelo senhor Murdock é escrever sobre nossas viagens.

– Mas eu nunca viajei, a não ser para Nova Scotia.

– Perfeito! – John exultou. – Escreva sobre essa viagem.

O jovem sacou do bolso de seu colete o relógio de bronze, dado pelo seu pai em seu último aniversário. Nele estava gravado: "ao meu único filho". Tinha por hábito sempre polir o vidro.

– A parte escrita do exame é cronometrada. Sugiro que pratiquemos marcando no relógio. – Ele acompanhou o ponteiro dos segundos. – Vamos lá, quando eu contar três, dois, um, comece!

O barulho de giz batendo em ritmo frenético na ardósia tomou conta do ambiente.

– Tempo! – ele marcou.

Marilla sorriu. Usou o minuto remanescente para conferir a ortografia.

– Vamos ler em voz alta – John sugeriu.

– Isso não faz parte do exame. – A oratória era o que ela menos gostava do currículo escolar.

– E de que outro modo podemos avaliar as composições?

Marilla entendeu seu ponto de vista. Relutante, limpou a garganta e ergueu sua placa de ardósia, tentando esconder seu rosto do olhar de John.

"O mundo fica instável quando se está a bordo de um navio a vapor, atravessando o estreito de Northumberland. Ao sul, as praias de Nova Scotia são de um cinza rochoso, e a orla, uma parede de barcos. Suas velas tremulam como vestidos esvoaçantes. Ao norte, nossa ilha resplandece com o pôr do sol. A areia cintila como brasas faiscantes. Minha mãe disse que, muito antes do nome britânico da Ilha, os nativos MicMac chamavam-na de *Abegweit*, o que significa embalar sobre as ondas. Uma terra renovada e abençoada onde os homens de todas as raças e animais de todas as espécies são livres para viver o seu melhor e mais profundo eu. Um nome muito mais apropriado, eu acredito. Uma ilha nascida das profundezas do mar deve ter alicerces vermelhos, como vermelha é a lava que brota de um vulcão. Vermelho intenso."

Sentiu a garganta e o coração apertar quando a memória das últimas horas de Clara tomou conta de sua mente, certeira como uma flecha.

– Mamãe adorava ouvir essa história, no entanto nunca lhe contei em sua integralidade. Nunca lhe contei sobre a loja de chapéus Madame Stéphanie ou sobre Junie, a órfã escrava. O reverendo Patterson sempre diz que segredos podem ser tão pecaminosos quanto atos flagrantes de decepção. Se soubesse que minha mãe iria... – Engoliu em seco para dar força à sua voz. – Hoje, eu me arrependo de não ter contato tudo a ela.

John envolveu as mãos dela com as suas.

– Pode não ter revelado a história em sua totalidade, mas certamente ela sabia que seu propósito seria para sempre, antes e agora. Você deveria ter orgulho de sua composição.

Pressionou levemente as mãos delicadas de Marilla, não fez menção de afastá-las.

– Sua vez, agora.

– Minha composição ainda nem está concluída.

– Logo, deve se conformar em ficar em segundo lugar.

Ele deu um leve sorriso e soltou a mão dela para pegar a placa de ardósia. "Passei um ano em Rupert's Land em visita à família de minha mãe..."

Marilla não sabia que John morara em Rupert's Land quando criança. Leu sobre o tio Nick, irmão mais novo e problemático da mãe, sobre vagar pela floresta ao lado dos sete primos, pescar nos lagos glaciais, escalar montanhas e vivenciar o ar puro, concedendo-lhe a graça de se perceber muito mais vivo. Marilla divagava em suas descrições, extasiada. Mesmo sem conhecer, tinha certeza de que o lugar era fascinante e ainda mais instigante quando retratado por ele.

– Não saberia dizer quem ganhou a competição. Sua composição está excelente – ela fora obrigada a reconhecer. – Você me transportou para um lugar em que nunca estive.

— E você me mostrou um lugar onde sempre estive, mas que não conhecia de verdade, o que, sem dúvida, dá a você mais mérito por sua habilidade.

— Estamos diante de um empate — ela riu.

Lá fora, na varanda, Matthew bateu as botas contra o chão para limpá-las.

— Acho melhor colocar a comida na mesa — Marilla concluiu.

— Talvez um dia, quem sabe, você visitará Rupert's Land e conhecerá o lugar com seus próprios olhos.

Ela riu.

— Seria divertido. Uma mulher viajando sozinha como uma bucaneira. — Ao proferir aquelas palavras, pensou em Izzy e ficou a refletir, talvez, sim. E por que não?

— Quem sabe eu possa levá-la.

O coração dela bateu mais forte. A sopa de ervilhas estava fervendo sobre o fogão. Matthew entrou na cozinha.

— Olá, John. Como vão os estudos?

— Aprendendo coisas novas a cada dia. — Piscou para Marilla, recolheu seus livros e vestiu o boné. — Por favor, transmita meus cumprimentos ao senhor Cuthbert. Amanhã trarei de volta as garras de cascos que tomamos emprestadas.

— Não tenha pressa — ele foi gentil. — O que é nosso, é seu, vizinho.

John partiu com um aceno de cabeça.

— Ele me parece um bom amigo — Matthew elogiou. — Tem sorte por compartilhar da amizade dele.

— Eu? — A irmã lhe serviu uma tigela e uma fatia de pão para comer com a sopa. — Ele é, no máximo, seu amigo.

Matthew riu.

— Está bem, está bem. Um bom amigo para todos nós. Ora, ele é quase da família se considerarmos o tempo que está presente aqui em casa.

Hugh chegou logo em seguida, e Marilla apressou-se em servir-lhe a tigela com sopa, mas se esquecera do pão. Sua mente estava ocupada, divagando sobre a história de John e Rupert's Land, além, é claro, sobre o que Matthew havia dito em relação ao amigo. Sentia-se feliz por considerá-lo como sendo da família.

    A estação do calor finalmente chegou em toda a sua plenitude. Foram-se as geadas noturnas e os ventos congelantes. As manhãs cintilavam com as lâminas do orvalho refrescante cobrindo a grama. Tremoceiras projetavam seus galhos para o céu, como se quisessem alcançá-lo. O entardecer dos campos palpitava soberbo, alvoroçado com a promessa de dias mais longos.

    Izzy escrevera-lhes, como prometido. Em princípio, as cartas trouxeram uma dor tão profunda que Marilla mal suportava ler as letras manuscritas do envelope; no entanto, o mau sentimento foi se esvaindo com o passar do tempo e da rotina. Sua tia escreveu sobre a loja, as senhoras para quem costurava, as disputas políticas nas ruas de Saint Catharines e o recente fluxo imigratório de americanos na cidade. A última linha de cada uma das cartas sempre dizia "mande um beijo para minha pequena Marilla. Estou ansiosa por falar com ela quando estiver pronta". Aquelas palavras tocavam-lhe profundamente.

    Em uma das tardes, o máximo que conseguiu foi pegar uma folha de papel e uma caneta para responder, porém parou para pensar e rapidamente se lembrou das últimas notícias relatadas nos jornais que John lhe entregara. Ele estava se saindo um tutor magistral.

    O jornal era o *Prince Edward Island Times*, uma publicação liberal dos reformistas, que Hugh usualmente não comprava. O artigo dizia: "O senhor Mingo Bass, lacaio africano da senhorita Elizabeth Smallwood de Charlottetown, está desaparecido. A senhorita Smallwood acredita que seu criado foi ilegalmente capturado por caçadores de escravos americanos. O senhor Bass era natural da Virgínia".

    John rascunhou ao lado do artigo: "Pode localizar o estado da Virgínia?". Contudo, a jovem tinha certeza de que ele não havia separado o artigo apenas para aprofundar seus conhecimentos em geografia. John era o único que conhecia a história de Junie e do trabalho que as Irmãs da Caridade desenvolviam com escravos fugitivos, um segredo que ela manteve guardado até de sua mãe e compartilhara apenas com ele. Com seu pensamento totalmente voltado à situação de Mingo Bass, perdera o foco na carta para Izzy. O que haveria de dizer, afinal? Em vez daquilo, procurou por seus mapas. Geografia era sua pior matéria na escola. Simplesmente não tinha conhecimentos empíricos em que se basear. As montanhas, os rios e as fronteiras desenhados no atlas não passavam de rabiscos, mais parecidos com as garras de suas galinhas raspadas na terra da fazenda. Mas não haveria barreira intransponível para seus esforços, uma vez que saber onde se localizava a Virginia era fundamental.

Marilla estava na varanda dos fundos, sentada em sua cadeira de vime, de modo que podia sentir a brisa refrescante enquanto estudava. O exame seria na semana seguinte, e John acabara de chegar da escola.

– O senhor Murdock pediu-me para lhe entregar isto – informou, estendendo o braço.

A jovem desdobrou a carta:

Senhorita Cuthbert, por favor, compareça à Escola de Avonlea preparada para ser avaliada na próxima quarta-feira, antes do exame final de sábado. Senhor Murdock.

– Aqui está – Marilla virou o papel, de modo que John também pudesse ler –, o Dia do Julgamento.

– Você está pronta. Muito mais até do que isso.

A jovem passou a mão delicadamente sobre o atlas aberto.

– Ainda não consigo me lembrar de todas as colônias dinamarquesas. Estão espalhadas por toda parte!

– Sou capaz de apostar que "quais são as colônias dinamarquesas?" não será uma questão do exame.

– Quem sabe?

John limpou a garganta, com autoridade.

— Você estudou arduamente, Marilla. Está mais preparada do que qualquer aluno do senhor Murdock.

— Inclusive você? – arqueou a sobrancelha.

— Bem, o reflexo de um grande professor é uma aluna cujo conhecimento se iguala ao dele – sorriu e continuou, sério. – Além disso, as escolas não podem esperar que nos ensinaram tudo o que há para se aprender. Ninguém sabe tudo, Marilla. Nem mesmo você. O professor espera que você saiba o suficiente para passar no exame. – Tomou o atlas de suas mãos e o fechou, com um sonoro estalar de páginas.

— Quer estudar geografia? Venha.

— Ir para onde? – Marilla cruzou os braços.

— Nada melhor para conhecer um lugar do que explorá-lo.

— Você está desesperado. Tudo isso porque quer me superar na pontuação, não é?

— Oh, você descobriu meu perverso esquema. Perverso: p-e-r-v-e-r-s-o. Inclusive, podemos também praticar nossas aulas de soletração ao longo do caminho.

John poderia facilmente transformar-se no mais sedutor dos vilões.

— O mesmo poderemos fazer com a aula de biologia, eu suponho. Exercitar o corpo também promove melhorias para a mente. – Marilla estava cedendo, aos poucos.

E, assim, partiram, atravessando o pomar de maçãs silvestres, agora tomado por flores brancas e cor-de-rosa; não além do perímetro de Green Gables, onde os campos verdejantes se misturavam ao emaranhado de samambaias da floresta, cascas de árvores e o musgo molhado. Sob a copa arborizada, o aroma do ambiente era diferente, denso e espesso por causa da seiva de madressilvas e pinheiros. Os ventos da Ilha limpavam apenas a copa das árvores, de modo que o céu parecia dançar acima de suas cabeças, enquanto seus pés permaneciam fincados ao solo. Com o fim do inverno, o riacho derretera e descia abundante e alegremente por seu leito. Havia anos que Marilla não passeava por aquelas redondezas, muito tempo se passara, quando ainda era uma criança que lia frívolas revistas e tinha a mãe a seu lado. Mesmo assim, instintivamente sabia por onde caminhar.

– Siga-me.

Passando pelo bosque de árvores e samambaias, Marilla reconheceu uma das árvores cujo buraco em seu tronco era muito grande e que um dia fora convencida por seu pai de que uma família dos contos de fadas morava lá dentro. O riacho, que antes era estreito, alargou-se, e a correnteza tomou força à medida que o declive da colina se aproximava. Foram obrigados a descalçar os sapatos para não escorregar. A jovem agarrou a mão dele para que pudesse se manter de pé.

– Já estamos bem próximos.

– Próximos de quê?

Marilla não respondeu. A descida era íngreme como se a gravidade os puxasse para a frente, mais e mais rápido. O riacho descia cascatas sobre grandes pedras, e eles quase não conseguiam ficar de pé, até alcançarem o nível do solo, onde a água agora fazia um lago, tão plácido como uma grande piscina, ao redor de sua ilha... Muito menor daquela que guardava em sua memória. Os galhos de um bordo altivo formavam uma copa deslumbrante e protetora, alguns deles faziam um emaranhado verdejante perfeito, como um rendado em vida. Suas raízes serpenteavam ao redor da ilhota, algumas chegando a afundar terra abaixo, como se quisessem dominar aquele espaço, de cima a baixo. Os raios de sol cortavam com beleza a imensa copa, chegando às águas, colorindo-a de um dourado cintilante.

Marilla brigava internamente para recuperar o fôlego. Seu coração palpitava como se quisesse sair pela boca. Os pés formigavam com o frio do córrego, mas os dedos da mão entrelaçados aos de John estavam agradavelmente aquecidos. Estava quase em delírio. Havia quanto tempo não se sentia tão livre? Mesmo quando sua mãe ainda estava ao seu lado ou quando naquele dia de maio John aproximou um grilo de seu ouvido, pedindo-lhe para fazer um pedido, não teve essa mesma sensação.

A jovem segurou na barra da saia e a ergueu um pouco para caminhar ao encontro do sol, até seu rosto ser totalmente coberto por seus raios.

– Esse era meu paraíso secreto, quando ainda era uma menina.

– É um lugar mágico.

A distância entre os braços diminuiu quando ele deu um passo na direção dela, e a água ondulava contra as pernas de Marilla.

Então, repentinamente, o rapaz escorregou e caiu. Apenas quarenta centímetros de profundidade, mas o suficiente para deixá-lo completamente encharcado. Marilla olhou para trás com um riso frouxo e por pouco não caiu também.

– Ah, está rindo de mim? Bem, ao menos consegui diverti-la – ele disse. – Incomoda-se de me ajudar a levantar? – John estendeu a mão.

A garota alcançou a mão dele e o puxou com toda a sua força, tentando manter o equilíbrio. A água batia de um lado a outro. O tecido fino da camiseta grudou em sua pele. Marilla sentiu o coração bater descompassado. Antes que ela pudesse dar um passo atrás, John soltou os suspensórios e puxou a roupa por cima da cabeça, desnudando o tórax. Irritado, torceu a peça com as mãos para tirar o excesso de água. Os músculos escapulares tensionaram, bem-definidos. O abdômen se curvou até a cintura, onde estavam pendentes os suspensórios. Ele ergueu o torso, seus olhares se encontraram. Naquele instante, uma súplica silenciosa cresceu dentro dela, como se todo o amor e o coração dolorido por ele, o que nunca soubera definir, estivessem se libertando de seu corpo.

John avançou um passo ou ela se aproximara, não saberia dizer. A água se agitara, mas em movimentos mais lentos. As árvores pareciam rodopiar. E, então, os braços masculinos envolveram a fina cintura de Marilla. Os lábios de John tocaram os dela. Marilla fechou os olhos, beijou-o de volta, e a barra da saia escorregou de sua mão. A roupa encostou na água e, quanto mais ficava molhada, mais Marilla se sentia puxada para baixo. Os lábios dele eram firmes e doces como uma cereja. O corpo nu recendia a neve derretida, glacial e cheio de vida, exatamente como ele escreveu e assim como ela sentia naquele momento. Marilla percorreu suas mãos ao longo das costelas esculpidas com perfeição, em volta dos braços irretocáveis, da barriga lisa até alcançar as trilhas de seu peito. Apesar de ver seu pai e irmão sem camisa com frequência, nunca soubera o que era o sentimento de um homem, muito menos tão próximo, sob seus dedos.

John tomou o rosto delicado entre suas mãos, os polegares contornando as bocas como se fossem uma só. De olhos fechados, conseguia vê-lo entre rajadas vermelhas e imaginou se uma pessoa poderia morrer de amor.

Um lindo pica-pau felpudo pulava de galho em galho em busca de insetos para se alimentar. O barulho do pássaro os trouxe à realidade. O sol estava se pondo, sua luz se inclinava do oeste, lançando novas sombras sobre ambos. Não se deram conta de que o tempo passara muito rápido. O frio foi se apossando de seus corpos. O anoitecer chegaria em menos de uma hora.

Marilla se lembrou: Matthew e Hugh estariam prestes a chegar dos campos, e a sopa não estava pronta para aplacar a fome dos moços. O que decidisse afetaria não apenas a si mesma, mas também a vida de outros. O frio estava tomando conta do ambiente, e Marilla sentiu arrepios pelo corpo.

– Você está gelada – ele constatou. – Melhor irmos embora.

A camiseta molhada flutuou até a parte mais rasa do córrego. Ao alcançá-la, vestiu-a mesmo encharcada.

– Espero que nossas roupas sequem antes de chegarmos à fazenda.

Marilla ficou irritada apenas de pensar o que Hugh e Matthew poderiam concluir ao vê-los chegar molhados.

– Conte-lhes a verdade. Fui um idiota e caí no rio. E você me socorreu.

John a puxou para perto de si e a beijou. Se calor tinha uma cor, essa cor era a vermelha. Deixou-se consumir por ele. Precisava acreditar que valia a pena morrer de amor. Queria desesperadamente entender as últimas palavras que sua mãe trocou com seu pai.

Um exame, uma carta e arrependimentos de primavera

O senhor Murdock poderia ter sido mais rígido em sua prova se não fosse um resfriado muito forte que atacara seus pulmões. Ele tossia, e seu sofrimento era aparente. Concluíra que Marilla estava alfabetizada e pronta para aplicar para os exames. Após a avaliação, voltou o mais rápido que pôde para casa e se medicou. Naquela manhã de sábado, o resfriado havia amenizado; no entanto, o cheiro de remédios e emplastros que ele estava usando tomavam conta do ambiente. Marilla sentiu-se aliviada por sentar-se algumas fileiras ao fundo.

John e os demais alunos do grau oito foram movidos para a fileira da frente. Quando ele a viu entrar, não conseguiu esconder o sorriso aberto. Sam Coates cutucou com o cotovelo as costelas do rapaz. O casal mal pôde conversar a respeito de seu passeio pela floresta. E como poderiam fazê-lo?

Uma vez, viu acidentalmente seus pais na cozinha em um abraço carinhoso. Em um ímpeto, separaram-se como se estivessem cometendo um pecado. Seu pai parecia verdadeiramente constrangido, as faces em brasa. Naquela noite, ao se deitar, pediu a Deus que perdoasse a seus pais. Apesar de ter crescido e entendido que o relacionamento entre um homem e uma mulher era o caminho natural para se formar uma família abençoada por Deus, a passagem presenciada tornou-se um assunto terminantemente proibido, principalmente naquele momento quando sua mãe estava morta.

Marilla passou por ele, um sorriso dissimulado nos lábios, e pendurou seu chapéu em um dos ganchos disponíveis.

– Pupilos que estudaram em casa, por favor, tomem seus assentos na terceira fileira – o senhor Murdock instruiu.

A jovem deslizou no assento reservado a ela, saboreando com a ponta dos dedos a madeira gasta pelo tempo, de modo que estava completamente lisa nos lugares certos para que suas mãos e joelhos se encaixassem perfeitamente.

– Psiu – Rachel sibilou quase muda. Acabara de entrar na sala e acomodar-se à mesa ao lado de Marilla, trajando um novo uniforme escolar com listras brancas e azuis. Apontou para as mangas do vestido. – Eu mesma crochetei a renda.

– Muito lindo – reconheceu a amiga.

– Estamos em uma sala de exames, e não em um círculo de costura. – O professor lhes lançou olhar reprovador.

– Preferiria que fosse um exame de costura – Rachel resmungou, suspirando.

Marilla sequer se atreveu a mover um músculo que fosse, mesmo quando o senhor Murdock se virou para pegar seu lenço no bolso da calça para espirrar.

– Voltarei com você para sua casa – Rachel sussurrou. – Mamãe quer que eu pergunte ao senhor Cuthbert se ele pode nos ceder algumas sementes de pepino para o jardim... Você gosta de pepinos de verão? Eu simplesmente amo.

– Senhorita White, poderia deslocar-se desse assento próximo à senhorita Cuthbert para a carteira vazia ao lado da janela?

Rachel juntou seus pertences na caixa de gizes e esponjas.

– Sim, senhor.

John atreveu-se a se virar para trás; piscou para Marilla. Por sorte, Rachel não viu, muito preocupada em resmungar por ter seu assento trocado para um outro isolado.

Pontualmente, às nove horas, deu-se o início do exame.

Ao meio-dia, entregaram os exames. Marilla usou até o último minuto para revisar suas respostas até o professor informar o fim do tempo. John fez o mesmo, enquanto Rachel terminara antes e estava à espera do lado de fora da sala, sob a copa da macieira, agora com flores cor-de-rosa e pétalas carnudas.

– Marilla! – a amiga gritou.

No entanto, John saiu do recinto acompanhando-a, segurando em sua mão, até a saída da escola.

– Como se saiu? – ele perguntou.

– Creio que fui bem.

O rapaz sorriu.

– Nenhuma pergunta sobre as colônias dinamarquesas para nos prejudicar – ela foi obrigada a debochar de si mesma.

Ele se inclinou, de modo que ela pudesse sentir o calor dos raios de sol em sua pele. A lembrança das águas do córrego tomou a mente de ambos ao mesmo tempo.

– John – ela dispôs uma das mãos sobre o peito dele.

– Ma... rilla – Rachel veio ao seu encontro à porta da escola.

Marilla abaixou as mãos, os braços paralelos ao corpo.

Rachel estava confusa com a cena à sua frente. Seu olhar era fixo em ambos, como uma águia observando sua presa, sua refeição.

– Como conversamos, vou acompanhá-la até Green Gables, pois é meu caminho para casa. – E pegou no braço da amiga. – As Senhoras do Círculo de Costura se encontrarão hoje à tarde, caso queira participar.

Marilla quase se esquecera do encontro. Parecia que fazia muito tempo desde o primeiro dia do encontro, quando estivera preocupada com a perfeição dos nós e até com os delicados pontos de costura. Sentia-se envergonhada por ter sido tão preocupada com as opiniões e avaliações sobre seu trabalho manual. Naquele momento nem era capaz de dizer onde estavam suas agulhas ou outros pertences de costura e crochê, quem sabe jogados em qualquer cesto perdido pela casa.

– Bem, tenho de preparar o jantar agora. – E lançou um olhar de desculpas para John. – Creio que seja melhor ir embora.

– Passo em sua casa quando o professor divulgar as notas e pontuações dos exames – ele avisou para Marilla.

– Oh, que bobagem! Quem se importa com notas e pontuação? Se não passarmos, faremos de novo no próximo ano. Pare com isso! – E Rachel marchou apressadamente, puxando Marilla para ficar ao seu lado.

Quando alcançaram a campina violeta, a pressa de Rachel diminuiu. A respiração parecia menos ofegante, quase normal. Borboletas, mariposas e joaninhas deixavam seus esconderijos e cruzavam seu caminho, formando um arco-íris de asas em movimento.

– O que há entre você e John Blythe?

Marilla encolheu os ombros. Uma joaninha pousou em seu punho, percorrendo uma fina veia azul, delineada na pele suave e pálida de seu interno de braço.

– Estudamos todos os dias para esse exame. Seu objetivo era mostrar ao senhor Murdock que estava errado em sua opinião.

– É só isso? – A voz da amiga tornou-se mais grave, preocupada. – Porque muitas pessoas o consideram muito bonito e sedutor. O tipo de rapaz que faz qualquer garota se sentir apaixonada por ele.

– Apaixonada? – Marilla parou de súbito. – Por John Blythe? – E, então, percebeu o rubor carmim subir pela garganta de Rachel. – Oh! – Sentiu um nó no estômago. – Não pensei que você… Pensei que você e John não se dessem bem. Rachel, eu juro, eu não sabia.

Rachel deu um sorriso débil e melancólico.

– Ele é seu agora, Marilla!

A amiga balançou a cabeça, em protesto.

— Sim, queira você ou não, isso é mais óbvio do que dois mais dois resultar em quatro. Ele está apaixonado por você.

Marilla pensou nos beijos que trocaram – foram muitos ou apenas um? A lembrança de seus braços ao redor de sua cintura deixou seu corpo inteiro tenso. A joaninha voou para a folha próxima.

— Amor... – ela sussurrou. – Quem de nós sabe o que é isso com certeza?

Rachel inclinou-se para o lado dela.

— Sabemos ao menos que o desejamos. Estou com inveja, apenas isso. Desejei que ele se apaixonasse por mim, mas, por fim, estou feliz que isso não tenha acontecido. Bonito como é, John Blythe se considera o tipo de homem irresistível e sabe-tudo. – Rachel mostrou a língua em desaprovação. – Ele me deixaria louca!

Marilla não conseguiu evitar o riso.

— Sim, eu diria que a humildade não é a principal virtude dele.

Cruzaram a floresta de abetos, onde as pequeninas agulhas liberadas pelas árvores forravam o chão como um imenso carpete e estalavam suavemente sob os pés das meninas. O ar rescendia a uma pureza acalentadora.

Rachel afagou a mão da amiga.

— Não se preocupe comigo. Em breve, encontrarei meu marido.

Marido. A palavra soou impactante a Marilla. Quem falou qualquer coisa sobre maridos? Repentinamente, sentiu-se dez vezes mais velha, com o fardo pesando em suas costas por tudo o que estava por vir e desejando voltar atrás pelo menos um ano em sua vida, quando eram inocentes garotas que costuravam lindas mangas bordadas e planejavam vestidos para o piquenique de maio; quando sua mãe transbordava vida e Green Gables era sua Terra Prometida. Tudo aconteceu completamente diferente do esperado.

Assim que atravessaram a ponte de toras, avistaram Matthew no cruzamento das estradas. Ele não estava sozinho. Johanna Andrews estava com ele.

– Estão falando de amor – Rachel sussurrou.

Contudo, à medida que se aproximavam, Marilla estava mais certa de que aquele não era um encontro de apaixonados.

Johanna mantinha sua cesta firme à sua frente, as costas eretas como um espaldar de cadeira, o rosto escondido por trás da aba de seu chapéu de palha. A cada passo adiante de Matthew, a jovem dava um passo atrás, de modo que a distância entre eles só aumentava. O irmão tinha a cabeça baixa, os ombros caídos além do normal. Ao ouvir a aproximação das garotas, Johanna se virou, as faces tão vermelhas quanto frutas silvestres.

– Desculpe-me, Matthew – ela disse. – Não gostaria que isso tivesse acontecido. Por favor, deixe-me partir! – Então, ela se dirigiu à rua que levava a Avonlea.

Os olhos do irmão pareciam pedaços de carvão sem brasas, apenas cinzas. Piscou diversas vezes, aparentando não ver ninguém ao seu redor.

– Oh, céus, nada além de chegadas e partidas neste mundo. Por Deus – Rachel murmurou. – Presumo que seja melhor vir outro dia para pegar as sementes de pepino. Ou pode ir à minha casa sempre que quiser. Estamos fazendo xales de oração e bonés para o orfanato; além disso, comecei a costurar minha primeira colcha de algodão. Tenho fios suficientes para nós.

Apressou-se em se despedir de Marilla beijando seu rosto e saiu em disparada para alcançar Johanna e saber qual a desavença entre ela e Matthew; certamente, havia um motivo.

Marilla caminhou em direção ao irmão. Não trocaram palavra, apenas seguiram lado a lado a trilha até Green Gables. Matthew puxou uma longa folha da gramínea alta que margeava a estrada. Com movimentos lentos, cortava finas tiras da folha para logo em seguida jogá-las na estrada empoeirada; as unhas ficaram tingidas de verde depois da manipulação.

– Incomoda-se de me contar o que aconteceu? – a irmã perguntou assim que ele arrancou mais uma folha da forragem.

Matthew suspirou profundamente.

– Não sei se consigo explicar, mesmo que tentasse com todas as minhas forças.

– Foi uma briga?

– Realmente não sei...

– Houve alguma ofensa?

Ele encolheu os ombros.

– Simplesmente não consigo entender o que aconteceu. Em um minuto, estávamos a caminho da casa dela. Mostrei-lhe onde papai e eu pretendemos plantar nabos no próximo ano. E, no minuto seguinte, Johanna acelerou o passo, afastando-se de mim.

O fato pareceu muito estranho.

– Talvez não goste de nabos. Ela comentou algo?

– Não que eu me lembre. Disse apenas que odiava o mau cheiro dos pastos, que infectava todos os ambientes, e não suportaria passar seus dias batendo manteiga e descascando batatas.

– Também não gosto de batatas, mas você nem mencionou essa palavra!

Matthew meneou a cabeça; o mesmo fez a irmã.

– Talvez o desagravo nada tenha a ver com você, Matthew. Quem sabe algo tenha acontecido com a família dela, ou talvez ela esteja triste por motivos pessoais.

Marilla já vivera seus dias de tristeza. Impossível explicar a melancolia extrema que repetidas vezes a acometeu travestida de fortes dores de cabeça. Por sorte, aprendera que, para restabelecer seu bem-estar, o melhor seria se deitar com compressas sobre os olhos e aguardar a dor passar. E, assim, seu sofrimento não seria transformado em palavras das quais pudesse se arrepender.

– É apenas uma tormenta que logo passará. Amanhã, o céu azul surgirá com os raios do sol.

Mas não foi o que aconteceu no dia seguinte, diante da igreja. Johanna parecia disposta a demonstrar a frieza em seu olhar. Não disse palavra; contudo, suas atitudes demonstravam claramente uma postura hostil, até mesmo as irmãs pareciam ter medo de intervir. Matthew se afastou da família Andrews rapidamente, seguindo seu pai mais uma vez, antes do momento da hora da comunhão. Coube a Jericho levá-los para bem longe dali. Rachel acenou para a amiga com um olhar de lamento, e Marilla mais uma vez desejou sua mãe a seu lado. As senhoras da igreja conversariam com Clara sobre Matthew e Johanna. E, então, todos saberiam como ajudá-los. No entanto, aos olhos daquelas senhoras, ela não passava de uma menina ingênua e tímida, mesmo que se achasse mais amadurecida. O irmão não tocara no nome da jovem Andrews após a missa, muito menos ela quis atormentá-lo. O cotidiano deveria seguir adiante: trazer as vacas dos pastos, levar Jericho ao celeiro, alimentar os animais, colocar o jantar à mesa, ler a Bíblia antes de se deitar, orar na escuridão do quarto, dormir e sonhar com o que fora esquecido ao longo do dia, até o amanhecer.

O senhor Murdock comprometeu-se a divulgar as pontuações do exame final no início da semana seguinte, após as aulas. Naquela manhã, Marilla foi à casa da família White com as sementes de pepino e um molde de uma folha de macieira e os respectivos fios para fazer a colcha de algodão. Marilla não achava que Rachel a deixaria partir sem concordar em se juntar novamente ao projeto do Círculo de Costura das Senhoras de Avonlea. Seria para "ajudar os pequenos órfãos, por fim", explicou Rachel. Como Marilla poderia argumentar contra aquela súplica? Rachel não mencionou nada sobre os acontecimentos do sábado anterior, e Marilla também nada perguntou.

Apesar de suas reservas, Marilla estava feliz por fazer algo para os órfãos novamente. Pensava em Junie com frequência e desejou que o chapéu bordô a protegesse devidamente tanto no verão quanto no inverno. Um xale da mesma cor ornaria muito bem com o chapéu, pensou. E manteve aquilo em mente, de modo que iria à loja da senhora Blair para comprar meadas adicionais depois de ir ao correio. Nunca fora ao correio; seu pai ou o irmão tinham aquela tarefa. Uma carta de Izzy havia chegado. Diferentemente das anteriores, foi especialmente endereçada a ela. Apressou-se para chegar em casa com a carta dentro de sua cesta, a mente agitada, imaginando o que Izzy gostaria de dizer somente a ela. Rompeu o lacre assim que chegou à varanda.

Minha amada Marilla,
    Já faz quase um ano desde que sua amada mãe, minha doce irmã, se foi? É muito penoso de se acreditar. A dor permanece tão profunda quanto uma ferida aberta. Com a proximidade do aniversário de sua morte, sou incapaz de pensar em qualquer coisa senão em você, minha linda menina. Faz muito tempo que não tenho notícias suas. Hugh e seu irmão me escrevem que está bem e cuidando de Green Gables com a firmeza de uma rainha. Esse dom você herdou de sua mãe. Eu nunca fui competente em manter uma casa. Nem ao menos tenho um animal de estimação, porque sei que ele fugiria ao meu primeiro deslize. A disciplina de uma família nunca foi meu forte.

Skunk se enroscou em suas pernas. Marilla tomou-o nos braços e delicadamente passou os dedos por seus pelos macios do pescoço.

    Entendo por que declinou de vir morar comigo em Saint Catharines. Temo que a ausência de suas cartas pode ser por medo de que eu tentaria forçá-la a sair de sua casa. Nunca! Respeito sua decisão, como acredito que respeita a minha decisão de retornar à minha casa.
    Posto isso, tenho certeza de que minha irmã adoraria se fôssemos mais próximas, juntas em sua morte como fomos em sua vida. Escuto a voz dela em meu coração muitas vezes e vejo seu reflexo em cada esquina, em todas as pessoas. Ela me faz lembrar de que não foi embora deste mundo. Enquanto o corpo dela poderia desaparecer e se transformar em pó, seu espírito está bem vivo em você. Não poderia aceitar perder ambas. Por favor, escreva-me. Significaria muito para mim.
    Com todo o meu amor, Tia Izzy.

Marilla mal pôde ler as últimas palavras: uma cortina de lágrimas turvou sua visão. O calendário estava correto, já estavam em maio de novo? Mal participara da vida social de Avonlea ao longo daqueles meses e nada escutou sobre os planos do piquenique ou algo relacionado. Claro que Rachel também não levantou o assunto diante dela, sabendo das dolorosas lembranças do último ano. Assim, foi permitido a Marilla encaminhar sua rotina diária sem pensar em nada além de sua vida. A carta de Izzy obrigara-a a sair da escuridão, como um bebê que abre os olhos pela primeira vez.

Seu peito arfou. Skunk estava incomodado em seu colo. Ela o deixou fazer sua vontade e pular para o chão. As mãos vazias buscavam algo para pegar. Sua mãe. Queria a mão de sua mãe. Esfregou uma mão contra a outra. A dor de cabeça voltara com força. Fechou os olhos e vislumbrou lampejos cor de violeta: o broche de ametista com o cabelo de sua mãe. Estava em sua caixa de costura, juntamente com outras preciosidades. Apressou-se em subir as escadas até seu quarto. As têmporas latejavam. Os lampejos roxos turvavam sua visão. Ao abrir a caixa, enfiou a mão em um ímpeto e sentiu o metal picar seu dedo.

– Que droga!

Seu dedo estava vermelho. As gotas de sangue escorriam por ele. Por instinto, colocou-o na boca. Com a outra mão, cuidadosamente pegou o broche e o colocou sobre a cama. Passou o polegar ao redor do cacho do cabelo de sua mãe.

– Desculpe, mãe – murmurou. – Eu prometo. Peço desculpas. – Cerrou os olhos, com o intuito de permitir que as explosões de dor fossem absorvidas pela escuridão.

Uma batida no andar de baixo a acordou. Não sabia quanto tempo permanecera deitada ali, minutos ou horas. Seu dedo estava coberto por uma crosta de sangue coagulado. Guardou o broche na caixa e jogou os cabelos para trás, com um punhado de água, antes de descer para atender à porta.

–Marilla! – John estava na varanda da frente empunhando um buquê de flores de maio em sua mão.

Não havia como negar, estavam em maio. Seu coração naufragou naquela certeza. Vivera um ano inteiro, doze meses, 365 dias, que sua mãe não pôde ver.

– Parabéns! – John estava esfuziante.

Marilla se virou para tentar esconder as lágrimas que teimavam em brotar de seus olhos.

– Não era para ter sido assim.

– O que você quer dizer? – ele riu, mas intrigado com o tom de sua voz. – É claro que deveria ser assim!

John deu um passo em sua direção, e ela sentiu um tremor percorrer o corpo.

– Por favor, não!

O rapaz deixou cair os braços ao longo do corpo, em sinal de completa incredulidade.

– Marilla, o que me diz é uma incógnita.

Seus dedos ardiam. Apertou uma mão na outra como se quisesse impedir que a dor que sentia atravessasse o corpo novamente, até chegar à cabeça.

– Bem, desculpe-me. Estou sem tempo, muito menos tenho energia para fazê-lo entender o que está acontecendo.

– Mas eu...

– Por favor, vá embora – pediu-lhe.

Mais uma vez, ele adiantou uma passada na direção dela. À medida que avançava, Marilla se afastava.

– Por favor.

As feições do jovem mudaram radicalmente: da calma, que lhe era peculiar, a um semblante de pura incompreensão. Deixou o ramo de flores apoiado no corrimão da varanda.

– Passei aqui apenas para dizer como estou orgulhoso de você. Conseguiu superar Sam Coates e Clifford Sloane e todos aqueles pessimistas. O próprio senhor Murdock me pediu para lhe dar os parabéns, e a mim também. Conseguimos, Marilla!

Como assim, ela passara no exame final? Um turbilhão de sentimentos invadiu seu coração, sua mente. Seu maior desejo era ter Clara ao seu lado para compartilharem daquela notícia. Desejara também não ter sido tão ríspida com John; infelizmente, não tinha as palavras certas para expressar o que sentira minutos antes, era como encher uma colher de chá em uma cascata de água. E as palavras simplesmente ficaram presas dentro de sua boca enquanto ele se afastava da varanda a caminho da rua, os cachos negros sendo reduzidos a um pequeno ponto no horizonte. Quando ele finalmente desapareceu por trás das árvores que ladeavam a ponte sobre a nascente, Marilla tomou nas mãos o ramalhete de flores e o colocou em um vaso com água; percebeu algumas pétalas tomarem vida novamente.

"Quero me esquecer do dia de hoje", pensou. Não havia nada para justificar os erros cometidos. O dia seguinte seria melhor, com tempo suficiente para fazer as coisas certas.

Avonlea faz uma declaração

– Haverá uma reunião na prefeitura amanhã à noite – Matthew comentou por trás das páginas do *Royal Gazette*.

Estavam na sala de estar. Hugh estava tomando sua dose noturna de uísque enquanto Marilla costurava sua colcha de algodão.

– Sim, ouvi rumores – disse o pai.

O jornal que Matthew lia mostrava em suas manchetes da primeira página: "Lorde Durham, de Charlottetown, em Investigação Real sobre Rebeliões". Cada uma das aldeias ao longo de Upper e Lower Canadá foi responsável, por decreto, por elaborar uma declaração representativa relativa à sublevação política ocorrida no ano anterior.

– O Conselheiro Cromie prometeu dar atenção pelo tempo que fosse necessário para ouvir todas as opiniões. Com pessoas como a família White dando apoio, espera-se uma longa noite – Matthew zombou.

– Bem, não contarão com a minha presença – Hugh se levantou e passou a mão no braço como se estivesse sentindo dor.

Marilla estava preocupada com o pai. Trabalhara excessivamente na fazenda, muito mais do que costumava fazer, e comeu muito menos do que de hábito. Em princípio, achou que fosse um problema seu, que sua comida não estava boa. Contudo, desde a morte de sua mãe, cozinhara da mesma forma para sua família, portanto aquela suposição não fazia o menor sentido. Além disso, o cabelo de Hugh tornou-se completamente grisalho no último ano, a pele tornou-se seca e enrugada, principalmente nas articulações dos dedos. Sua aparência demonstrava que envelhecera mais de dez anos em apenas um ano. Marilla foi obrigada a admitir que, assim como ocorrera com ela, a morte da mãe o transformou. Falar sobre o assunto não traria o velho Hugh de volta. Logo, ela achou por bem deixá-lo em paz e simplesmente colocar mais um pouco de manteiga em seu desjejum.

Matthew abaixou a folha do jornal.

– Não irá à reunião?

– Não acredito em debates com a oposição. Ao final, eles ficarão do lado deles, e nós, do nosso, como dois touros puxando pontas opostas de uma mesma corda, apenas para deixar tudo mais tenso. Política é uma fantasia de homens jovens. Eu já fiz as minhas escolhas. – Hugh concordou com um gesto de cabeça.

Marilla franziu a testa. As palavras dele tinham um tom fatalista, e, apesar de sua natureza equilibrada, Marilla tinha o espírito auspicioso.

– Mas sua opinião será considerada em toda proclamação do Conselheiro Cromie. Ele prometeu relatar à rainha Victoria as ideologias de todos os seus súditos reais, não apenas os apoiadores que participam das reuniões – ela argumentou.

Sua franqueza pegou-os de surpresa.

Desde que passara no exame final, sentia crescer a confiança em usar suas habilidades para além das responsabilidades domésticas. Fora avaliada junto a seus colegas de classe, futuros responsáveis por Avonlea, e sentia-se em posição de igualdade em relação a eles, ou até mais inteligente. Havia poder no conhecimento. Como as engrenagens de uma máquina a vapor, quanto mais conhecimento ativo havia na máquina, mais força seria produzida.

– Se pretende participar da reunião, Marilla, você e Matthew podem transmitir a opinião dos Cuthberts ao conselheiro – disse Hugh. – Vou para a cama agora. Boa noite para vocês.

Desejaram a ele uma boa-noite também.

Matthew arqueou a sobrancelha, dirigindo-lhe o olhar.

– Ou você fala o que está pensando ou será melhor voltar para sua leitura, mas não fique me olhando desse jeito – falou firme, sem ser indelicada.

O irmão dobrou o jornal.

– Estive hoje na casa da família Blythe, ajudando o senhor Bell a tomar posse de duas novas vacas.

A fazenda da família Bell era adjacente a Green Gables, ao lado leste.

– Conversei um pouco com John enquanto estava lá.

– E? – A jovem finalizou seus laços de agulha.

Ele limpou a garganta, mas parecia engolir as palavras antes que pudesse falar.

– John também estará na reunião amanhã.

Matthew se levantou e caminhou à varanda de trás para limpar seu cachimbo.

Marilla não via John havia três semanas, desde que as notas do exame final haviam sido publicadas. No caminho de volta da cidade, pensou várias vezes em parar na casa da família Blythe, armazenando mais de meia dúzia de justificativas para estar lá, desde pedir emprestada uma agulha de costura de sua mãe até devolver um de seus livros de estudo. Por fim, sempre chegava à mesma conclusão: se John quisesse vê-la, sabia muito bem onde encontrá-la. Além disso, não era apropriado para uma jovem senhorita procurá-lo na casa dele. Estava determinada a crescer e tomar suas decisões de forma adequada, mesmo sua mãe não estando a seu lado para lhe dar a educação que toda adolescente deveria ter.

Ficou feliz em saber que John estaria na reunião, na prefeitura. Gostava dele muito mais do que de qualquer outro rapaz em Avonlea. Além de Matthew, obviamente. O sangue era mais denso do que a água. Se não fosse possível fazer John entender os motivos de sua reação, desejaria ao menos poder mostrar-lhe que ela não estava mais triste. Sem explicação, dormiu mais tarde naquela noite, costurando as folhas de maçãs e alinhavando-as às que já estavam prontas. Não tinha a mesma habilidade que Rachel, mas sentia-se muito orgulhosa ao ver que o resultado de seu trabalho ficou muito gracioso.

Antes da reunião do dia seguinte, finalmente escreveu a carta em reposta a Izzy. Contou-lhe sobre seu projeto de costura; era um tema que agrava a ambas e que as mantinha afastadas de outros que causavam muita dor. Marilla decidiu que seria o melhor caminho para entabularem a troca de mensagens. Escreveu também sobre o bem-sucedido exame final, a iminente visita de Lorde Durhams e a mais nova novilha de Darling, Starling. Mãe e filhote eram parecidíssimas, enfim. Concluiu a carta com um conciso "com muito amor, Marilla". E levou a carta até o correio, a caminho da reunião.

A prefeitura de Avonlea estava localizada em um lugar isolado, muito distante dos demais prédios municipais e cujo terreno era tão encharcado que mais parecia um bolo de esponja. Incontáveis vezes as rodas das carruagens atolavam, e todos facilmente sabiam de onde vinham os passageiros dessas carruagens, bastaria observar suas botas. A senhora White era uma munícipe das mais ferrenhas contra aquela localização. Para Marilla, a indignação era igual para qualquer morador de Avonlea.

A família White sentou-se na primeira fileira, tendo a família Blythe imediatamente atrás. Rachel se virou para cumprimentar a amiga assim que Marilla e Matthew se sentaram, ao fundo da câmara lotada. John, por sua vez, não moveu a cabeça.

— Estamos aqui para representar a família — Matthew foi breve nas palavras, que traziam em si o tom conservador de suas opiniões.

O conselheiro Cromie sentou-se à mesa no lugar destinado a ele, e a reunião foi iniciada.

— Devemos ser fiéis a Deus e ao nosso país — argumentou o senhor Murdock.

– Força à aristocracia no comando da população! – opinou o senhor Philips. – Com todo o merecido respeito, não é uma questão apenas de Deus e nação. O povo precisa de um governo mais responsável.

– O que o senhor sugere, uma república como a América? Traidor! – o senhor Sloane debochou.

– Se chegarmos a essa situação, sim. Os conservadores brigam pelas antiquadas regras de soberania, mas os reformadores conhecem as dificuldades de seu sistema de política moderna – o senhor Philips continuou.

– Não vejo nada de complicado em seguir os preceitos da comunidade cristã – disse o senhor Murdock, levando a senhora White à confusão plena, na primeira fila.

– Como uma mulher cristã nessa comunidade, estou farta de os conservadores tomando posse de nosso Senhor Cristo. Sacrilégio!

– Reformista culpada – alguém gritou.

A senhora White rapidamente se pôs de pé e, com um olhar desafiador, encarou a multidão.

– Quem falou isso pode repetir olhando para mim?

O senhor White puxou-a pelo braço para que se sentasse de novo.

– Deus salve os conservadores, a rainha e a Inglaterra! – gritou o senhor Blair.

– Deus salve os reformistas e o povo do Canadá! – o senhor Andrews rebateu.

A intensa hostilidade se espalhou na multidão como rastilho de pólvora.

– Prefiro morrer a ver os conservadores taxar minhas terras com impostos, de acordo com a vontade deles, elevar as tarifas sobre nossas colheitas e reger nossas vidas simplesmente porque possuem títulos e riqueza. Somos vistos apenas como camponeses que trabalham nas fazendas e pagamos os impostos para encher seus cofres de dinheiro! – declarou o senhor Philips, veemente.

– Se o discurso não provoca as mudanças, então atitudes liberais são necessárias – o senhor White complementou.

– Todos os meus quatro filhos lutam até a morte para apoiar o governo da família real orientada por Deus – atacou a senhora King, que tocava o órgão nas missas. – As leis antigas são assim por uma razão: como os mandamentos bíblicos, eles trabalham.

– Por favor, por favor, ordem! – o conselheiro Cromie exigiu. – Todos!

Marilla estava sentada ao lado de Matthew, com o queixo escondido no peito. Como podiam falar tão levianamente em morte? Sua mãe morrera. Conservadores ou reformistas, pouco importava quando a discussão tomara aquele tom visceral. Todos eram seus vizinhos, as pessoas que estiveram ao seu lado no enterro de sua mãe e que lhe destinaram palavras de consolo e amizade. Naquele momento, soltavam farpas uns aos outros, baseados em credos construídos por homens que nem ao menos moravam em Ilha do Príncipe Edward e não tinham a menor noção de suas regras, novas ou velhas. A vida que conhecia estava totalmente fora de seu controle: sua mãe, Green Gables, John, Avonlea... a soma de todas as perdas era demais para ela.

Levantou-se, o coração pulsando nas têmporas como címbalos.

– Por favor, tenho algo a dizer.

A família Cuthbert mal falava entre amigos, muito menos em público. A multidão silenciou. Todos se voltaram em direção a ela, inclusive John.

Ela engoliu em seco, mas já era tarde para recuar. As palavras estavam represadas nos lábios selados.

– Eu, quero dizer, nós, Cuthberts, perdemos muito no ano passado. Sou presbiteriana, temente a Deus e súdita leal da Coroa. – Inspirou profundamente para manter os pensamentos alinhados na mente. – Mudanças em Avonlea estão por vir. Algumas, para melhor. Outras, para pior. Algumas, não saberemos, boas ou más, até muito depois. Algumas, jamais saberemos. Não posso dizer que entendo por que Deus considerou justo tirar minha mãe de mim. Minha vida mudou. Vejo o mundo com outros olhos agora, não mais como uma adolescente. Vejo o amanhecer ensolarado e agradeço pelas pessoas que são alegres por isso.

Vocês, meus vizinhos, amigos, e família, estão aqui ainda. Reconheço que podemos discordar sobre muitos assuntos, mas é preciso que encontremos um caminho intermediário para convivermos em paz. Conservador ou reformista, somos cidadãos de Avonlea em primeiro lugar. Devemos optar por um compromisso com a nossa cidade e com todos que moram aqui. Depois de amar a Deus, amar o próximo é o principal mandamento, não é? Estas são as palavras que meu pai lê na Bíblia e nas quais minha mãe acreditava.

Em seguida, sentou-se com a mão em frente à boca, chocada com o eco de sua voz que ressoava no salão.

John foi o primeiro a se levantar e aplaudir. Marilla sentiu os lábios tremer.

O aplauso tornou-se mais forte, reverberando por toda a prefeitura. Muitos se colocaram de pé, animados.

– Mais, mais – todos gritavam.

Matthew encarou-a estupefato.

Marilla desejava que o conselheiro Cromie se apressasse com o discurso oficial.

– Eu fiz a minha parte – disse ao irmão.

– E muito mais – ele replicou.

O salão estava excessivamente abafado. Sua visão ficou embaçada, pensou que fosse desmaiar.

– Preciso de ar fresco.

Em silêncio, deixou o salão pela porta os fundos enquanto o escrivão da prefeitura anotava a declaração oficial ditada pelo conselheiro Cromie.

Tremoceiros e campânulas estavam completamente floridos, envolvendo o ar com uma fragrância de mel, mesmo durante a noite. Os pintainhos da primavera gorjeavam na lagoa sob o céu, abafado e latejante com estrelas. A floresta distante era um ponto cego na paisagem noturna, e Green Gables estava escondida em algum lugar entre as folhagens. Marilla cerrou os olhos e inspirou o perfume dos trevos roxos e abetos balsâmicos.

– "Para traçar lentamente a cena da floresta sombria, onde as coisas que não pertencem ao domínio do homem habitam, e os pés mortais nunca ou raramente existiram" – ela sussurrou. Apreciava Lorde Byron, apesar de muitos o considerarem pagão.

– "Mas no meio da multidão, a pressa, o choque de homens, para escutar, para ver, para sentir e possuir" – John citou.

Ele a seguiu para fora do salão e se recostou contra a lateral do prédio.

– De Shakespeare a Byron, você realmente impressiona. – Marilla sorriu ao vê-lo.

John deu um passo à frente, e a luz das estrelas iluminou as linhas de suas faces, a pequena cicatriz da varicela na têmpora e cada cacho de seu cabelo.

– Não posso afirmar que "Solitude" é o meu poema predileto. Prefiro "Ela caminha na beleza".

Marilla corou e agradeceu pela escuridão da noite.

– Esta é uma escolha fácil. Aprecio os versos menos conhecidos. O brilho que carregam em suas palavras ainda não se apagaram pelo uso excessivo.

Ela o escutou rindo, apesar de não conseguir vê-lo. No entanto, ele estava mais perto do que a noite poderia mostrar.

John tomou as mãos dela, o que ela permitiu.

– Gostei do que disse no salão da prefeitura.

– Quando me perguntou em Agora, não me deu ao menos tempo para pensar. Preciso de tempo para refletir sobre as coisas antes de entender o que penso.

– Perspicaz sua observação. Contudo, nem sempre temos tempo. Às vezes, tempo apenas para agir por instinto.

Marilla podia sentir cheiro do tabaco em suas roupas e da menta em sua boca.

– Nunca conversamos a respeito.

– Eu sei.

Marilla o interrompeu. O passado se fora. Não havia como desfazê-lo. Só havia o presente, e o futuro se aproximando veloz.

– Peço desculpas pelo que aconteceu na outra semana, John. Não era minha intenção… Fria, cruel, enfurecida, machucada, amedrontada, do jeito que eu fui.

Em alguns momentos, mesmo após refletir sobre as coisas, ela ainda não sabia usar as palavras corretas.

Ele tocou no queixo de Marilla, puxou o rosto dela para perto do dele.

– Marilla? – As portas da prefeitura se abriram, luzes e vozes extrapolaram os limites do salão.

Ambos se distanciaram.

– Marilla? – era a senhora Blair. – Aí está você. – Ao ver John, ela limpou a garganta. – Vejo que o jovem senhor Blythe a encontrou primeiro. Bem, espero que não se incomode por emprestá-la por um momento. Tenho uma proposta.

John inclinou o chapéu.

– Vejo-a mais tarde – disse a Marilla.

A jovem concordou, meneando a cabeça, e viu apenas a silhueta masculina desaparecer na noite.

A senhora Blair pegou em seu braço com uma bondade com a qual Marilla não estava acostumada, muito menos vinda de uma dona de comércio, com quem mal tinha contato.

– As mulheres de Avonlea discutiram a formação de uma Sociedade Feminina Assistencial oficial, dissociada de qualquer religião ou partido político. Atualmente, temos uma diáspora de grupos, desde a escola Presbiteriana Dominical até as missões de ajuda dirigidas por freiras, além de clubes de costura e muito mais. São tantos escritórios arrecadando fundos para apoiar instituições de caridade dignas. Como poderíamos ser mais fortes para ajudar os pobres e desafortunados se nos uníssemos? A Sociedade Feminina Assistencial de Avonlea nos levaria a uma Avonlea muito maior, como bem disse na reunião. Poderíamos ter uma voz poderosa como a sua para liderar a sociedade.

Marilla meneou a cabeça. A senhora White era a líder da escola dominical e do círculo de costura. Marilla não poderia se apoderar da posição das senhoras da cidade. Não concordava com as posições políticas da família White, mas era leal a Rachel e sua família, que sempre fora gentil com ela.

– Muito obrigada, senhora Blair, porém a senhora White é uma candidata mais apropriada.

– Eugenia White poderia manter a supervisão de seu rebanho particular, no entanto precisamos de alguém jovem e vivaz.

– Muito bem-dito, Marilla. – O senhor Blair colocou-se ao lado da esposa.

Os demais moradores da cidade deixaram o salão. Casais se aglomeravam em discussões enquanto caminhavam em direção às suas casas. Os diálogos flutuavam na brisa da noite.

– Acho melhor partirmos – disse a senhora Blair –, mas espero que sua resposta seja positiva.

Matthew foi o último a permanecer de pé sob o círculo tênue e brilhante dos lampiões do prédio. De mãos nos bolsos e a aba do chapéu cobrindo os olhos, ela não conseguia ler o que seu semblante queria dizer.

Aproximou-se dele até que Matthew a viu e lançou-lhe um sorriso tímido. Ofereceu-lhe o braço, e Marilla apoiou-se nele.

– Estou orgulhoso de você – ele elogiou.

– Creio ter quebrado o curso da filosofia da família Cuthbert.

E ele concordou, meneando a cabeça.

– Se alguém tivesse de fazer isso, essa pessoa seria você.

Marilla apertou o braço dele. A sensação de tê-lo bem próximo era muito, muito boa, naquele momento, como acordar no meio da escuridão para encontrar o conforto da luz do luar.

– Vamos para casa, para Green Gables – ela sugeriu, e ambos caminharam abraçados, sem pronunciar uma palavra.

Primeira eleição da sociedade feminina assistencial

Junho chegou trazendo rajadas torrenciais de raios de sol. Todos em Avonlea estavam nas ruas, aproveitando os dias ensolarados, bebendo da fonte alegre e quente do verão como náufragos sedentos em uma ilha deserta.

A primeira reunião da Sociedade Assistencial foi em Green Gables. Marilla nunca recebera tantas pessoas ao mesmo tempo em sua casa. Fora obrigada a pedir cadeiras emprestadas à senhora White, que também lhe cedeu seu melhor aparelho de jantar. Ninguém poderia garantir que a mãe de Rachel não ficara ressentida por não ter sido convidada para liderar o novo grupo de solidariedade/assistência. No entanto, Rachel confessou que, quando a senhora Blair lhe contou sobre as novidades da nomeação de Marilla, sua mãe empinou o nariz e por pouco não fulminara a senhora com o olhar. Contudo, uma vez que a senhora Patterson estava de acordo com a escolha, a senhora White não diria nenhuma palavra que contrariasse a esposa do reverendo; logo, fora obrigada a engolir sua fúria e oferecer-se como mentora de Marilla na administração de meios de caridade. E, assim, tendo Marilla sob suas asas, teria sua cota de participação. E Marilla estava agradecida por seu gesto.

Matthew trouxe as cadeiras adicionais no carroção e ajudou a irmã a colocá-las em forma de círculo, por recomendação da senhora White.

– Assim, não haverá disputas sobre quem está à frente ou atrás. Todas as senhoras são iguais, como em "Rei Arthur e sua Távola Redonda" – ela esclareceu.

Marilla fez o seu melhor, mas a sala de Green Gables era oval, e, ao dispor os móveis, o círculo mais se assemelhou a um ovo frito. Tirou do armário o conjunto de chá de porcelana chinesa e preparou quatro jarras de chá indiano, sentindo-se feliz por ser verão, assim as senhoras não se incomodariam com a temperatura ambiente. Assou um bolo de baunilha no dia seguinte e o recheou com uma grossa camada de creme de manteiga. Tudo estava pronto.

Em seu quarto, abotoou o vestido de amarílis. Havia mais de ano desde que ousara retirá-lo do armário. Pensou em guardá-lo no baú de sua mãe, com os demais pertences, porém não tinha outro vestido de verão tão bonito como aquele. Comprar tecido e outros materiais e fazer outro parecia perda de tempo e de dinheiro, pois usara o vestido apenas uma vez. Izzy havia costurado brocado muito fino na saia, além da costura bem-feita da mãe. Não o usar parecia uma ofensa ainda maior.

Ainda conservava a fragrância de lírios e trevos, lembrando-a do passeio ao lado de John. Estava aliviada porque o vestido remetia a boas memórias, e não às recordações posteriores, iodo, vinagre e sangue. Puxou os fios do cabelo para trás e prendeu-os em um leve coque. O broche de ametista estava em suas mãos. Com delicadeza, prendeu-o do lado esquerdo do peito, como se quisesse envolver seu coração e sentir sua mãe dentro dele. A pedra brilhava como a luz da lua cativa, o que lhe deu coragem para enfrentar as adversidades que estariam por vir.

As senhoras de Avonlea chegavam aos poucos durante a hora do chá. A senhora White foi a primeira, como esperado, trazendo consigo a maioria das participantes do círculo de costura. As senhoras Patterson e Blair chegaram em seguida, acompanhadas das amigas da escola dominical. As senhoras Sloane, Gray e Barry também chegaram trazendo suas filhas, duas a duas, como se Green Gables fosse a arca de Noé. Marilla deu-lhes as boas-vindas comedidamente, assim como imaginou que seria com as damas de honra em dia de coroação da rainha Victoria, apenas cinco anos mais velha que ela. Os jornais traziam em suas páginas, do começo ao fim, artigos relacionados a Lorde Durham e à real corte. Protestavam contra espiões que estavam infiltrados em toda parte, anotando e remetendo informações à Inglaterra, de modo que Lorde Durham pudesse aglutinar todas as informações e redigir seu relatório final, apresentando soluções para a fragmentada população canadense. A legislação britânica era clara: pegar em armas contra compatriotas caracterizava-se como rebelião.

Aqueles que incitassem ou participassem das manifestações seriam enforcados. Mas o que haveria de ser feito quando todos na colônia eram culpados? A resposta veio dos cidadãos de Avonlea polindo seus talheres e comparecendo à igreja com energia incomum. Mesmo reformistas mais atrevidos, como a família White, mantinham brilhantes as rodas de sua carruagem, sorrindo e acenando aos seus vizinhos conservadores que passavam em frente às suas residências.

O comportamento discreto era o disfarce do momento, enquanto rumores davam conta de que a Agora dobrara seus membros, com exceção de um: Matthew Cuthbert. Ele não participava mais das reuniões políticas. Havia muito a fazer na fazenda. Além disso, Marilla falara o suficiente por toda a família Cuthbert na reunião da prefeitura.

De sua parte, Marilla estava agradecida por trazer a Green Gables as mulheres de Avonlea, enquanto os homens se uniam em desavenças.

– O todo é maior que a soma das partes – citou Aristóteles para iniciar a reunião inaugural, certificando-se de que todas as presentes bebiam chá e comiam bolo, deixando-lhes poucas escolhas além de assentir em concordância com ela.

A senhora Blair entregou-lhe o estatuto da Sociedade Assistencial e as regras de decoro. Em seu primeiro ato de governança, Marilla designou vice-presidente, secretário e tesoureiro, todos interinos. Caso alguma das voluntárias não tivesse desempenho satisfatório de suas responsabilidades, seria livre para abdicar de suas obrigações em favor de outra pessoa, com a permissão do grupo, naturalmente. Todas pareciam concordar com a deliberação e fizeram uma pausa para mais um chá.

– Gostaria de ser a próxima vice-presidente – Rachel anunciou. – Quando a senhora Barry não quiser mais, claro. Ela era a mulher mais belicosa que já conheci. Não sei como lidará com esta situação, Marilla.

Ninguém mais havia se voluntariado para assumir as demais posições após a senhora Barry se prontificar a ser a vice-presidente. Sua conduta irritadiça fora um fator que contribuíra para sua aceitação no cargo. Secretamente, Marilla não desprezava sua natureza indelicada, pelo menos não havia necessidade de supor o que a senhora Barry realmente pensava, sem conversa fiada ou sorrisos dissimulados. Era uma mulher autêntica e determinada em suas opiniões. Marilla admirava tais atributos.

– Servirei nosso vinho de groselhas silvestres na próxima reunião; talvez isso a acalme – ela zombou.

Rachel deu uma risadinha e comeu a roseta de creme de manteiga, de seu segundo pedaço de bolo.

A escolha do próximo beneficiário da Sociedade Assistencial seria a moção subsequente a ser discutida. Desde que muitas mulheres ficaram envolvidas com o projeto da escola dominical, a jovem considerou que seria o momento de dar atenção à questão dos xales para orações do orfanato. As senhoras crochetavam xales havia muito tempo, mas, ao visitar os órfãos de Hopetown, Marilla entendeu que haveria mais a fazer do que protegê-los de invernos rigorosos. Xales de oração eram uma ajuda muito pequena para quem tinha fome, febre ou precisava buscar a liberdade de um antigo escravo. As Irmãs da Caridade necessitavam de dinheiro para comida, remédios e, claro, tudo o que uma instituição demanda para desenvolver o trabalho seria providenciado. A jovem pensou no assunto havia muito tempo e decidiu que o bom Deus havia lhe dado o cetro da Sociedade Assistencial para que pudesse tornar realidade os sonhos dos órfãos. Contudo, deveria ser tão sábia quanto o rei Salomão para lidar com aquela bênção.

– Agora, precisamos discutir a primeira ordem do dia da Sociedade Feminina Assistencial. – Marilla limpou a garganta. – Todos conhecemos as Irmãs de Caridade, de Hopetown, e seu trabalho com os órfãos. Uma vez que a escola dominical e o círculo de costura tão generosamente lhes fornecem roupas, ponderei que a Sociedade Assistencial poderia criar um fundo de doações.

Algumas das presentes tossiram em seco; falar sobre dinheiro franca e abertamente as irritava, a não ser que, obviamente, estivessem conversando sobre o valor de seus conjuntos de porcelana chinesa.

Marilla deu continuidade ao assunto:

– Apesar de saber que todas aqui são generosas, pensei que pudéssemos obter fundos com um estande de arrecadação no mercado semanal dos fazendeiros. Os produtos serão feitos e vendidos pelas senhoras da sociedade em benefício das instituições locais e de fora.

– O quem tem em mente para vendermos? – perguntou a senhora Barry, já entusiasmada com seu título de vice-presidente.

Marilla também pensou sobre aquilo.

– Refresco de framboesa – falou, provocando um alvoroço de conversas paralelas entre as senhoras.

Em conversas com o irmão, soube que John contou a ele que os arbustos de framboesa estavam se tornando uma ameaça na fazenda de sua família. Não conseguiam colher as frutas em tempo hábil, e o matagal estava se tornando o ninho perfeito para todos os corvos da Ilha. Marilla tinha absoluta certeza de que a família Blythe ficaria muito feliz em poder contar com as mulheres para recolher as frutas e deixar os arbustos limpos, sem custos. Esperava que a senhora Blythe participasse da reunião, de modo que pudessem ter a permissão dela, mas, aos sessenta anos de idade, a escola dominical era o único compromisso que poderia assumir. John nascera quando seus pais já tinham muitos anos de casados. Eles tiveram outra criança, uma filha que morreu aos onze anos de febre tifoide. O nascimento de John havia sido uma bênção inesperada para a dor do casal, e o filho era devotado a eles.

– A família Blythe tem plantação de framboesas, e todas nós temos uma receita. É uma mercadoria simples, financeiramente sustentável e de fácil comercialização que muitos compradores apreciariam. A receita das vendas seria revertida para o orfanato, excluindo os custos do açúcar e das garrafas. Cada membro receberia um lote das frutas para fazer o refresco. Posso conversar com a família Blythe sobre o assunto. Podemos colocar o tema em votação?

E assim foi feito. Uma concordância unânime.

– Muito bem – disse a senhora White ao sair –, sua mãe estaria orgulhosa de você, Marilla.

Rachel beijou o rosto da amiga.

– O bolo estava esplêndido.

– Eu sabia que você seria perfeita para liderar a sociedade – a senhora Blair exultou.

Marilla estava satisfeita pelo modo como a reunião transcorreu. O cintilar da ametista em seu peito lembrava-a de que não estava sozinha. Seu anjo da guarda permanecera ao seu lado o tempo todo.

Após a saída do último membro, Marilla tornou a trajar seu vestido de trabalhos domésticos. Lavou a louça do chá, varreu as migalhas do bolo da sala de estar e fez um ensopado de sardinhas para o jantar. Por fim, pendurou o avental e saiu para caminhar pela trilha de bordos, percorrendo a floresta perene e sobre a campina de violetas, até o lago, onde ela sabia que John levava seu rebanho para matar a sede antes do anoitecer. Patos sonolentos e libélulas alçaram voo quando ela se aproximou. A silhueta solitária de John, altivo e robusto, surgiu ao lado das águas transparentes.

– Olá – ele saudou.

– Olá, John.

– Cortando caminho?

Ele sabia que a resposta seria negativa. A cidade ficava ao norte, e a fazenda da família Blythe era a oeste.

– Vim falar com um homem sobre framboesas.

– Framboesas? – John arqueou a sobrancelha. – Conheço alguém que tem um pouco delas. – Emitiu um sorriso cativante.

– Creio que conhecemos a mesma pessoa – Marilla concordou, meneando a cabeça.

As vacas tomaram o rumo do celeiro por conta própria. Com a sede saciada, os bichos estavam prontos para se deitar na silagem macia.

– Incomoda-se de caminhar para uma conversa? – John ofereceu o braço para que ela se apoiasse.

Marilla não hesitou. Afinal, estava lá para tratar de negócios da Sociedade Assistencial. Portanto, se as famílias Barry, White, Blair ou qualquer uma de Avonlea os encontrassem na estrada e os vissem de braços dados pelo campo de ranúnculos, Marilla teria uma justificativa. Além disso, não conseguiriam ver como a mão do rapaz envolvia a dela, muito menos sentir o polegar dele desenhando lentamente pequenos círculos contra o lado interno de seu punho.

Segredos do refresco de framboesa

Assim o acordo foi selado e, na semana seguinte, as senhoras da Sociedade Assistencial se dirigiram à fazenda da família Blythe. Após duas horas, todas as cestas estavam repletas das frutas, e foi possível aparar os arbustos com tranquilidade, para desgosto dos corvos, que crocitavam ao longe, nos campos de bétulas.

Após a missa daquele domingo, Rachel foi a Green Gables com sua cota de framboesas e garrafas. A senhora White estava convencida de que fora acometida pela febre amarela, apesar de o doutor Spencer informar que o que sentia era apenas um leve resfriado. Por iniciativa própria, ela ficou de cama, coberta por uma grossa manta e um espelho, de modo que pudesse verificar a qualquer momento sua cor. A casa estava em quarentena, e todas as colheres e outros utensílios foram escaldados em água fervida.

– Não me perdoaria nunca se minha única filha fosse infectada por esse maldito vírus – lamentou-se com o senhor White, após permitir que Rachel fosse a Green Gables passar o dia, apaziguando, assim, o histrionismo da esposa.

– Ter cuidado nunca é de mais – disse Rachel. – Hoje, estamos na cama por causa de um resfriado, mas no dia seguinte podemos estar em um túmulo.

Tardiamente, lembrou-se de que estava na cozinha da família Cuthbert e se calou.

– Querida, desculpe-me, falo sem pensar. Mamãe sempre diz que esse é o meu ponto fraco.

Um ano antes, aquele comentário teria devastado o coração de Marilla; no entanto, assim como a antiga muda da cereja ao lado de Green Gables, ela também criara uma casca em volta de si, como proteção. Sentia-se mais forte.

– Você só está falando a verdade, Rachel. Não é preciso se desculpar. – Marilla estava diante do fogão, amassando e misturando as frutas com açúcar.

Rachel pegou um limão e o rolou entre as mãos para que saísse mais suco dele.

– Vamos brincar de "Vinte perguntas" enquanto cozinhamos. Vou começar. Tenho um segredo.

Normalmente, Marilla não tinha disposição para os jogos dela, mas o verão sedutor conferiu-lhe uma complacência incomum: a brisa brincava com as cortinas, os campos ensolarados assemelhavam-se a ondas douradas como a enseada em final de tarde, e o aroma de framboesas dominava a cozinha com sua doçura. Por que não ceder aos caprichos de Rachel enquanto ambas revolviam o xarope borbulhante? Principalmente porque não era o seu segredo que estava sendo desvendado.

– É um lugar? – perguntou Marilla.

– Não.

– Uma coisa?

– Não.

– Uma pessoa?

– Sim! – Rachel jogava o limão de uma mão para a outra.

– Um momento.... – Marilla pensava enquanto colocava uma chaleira com água sobre a boca do fogão. – Alguém de Avonlea?

– Não.

– Alguém de Carmody?

– Não.

– White Sands?

– Não.

– Bem, de onde conheço esta pessoa?

– Apenas perguntas com respostas "sim" e "não"!

– Muito bem, eu conheço esta pessoa? – Marilla suspirou.

– Não.

– Como, na face da Terra, posso adivinhar quem é essa pessoa se nem ao menos a conheço, Rachel?

– Na verdade, não me lembrei disso. – A amiga franziu a testa e coçou o queixo.

Marilla balançou a cabeça. Ao mesmo tempo que tinha muitas habilidades, Rachel não era tão sagaz.

– Não conseguiremos chegar às vinte perguntas, portanto pode me falar quem é.

Rachel concordou com ela.

– Tenho um namorado.

A colher de Marilla caiu de sua mão e rolou pelo forno.

– Rachel White!

– É um segredo. Mamãe teria um delíquio se soubesse – ela riu. – Mal posso acreditar que isso finalmente aconteceu comigo. E ele nem ao menos é de Avonlea, mora em Spencervale.

– Está me parecendo o famoso romance de Shakespeare, Romeu e Julieta.

– Eu o conheci quando voltávamos da visita aos nossos antigos vizinhos, em East Grafton, alguns meses atrás, quando aquela tempestade pesada assolou Avonlea e inundou todas as estradas, lembra? Bem, fomos obrigados a pernoitar em Spencervale. Amigos de meu pai, senhor Lynde e sua esposa, generosamente nos ofereceram o quarto de hóspedes. Ao longo do jornal, conheci suas duas filhas e o filho mais velho, Thomas.

Ao mencionar o nome do rapaz, ela corou. A chaleira começou a apitar avisando que a água fervia, e Marilla tirou a panela do fogo.

– Desde então, já nos encontramos algumas vezes. Ele vem até aqui para me ver. Thomas é quatro anos mais velho. Papai e mamãe já me disseram que não poderei me casar antes de eu completar dezoito anos, mas ele é um rapaz honrado e será obrigado a esperar. Thomas diz que, enquanto esperamos, ele terá dinheiro suficiente para comprar uma fazenda em Avonlea; é um rapaz muito responsável, quer ter estabilidade financeira quando fizer o pedido. A família dele não é rica.... mas eu não me incomodo muito com isso. Ele é gentil, indulgente e muito bonito. Isto é muito mais do que a maioria das noivas pode ter. "Rachel Lynde" – disse, sonhando acordada. – A combinação soa bem, não?

Marilla estava em choque, sem palavras. Primeiramente, porque a amiga conseguiu manter o assunto em segredo por muito tempo e, depois, porque evoluiu seu relacionamento de namoro a matrimônio em muito menos tempo do que levou para fazer o refresco!

– Casamento?

Rachel assentiu, entusiasmada.

– Claro. Garotas de nossa idade. – Encolheu os ombros. – É a ordem natural das coisas. Espere muito e o botão se transformará em uma flor murcha. E, então, ficará sozinha, será uma solteirona.

Marilla franziu o cenho.

– Confesso que nunca pensei em casamento.

Agora foi a vez de Rachel ficar chocada.

– Nunca pensou nisso? Porque, Marilla Cuthbert, sabe muito bem que John Blythe é perdidamente apaixonado por você, dos pés à cabeça!

Um calor percorreu o corpo de Marilla, de cima a baixo.

Rachel não percebeu. Estava ocupada em pegar uma faca afiada e espremer o limão, até a última gota do sumo.

– Meus pais ficaram noivos aos dezesseis anos. Falta apenas um ano para termos essa idade, alguns meses, na realidade. Em pouco tempo, John vai pedi-la em casamento, e você vai se mudar para a fazenda da família dele, e nós seremos vizinhas, mais próximo de Avonlea do que de Green Gables.

O aroma ácido e cítrico do limão era a única coisa que mantinha a cabeça de Marilla no lugar. Deixar Green Gables?

– Não – seu tom de voz foi tão áspero que fez Rachel recuar. – Não deixarei Green Gables. Não agora, nunca. Prometi a minha mãe.

Tomou a pequena tigela com suco de limão das mãos de Rachel e verteu dentro do jarro com framboesas. Depois, amassou e peneirou tudo até que não houvesse mais do que uma semente no líquido. Em silêncio, Rachel ajudou a amiga a entornar o purê dentro da água fervente e, em seguida, pegou um funil para envazar a bebida. A garota estava tão irreconhecivelmente calada que Marilla logo percebeu que ferira os sentimentos da amiga.

– Desculpe-me – Marilla falou, enquanto lacrava as garrafas de refresco com rolhas e as colocava no cesto de Rachel. – Não deveria ter sido tão rude. Não é nada sobre mim e... outra pessoa, mas, sim, sobre você e Thomas. Estou realmente feliz.

Rachel inclinou-se na direção da amiga

– Creio que vai se dar bem com meu Thomas. Ele é um bom ouvinte, assim como você. – E pegou sua cesta. – Diga a Matthew e ao senhor Cuthbert que deixei um abraço. Até logo.

– Até logo.

Rachel desceu lentamente pela rua de Green Gables. De cabelos presos sob o chapéu de palha, poderia ser confundida, Marilla pensou, com uma das senhoras da Sociedade Assistencial. Aquele pensamento fez Marilla sentir um aperto em seu coração. Quando foi que deixaram de usar tranças? A idade chegou rápida e silenciosa, como o desenvolver de um botão de folha em seu galho. Percebeu seu reflexo turvo no vidro da janela. Não importava como procurava seu rosto, não conseguia enxergar uma mulher casada em seu reflexo. Viu apenas a si mesma: Marilla.

O estande da Sociedade Feminina Assistencial foi inaugurado com muito sucesso. Enfeitaram-no com um toldo cor-de-rosa para combinar com o refresco de framboesa. Com noventa e oito das cem garrafas vendidas, a cinco centavos cada, a arrecadação total ultrapassou duas libras. Muitas das senhoras foram embora, em direção à fazenda da família Blythe, de modo que puderam recolher o que foi deixado nos arbustos para a próxima semana. Marilla levou as duas últimas garrafas para entregá-las a John. Seria o mínimo que poderia fazer. A Sociedade Assistencial não conseguiria nada não fosse a generosidade da família, e ela lhe prometeu um piquenique de agradecimento.

No dia seguinte, desceram até os fundos do celeiro de Green Gables, onde a grama estava coberta de trientalis brancas e a floresta estava ladeada pelas ervas tintureiras cor de rubi, que perfumavam o ar com sua fragrância de especiarias. Lá, sentaram-se sobre um tronco caído de bordo e bebericaram o refresco, sorvendo com canudos de centeio que ajudavam a reduzir o forte gosto adocicado da bebida. Marilla contou-lhe sobre o sucesso que o refresco fez no mercado dos fazendeiros, ao mesmo tempo que ele lhe transmitiu os agradecimentos de seus pais por não precisarem mais se preocupar com os corvos.

– Uma proposta mutuamente benéfica – disse John. – Foi muito inteligente em sua sugestão.

Proposta? A palavra a atingiu como uma alfinetada no coração. Marilla tomou um gole da bebida. O calor do dia e o suco de framboesa rapidamente transformaram seu canudo em polpa, deixando seus dedos pegajosos.

– Todas as senhoras estão muito agradecidas a você e a seus pais.

Limpou as mãos tentando remover os resíduos de centeio. Um pé de saponárea cresceu nas proximidades. John esfregou as folhas da planta nos dedos de Marilla, a fim de limpá-los. O toque masculino provocou cócegas que subiram pelo braço até o peito, fazendo-a lembrar-se de quando ele pressionou seu corpo contra o dela, no riacho. Tratou de livrar-se daqueles pensamentos falando sobre outras pessoas.

– Estava refletindo: se vendêssemos diversos produtos caseiros no estande durante o outono, teríamos uma quantia considerável para entregar à Madre Superiora, em Hopetown. A senhora White está coordenando a entrega de bonés de tricô. Claro, não teremos o suficiente para todos os órfãos até o próximo inverno, contudo não acredito que se incomodariam em receber um cheque de doação.

– Você ainda pensa em Junie, com o chapéu vermelho? – John inquiriu, envolvendo a mão dela com a sua, quando seus dedos se entrelaçaram.

O pulso batia forte. Comentou que vira uma jovem africana com um chapéu vermelho passar diante dela quando cruzou a rua do correio. Sentiu o estômago chegar à boca. Sabia que não era Junie, mas o chapéu cobria o rosto, deixando sua mente ao sabor da imaginação.

– A Madre Superiora contou-lhe que morávamos em Avonlea, portanto Junie sabe que tem amigos aqui se precisar de ajuda.

– Amigos? – John sorriu. – Você tem um coração liberal, Marilla.

A jovem franziu o cenho.

– Conservadores e liberais são contra a escravidão. Quanto a essa questão, estamos totalmente de acordo. Por que todos os assuntos se resumem à política para você, John? Há um mundo inteiro lá fora que não dá a menor atenção para essa história de conservadores e reformadores. Somos todos criaturas de Deus. – Marilla tentou puxar sua mão, mas ele a manteve com firmeza.

– Essa também é uma visão liberal. E é exatamente isso que devemos lembrar ao nosso governo. Apenas títulos de nobreza não são capazes de controlar a população.

Marilla deu um leve sorriso. Ela concordava, mas sabia que não deveria. Por que ele não entendia sua posição? Nem sempre uma pessoa pode agir com base em sentimentos. Devem-se considerar todos os fatores de influência e consequência. A monarquia representa Deus na terra. Se a regra de soberania fosse removida, o que manteria o povo longe do apocalipse? Sem um governo hegemônico, o povo seria deixado à mercê dos caprichos e interesses individuais e da ganância. O que deveria ser feito seria olhar ao sul, para a América, como advertência: seu povo marchou para o Canadá, em busca de abrigo.

– O que quero dizer é que, se Junie ou qualquer um na mesma situação que ela viesse até Avonlea, eu ajudaria. É uma atitude cristã.

– Você defende a igualdade em relação a esse respeito. De novo, muito liberal de sua parte.

– John Blythe!

Marilla irritou-se, mas não teve tempo para reclamar antes que os lábios do jovem alcançassem os seus em um beijo. Ela esqueceu... tudo. Por um momento. Não conseguia se afastar. O magnetismo entre ambos era muito forte. As mãos másculas deslizaram por sua nuca delgada, e as mãos delicadas encontraram os braços fortes. Foi quando Marilla escutou o tilintar do sino da vaca, vindo do celeiro, e recuou. Não estavam em um piquenique ou na floresta. Aquela era sua casa, Green Gables. Seu pai ou Matthew poderiam chegar a qualquer momento, ou pior, alguém da cidade poderia vir para comprar algum produto da fazenda. O que pensariam?

Encarou John, mas, de repente não conseguiu mais vê-lo; tornara-se apenas uma silhueta. O celeiro e as empenas circundavam seu rosto, e o sol do meio-dia lançou uma sombra escura.

"John certamente pedirá você em casamento e, então, você se mudará para a fazenda da família Blythe", Rachel havia dito.

Ela ansiava por beijá-lo, mas sabia que, se o beijasse mais uma vez, desejaria fazê-lo para o resto de sua vida. Como poderia concordar em se casar com ele e não deixar Green Gables? John era o filho único dos donos da casa. Seus pais já tinham idade avançada e esperavam que ele e a futura esposa cuidassem da fazenda. Não poderiam morar em duas casas. Se Matthew se casasse, ela seria livre para realizar o seu desejo. Até lá, tinha de cumprir a promessa que fizera à mãe.

Marilla se levantou.

– Não posso ficar aqui sentada, conversando. Preciso fazer o jantar.

– Sinto muito pela conversa política. Estava apenas brincando. – John também se levantou e tentou pegar na mão dela novamente.

– Preciso ir. – Ela cerrou os punhos.

– Marilla...

Não ficou para ouvir o que ele tinha a dizer.

– Agradeça a seus pais pelas frutas! – afirmou por cima do ombro e correu de volta para casa, deixando-o com duas garrafas de suco na mão.

Da cozinha, conseguiu vê-lo chutar a grama, para depois tomar o rumo da estrada em direção à ponte de toras. Marilla sofria ao pensar que ele estava bravo, porém era melhor assim. Se ele a amava, como Rachel afirmava, então ele voltaria. Ansiava por sua volta tanto quanto queria permanecer em Green Gables.

– Aquele é John Blythe?

Hugh a assustou.

– Sim.

Ele sugou o bico de seu cachimbo, para depois sair para a varanda. Marilla pegou do armário refrigerado o restante do frango e o aqueceu na panela. Para fazer um molho, adicionou uma caneca do vinho de groselhas vermelhas que ela, Clara e Izzy envazaram juntas. Parecia um tempo muito distante. O vapor agridoce lembrou-a de tudo o que estava em jogo.

Um leilão de consequências imprevisíveis

O verão passou como um raio, mas agosto parecia não terminar.

– Céus, este calor está me matando – Rachel reclamou. – Qualquer coisa que cozinharmos estragará em menos tempo do que se leva para comê-la.

Ela se encontraria com Marilla para buscar uma receita de biscoito.

As senhoras da Sociedade Assistencial estavam prontas para mais uma ação. Por sugestão da senhora White, seria organizado um leilão de "jantar no cesto". Todas as mulheres com idade para empunhar uma frigideira foram convidadas a participar. O valor arrecadado seria incluído no donativo para os órfãos de Hopetown. As regras eram simples: cada cesto participante deveria conter prato principal, acompanhamento e sobremesa. Os membros poderiam formar equipes de duas pessoas ou por família.

A senhora White e sua filha prepararam ostras cozidas no vapor e biscoitos com pudim de limão de sobremesa. Ella ajudou a senhora White com as ostras e o pudim, enquanto Rachel ficou responsável pelos biscoitos.

– Papai quebrou um dente comendo biscoitos feitos por minha mãe – Rachel confessou. – Obviamente, ele não falou nada, apenas embrulhou o dente em um guardanapo quando mamãe não estava vendo. O problema é que ela continua fazendo o mesmo biscoito. Ella já se ofereceu para fazer a massa, mas mamãe insiste em fazer de acordo com a própria receita. – Rachel balançou a cabeça. – E, se alguém pagar pela cesta de jantar e não gostar, vai querer o dinheiro de volta, se eu não matar antes, claro!

Marilla percebeu o risco que corriam, observado pela amiga. Poderia bem acontecer com Matthew ou o pai, ter uma terrível dor de dente por causa de um biscoito da família White. Aquela seria a primeira vez que ambos compareceriam a um evento e, além disso, planejavam fazer uma oferta. O pomar do verão havia sido muito produtivo, e a colheita, uma das melhores que já tiveram. As reuniões dos agricultores em Carmody foram muito rentáveis, pois os preços das sementes atingiram preços elevados, de modo que moedas adicionais foram depositadas no bolso das famílias. Ter a família participando do leilão injetou mais ânimo e motivação para Marilla tornar o evento um sucesso ainda maior que o primeiro. Também gostaria que cada arrematante degustasse seu cesto como se fosse o melhor de todos. E sem dentes quebrados.

– Aqui está nossa receita. – Marilla entregou-lhe o cartão cujo texto estava escrito com as letras da mãe. – São os biscoitos mais macios que jamais comeu! Certifique-se apenas de que não assará mais do que o tempo necessário.

– Mamãe jamais poderá saber disso! – Rachel aceitou com gratidão.

Ela saiu em disparada com o sol da tarde já lançando seus últimos raios sobre a silhueta dela. O seu Thomas Lynde, de Spencervale, também viria para o leilão. Rachel estava ansiosa para apresentá-lo a Marilla e impressionar a todos em Avonlea com seu pretendente.

– Rachel já foi embora? – Matthew perguntou, apenas a cabeça para fora do quarto.

Marilla anuiu.

– Ela não ficaria feliz se soubesse que estava nos espionando.

O irmão entrou na cozinha, seguido por Skunk.

– Nem foi preciso espionar; aquela menina fala mais alto do que uma gaivota procurando comida.

– Bem, você deverá fazer um lance para a cesta dela, independentemente de qualquer coisa. Significará muito para ela.

– Eu o farei – ele afirmou, enquanto esfregava o queixo. – Mas não faço questão de ser o vencedor.

– Já será o suficiente.

Matthew caminhou em direção à cesta de Marilla, que estava sobre a mesa de madeira. Tudo já estava pronto e acondicionado na cesta; faltava apenas decorá-la com uma fita. Ele abriu a tampa.

– Muitas coisas gostosas aqui dentro, não? Frango na geleia[22], pepinos em conserva, tortas de cereja. E esta é sua conserva de cerejas no pote?

– Sim – Marilla confirmou, orgulhosa. – Isso me faz lembrar de que preciso incluir uma garrafa de nosso vinho de groselhas vermelhas. Não tenho certeza de que as outras cestas conterão bebida, mas, com esse calor, um gole refrescante é muito melhor do que uma colher de sopa.

Trouxe uma garrafa da despensa e girou as cinco restantes na prateleira, de modo que o líquido completasse seu ciclo de fermentação adequadamente.

– John se arrependerá por perder isso – disse Matthew.

– Não sei por que ele vai se importar mais do que qualquer outra barriga faminta. – Marilla mordiscou o lábio inferior.

A família Blythe partiu em visita ao tio de John, doutor David Blythe, em Glen Saint Mary. Marilla ficou aliviada porque ele não participaria do leilão. Dessa forma, não precisaria temer com os sussurros e olhares perscrutadores das senhoras da escola dominical. Os comentários sobre ambos era o assunto do momento na cidade. Aos murmúrios, as pessoas

---

[22] Frango na geleia (*jelly chicken*): sobrecoxas de frango assadas temperadas com geleia de cerejas e outros ingredientes. (N.T.)

discutiam absolutamente tudo sobre compromissos secretos até estilos de véus de noiva, de modo que Marilla evitava círculos sociais muito mais do que antes.

– Sua cesta tem uma refeição diferenciada, apenas isso. O homem que a levar para casa será uma pessoa de muita sorte.

– Ou mulher – ela complementou. – As mulheres estão sendo incentivadas a fazer ofertas também. Eu, por exemplo, estou de olho na cesta da senhora Blair. Fala-se que ela encomendou uma caixa de chocolates ingleses, apenas para aumentar o valor das ofertas. Pagaria para experimentá-lo. Nunca ganhei ou comprei chocolates ingleses, e você?

O irmão meneou a cabeça.

– Você me conhece. Não sou apreciador de nada que seja muito doce, muito salgado ou azedo.

– Um homem moderado. Ser assim é uma virtude.

Ele encolheu os ombros.

– Um homem não pode mudar seus gostos mais do que muda o seu nome.

E uma mulher, poderia? Rachel Lynde. Combinação boa ou não, chegava a doer só de pensar que sua melhor amiga se tornaria uma nova pessoa simplesmente por dizer "aceito". Marilla admirava saber que Rachel sentia-se bem com a situação.

– Por favor, Matthew, dê-me a fita magenta – pediu-lhe. E, assim, amarrou a tampa do cesto com um firme laço.

No dia seguinte, a família Cuthbert se dirigiu ao cemitério presbiteriano, onde seria realizado o leilão. O reverendo Patterson e sua esposa cederam à Sociedade Assistencial o mesmo material usado no piquenique de maio: estandes, mesas e cadeiras. Os cestos de vime foram dispostos em linha ao longo da enorme mesa. Uma dúzia de cestos. Marilla considerou o número um sinal auspicioso: doze meses do ano, duas vezes dozes horas do dia, doze discípulos, doze dias de Natal, doze jantares de Avonlea a serem consumidos.

Estava ajudando a senhora Blair a colocar a caixa para guardar dinheiro quando Rachel chegou, trazendo um jovem tímido pelo braço.

– Marilla, este é o meu senhor Lynde.

Thomas baixou a cabeça e não cruzou seu olhar com o de Marilla.

– Muito prazer, senhorita Cuthbert.

Ele não era exatamente bonito ou comunicativo. Nem magro, nem corpulento, alto ou baixo, loiro ou moreno. De fato, ele era tão perfeitamente indescritível que bem poderia confundir-se com os fundos do cemitério, uma pessoa impassível. Como uma cerca viva ou uma fração de grama. Mesmo assim, Marilla o considerou uma pessoa agradável.

– Rachel falou muito bem de você, senhor Lynde.

Ele sorriu, quase sem mover os lábios.

– Veja que primorosa fivela de tartaruga! – Rachel moveu a cabeça para o lado. – Pertence à mãe de Thomas, uma relíquia de família. Hoje, ela me foi emprestada, mas... – Inclinou-se em direção a Thomas, meiga.

– É lindo – Marilla concordou.

– Thomas, guarde dois lugares para nós. Odiaria ficar de pé ao longo do evento. – Rachel apontou para as cadeiras, e ele fez o que a jovem pediu. – Ele não é um sonho?

Marilla tossiu sutilmente para limpar a garganta.

– Como ficaram os biscoitos?

Rachel puxou-a pelo braço, para ficar mais perto e sussurrar.

– Deliciosos e macios! Obviamente, mamãe percebeu. Disse-lhe que comprei fermento fresco e isso fez a diferença. Uma pequena mentira, porém prefiro pedir perdão a Deus a conviver com um vizinho descontente!

– Decerto, será mais fácil receber a absolvição de culpa.

Rachel arregalou os olhos e concordou com um aceno de cabeça.

– Esta é a verdade do Evangelho.

Marilla era exigente com a pontualidade, de modo que o leilão começou no horário determinado. O senhor Blair assumiu o papel de leiloeiro, iniciando o evento com a cesta "Jantar Divino", do reverendo Patterson:

patê de presunto e cogumelos com pão de gengibre e amêndoas doces. O lance ofertado por um dos membros da família Pye foi excelente. Todos sabiam que havia muitas razões para ter seu caminho de volta às boas graças da igreja. Em seguida, vieram a senhora Lewis e sua filha Lavender: a cesta estava decorada com fitas, laços e botões de lavanda espetados entre as tramas. Marilla pensava como alguém poderia comer o que estava na cesta sem pensar que estava engolindo um pedaço de sabão. Era a mais bonita da mesa, fora obrigada a admitir. Um dos irmãos Irving levou a cesta, assim como o coração de lavanda. As cestas das famílias White, Blair e Phillipses foram leiloadas por valores além do esperado. A cesta de Marilla seria a próxima. A jovem preferiu que sua cesta fosse negociada entre as demais, nem a primeira, nem a última, para que não chamasse a atenção por ser a cesta da presidente da Sociedade Assistencial. Matthew e Hugh fizeram o primeiro lance, como demonstração de apoio, seguidos pela senhora Bell, contudo, por fim, o senhor Murdock venceu a cesta em uma surpreendente reviravolta.

– Sempre, no Natal, a conserva de ameixas da família Cuthbert é a preferida. Fiquei desolado quando você deixou a escola e não poderia mais degustar a iguaria – ele confessou ao receber seu prêmio das mãos de Marilla.

Sentiu simpatia por sua declaração, o que a fez sentir-se mais próxima dele. De súbito, ele não era apenas o diretor enrugado e severo batendo seu bastão contra a mesa, mas, sim, um senhor de idade que tinha escondido um espírito gentil. Refletiu quando foi que ele mudou. Ou que ela mudou.

– Há também uma garrafa do vinho de groselha vermelha, feito por minha mãe – ela sussurrou.

– Outra referência no mundo dos vinhos – ele confessou. – Muito obrigado!

Na sequência, veio a cesta da família Andrews: bife rolê, bolinhas de batata, pão de queijo *cottage*, figos e um pote de doces. Um jantar substancioso, mas não surpreendente, considerando-se todos os cozinheiros da família.

Os lances começaram com o senhor White, que, apesar de levantar a mão para todas as cestas ofertadas, ainda não havia sido bem-sucedido. O senhor Bell fez uma oferta maior, que logo em seguida foi superada pela oferta de ninguém menos do que Matthew.

O olhar de Marilla e de todos de Avonlea se voltaram diretamente para Johanna. E ela se voltou para a irmã com um franzir de cenho. O senhor White fez novo lance. Faltavam poucas cestas para o final do evento, e, se ele não levasse sequer uma delas para casa, a senhora White seria capaz de amarrá-lo ao pé da mesa. Matthew elevou seu lance em cinco pence. Johanna se agitava na cadeira. O que quer que tivesse acontecido entre eles, certamente não fora resolvido.

O senhor Barry ofereceu mais cinco pence. Matthew superou a proposta mais uma vez. Marilla sabia que o irmão estava oferecendo todas as suas economias.

– Dou-lhe uma, dou-lhe duas – anunciou o senhor Blair.

Ao ouvir a contagem, Johanna se levantou irritada e saiu em disparada. Percebendo o mal-estar, o banqueiro, senhor Abbey, levantou a mão.

– Dois *shillings*.

Era mais do que o dobro do que Matthew tinha em mãos. Com a ação, o senhor Abbey pretendeu aliviar o visível desconforto de Johanna Andrews, mas a atitude foi a angústia de Matthew. Ele não possuía mais nenhum *penny* para gastar, muito menos um *shilling*. E todos de Avonlea sabiam. O rapaz se levantou e seguiu na mesma direção de Johanna; e os demais prendiam a respiração com sufocante determinação para evitar que o vizinho visse.

Marilla foi atrás do irmão. Não queria causar mais uma cena. O senhor Blair deu continuidade ao leilão.

– Agora, agora... O senhor Abbey levou para casa o jantar da família Andrews. Prossigamos. A senhora MacPherson é a próxima, e sou capaz de apostar que em sua cesta há seus famosos pãezinhos de passas.

Marilla andou da igreja até o cemitério, onde escutou a voz de Johanna antes de vê-la.

– Por que está me obrigando a dizer isso?

– Mas, mas... – Matthew gaguejou.

– Mas, nada! Não sou sua queridinha ou outra coisa qualquer, Matthew Cuthbert. Prefiro morrer a ser esposa de um fazendeiro. Tentei lhe dizer de modo gentil em Green Gables, mas você pareceu não me ouvir. E, agora, você me obrigada a falar sem rodeios, fazendo eu me sentir desprezível! – A jovem começou a chorar e partiu correndo.

Marilla jamais ouvira algo tão cruel em toda a sua vida, e, pela expressão no rosto do irmão, ele estava devastado. Deu um passo à frente para segui-la, mas parou, girando o boné nas mãos. O silêncio humilhado machucava muito mais seu peito apertado. Sabia que deveria dar a volta e deixá-lo em paz, contudo ela simplesmente não conseguiu se afastar. A ferida dele significava sua ferida, afinal eles eram uma família.

Marilla foi até ele após perceber que os ombros balançavam descontroladamente. Sem dizer palavra, repousou a mão nas costas de Matthew, que não se virou. A jovem tampouco o forçou. Manteve-se ao seu lado, de pé, pressionando a palma da mão contra o calor que crescia sob seu toque. Marilla não o viu chorar, porém sentiu seu choro, tremendo até os ossos. E teve a mesma sensação dentro de si, tremendo como um diapasão, até perceber que as faces estavam molhadas pelas lágrimas.

Foram juntos para casa naquele momento; Hugh voltou na companhia do senhor Bell. Enquanto a senhora Blair contava o dinheiro na caixa, as senhoras da Sociedade Assistencial deixavam o gramado do piquenique, e todas as famílias de Avonlea comentaram acerca de tudo, sob o sol forte do verão, exceto sobre o que todos estavam pensando: Johanna Andrews dilacerara o coração de Matthew Cuthbert. E, para um homem como Matthew, nada superaria aquela dor.

DE VOLTA A HOPETOWN

1839

O inverno chegou antes do previsto. Em outubro, os primeiros flocos de neve vieram em rajadas, procedentes do Ártico, privando a Ilha de seu habitual esplendor. As bétulas vermelhas e amarelas mal estavam sendo trocadas quando suas folhas caíram congeladas de seus galhos. A Ilha escureceu prematuramente, e o céu ficou cinzento a maior parte do tempo. No Natal e no Ano-Novo, todos em Avonlea ficavam exasperados com mais quatro meses de frio intenso e gelo por todas as ruas da Ilha. Ansiosas com a viagem para Hopetown, as senhoras da Sociedade Assistencial já haviam embalado todos os xales e bonés para as crianças e o dinheiro arrecadado a ser entregue à Madre Superiora. A viagem tinha o mesmo significado que a peregrinação a Sião. Contudo, apenas em abril o Estreito de Northumberland estaria navegável para o trânsito de balsas e pequenas embarcações.

Uma prima distante da senhora Spencer, moradora de Hopetown, ofereceu abrigo no quarto de hóspedes de sua casa para a representante da sociedade. Embora a senhora White tivesse sido a porta-voz desde que a sociedade fora criada, sua saúde não era das melhores nos últimos tempos e estava muito preocupada com a possibilidade de pegar pneumonia ao longo da viagem. Recomendou que a senhora Blair fosse em seu lugar; no entanto, a dona da mercearia não teria coragem de deixar seu marido sozinho na loja. Assim, a senhora Barry foi convocada. Tudo decidido, menos de uma semana antes da partida agendada, o senhor Barry foi acometido pela gota[23]. E, assim, Marilla e Rachel se ofereceram para ir a Hopetown.

– Minha prima estará lá para recebê-las – a senhora Spencer asseverou para Hugh. – Eu era dois anos mais nova do que elas quando fui para Nova Scotia, sozinha, pela primeira vez. A viagem é muito segura, desde que elas tenham o bom senso de não se jogar no mar.

Atravessar o estreito, no inverno, era uma tarefa sombria. Nada relativo a ondas traiçoeiras, o clima estava gélido demais para aquilo, mas o tempo cinzento e carrancudo tornava qualquer passeio sombrio. A água estava apenas um grau acima antes de se tornar gelo. As jovens entraram apressadas na cabine aquecida de passageiros, de onde era impossível ver qualquer coisa através das janelas embaçadas pela água gelada. Ao alcançar o continente, as jovens se dirigiram a Hopetown, em uma carruagem fechada, de abas praticamente herméticas para evitar que o vento gelado as atingisse. Eventualmente, Marilla levantava a ponta da aba para saber onde estavam, mas tudo o que conseguia ver era uma estrada árida e campos também áridos. E um céu triste e cinzento. Mesmo Rachel estava muda, sem vontade de conversar, o que não aborreceu a amiga. O silêncio sempre fora uma zona de conforto para a família Cuthbert.

Finalmente, o cocheiro puxou as rédeas, e os cavalos reduziram a marcha até pararem diante de uma construção com fachada de tijolinhos. Apesar de parecida com a sede do orfanato, aquela era mais estreita.

– Chegamos ao destino, senhoritas.

---

[23] Gota é uma doença caracterizada pela elevação de ácido úrico no sangue, o que leva a um depósito de cristais de monourato de sódio nas articulações. É esse depósito que gera os surtos de artrite aguda secundária que tanto incomodam seus portadores. (N.T.)

Na varanda, Lydia Jane, prima da senhora Spencer, cumprimentou-as, a voz quase inaudível que vinha de baixo do xale de grossa lã.

– Venham, venham! Está congelante aqui fora. Butler Cline pegará suas bagagens.

Marilla e Rachel correram como puderam até a porta de entrada, com o vento açoitando suas saias desordenadamente.

– Essas tempestades de inverno são lastimáveis! – Lydia Jane comentou, dando as boas-vindas. – Pendurem seus casacos nos ganchos. Entrem e vão até a lareira. O chá está à nossa espera.

A senhora Lydia Jane ficou viúva por duas vezes e teve nove filhos: três morreram muito jovens, quatro se casaram, uma era missionária na Índia e outro filho trabalhava como balconista de loja na América. A senhora vivera em uma casa de campo com cômodos amplos; contudo, mudara-se para a cidade quando o último de seus filhos já estava crescido.

– Ela é rigorosa e muito exigente – a senhora Barry advertiu. – Educou os filhos com base na justiça da palavra e da vara de marmelo. Faça o que ela manda e estará sempre ao seu lado.

A senhora White preferia uma acompanhante rigorosa a uma pessoa indulgente. No entanto, Rachel jamais fora alguém que apreciava qualquer disciplina que não fosse concebida por ela. Marilla suspeitava de que aquele comportamento se devia a ela não ter voltado à tutela do senhor Murdock, na Escola de Avonlea. Dobrar-se aos apelos de quem quer que fosse não fazia parte do espírito da família White.

– Bebam todo o chá da xícara. Não quero minha porcelana chinesa com marcas da bebida – Lydia Jane instruiu.

Obediente, Marilla tomou até a última gota do líquido, enquanto Rachel fazia questão de beber o chá lentamente, movendo a xícara em pequenos círculos no ar, e a cada gesto murmurava um som praticamente inaudível.

Lynda Jane chamou por Cookie, a cozinheira, para recolher a badeja, determinando que a hora do chá havia acabado, sendo que a xícara de Rachel estava repleta de manchas.

— Vocês ocuparão o quarto de hóspedes. — E as levou até o cômodo do andar superior, que cheirava a rosas murchas e carpete mofado.

— A cama é grande o suficiente para ambas. Minha prima disse-me que seu compromisso com as Irmãs da Caridade será amanhã. Sendo assim, Cookie servirá o café da manhã cedo, às nove horas. Já peço desculpas por minha ausência. Meu quarto neto nasceu na semana passada, e minha nora está com a febre do leite. Comprometi-me a ficar com as crianças mais velhas enquanto o médico a atender. Assim, creio que vocês irão direto para o seu compromisso e assim o farão ao voltar. As únicas jovens que vagam sozinhas pela cidade são aquelas de má reputação. Tenho certeza de que minha honradez não será colocada em dúvida por causa de seu comportamento.

Dizendo tais palavras, ela lhes deu boa-noite com um meneio de cabeça e fechou a porta.

— Que Deus nos proteja dessa mulher rabugenta! — Rachel se jogou na cama. Uma poeira fina subiu como pó de giz. Moveu as mãos no ar para limpá-lo. — Muito mais birrenta que a senhora Berry, o que eu considerava impossível. — Rolou sobre os cotovelos — Ela determinou que não poderemos ter um momento de diversão. E eu estou mais determinada ainda a não obedecer a ela.

Marilla abriu a *nécessaire* e pegou a escova para passar no cabelo antes de dormir.

— Fomos avisadas! Faremos como ela disse, Rachel.

Apesar da conquistada autoconfiança e maturidade, Marilla sentia-se apreensiva; porém, não encontrava explicação racional para justificar tal sentimento. Conhecia ruas e vielas de Avonlea como a palma de sua mão. Ela pertencia a Avonlea assim como a cidade pertencia a ela. Naquele lugar, Marilla nada mais era do que uma forasteira, totalmente estranha para as pessoas e para a cidade. O que mais queria era cumprir sua tarefa e voltar para casa.

— Podemos ter um pouco de diversão. Se formos pelo caminho mais longo ou curto para o orfanato, não fará a menor diferença no que diz respeito à senhora Lydia Jane. Nosso destino será o mesmo.

Marilla estava exausta e só queria dormir. Nada mais de conversas, deslocamentos ou pensamentos sobre o dia seguinte. Tudo tinha seu tempo. Após se assegurar de que o cheque emitido pelo *Abbey Bank* a favor da Sociedade Feminina Assistencial estava guardado em sua carteira, a qual estava escondida sob as anáguas de inverno acomodadas em sua mala de viagem, deitou-se na cama ao lado da amiga.

Era a primeira vez que dividia a cama com alguém que não fosse sua mãe. Rachel tinha um cheiro diferente à noite. Sua camisola rescendia a camomila e capim-cidreira. O calor emanava do outro lado da cama, no qual Marilla estava acostumada a sentir apenas lençóis gelados. Lembrava-se de quando era jovem em Gables, recém-construída. Todos da família dormiam juntos em um catre colocado diante da lareira à noite e encostado na parede durante o dia. Clara e Hugh dormiam lado a lado; Marilla se colocava ao lado da mãe, enquanto Matthew dormia ao lado do pai como colheres de sopa. Naquela época, Marilla tinha medo das sombras que via no peitoril da janela; e a única maneira de evitar tais monstros que mordiscavam os dedos de seus pés era envolvê-los com os de sua mãe. E, assim, ela praticamente se esquecia do medo, restando apenas a magia que os desvanecia de sua mente.

– Você acredita que encontraremos os órfãos que conhecemos na última vez? – Rachel perguntou, entre bocejos. O hálito de leite se espalhou no ar.

– Espero que não – Marilla respondeu. Significará que partiram para morar com famílias.

Os pés de Marilla e Rachel se encontraram no meio da cama.

– Seus dedos parecem cubos de gelo! – Rachel esfregou seus pés contra os da amiga, sob os cobertores. – Eu tinha certeza de que Lydia Jane nos emprestaria aquecedores de cama, uma vez que não há lareiras aqui. Procurei embaixo da cama, no guarda-roupas, em todos os lugares, nem mesmo um tijolo quente eu achei.

Era verdade, muito estranho. Mesmo em Green Gables havia uma panela aquecida sob cada cama.

– Talvez não haja economias para isso.

– Bem, certamente ficaremos resfriadas se dormirmos mais uma noite aqui. – Rachel tossiu.

Ficariam duas noites na casa de Lydia Jane.

Marilla sentiu a amiga estremecer no escuro da noite.

– Está decidido, então – afirmou por fim. – Após o café da manhã, vamos até a loja de artigos em geral. Há uma no caminho do orfanato. Papai tem uma conta, podemos facilmente comprar um aquecedor de cama.

Marilla suspirou. Confiou em Rachel para justificar e satisfazer seus desejos.

– Rachel...

– O quê? – replicou, inocentemente.

– Se mamãe estivesse aqui, faria o mesmo.

Rachel virou-se de bruços e colocou o travesseiro sobre a cabeça.

– Boa noite, Marilla – ela murmorou.

Batatas fritas e salsichas estavam sobre a mesa na manhã seguinte. Marilla ficou feliz com a refeição quente. A noite para ambas estivera longe de ser repousante. Sempre que Marilla estava quase pegando no sono, uma lufada de ar vinha de seus pés, e a coriza escorrendo pelo nariz a despertava. Tentou colocar o travesseiro sobre a cabeça, como Rachel, mas não conseguia respirar.

Marilla estava com tanto frio que tomou várias xícaras de chá até não sentir mais os arrepios que percorriam seu corpo.

– A senhora Lydia Jane já partiu para a casa da nora? – Rachel perguntou a Cookie, fatiando sua salsicha temperada com mostarda.

– Sim, senhorita. Além disso, pediu-me para levar para sala sua coleção de *Quebec City Gazettes*, em inglês e francês, para que possam se distrair antes de seu compromisso.

Da mesa do café da manhã puderam ver o monte amarelado e mofado de periódicos de semanas, meses e até de anos passados. Marilla considerava que o acúmulo exagerado do que quer que fosse era irracional e pertencente a uma mente pequena. A jovem nunca entendeu a compulsão popular de possuir mais de cem colheres de prata, caixas de objetos de porcelana, milhares de selos e até centenas de cópias de notícias antigas. Que bem poderia aquilo fazer a uma pessoa? Ao morrer e partir, tudo seria combustível para grandes fogueiras.

– Muito generoso da parte dela em compartilhar sua coleção conosco, porém temos uma tarefa a cumprir no caminho do orfanato. – Rachel mordeu a ponta da salsicha e mastigou com satisfação.

Cookie era uma típica criada, aos moldes das velhas francesas, e não dizia palavra contrária. Simplesmente arqueou as sobrancelhas e murmurou qualquer coisa sob um suspiro, enquanto limpava a louça usada.

A tempestade de vento passara, e o sol tímido tomava conta da atmosfera, tornando o dia mais quente que o anterior. Já estavam vários passos adiante, na escada da frente, quando Cookie gritou.

– Cuidado ao chegar a Spring Garden Road! Há problemas hoje por lá, um enforcamento!

As duas se entreolharam.

Rachel sorriu.

Marilla franziu o cenho.

Juntas, avançaram pelas calçadas da cidade. Os sinos e os relinchos dos cavalos atrelados às carruagens andavam em círculos, para a direita e a esquerda. Criadas corriam com suas cestas repletas de vegetais crus, pães frescos e peixes embrulhados em papéis. Jornaleiros gritavam "metade do preço!", na edição matutina. O hotel *Majesty Inn*, onde se hospedaram anteriormente, estava lotado como um formigueiro. A loja de chapéus Madame Stéphanie's Hat Boutique estava igualmente cheia. Os clientes corriam de loja em loja em busca de proteção contra o frio. As jovens de Avonlea eram as únicas a parar diante da vitrine da butique, cobiçando os chapéus de inverno de pelo e de lã.

– Eu desejaria muito que papai tivesse uma conta aberta com madame – lamentou Rachel. – Então, poderia comprar outro chapéu de renda. Mal consegui usar o meu por uma hora.

– Desejar muito uma coisa não é garantia de que a conquistará. Vamos embora!

Rachel pôde ter planejado a missão do aquecedor de cama, mas Marilla estava determinada a não ser pega em uma mentira de circunstância. Iriam até a loja de artigos gerais e de lá para o orfanato, e imediatamente de volta à casa da senhora Lydia Jane. Como não conhecia as direções em Hopetown, Marilla temia chegar ao local do enforcamento a qualquer minuto. Já fora obrigada a encarar a morte e por nada queria repetir a experiência. Diferentemente dela, porém, Rachel nunca vira nada além da morte de uma porca. E sua mórbida curiosidade crescia enquanto andavam pela cidade. Caminhava devagar e parava em cada cruzamento, olhando para todos os lados; inclusive parou um limpador de chaminé para perguntar se estavam na Spring Garden Road.

– Não, senhorita, esta é...

Marilla puxou Rachel pelo braço sem escutar o restante da informação. A loja estava a duas quadras; contudo, à medida que se aproximavam do centro, mais densa ficava a multidão. Um redemoinho de pessoas se formou de modo que as jovens foram obrigadas a se dar as mãos para não se perderem. Era um fluxo tão grande de cidadãos que mal conseguiam ver um palmo adiante. O semblante da população demonstrava para Marilla que aquele não era o tráfego normal da cidade. Não tinha coragem de perguntar a qualquer estranho sobre informações. Então, agarrou-se a Rachel, e Rachel a ela. E, de repente, ao mesmo tempo, houve um silêncio e todos estavam parados. Seus temores haviam se realizado.

Em uma plataforma bem alta, atrás do tribunal, estava a forca. Marilla esforçou-se para achar um caminho para fugir da multidão, porém todos os olhos voltaram-se para o andaime e os pés plantados na lama congelada.

– Estamos cercadas.

– Veja! – Rachel sobressaltou-se, petrificada.

Os soldados escoltavam um punhado de homens descabelados de uma carroça. A multidão explodiu em comoção. Gritos e lamentos se misturaram a um bramido que fez os joelhos de Marilla ceder. A trepidação provocou calafrios nela, que cobriu os ouvidos. Quando os prisioneiros alcançaram o topo da plataforma, curiosos se colocaram ao redor dos pescoços.

– Silêncio! – clamou o magistrado. Vestia um chapéu de grande regente e casaco de pele de castor.

A multidão obedeceu. A brisa leve trouxe o som distante de uma gaivota do porto e o estrondo de ondas glaciais. Marilla desejou ardentemente voltar para sua Ilha, muito longe daquele lugar.

– Esses são os líderes criminosos. Estão sendo julgados pelo tribunal ordenado por Deus de Sua Majestade Real e considerados culpados por traição e rebelião. Vejam bem, cidadãos. Isto é o que acontece com a insurreição.

– Morte aos traidores! – a massa gritou.

– Conservadores com a Coroa!

– Pendurem os rebeldes!

– Os prisioneiros têm o direito à sua última palavra – declarou o magistrado.

Houve um silêncio. A gaivota grasnava ao longe.

– Fale, por favor, Chevalier de Lorimier! – um simpatizante ousou gritar.

Marilla lembrou-se daquele nome, lera nos jornais. Lorimier e seus camaradas faziam parte do movimento paramilitar Patriote. Colaboraram na rebelião para um Canadá independente. Um ato sedicioso. A sentença era a morte.

Lorimier ergueu o rosto, a corda apertada em seu pescoço; contudo, falou com nitidez e ousadia, como se não estivessem naquela situação.

– Deixo para trás os meus filhos, cuja única herança que receberão será a memória de meu infortúnio. Pobres órfãos, vocês é que são dignos de compaixão, a quem a mão sangrenta e arbitrária da lei golpeia com a minha morte... Não tenho medo. *Vive la libertè!*

E, então, os alçapões foram abertos, e os corpos caíram como sacos de areia.

Rachel chorou no ombro da amiga. No entanto, Marilla olhava fixamente para a cena horripilante, incapaz de piscar.

– Que Deus esteja com suas almas – sussurrou, e viu uma criança, vestindo calças, boné e envolta em um lenço de malha, sobre os ombros do pai. Olhando. Rindo. Aplaudindo a morte. E Marilla percebeu, de repente, que havia crianças por todos os lados. Alguns com os pais e muitas sozinhas, em pequenos grupos de três ou quatro. Todas rindo e zombando da morte. Justiça era um jogo e nada tinha a ver com certo ou errado. Eram muito jovens para entender que a vida era efêmera, e a morte, permanente. Aquelas não eram suas crianças ou crianças de Avonlea e, mesmo assim, faziam-na sofrer. Como um estilhaço de bala atingindo seu coração.

Um clarão na multidão possibilitou a passagem das jovens, e Marilla pegou a mão de Rachel.

– Venha!

Juntas correram, o metal do salto de suas botas batia contra os paralelepípedos, até Marilla ver as portas do orfanato. Lá, puxou a corda do sino e bateu a aldrava repetidas vezes, minutos que pareciam uma eternidade antes que o ferrolho fosse aberto e ambas correram para dentro, tremendo e transpirando, apesar do gelo sobre os casacos.

Cartas e refúgios seguros

– Deveria ter pedido para virem outro dia se soubesse das execuções – desculpou-se a Madre Superiora.

Ofereceu chá quente em seu escritório; no entanto, nenhuma das jovens conseguiu tomar uma gota sequer.

– Trancamos as portas por medo dos desordeiros, mas aparentemente a Guarda Real tem tudo sob controle. – Ela tossiu e olhou pela janela em direção ao pátio interno, vazio nos meses de inverno.

Rachel chorou sem parar. Marilla mantinha-se imóvel, desejando nunca ter descido por aquela rua, nunca ter feito aquela loucura. Deveriam ter obedecido à senhora Lydia Jane e ir direto para o orfanato.

– Está tudo terminado? – Marilla perguntou.

A Madre Superiora manteve o olhar ao longe.

– Temo que esteja apenas começando. A inquietação é mais extensa que em Hopetown. Os Estados Unidos também estão em conflito. Nossas Irmãs da Caridade falam sobre a grande divisão entre o Norte e o Sul. Exatamente como nós aqui somos conservadores contra os reformistas. O coração humano está em conflito. É um mundo decadente, minhas queridas. Podemos apenas exercer o nosso melhor para estabelecer refúgios onde assim pudermos fazer.

Tudo indicava uma batalha já perdida.

A Madre Superiora virou-se e pegou nas mãos o cheque de doação que Marilla trouxera.

– Muito obrigada. Apenas coisas boas advirão dessa doação.

– Como podemos ajudar mais?

– A justiça é minha, diz o Senhor. Deixe os homens da política brigar entre si, uns contra os outros, derramar sangue e viver em inimizade. É nosso dever amar o pobre, os órfãos, os cansados e os oprimidos. Mateus 11:28. O amor pode ser seu próprio tipo de guerra.

– Eu quero a minha mãe... – Rachel se acabava em soluços.

A Madre tocou a campainha sobre sua mesa, e a porta se abriu.

– Irmã Catherine, pode levar a senhorita White até a cozinha? A pobre menina está em choque. Talvez um biscoito doce ajude a acalmar seus nervos.

Irmã Catherine colocou um braço ao redor de Rachel e a levou para fora da sala. A Madre fechou a porta de seu escritório antes de encarar Marilla.

– Desde o momento em que a conheci, sabia que era uma pessoa forte. Posso lhe confidenciar algo?

Marilla não fazia a menor ideia do que a Madre poderia querer confidenciar a uma simples garota presbiteriana da Ilha do Príncipe Edward.

– Claro que sim – ela engoliu em seco e rezou, veloz. – Perdão por não obedecer à senhora Lydia Jane. Perdão por ser tolerante com as tramas sorrateiras de Rachel. Perdão por não estar ao lado de minha mãe no momento de sua necessidade. Perdão pelo passeio na floresta e no riacho... e por John. – A jovem gostaria de ser absolvida para receber o que fosse que a Madre desejasse conceder.

– Meu bem, lembra-se da jovem órfã que você conheceu no ano passado, Juniper?

Marilla não se esqueceria dela jamais.

– Ela ainda está aqui?

– Não. – A Madre ajustou a manga de sua túnica. – Felizmente, não. Foi adotada por uma família em Newfoundland.

A imagem evocada por aquela notícia fora reconfortante: a menina com seu chapéu vermelho caminhando por alguma estrada pastoral com sua nova família.

– Fico feliz – Marilla exultou. – Não imagino que seja fácil... – esforçou-se para achar as palavras corretas. – Para uma pessoa com as características dela, uma órfã mais velha e...

– Uma escrava africana?

Marilla desviou o olhar para seus dedos.

– A senhora White está fazendo os gorros de tricô junto ao Círculo de Costura, à escola dominical, e determinada a fazer o suficiente para cada um dos órfãos, para o próximo inverno.

– É muito gentil da parte dela. Temos muitas cabecinhas geladas nos invernos para aquecer.

Sim, contudo Marilla esperava que a Madre tivesse entendido o que ela realmente queria dizer.

– E devo pensar – Marilla continuou – que um chapéu de qualidade pode ser algo simples, porém extremamente importante para um órfão que precisa ser acobertado.

A Madre sorriu e se sentou ao lado da jovem.

– Então, você realmente entende.

– Acredito que sim – ela concordou.

– Para falar com franqueza, recebemos mais e mais crianças nascidas na escravidão, mas entregues para adoção por seus pais em situação de risco ou mesmo mortos, o que não faz a menor diferença para Deus. Estas crianças estão sozinhas e em busca de uma graça. Há poucas casas seguras entre os estados do sul da América e nossas portas. Esses pequenos chegam famintos, feridos, doentes e aterrorizados pela longa jornada. Fazemos o que podemos, tudo o que está a nosso alcance. Contudo, são poucos os santuários, sendo quase impossível que todos possam se refugiar. Nossos dormitórios estão superlotados. É cada vez mais difícil protegê-los dos caçadores de escravos, que desejam devolvê-los ao regime escravocrata. Apesar da lei canadense, há muitos no poder que simpatizam com os ricos proprietários de escravos. Para eles, estes órfãos são propriedade, e não pessoas. As cortes estão muito ocupadas com as rebeliões. Fecham os olhos aos escravos fugitivos e aos donos de escravos que os recolhem indecorosamente. É um sistema falido para o qual nem os conservadores, muito menos os reformistas têm uma solução. Nós vemos o mundo assim: você não está sob o regime das leis, mas, sim, sob a graça divina. Romanos 6. Obedecemos ao salmo e oramos por sua proteção. A graça é suficiente. – Fez o sinal da cruz. – Amém.

A lei de uma terra proibiu a escravidão. E outra é consagrada. Ambos, porém, são justos. Marilla viu a necessidade de uma ação e o grande perigo que os escravos enfrentariam caso fossem descobertos.

A Madre Superiora tomou nas mãos o cheque do banco.

– Tenho de ser obrigada a lhe contar a verdade porque devo ser franca sobre o destino deste dinheiro. O valor nos permite expeditamente transportar os órfãos, mesmo os que não estão à espera de uma família, para outras províncias. Agradeço, em nome de Deus, a sua graça. Nossa luta contra as injustiças do mundo assemelha-se às pombas de Deus enfrentando a astúcia das serpentes. A Sociedade Feminina Assistencial está provendo muito mais do que podemos esperar. Em função dessa generosidade, podemos ajudar os pobres, indefesos e oprimidos. "O estranho que mora ao seu lado é como um filho. Você deve amá-lo", são as palavras do Senhor, nosso Deus. O amor gerando a vida, gerando o amor.

– Mas não há mais nada a ser feito?

A senhora envolveu a mão de Marilla calorosamente.

– Seria providencial se pudéssemos multiplicar as casas de segurança. Contudo, nossas condições nos permitem apenas trabalhar dentro de nossos limites.

Marilla respeitava a cautela da Madre, uma vez que a jovem era vista como uma forasteira: uma garota vinda de uma pequena cidade, de uma pequena ilha, que ansiava por ser mais, ou fazer mais, dentro de seus parâmetros da vida. Inesperadamente, uma ideia lhe veio à cabeça; contudo, antes que pudesse discutir com a Madre, Irmã Catherine abriu a porta.

— As estradas já estão desobstruídas agora, e a senhorita White já se recuperou. Chamei uma carruagem.

— Bom. Vocês, meninas, devem partir antes que anoiteça. Nos meses de inverno, os dias são mais curtos e temos de aproveitar cada hora da luz do dia.

Marilla se levantou.

— Madre Superiora, gostaria que soubesse que suas palavras permanecerão em segurança comigo. Mesmo assim, peço-lhe permissão para que eu compartilhe desse problema com minha tia Elizabeth Johnson, de Saint Catharines. Confio na discrição dela, e certamente ela terá ideias de como poderemos melhorar as ações para... adicionar aos xales e bonés da senhora White.

A Madre Superiora se dirigiu à Irmã Catherine.

— Parece que nossas queridas senhoras de Avonlea estão fazendo bonés de tricô para cada um dos órfãos para o próximo inverno.

Irmã Catharine aplaudiu, esfuziante.

— As crianças ficarão tão felizes. Muitas das irmãs estão quase cegas de tanto cerzir. Seremos eternamente gratas.

— De fato, somos agradecidas a todos aqueles que amparam nossa causa — a Madre se curvou, em reverência.

Marilla considerou sua declaração um consentimento. As religiosas a conduziram pelo corredor do orfanato até onde estava Rachel, que tinha migalhas de biscoito em seu casaco, mas os olhos ainda estavam inchados de tanto chorar.

— Leve-as diretamente à casa da senhora Lydia Jane — a Madre instruiu o cocheiro, para beijar o rosto delas em seguida. — Vou rezar para que sua próxima visita seja em um clima mais pacífico.

– Vou lhe mandar uma carta – Marilla prometeu.

– Ficarei de olho em nosso pombo-correio – ela respondeu, com uma piscadela.

Dentro da cabine da carruagem, Rachel se aninhou próxima a Marilla.

– Graças a Deus que não precisamos voltar a pé. Não acredito que conseguiria me confrontar com algum cidadão de Hopetown de novo.

– Muito cuidado com o aquecedor sob o assento – advertiu o cocheiro. – Cuidado para não o chutar inadvertidamente e espalhar todo o carvão em brasas.

Rachel engoliu em seco, dramática.

– Céus, não compramos o aquecedor de cama para essa noite! Tudo isso em vão!

Marilla pegou o cobertor da carruagem e o esticou sobre suas pernas. Sua mente estava preocupada demais para pensar nos pés gelados da próxima noite.

– Desejaria estar na minha casa – lamentou Rachel.

– Amanhã. Faltam poucas horas.

De volta à casa de Lydia Jane, as jovens nada comentaram acerca do enforcamento de rebeldes, multidões na rua ou mesmo sobre as Irmãs de Caridade. Lydia Jane se apresentou como uma presbiteriana fervorosa e suspeitava de tudo relacionado à Igreja Católica. Argumentava que não poderia acreditar em uma religião escondida atrás de paredes enclausuradas, confessionários e hábitos de freiras... mesmo se a ocultação for por uma boa causa. Ela não admitia que se discutisse religião, política, dinheiro ou pobreza à mesa. Tais assuntos lhe causavam indigestão. Portanto, as jovens apenas elogiaram o caldo de carneiro e o bolo de creme de manteiga, além de ouvirem a senhora Lydia Jane falar sobre seu dia com os netos.

Pediram licença para dormir mais cedo, e Rachel não tirou sua saia antes de se colocar debaixo dos cobertores.

– Estarei pronta para partir o mais rápido possível pela manhã, e assim me manterei aquecida.

De anágua de flanela, Rachel deixou espaço insuficiente para Marilla se acomodar, mas a jovem não reclamou. Insone, pegou sua vela e foi até a escrivaninha, levando papel e caneta. "Querida tia Izzy", ela escreveu, tentando explicar com prudência a verdadeira vocação do orfanato. "A Madre Superiora diz precisar de mais casas de segurança nas cidades próximas às fronteiras. Entendo que compartilhar dessas informações seria o mesmo que pedir para assumir grandes responsabilidades e seus riscos, contudo faço isso porque sempre deixou claro que vivia além de suas limitações. Haveria algo que pudesse fazer em Saint Catharines?"

Antes da chegada da carruagem na manhã seguinte, entregou a carta para Cookie postá-la no correio. Não queria correr o risco de perdê-la em sua viagem para casa.

Uma semana depois, Izzy mandou sua resposta a Green Gables:

Minha querida Marilla,

Estou muito feliz por saber que sua visita a Hopetown foi bem-sucedida. Assumo que esteja em casa, ao lado de Matthew e de seu pai agora. Peço que mande meu carinho a eles e uma boa coçada na cabeça de Skunk também. Sinto muito a falta de vocês.

Em relação ao assunto de sua carta, tenho ouvido muito sobre escravos fugitivos. Os jornais em Saint Catharines relatam sobre africanos que chegam ao norte para escapar de seus algozes americanos. Acabei de ler um artigo do senhor Jermain Loguen, um abolicionista africano, que fez um sem-número de discursos encorajadores na capela Bethel. É um homem respeitado na comunidade. O senhor Loguen falou muito sobre homens e mulheres escravizados. Tenho vergonha de admitir que não parei de me importar com as muitas crianças!

Você está certa. Não podemos ficar indolentes em nossa zona de conforto enquanto muitos sofrem injustiças. Pensei nas coisas que poderia fazer depois de sua carta chegar.

É uma missão controversa para se abraçar, dadas as leis de nossa nação, mas, como você salientou, nunca posso ser alguém que se conforma com o medo do desconhecido. Se qualquer pessoa chegasse à frente da minha porta em busca de refúgio, eu não teria coragem de mandá-la embora. A mesma oferta que faço a você, faria a todos: boas-vindas e um abrigo. Tenho certeza de que posso providenciar um lugar seguro no sótão de minha loja de vestidos. Estou à disposição da Madre Superiora, e muito mais à sua disposição, minha querida jovem.

Com amor, tia Izzy

Marilla beijou a carta com carinho e imediatamente a encaminhou à Madre Superiora.

"Por favor, responda-me assim que receber esta carta. O milagre da multiplicação".

Imperdoável elogio

 Marilla sentiu-se aliviada ao enviar a carta para a Madre Superiora. No início de março, a declaração de Lorde Durham publicada no Relatório de Assuntos da América do Norte Britânica chegou ao Canadá e parecia um balde de água fria lançado sobre as engrenagens da nação. O correio fechou durante as três semanas seguintes. O senhor e a senhora Blair não abriram as portas de seu estabelecimento. A prefeitura ficou fechada. Havia rumores de que o Conselheiro Cromie trancara as portas de sua casa; a esposa e todos os empregados também ficaram presos dentro da residência. Mesmo o velho senhor Fletcher e sua grelha estavam ausentes do centro de Avonlea. Assemelhava-se a um apocalipse nacional.

 A única roda que permanecia funcionando mais rápido era a onipotente máquina de impressão. Jornais saltavam efervescentes do prelo como chaleiras em ebulição, muitos relatórios de Charlottetown, Hopetown, Montreal, Cidade de Quebec, e mesmo de Londres. Em vez de pães frescos para o café da manhã, homens e mulheres cruzavam a rua principal famintos por novas notícias.

 Lorde Durham coletara todos os decretos dos distritos de todas as províncias do Canadá e os compilou em seu relatório real, no qual declarou que, para reprimir futuras rebeliões, a unificação das colônias britânicas em Upper e Lower Canadá seria determinante. A Ilha do Príncipe Edward seria uma colônia britânica do Lower. Lorde Durham argumentava que tal integração produziria uma união mais harmoniosa.

– A paz seria imprescindível para exterminar a desunião das raças. O povo precisa sentir que são uma única unidade, não importa o idioma, religião, credo ou cor. Proclamar uma nação canadense, abençoada pela Coroa, permitirá uma representação igualitária no Parlamento, a consolidação da dívida e a aplicação análoga da lei por todo o território.

"A Província Unida do Canadá Sancionada pela Rainha", declaravam as manchetes. Avonlea demorou para digerir as notícias. O povo estava cansado de espiar pelas janelas, esperando a chegada da balbúrdia.

– O fim dos tempos está sobre nós! – era a pregação do reverendo Patterson havia anos. Assim, o correio reabriu, o conselheiro Cromie destrancou suas portas, e o senhor Fletcher voltou a tostar suas castanhas.

Para Marilla, a disputa acabou em empate. Os liberais pressionaram por reformas; foi o que houve, mas com um modelo conservador. No entanto, nem todos compartilharam de mesma perspectiva. Agora tornara-se cada vez mais popular entre os jovens. Matthew foi um dos únicos a não participar das reuniões, o que não impediu que John trouxesse diariamente as notícias de tudo o que estava sendo deliberado.

A única parte boa da chegada antecipada do inverno era a chegada também antecipada da primavera. Era o primeiro dia quente de março. Marilla percorreu a casa toda abrindo todas as janelas para permitir que a brisa adocicada entrasse. Os ramos das árvores de flores de seda estavam tingidos de pintas verdes, as extremidades já apresentavam leves tons de lilás. Um casal de pica-paus fez um ninho em uma das forquilhas. Marilla os observava em busca da vida gerando vida, como um grande círculo, de acordo com as palavras da Madre Superiora.

Como o correio abrira as portas, uma carta veio de Hopetown. A Madre entrara em contato com Izzy, que já acomodava "hóspedes" em casa. O coração da jovem bateu acelerado. Pela primeira vez, considerou o convite de tia Izzy para visitá-la. Poderia cuidar dos hóspedes e fazer parte de uma missão muito maior. Contudo, com apenas um quarto disponível no sótão, sua presença poderia impedir a chegada de mais um hóspede. Assim, Marilla guardou a carta na escrivaninha.

Hugh partiu para Carmody ao amanhecer. Após o longo apagão do comércio, gado e sementes voltaram a ser negociados, e a maioria dos fazendeiros partiu para encher seus depósitos vazios, para a próxima safra. Antes do jantar, Matthew foi ao pátio do celeiro, para uma séria conversa com John.

– Esse é o problema, Matthew – o amigo afirmou. – Muitos como você não se expressam por medo de tradições inquietantes. Mas é tão claro como o dia que os tempos atuais são mais modernos e os antigos meios são muito conservadores e não sobrevivem em uma nova nação.

Alcançaram a varanda dos fundos, e, pela janela aberta da cozinha, Marilla ouviu Matthew riscar os fósforos para acender o cachimbo. Um hábito com o qual não concordava e que ele fazia questão de manter, desde o leilão de jantares. Não tocaram mais no nome de Johanna Andrews, por meses, e Matthew fazia questão de partir logo após a comunhão, nas missas de domingo.

– Deus não precisa de mim para falar no culto para ser um cristão – ele sempre dizia. E Marilla sempre concordava.

Pensou em fechar a janela para nem sentir o cheiro da fumaça, contudo, saberiam que ela estava lá, mas não tinha tempo para receber visita naquele dia. Ainda deveria finalizar as velas de cera de abelha, encher a cisterna da cozinha com a água do poço e dar o leite para os porcos antes de colocar o jantar à mesa. Assim, foi silenciosamente realizar suas tarefas enquanto o diálogo e o tabaco flutuavam do outro lado da janela.

– Não discordo de você, John – seu irmão afirmou. – Sei que devemos fazer mudanças.

– Então você é um reformista!

– Não é branco no preto como você quer afirmar, muito menos simples. – Matthew tragou o ar do cachimbo. – Tenho vínculos, minhas origens na Escócia. Todos em minha família são presbiterianos. Não posso dar as costas para o lugar de onde eu vim. Dessa forma, enquanto concordo com alguns pontos das convicções reformistas, preciso estar ao lado dos conservadores nas questões religiosas. Somos tementes a Deus, e, como o reverendo Patterson sempre prega, devemos ser fiéis à Coroa.

– Acho que perdi essa parte do sermão. Onde está escrito nas Escrituras que a coroa britânica foi nomeada para ser a voz sagrada de Deus? Nossos vizinhos franceses poderiam dizer o mesmo em relação ao rei Louis Philippe, ou não? E os americanos, em relação ao presidente Van Buren? E os holandeses, belgas e... diga-me, quem possui a benevolência suprema de Deus? O mundo é grande e variado o suficiente para ficarmos presos a convenções sociais quando não mais fortalecem os laços com o Criador.

– De novo, não posso negar suas convicções.

– Então por que apoiar uma agenda política antiquada que considera os cidadãos cegos e idiotas, e não apoiar mudanças indispensáveis para um bem maior? A única solução é a democracia, mas para isso precisamos do voto de cada pessoa para fazer acontecer.

Matthew sorriu, o que incomodou Marilla, ao sentir a frustração dele.

– As mudanças estão acontecendo. Os conservadores lutam pela unificação, do mesmo modo que Lorde Durham apoia o governo responsável. E quase conseguimos atingi-lo nesse ponto. Esse é o ponto, Matthew. Se não tivéssemos nos unido, firmes e com inteligência, não teríamos nenhum apoio para exigir igualdade entre as classes sociais. São homens como você que nos detêm em conceitos antiquados. Homens como você que precisam definir de que lado estão.

Marilla ouvira o suficiente. Estava enfurecida como John encurralava seu irmão com palavras. Matthew era uma das pessoas mais dóceis e amigáveis que conhecia para ser assediado daquela forma. Não escutaria mais seu irmão ser acuado daquela forma, muito menos em Green Gables. Matthew já fora humilhado demais pela insensível Johanna Andrews. Antes, Marilla não pôde fazer nada para defendê-lo, mas, naquele momento, ela podia!

– Você é tão cheio de si, John Blythe! – ela protestou da janela, antes de sair até a varanda. – Por que não permite que tudo siga seu fluxo? Já sei exatamente para onde esse tipo de conversa leva, transforma homens em bárbaros, sedentos por sangue! Presenciei cenas horríveis em Hopetown! Pessoas inocentes, crianças são caçadas e escravizadas enquanto vocês estão ocupados fazendo o quê, conversando? Debatendo sobre a guerra como se fosse um esporte, em suas reuniões em Agora! Criando dificuldades para aqueles que podem estar agindo, mesmo que não sejam ações liberais que considerem adequadas. Quem é você para julgar? Anarquia nunca é a solução. Tudo o que presenciei em relação aos reformistas liberais foi rebelião e morte.

Os olhos de John estavam arregalados, de surpresa e preocupação.

– Marilla...

Ela ergueu o dedo indicador, pedindo silêncio.

– O que mais me perturba é não entender por que você se incomoda tanto por sermos conservadores. Não o forçamos a aceitar nossas crenças políticas, portanto por que você quer nos converter?

Transpirando e irritada, ouviu a panela com tomates cozidos borbulhar e transbordar.

– E agora está arruinando o meu jantar também! – Voltou para a cozinha, batendo a porta atrás de si.

John a seguiu, com Matthew em seu encalço.

– Marilla, por favor, acalme-se. Não há necessidade de se irritar – John falou.

Ela tirou a panela de cima do fogão e por pouco não jogou sobre ele. Que ousadia entrar em seu território e dizer como tinha de se comportar!

– Você pensa que pode entrar na casa de uma pessoa e mandar nela? Matthew é um conservador, como meu pai e minha mãe, e como eu também. Não queremos mudar. E, se não gostar disso, pode ir embora e nunca mais voltar.

– Marilla – agora era seu irmão parecia preocupado –, você não quis dizer isso.

Ela ergueu o queixo.

– Pela alma de nossa mãe, claro que sim!

Ela mal pôde acreditar no que dissera até que suas palavras atingissem o alvo.

O rosto de John ficou rubro. A cicatriz em sua têmpora parecia mais visível. Em silêncio, cumprimentou Matthew com um gesto de cabeça, virou-se e saiu.

A cabeça dela começou a latejar, a visão ficou turva.

Marilla passou o dia seguinte inteiro na cama, a dor de cabeça amplificando tudo: as cores eram muito brilhantes, todos os sons, muito estridentes, cada movimento, uma punhalada. Quando se sentiu melhor na manhã do outro dia, levantou-se e achou que Rachel viera trazendo o jornal da escola dominical. Desde a visita a Hopetown, dedicou sua vida para a causa justa da reforma liberal e de salvação. Afirmava que a igreja seria o primeiro passo para tal liberação. Enfrentou o apocalipse com seus próprios olhos e estava determinada a não ser conduzida à força no julgamento final. Jamais tocaram no assunto dos enforcamentos. Marilla nunca se esquecera; porém, quanto mais o tempo passava, as lembranças tornavam-se mais distantes, e a dor era menor. Às vezes, o esquecimento era o melhor caminho para se viver.

Matthew estava na cozinha, fazendo seu café da manhã, com presunto frio e queijo.

– Papai voltou de Carmody? – perguntou, vestindo seu avental.

– Já partiu para os campos com as novas sementes – Matthew concordou, com um gesto de cabeça.

– Vai para lá também?

– Antes, gostaria de conversar a sós com você. – Pôs o prato de lado e limpou os lábios, sob a barba que começou a deixar.

– Diga, sobre o quê? – A dor de cabeça agiu como uma esponja molhada limpando o quadro da escola, apagando qualquer lembrança do dia anterior.

– Sobre ontem, com John Blythe – ele tossiu para limpar a garganta.

– Não tenho nada a conversar sobre isso.

– Se você não tem, eu tenho muito a falar.

Matthew falar? Ficou tensa só de pensar naquilo, queria prestar muita atenção para ouvi-lo.

– Você amadureceu muito desde a morte de nossa mãe. Tem opiniões fortes e uma língua ferina para dar voz a elas. Tenho muito orgulho de você, Marilla. Contudo, não conseguirei manter minha cabeça ereta como um homem e seu irmão mais velho se não lhe disser como estou me sentindo agora. Agora é a minha vez de dizer o que eu penso. Você estava errada ao dirigir aquelas palavras a John Blythe. Fiquei muito envergonhado por você.

Sentiu as dores novamente, e as têmporas silenciosamente começaram a latejar. Fora obrigada a se apoiar na pia.

– Eu quis defender você e nossa família.

– Não preciso de ninguém para falar por mim. Tenho minha própria voz, tanto quanto você tem a sua. É uma escolha que fazemos a cada minuto. Temos verdades que precisam ser ditas em voz alta e outras que precisamos apenas saber que existem. Isso se chama força. Você deve ter discernimento. Pode mudar seu modo de pensar sempre que quiser, mas não pode voltar atrás. Nunca.

Marilla mordeu o lábio inferior e se virou para que ele não visse seus olhos marejados. Acreditara no que dissera a John, porém não ponderou se deveria dizê-lo, muito menos como. Seu orgulho era a única coisa a ser defendida e agora, sem saber por quê, estava ferida.

Matthew se levantou e colocou o chapéu.

– Deveria dizer a John Blythe que o ama. Isso é o que deveria ser dito.

A vontade de Matthew era dirigir-se à irmã para repudiar tais palavras, mas preferiu sair pela porta dos fundos sem dizer nada, deixando-a arrependida. Pretendia ter falado com ousadia, e não com crueldade. Até aquele momento, não havia percebido quão semelhantes eles poderiam ser.

Passou-se uma semana, depois duas, depois três. Os botões da cerejeira e dos narcisos explodiram em abundância colorida, cor-de-rosa, amarelo e branco, mas que Marilla mal percebeu. Nada ouviu sobre John ao longo das semanas, contudo ele consumia cada um de seus pensamentos. Discutiu com ele na frente do irmão. Fez juramento em nome da mãe. Pronunciou palavras eternas.

– A família Blythe acabou de chegar de uma viagem à casa dos primos, em Charlottetown – Matthew comentou, por trás da página do jornal, após o jantar.

– Fiquei pensando para onde haviam ido – Hugh comentou atrás do filho. – Tinha intenção de chamar John para ver Starling. Acho que ela poderia formar um belo casal com um de seus bezerros.

Marilla estava sentada entre ambos e enrubesceu de imediato; alfinetou os dedos enquanto costurava. Ficou aliviada em saber que a ausência de John tinha uma explicação e uma solução a caminho.

Um dia depois, quase tropeçou nos próprios pés quando o viu em seu cavalo, descendo a rua de Green Gables. Correu escada acima para prender os cabelos em um pente de chifre e esfregar pétalas de gerânios secos nos punhos.

Chegou à porta da frente, abrindo-a após as batidas.

– Olá, John, que bom vê-lo.

Tirou o chapéu com um gesto solene.

– Senhorita Cuthbert – o tom de voz era frio. Sombras escuras cobriam seu olhar.

A jovem franziu o cenho ao percebê-lo tão formal.

– Vim em nome de meu pai, a pedido de seu pai, para falar de negócios sobre a novilha Starling.

O calor subiu até o rosto, e sentiu-se tola ao imaginar que ele teria vindo por outros motivos.

– Creio que meu pai esteja no celeiro.

– Enquanto estou aqui, gostaria de trocar algumas palavras com você, se me for possível – ele tossiu, limpando a garganta.

Enfim, tinha razão: John iria se desculpar, assim como ela se retrataria, e ambos seguiriam sem ressentimentos. Quem sabe até poderiam sair para um passeio mais tarde. A fileira de bordos derramava pequenas flores vermelhas, e queria lhe contar sobre as novas ideias da Sociedade Feminina Assistencial para expor no estande do mercado.

– Peço desculpas se ofendi a sua família com minhas opiniões liberais, senhorita Cuthbert. Assumi, indevidamente, que poderíamos conversar com confiança e camaradagem. Contudo, posso lhe garantir que não cometerei novamente o mesmo erro.

Havia cinismo em seu tom de voz, e seu olhar era esquivo quando falou sobre a afinidade entre eles. Uma provocação travestida de um pedido de desculpas. Marilla endireitou os ombros com firmeza.

– Deve aprender que a imprudência tem suas consequências, senhor Blythe.

John emitiu um som de indignação.

– Tenha um bom dia, então.

Marilla inspirou profundamente, a ira em seus pulmões.

– Bom dia, senhor Blythe.

Fechou a porta e recostou-se nela por tanto tempo que John andou até o celeiro para falar com Hugh e voltou antes de ela se mover. Ao ouvi-lo se aproximar novamente, pegou na maçaneta. Se ela abrisse a porta, ele a veria e pararia. Careciam de uma conversa, urgente.

"Você deve ter discernimento", Matthew lhe falou. "A língua solta deveria ser presa novamente."

John montou em seu cavalo e moveu as rédeas para fazê-lo andar, e Marilla ouviu quando ele partiu, e sentiu cada batida do casco pisoteando seu coração. Triste. Arrependido. Seu irmão estava certo. Não se poderia voltar atrás, muito menos com as palavras, as ditas ou não ditas.

Pegou a vassoura e foi varrer o quintal, até que cada partícula de sujeira fosse recolhida. Faria aquilo no dia seguinte e no próximo, e no próximo. Pelo tempo que fosse necessário.

PARTE 3

A CASA DOS SONHOS DE MARILLA

Nasce uma criança

Novembro 1860

Um novembro gelado, porém sem neve, tomou conta da Ilha, ainda inundada pelas folhas escarlate e douradas do outono. As árvores pareciam agarrar-se às cores, a despeito das rajadas de vento gelado cortante que açoitavam seus galhos. Os raios de sol pareciam formar uma névoa suave que trespassava a cobertura quase invisível do gelo.

Marilla estava sozinha na cozinha, remendando um par de meias de lã do irmão, perto da chama do fogão, quando o filho mais velho de Rachel, Robert, veio correndo pela estrada que vinha de Lynde's Hollow. Seu corpo parecia o de um lobo, pequeno e ágil, e se movia a um ritmo forte, que fazia os joelhos de Marilla doer. Lembrava-se de Rachel, em sua juventude, se ela tivesse nascido homem, poderia correr tão livre como desejasse.

– Marilla – gritou, aproximando-se. – Senhorita Marilla, o bebê chegou.

Ela desamarrou o avental e o pendurou no gancho sobre a caixa de madeira de modo que o irmão, quando voltasse dos campos, saberia que havia saído. Marilla estivera em Lynde's Hollow no dia anterior para levar à família todas as maçãs que pudera salvar de seu pomar; e, mesmo assim, não seria suficiente para alimentar as barriguinhas dos nove pequenos Lynde.

Cumprindo suas palavras, Thomas Lynde trabalhou duro até Rachel completar dezoito anos e guardou dinheiro suficiente para comprar uma fazenda em Avonlea. Era uma linda propriedade à venda localizada no fim da avenida principal, onde muitos achavam que Hugh construiria sua casa, mas não. Era uma opção das mais simpáticas e próxima à comunidade. E assim, por uma sugestão de Rachel, Thomas adquiriu o terreno, ao norte de Green Gables, tornando vizinhas as famílias Cuthbert e Lynde. Enfim, a distância era curta até chegar à porta da casa da amiga.

Antes que o pequeno Robert chegasse à sua porta, Marilla vestiu seu casaco e as luvas. Já estava nos degraus da varanda quando, ao vê-la, Robert parou, o rosto corado e transpirando pelo esforço da corrida.

– Menino ou menina? – Marilla perguntou.

Robert respirou fundo para recuperar o fôlego.

– Um menino! Papai e a parteira estão cuidando dele. Mamãe me pediu para vir buscá-la.

– E onde estão seus irmãos?

– Os mais novos estão na casa de vovó White.

– Posso apostar que ela está de cabelo em pé com a situação. Ela nunca gostou de muita bagunça em casa.

– Sim, senhora – ele concordou com um meneio de cabeça –, mas todos foram rigorosamente advertidos para não a irritar, ou a senhora Winslow viria para repreendê-los e não teriam o chá antes de irem para a cama.

Marilla mordeu o lábio superior para evitar o riso.

– Bem, agora vocês são dez crianças. Vamos torcer para que o bebê tenha herdado a serenidade de seu pai, e não a atração que sua mãe nutre por opinar em tudo.

Robert atreveu-se a exibir um leve sorriso enquanto ambos se dirigiam pela estrada a passos adequados. Marilla nunca esteve presente quando

Rachel teve seus filhos. Entendia que nascimentos eram tão naturais e comuns como a chuva, porém um simples raio poderia mudar tudo para sempre. Sua mãe e a família foram atingidos. Por Deus ou pela sorte? Após todos aqueles anos, a resposta tornava-se cada vez mais ambígua. Rachel passou por aquilo por doze vezes, com nove crianças vivas como recompensa por seu sofrimento e dois bebês enterrados no cemitério de Avonlea, como lembrança de seus riscos.

Uma garotinha chamada Patsy morrera de gripe, aos dois anos. De cachos sedosos e covinha no queixo, Marilla ainda poderia ver o rosto do pequeno querubim nos braços de Rachel. Um anjo viera à Terra por pouco tempo. A perda destroçou o coração de sua amiga, porém ela tinha outros filhos para cuidar, para amar. Aos poucos, a ferida em seu coração foi cicatrizando. E, então, um menino natimorto estava no útero de Rachel. Marilla pensou que pudesse ser mais fácil perder um bebê assim, com menos tempo de tomar conhecimento da personalidade, sem tempo de presenciar os primeiros passos e menos amor derramado entre todos. Mas a realidade mostrou a Marilla que estava enganada. A perda foi tão sentida quanto a morte de Patsy. Rachel nem ao menos conseguiu dar um nome ao bebê, simplesmente se referia a ele como "meu doce menino" e o enterrou ao lado de sua irmã mais velha. Marilla a ajudou na cozinha e esteve presente ao lado da família durante o luto. O apetite voraz de Rachel simplesmente desapareceu. Comia apenas pequenas porções de mingau e ficou tão enfraquecida que Thomas temeu por sua saúde, afligiu-se a ponto de recear que não sobreviveria ao resfriado. Mas Marilla era determinada. Assou mais bolos de baunilha e fez pudins de ameixa do que nunca em toda a sua vida, e aos poucos a amiga foi se recuperando. Foi um dos momentos mais tristes que viu Rachel enfrentar.

A décima segunda criança surpreendeu a todos. Doutor Spencer recomendou que Rachel ficasse em repouso absoluto praticamente por toda a gestação. Seu corpo estava fadigado, o médico avisou, e, se pretendia viver a maternidade em sua plenitude, aquela deveria ser sua última gestação.

Marilla podia apenas imaginar como a gravidez e o parto exauriam um organismo. Ela não havia tido a experiência nem uma vez sequer e, mesmo assim, os anos haviam sido como uma bigorna atada à sua cintura, exigindo dela muito esforço ao longo de toda a sua vida.

Marilla amava crianças, contudo a maternidade não lhe era natural, completamente distante de sua realidade. Acreditava fervorosamente no princípio da vontade de Deus, e o bom Senhor já havia dado a ela Matthew, Green Gables, saúde e campos de colheita. Possuía muito mais do que muitas pessoas que conhecia. E assim, em vez de lamentar pelo que não tinha, era grata por não ter sofrido como Rachel ou pagar o pior preço da vida, como sua mãe. O custo pela maternidade era muito alto quando muitos já dependiam dela. Além disso, para se criar uma criança seria necessário antes ter um marido. E, por causa disso, Marilla não poderia negar o perpétuo fardo do arrependimento. Ansiava por Matthew encontrar uma esposa, mas nunca ousou tocar no assunto. Ambos carregavam desilusões silenciosas em seus corações.

Matthew tinha quarenta e quatro anos. Aos trinta, seu cabelo era uma mistura de fios castanhos e grisalhos, a barba mantinha os fios castanhos e espessos até aquele outono. De repente, todos os fios ficaram cinza, da noite para o dia. A idade também trouxe a ele problemas cardíacos, dores no peito que lhe tiravam o fôlego e fatigavam o corpo. O doutor Spencer recomendou-lhe para não carregar peso, largar o cachimbo e comer mais grãos. E nada daquilo fora feito por ele.

O médico tornara-se visita assídua a Green Gables nos últimos meses. Uma tosse no verão passado deixou o lenço de Hugh vermelho. Tuberculose. Contudo, mesmo quando estava tão magro a ponto de as luvas caírem a um movimento dos pulsos, ele partia para o celeiro ao nascer do sol para cuidar do gado com o filho. Marilla não conseguia detê-lo, apesar das diversas tentativas. Por fim, deveria dar conta de suas tarefas, mesmo sabendo que a saúde do pai estava por um fio: fritar ovos para o café da manhã, limpar o quintal, alimentar as galinhas, fazer a colheita no pomar, assar pães, colocar a mesa para os dois homens e servir guisados em abundância. A vida não tolerava perda de tempo, mesmo quando as engrenagens do moinho reduziam seu ritmo.

Na manhã da primeira geada de setembro, Marilla foi ao quarto do pai com um pano limpo e uma bacia de água morna. Ficou alarmada ao vê-lo ainda na cama, o sono profundo apesar dos raios de sol da manhã e o despertar do galo. De pronto, o médico foi chamado: os pulmões de Hugh haviam congelado durante a noite. Ele havia partido. Por dois longos dias, Marilla ficou de cama, o travesseiro molhado pelas lágrimas e o vazio corroendo seu estômago, até que Matthew se atreveu a entrar no quarto. Desde a morte da mãe, nunca mais fora ao segundo andar da casa. Portanto, viu-se surpresa com a presença dele, batendo de leve à porta. Entrou lentamente com uma tigela de sopa de batatas feita por ele.

– Você precisa comer – ele afirmou, os olhos tão inchados quanto os dela.

A sopa não estava boa: sem sal e batatas cozidas ao extremo, mas era muito bom tê-lo ao seu lado, sentia mais do que conforto.

– Todos partiram, menos nós – ele afirmou. – Agora, você é a única Cuthbert na Terra comigo.

Sim, aquela era uma verdade inconteste. Havia uma tia que morrera na juventude, mas nenhum tio para perpetuar o sobrenome. Havia a família Keiths, seus primos de East Grafton, e a família Johnsons, como sua tia Izzy, em Saint Catharines, e outros tantos na Escócia, mas não havia mais Cuthbert, até onde sabiam. Sim, havia a possibilidade de o irmão se casar com uma mulher bem mais nova para ter filhos. Contudo, não conhecia homens na idade dele que agiram assim, além de viúvos. Havia, ainda, seu temperamento acanhado e tímido. Desde a desventurada discussão com Johanna Andrews, quando fora amargamente humilhado, Matthew jamais olhara uma mulher mais do que duas vezes. Dizendo que mulheres o deixavam nervoso, mantinha-se distante delas o máximo que podia.

Marilla argumentava que era uma mulher e ele não parecia incomodado para conversar com ela.

– Eu não sei, é diferente. Você é minha irmã e, coincidentemente, uma mulher – ele tentou explicar, embora Marilla ainda não visse a lógica de seu pensamento.

Célere, os meses se transformavam em anos, os anos se juntavam em décadas. A ideia de alguém entrar em suas vidas para mudar a rotina era inconcebível. Formavam uma dupla que se completava. No entanto, com a morte de Hugh, era como se houvessem perdido seu leme. Matthew sempre fizera as tarefas da fazenda, e ela cumpria devidamente seu papel de administradora da casa, e Hugh era quem lidava com todas as transações comerciais. Matthew não tinha o dom de negociar e, embora Marilla tivesse facilidade com os números, mulheres não eram bem-vindas em encontros de fazendeiros, essencialmente frequentado por homens. Com o agravante de que não poderia se ausentar de Green Gables o mínimo de tempo que fosse, afinal quem haveria de cozinhar, limpar, lavar e costurar as roupas, cuidar do jardim, suprir a despensa e fazer todas as inumeráveis tarefas que deveriam ser feitas para a boa manutenção de Green Gables, se estivesse em Carmody? Matthew mal podia cuidar dos campos e do gado sem que o coração saísse pela boca. Ele precisava da irmã a seu lado. Marilla fez uma promessa à mãe e deveria cumpri-la.

Enquanto vivo, Hugh contratara mão de obra adicional, um homem e sua esposa, por pouco tempo, mas ambos partiram para Nova Scotia após o nascimento do filho. Ainda houve o período que John Blythe trabalhou para eles. Mas tudo aconteceu quando todos eram jovens ainda, praticamente crianças em idade escolar, e já haviam se passado anos, era até difícil de se lembrar de quando tudo aconteceu.

– Quantos anos tem agora, Robert? – perguntou quando caminhavam na estrada íngreme.

– Catorze.

Ela meneou a cabeça. Talvez Rachel permitisse que o menino trabalhasse para eles, enquanto a escola estava em recesso. Robert era um menino inteligente, esperto e de raciocínio muito rápido. No entanto, a família Lynde possuía a própria fazenda para cuidar, com dez crianças à mesa. Tratou de apagar a ideia da cabeça. Não seria justo, exatamente quando mais precisavam de seu filho mais velho. Além disso, Marilla e o irmão não tinham muito dinheiro para despender.

Na casa da família, Robert esperou no andar de baixo enquanto Marilla subia para o quarto. A parteira estava entregando o bebê para os braços da mãe.

— Marilla! Entre, veja, é um menino, um menino! — afirmou, eufórica.

A amiga foi para o lado dela e afastou um pouco o cobertor do rosto do bebê.

— Mais um lindo e perfeito Lynde veio ao mundo. Parabéns, Rachel, Thomas!

No canto do quarto, Thomas corou, envergonhado com o elogio.

— Bem, não fique parado aí, Thomas. Pegue uma cadeira para minha amiga.

Ele saiu ligeiro, em busca da cadeira, com um sorriso largo no rosto, mas atordoado.

Rachel meneou a cabeça.

— Doze vezes e o homem ainda desmaia ao ver uma gota de sangue. Ele deveria saber, pelo menos agora, que bebês não chegam em pacotes limpos e arrumados. Mas Thomas parece não querer se dobrar à realidade. Ele acabou de acordar quando você chegou.

O bebê suspirou de leve e chamou a atenção das duas moças. A pele alva e delicada parecia pedir para ser acariciada. Os lábios desenhavam um arco perfeito, e cada dedo parecia uma obra-prima em miniatura, contraindo e relaxando ao tentar segurar o seio da mãe. Marilla sentiu o coração palpitar. Sentiu o mesmo com os outros filhos de Rachel, mas o sentimento diminuía à medida que os recém-nascidos iam crescendo e se tornando em crianças independentes.

— Foi algo surreal, Marilla. Ele nasceu soluçando, nenhum choro. Que tipo de criança nasce sem gritar: "Ei, estou aqui"? Mas, então, ouvi o chilrear constante, e assim percebi que ele deveria estar bem.

— Um espírito sereno — Marilla observou. — Entendo isso.

— Sim, e por isso creio que você é a pessoa mais adequada para dar um nome a ele.

Marilla deu um passo para trás.

— Eu, dar um nome para seu bebê? Oh, não, eu não poderia. Ele é seu filho. Escolher um nome para uma criança é um ato muito significativo. E cabe à mãe e ao pai essa nobre atitude.

Rachel franziu a testa.

— Você é minha melhor e mais confiável amiga. Por favor, não discuta comigo. Passei meses entrevada nesta cama, com horas de sofrimento. — Abaixou o queixo dramaticamente. — Não vai me dar a honra de escolher um nome para meu último filho que acabei de dar à luz?

O que ela queria dizer com aquilo? Rachel jamais hesitou em ser sentimentalista para conseguir seus desejos. Marilla era o centro das atenções, com apenas um minuto para pensar.

— Bem, não tenho a menor ideia...

Rachel suspirou.

— Marilla, dei nome a dez filhos, e eu, simplesmente, não tenho mais repertório para dar nomes. Por favor, apenas pense em um nome, qual seja o que escolher, será um presente. Salve minha cabeça cansada de tanto pensar.

— Bem, eu... — Marilla tinha a mente agitada. Um lindo bebê, sereno e de olhos brilhantes. — O único nome que me vem à mente é o de meu pai. O que acha de Hughie?

— Hughie Lynde? — questionou a parteira.

Rachel acomodou o bebê, de modo que seu corpo se ajustou ao colo da mãe com delicadeza.

– Hughie Lynde. Um bom nome em homenagem a um bom homem.

A parteira escreveu o nome do bebê no livro de registros: Hughie Lynde, em bela letra cursiva. Thomas retornou com a cadeira.

– Você demorou muito. Marilla já escolheu o nome de nosso bebê.

– Como? – Thomas dispôs a cadeira ao lado da cama.

– Apresento-lhe nosso filho, Hughie.

Thomas sorriu e concordou com um gesto de cabeça.

– Muito obrigado, Marilla. Belo nome.

Marilla sentiu as lágrimas queimar sua face e se assustou, pensando que havia derramado suas últimas lágrimas anos atrás. Sentando-se ao lado da amiga, gentilmente desenhou as sobrancelhas do recém-nascido com os dedos.

– Olá, Hughie, como vai? Bem-vindo ao mundo!

Saudações, uma proposta e um desejo

No dia seguinte, Marilla se viu bordando as iniciais HL em uma blusa do bebê, quando ouviu um barulho forte de um cavalo e carruagem.

Pensou que fosse o doutor Spencer depois da visita à casa de Rachel para examiná-la. Rachel e o marido já haviam recebido muitas visitas, e ainda outras estavam por vir. Marilla considerou que as lentes de seus óculos estavam muito sujas ou seus olhos a estavam traindo ao ver o motorista descer pela rua de Green Gables, ninguém menos que John Blythe. Apesar de John e seu irmão continuarem sendo amigos, o rapaz raramente ia até sua casa, e, quando acontecia, Matthew sempre a avisava antecipadamente. Desde o fatídico dia de seu desentendimento, sempre que ia ao correio, escalava a escada para recolher as frutas do pomar ou pegar qualquer grão ou feijão remanescente de seu jardim, tomava suas precauções para evitar um encontro desagradável. Assim seria mais fácil do que tentar se esconder de quem quer que fosse em uma cidade tão pequena como Avonlea. A única coisa a fazer era manter o olhar fixo para a frente; raríssimas coisas mudam em Avonlea.

E, agora, John estava à sua porta, como se fosse uma sexta-feira como outra qualquer. Seria, se ele não tivesse ido. Continuou a fazer o bordado, focada para que os pontos ficassem perfeitos. Mesmo assim, contou os passos, um, dois, três, quatro, até o último degrau da varanda. E mais um, dois, três, quatro, até a porta. Uma batida. Ela inspirou, contou um, dois, três, quatro e expirou, contendo suas emoções.

A mão segurando a maçaneta, um momento de *déjà vu*: não estivera naquele mesmo lugar outrora? Apesar de os olhos já não serem mais brilhantes como alguns anos atrás, ainda podia confiar na agilidade de sua mente. Lembranças, porém, logo traíam suas palavras. Como a neblina ao amanhecer que desaparecia no meio do dia.

A maçaneta girou. A porta se abriu praticamente sozinha.

– Olá, John Blythe.

Ele tirou o chapéu, o cabelo ainda em cachos, porém mais claros. Ou seriam os olhos de Marilla embaçando o colorido?

– Olá – cumprimentou-a. – Não quis parecer um intruso.

– Não se preocupe com isso. – Fez um gesto para que ele entrasse. – Por favor.

O tempo a ensinou a conter as emoções: ser firme nas palavras, suave nos gestos. A curiosidade era o único sentimento que se dava o direito de ter. Mais do que aquilo a faria voltar no tempo e os sentimentos do passado voltar em um turbilhão.

– Posso oferecer-lhe algo para beber?

– Não, obrigado por sua gentileza. – Permaneceu na varanda.

A luz de novembro era filtrada pelas janelas como uma poça d'água depois de uma tempestade. O pó, que antes não percebera, girava no ar aleatoriamente.

– Vim para conhecer o recém-nascido da família Lynde.

– Um menino saudável.

– Sim, e Rachel também está sadia.

– Graças ao Senhor – Marilla concordou.

– Amém. – Desviou o olhar para o chapéu em suas mãos. A lembrança de Clara preenchia o espaço entre ambos.

Marilla alisou a saia, e uma pontada de repentina saudade pegou-a de surpresa. Não por sua mãe, óbvio, aprendera a muito custo reprimir tal sentimento, mas por seu velho e rabugento gato Skunk, que tinha o dom de se fazer presente quando uma conversa não estava agradável. Seu coração não lhe permitiu ter outro gato após a morte de Skunk. Mas deveria, pensou consigo mesma; infelizmente, nunca mais houvera gatos perdidos em Green Gables. Skunk partira havia cerca de nove anos. Morrera um ano depois da morte dos pais de John. Quando a senhora Blythe se foi, menos de um mês depois, o pai foi ao encontro dela. Todos diziam que era uma alma sendo chamada para se encontrar com sua outra metade. Pensava se aquilo poderia ser verdade. Mas e se a alma nunca tivesse tido a sua outra metade?

Fora a última vez que estivera próxima a John, no funeral do senhor Blythe. O jovem sequer levantou a cabeça quando ela manifestou seus sentimentos; destruído em suas perdas. Entendia muito mais daquele sentimento do que de amor. O relacionamento entre eles passou a ser mais distante, mas dissera a si mesma que, se algum dia o jovem voltasse a Green Gables, não se ateria ao passado contra ele. Pouco soubera a seu respeito nos últimos dez anos, até a chegada do décimo filho de Rachel e Thomas.

– Rachel e Thomas me disseram que você deu o nome ao pequeno bebê.

– O nome de meu pai – ela concordou, com um meneio de cabeça.

– Sim – ele franziu o cenho –, queria também lhe dar minhas condolências.

Hugh queria um enterro simples e apenas para os mais íntimos, como era de seu temperamento. Eram apenas ela, Matthew e o novo ministro da cidade, reverendo Bentley, ao redor da lápide gravada havia pouco tempo. O cheiro de queimado da pedra gravada ainda estava no ar: "Em Memória Afetuosa de Matthew Hugh Cuthbert, Marilla Cuthbert e Amada Esposa, Clara Johnson Cuthbert".

O caixão de Hugh repousou sobre o de Clara. Ao ver a madeira empenada ao lado da nova, a dor de cabeça amortecida pelo tempo retornou com um sentimento corrosivo de não poder tocar a mão da mãe. Marilla esfregou os pulsos contra a dor, sendo reconfortada com a ideia de que seus pais estavam descansando juntos, embalados pelo murmúrio do mar e reunidos aos filhos que perderam.

De volta a Gables, emergiu tão profundamente nas tarefas do dia a dia relacionadas ao luto que mal parou para pensar quem prestara ou não palavras de consolo. Avonlea sempre fora muito grata a Hugh, e a recíproca era totalmente verdadeira. O fato era o que lhe interessara.

– Muito simpático de sua parte – agradeceu ao rapaz.

– Se estivesse na cidade, viria imediatamente. – Ergueu o olhar para encontrar o dela. Enquanto o cabelo perdera um pouco do brilho sedoso ao longo dos anos, os olhos não perderam sequer uma faísca do brilho sedutor. – Estava em Rupert's Land.

– Sim?

Marilla relembrou os rumores que ouvira. Não tinha coragem de perguntar, nem mesmo para Matthew. Se John estivera fora a negócios em Charlottetown ou em campos canadenses, pouco importava. Ele estivera ausente, e ela, presente. E não era possível um encontro naquela equação.

– É claro, a família de sua mãe é de lá. Seu tio Nick e sobrinhos, certo? Você já me falou sobre isso. Foi visitá-los?

– Sim – ele sorriu, feliz pelos comentários sobre os velhos tempos. – E para tomar um ar fresco.

Imaginou-o entre a neblina dos picos da grande montanha e dos lagos glaciais e fora obrigada a desviar o olhar para o chão, tentando esconder sua própria melancolia. Em todos aqueles anos, não se aventurou a ir para a região oeste. Como poderia fazê-lo sem pensar nele?

– E você descansou o suficiente?

– Infelizmente, não.

Encarou-o, surpresa com a franqueza dele. Ele sorriu.

— Mas estou feliz por ter voltado. O senhor Bell tomou conta da fazenda no tempo em que estive ausente. Eu não tinha certeza de que voltaria. Meu tio Nick esperava que eu ficasse para participar dos negócios da família, conhecer alguém e fazer uma casa nas redondezas.

Aquilo era uma novidade para Marilla. Franziu a testa. Não conseguia imaginar uma pessoa abandonar suas terras e seu gado quando cresceu cuidando de tudo.

— Construir uma casa? Mas já tem uma aqui.

Matthew veio da cozinha para a sala de estar.

— Estou escutando meu velho amigo, John Blythe?

— Estou vendo meu velho amigo, Matthew Cuthbert?

Deram-se as mãos em um cumprimento efusivo.

— Seu cabelo está cinza como a neve de dezembro, apenas sem as bagas de azevinho!

Matthew soltou uma risada frouxa, como Marilla jamais havia ouvido, e acariciou a barba farta.

— E você desapareceu como um urso hibernando; portanto, acho que ambos estamos na estação do frio. Como vão as coisas?

John encolheu os ombros. O olhar se movendo de Marilla para Matthew.

— Melhor do que antes. Não tão bem quanto nos velhos tempos. Mas sem ressentimentos. Digamos que um terreno mais saudável para se desenvolver, não é?

— Não tenho como discordar. Quando voltou?

— Há três dias. Acabei de voltar da casa da família Lynde e conheci seu filho recém-nascido, Hughie – tossiu para limpar a garganta. – Mas Rachel estava decidida a me contar todas as novidades sobre Avonlea. Disse-me também que, após a morte do senhor Cuthbert, você procurou por mão de obra extra.

Matthew coçou o pescoço sob a barba.

— Sim. Os negócios de compra e venda eram todos efetuados por nosso pai. Ir às reuniões dos fazendeiros não seria um problema, mas quem ficaria aqui para cuidar das tarefas da fazenda? Marilla já tem muito o que fazer em casa. – Matthew olhou para a irmã.

– Pensamos em procurar um menino da região para trabalhar aqui em troca de casa e comida – ela respirou fundo, para manter o raciocínio das ideias –, mas ele precisaria de atenção e cuidados. Contratar uma pessoa em tempo integral nos custaria caro, certamente um *penny*, o que não temos disponível no momento.

Falar sobre dinheiro sempre fora um assunto espinhoso, não lhe era confortável.

– Foi exatamente o que Rachel me falou.

Marilla sentiu uma pontada entre os músculos das escápulas. Após todos aqueles anos, a capacidade de Rachel falar como se soubesse de tudo, até do que não sabia, apenas amadureceu de maus hábitos para um caráter teimoso.

– Agora que já sabe de todos os detalhes, tem alguma sugestão para nos dar?

– De fato, eu tenho – John afirmou –, eu me ofereço para trabalhar com vocês.

Matthew deu um sorriso tímido; coçou a barba para disfarçar. O coração de Marilla flutuou tanto que exigiu dela uma postura firme e respiração controlada.

– Você?

– Sim. Agora que voltei, pretendo reduzir todos os negócios de família. Nosso rebanho de vacas leiteiras continua a dar lucro. Consegui contratar dois empregados temporários do senhor Bell para trabalharem comigo, enquanto conduzo as transações financeiras. Ficaria feliz se pudesse lidar com os seus negócios em nome de vocês. Matthew pode ficar na fazenda, e você, em Gables.

– Bem, eu aceito – Matthew sorriu. – Muito generoso de sua parte, John. Muito generoso.

Marilla não foi tão rápida em aceitar a ajuda dele.

– Então, você vai comerciar em nosso nome, nas reuniões de fazendeiros em Carmody, e negociar nossas sementes e os preços de venda. Como saberemos que fará o melhor por nós? O destino de nosso sustento estaria em suas mãos.

John levantou-se de pronto, queixo elevado e os olhos fincados nela.

– Pode não ter gostado de palavras que lhe falei no passado, mas nunca agi de modo desonesto com você. Nenhum dia da minha vida.

Marilla sentiu a garganta se fechar de vergonha, engoliu em seco uma, duas vezes, mas, mesmo assim, não conseguia pronunciar uma palavra sequer. Por sorte, Matthew tomou as rédeas da situação.

– Certamente, confiamos em você, John. Você é o irmão que nunca tive.

Suas palavras pairaram no ar entre os três.

Matthew bateu levemente em suas costas.

– Vamos fumar lá fora?

E se dirigiram ao antigo refúgio, na varanda dos fundos.

– O doutor Spencer recomendou que você parasse de fumar – Marilla sussurrou, mas apenas seu reflexo na janela da varanda a ouviu.

Quando Marilla retornou da ordenha noturna, Matthew estava sentado sozinho na cozinha, passando óleo em seu arreio de couro.

Ela amarrou o avental e pegou um jarrete de presunto seco da despensa.

– John já foi embora? Ia oferecer-lhe uma sopa de ervilha com carne de porco, para amenizar os problemas dele.

Matthew deixou de lado o pano de limpeza.

– Digamos que você não tem um jeito muito hospitaleiro, você sabe.

– De fato, eu não sei. Eu realmente ia convidá-lo para jantar. Considero essa uma atitude muito gentil, se você quer saber.

Matthew suspirou.

– Ele e você deixaram passar muito tempo de suas vidas. Chegaram a um ponto no qual nem se lembram como é não se sentirem ofendidos.

Desviando o olhar, a jovem encheu a panela de água e jogou o presunto, com força, espirrando boa parte da água para fora.

– Sei exatamente por que ajo dessa forma em relação a John Blythe, e você também sabe.

– Não, não sei. Principalmente agora. Mamãe já se foi. Nosso pai, também. O passado está no passado. Não pode trazê-los de volta. Portanto, deixe para atrás o que passou e tenha um olhar mais acolhedor para tudo o que está à sua frente, Marilla.

Ela pegou uma colher de pau.

– Não sou louca por John Blythe. Simplesmente discordamos em diversos assuntos.

– Não se discute à toa, sem razão, com pessoas que amamos.

Marilla olhou por sobre o ombro com fúria, e ele ergueu as mãos para se defender.

– Estou apenas citando as Escrituras: amar seus inimigos, é isso o que elas dizem.

Nunca dissera que John era seu inimigo. Voltou-se para mexer na panela.

Matthew continuou.

– Não importa quais sejam suas diferenças de opinião, mas devemos concordar que somos testemunhas de seu carácter e que ele vai nos ajudar sem tirar qualquer vantagem para si.

– Ora, então não acredita que haverá vantagens?

Matthew jogou seu cinto sobre a mesa.

– Misericórdia, Marilla! Quando foi que se tornou tão cínica?

Largando a colher, virou-se para ele.

– Perfeito, sim. John Blythe é um bom amigo para nós. Estamos em dívida com ele! – Nunca houvera tanto cinismo nas palavras de Marilla. E dor.

Matthew balançou a cabeça.

– Nada tem a ver com dívida. Você está deturpando tudo.

– Pode me explicar, então, o que não estou entendendo?

Ele hesitou, avaliando a situação em que se encontravam. Ao concluir que o que tinha a dizer valeria a pena, concordou em explicar.

– Muito bem, há anos venho pensando que John não é mais tão jovem, deveria ter se casado há muito tempo. Mas ele não se casou, e eu sei que você conhece tudo sobre os sentimentos entre homens e mulheres. Está mentindo para si mesma ao não tomar conhecimento do que acontece entre você e John. Preferi não me intrometer. Deus sabe, não tenho experiência ou conhecimento para falar sobre esse assunto. Mas, Marilla, como seu irmão mais velho, devo lhe dizer que não pode continuar olhando para uma mesa achando que é um elefante.

– Está se referindo ao elefante da sala?

– Quero dizer que você dever reconhecer o que está diante de seus olhos.

Matthew detestava levantar a voz, muito menos para ela. Em vez de inflar a raiva da irmã, a verdade a fez calar. Limpou as mãos no avental. Seus dedos estavam roxos de frio.

– Matthew, rezo todas as noites para que John encontre uma bela e jovem mulher para se casar e ter lindos filhos e filhas para ajudá-lo na fazenda. Pensa que não sei quão bom ele é? Acha que não sei o que é o amor? – Esfregou os pulsos, nervosa. – Eu sei.

Ele ficou calado, deixando a irmã sozinha com suas próprias palavras ecoando no silêncio. Jantaram separadamente; Matthew deixara o prato vazio sobre a mesa após a refeição. Uma fraca luz saía por baixo da porta de seu quarto. Não se importava com a lareira da sala de estar. Preferiu levar para o quarto um aquecedor de cama cheio de água quente. Mas de nada adiantou para acabar com o frio que sentia.

No dia seguinte, Matthew carregou o cabriolé para deixar Marilla em frente à casa da senhora Irving, no encontro da Sociedade Feminina Assistencial. Depois de Marilla assumir a presidência da entidade por quase dez anos, o bastão fora passado à senhora Irving. Rachel foi vice--presidente por quase por um ano, mas fora obrigada a renunciar para assumir o lugar da mãe na escola dominical e na entidade Auxiliar das Missões Estrangeiras. Além do Círculo de Costura, do comitê da Escola de Avonlea e de sua casa na fazenda com seus nove, agora dez filhos. Marilla sempre pensou que era melhor fazer uma coisa bem-feita do que várias coisas medianamente, e assim permaneceu apenas como membro do Conselho da Sociedade Assistencial.

Mulheres passavam pelo portão cheio de estacas enquanto Matthew parava a carruagem. Marilla alinhou seu chapéu e a gola de pele de seu casaco.

– Não ficarei mais do que duas horas na reunião. – Era a primeira vez que lhe dirigiu a palavra desde a noite anterior.

– Virei aqui para buscá-la.

Lançou-lhe um sorriso conciliador. O irmão era a última pessoa com quem gostaria de brigar.

– Obrigada, Matthew.

Ofereceu sua mão em ajuda. Quando a bota tocou o chão, sentiu a mão dele enrijecer. Virando-se, ficou face a face com Johanna Knox e suas irmãs, atravessando a calçada.

– Bem, como vai, senhorita Cuthbert? – Johanna puxou para trás as penas de seu chapéu e cumprimentou Matthew no cabriolé.

– Senhora Knox, que surpresa – Marilla saudou. – Vejo-o mais tarde, Matthew.

Ele agradeceu por ter a barba a esconder quase todo o rosto da ex-senhorita Andrews. Somente Marilla percebeu a ponta vermelha do nariz dele. Matthew sacudiu as rédeas, e os cavalos partiram em disparada.

Marilla se virou para as senhoras.

– O que a trouxe de volta, senhora Knox?

Johanna partiu para White Sands e casou-se com o filho do presidente da empresa *First Savings & Loan*, senhor Joseph Knox. Era comentário geral entre os círculos sociais de Avonlea que a jovem sempre sonhara fazer um casamento próspero.

Marilla de fato considerava a moça muito pretenciosa. "Um homem deve ser julgado pela riqueza de seu coração, e não de seu bolso." Apesar da rejeição de Johanna e de seu posterior casamento com Joseph Knox, Matthew recusava-se a dizer uma palavra contra ela. Mas ficava abalado sempre que as antigas feridas eram expostas. Vê-la, cara a cara, era como se estivesse esfregando sal na chaga. Marilla não tinha certeza com quem estaria mais frustrada: Johanna, ao surgir inesperadamente, ou Matthew, ainda sofrendo por ela.

Conhecia o irmão suficientemente bem para saber que ele não era cobiçoso. Não tinha saudades da mulher casada na qual Johanna se tornara, mas, sim, da jovem que ela um dia fora. Aquela pessoa estava calcada no espelho quebrado de sua memória, e Marilla tinha muitas dificuldades em fazê-lo enxergar o atual reflexo.

– Meu marido possui negócios em Avonlea. Acompanhei-o para visitar minhas irmãs. – O discurso de Johanna assumiu um indigesto sotaque britânico. Marilla simplesmente reconheceu que aquela era a voz da atual senhora Knox, de White Sands. – Franny mencionou o encontro da Sociedade Assistencial, e pensei em me juntar a você. Veja de que forma posso ajudar. – Pegou na alça da bolsa pendurada em seu ombro. – Em um lugar pequeno e provinciano como este, deve ser difícil arrecadar fundos. Gostaria de fazer a minha parte, devolver um pouco do que tenho à comunidade que me fez crescer.

Poucas coisas na vida irritavam Marilla mais do que a benevolência indireta.

– O retorno do filho pródigo – ela disse. – Nós a recebemos de braços abertos.

Não esperava uma resposta dela. Em vez daquilo, saiu do frio para dentro da agradável sala de chá da casa da senhora Irving, que tinha o aroma de pãezinhos de açúcar assados e creme de bordo pairando no ar.

Uma noite de Natal

O assunto corrente entre os moradores de Avonlea, desde o início de dezembro, eram os últimos acontecimentos que acometeram a família Blair. Desde que Marilla pudesse se recordar, o casal tinha a loja de variedades sempre. No entanto, decidiram fechar o armazém de um cômodo e concordaram que o filho, William, expandisse os negócios e abrisse outra loja bem maior em Carmody. As estradas foram ampliadas, e as condições de uso tornaram-se mais seguras e rápidas. Em sua carruagem atrelada, a distância poderia ser coberta por menos de uma hora, tempo impensável alguns anos antes. Além disso, o senhor Blair e a esposa já eram muito idosos e incapazes de seguir adiante com a loja, carregar pacotes e subir em cadeiras para pegar produtos. William ingressara no comércio de mercadorias com a família: a esposa, duas filhas já adultas, um filho e três netos.

"Encerramento da Loja de Produtos em Geral Blair, de Avonlea", dizia o anúncio, afixado no quadro de notícias do correio. O fato causou grande comoção entre os moradores da província; muitos quase chegaram aos prantos quando se questionavam onde comprariam sabonetes, parafina e aveia em pó. Na semana seguinte, a notícia foi complementada:

"Inauguração de nova e maior loja em Carmody, sob gestão de William J. Blair". Assim, embora reclamassem da impossibilidade de caminharem até a loja, como antes, as pessoas da comunidade ficaram aliviadas porque a família Blair continuaria no comércio.

Para celebrar a reforma da casa da família Blair, o casal estava convidando os amigos para uma festa, no primeiro sábado de dezembro. Seria como a troca de bastão: William e sua família estariam lá para brindar o legado de seus pais e jurar fidelidade aos patronos reais da família Blair na nova loja em Carmody.

A notícia fez Marilla pensar em Izzy. A tia se tornara uma próspera costureira e administrava uma das casas de segurança para amparar pessoas em risco, da empresa *Underground Railroad*, em Saint Catharines. Em seus sessenta anos de vida, fazia muito mais que a maioria das mulheres de sua idade, o que não seria possível caso tivesse se casado com William J. Blair. Izzy estava feliz, tanto quanto sua sobrinha, Matthew, as Irmãs de Caridade e a rainha Elizabeth, da Inglaterra. A história era testemunha de muito mais exemplos de pessoas solteiras e felizes. Quem disse que um homem ou uma mulher precisam ser marido e mulher? Poderiam ser apenas pessoas, felizes em sua plenitude. Além disso, havia questões no mundo muito maiores do que pombinhos apaixonados e sinos de casamento.

Durante a reunião semanal da Sociedade Feminina Assistencial, seria votado o que leiloar no mercado de Natal de Avonlea, talvez compotas de verdura ou lenços bordados, quando a senhora Sloane trouxe à baila a alta dos preços de fios.

– Exorbitante! – lamentou. – O mais alto que já vi. Provavelmente foram fiados em seda, e não em algodão – completou, em um tom sarcástico.

– Esse é o problema na América – explicou a senhora Barry –, o preço do algodão foi às alturas, desde a linha até o tecido.

– Espero que o presidente Lincoln faça algo em relação a isso.

– Receio de que ele seja a causa do problema. Os estados estão à beira de um motim.

– Talvez isso seja bom para eles, como nossas rebeliões. Vejam como está o Canadá agora: unido!

As mulheres começaram a tagarelar, ignorando todas as solicitações da senhora Irving para que se mantivesse a ordem. Ela finalmente desistiu, tentando redirecionar a discussão para as compotas e lenços, e se juntou ao debate.

– Tenho uma prima de terceiro grau em Wilmington – falou Marilla –, e ela confirma que a situação é pior do que a relatada em jornais. Os escravos estão se rebelando, matando, roubando e fugindo para o norte. Uma loucura. Ela colocou seu filho de treze anos, Heywars, em um barco, para se encontrar com seus parentes. Todos querem ver sangue nos estados do sul. Rezo muito para que isso não aconteça.

A senhora Irving voltou a falar de seu primo, morador da Carolina do Norte, contudo a mente de Marilla estava à deriva. Temia por Izzy e por quem ela protegia.

Ao chegar em casa, escreveu uma carta para a tia. Mantiveram contato ao longo de todos os anos. As cartas eram abundantes, principalmente nos meses de frio, quando ambas ficavam trancadas dentro de casa. Desenvolveram uma linguagem de códigos para falar sobre os fugitivos. Escravos chamavam-se de "convidados ilustres", que visitavam a loja de vestidos, em busca de "roupas modificadas" para o "trabalho diferenciado" ou para uma "ocasião especial". Com palavras dissimuladas, Izzy contou sobre as jovens que ganharam autoconfiança sob um vestido bem-cortado, a cozinheira dizendo sentir-se uma rainha sob um chapéu de peônias. Mães sorrindo de orgulho quando as filhas vestiam novas anáguas e calças. Fazia bem ao seu coração, dizia Izzy, por ajudar clientes tão especiais.

– Não posso deixá-la sozinha – Matthew argumentou –, quero ter certeza de que a ferida não infeccione.

Apesar da pretensa desculpa do irmão, Marilla percebeu seu alívio. Sua preferência por evitar reuniões em grupo ficou mais evidente à medida que os anos se passaram. Ela nem piscou quando Matthew disse que não iria à festa e percebeu que a irmã já sabia que ele evitaria de qualquer jeito participar do evento. O caminho de Matthew já havia sido escolhido, e ela aceitou. Assim como o irmão aceitara o dela.

A temperatura estava acima de zero. Enquanto as estradas estavam secas, a umidade da neve permanecia na brisa, cheirando a pinho e maresia.

– Acho que vou andando até a festa – comentou com o irmão. – Haverá poucos dias como este daqui para a frente. Deixei rosbife e nabos cozidos no fogão. Justificarei sua ausência, fique tranquilo.

E, então, ela saiu com um pote de geleia e uma garrafa de vinho de groselhas vermelhas, embalados em um guardanapo de papel e amarrados com barbante. Chegou à casa da família Blair ao cair da tarde, quando os últimos fragmentos da luz do dia atravessavam os troncos da floresta. O que antes era uma janela usada como vitrine de diversas mercadorias passou a ser um mostruário de lindas velas de Natal. Um enorme pinheiro lanoso estava no meio da sala, os ramos espinhosos pendiam delicados com o peso de ornamentos cintilantes de vidros, doces em formato de bengalas e pequenas peras balançando entre os galhos. Uma infinidade de presentes dados pelos convidados foi empilhada sob a árvore, embalados em papéis multicoloridos e fitas mais coloridas ainda. Um dos filhos Pye surrupiou uma bala de menta pendurada no pinheiro e correu para o canto para devorá-la. De um violino e um pífano, sons melodiosos de canções de Natal tomavam conta do ambiente. E, pela movimentação, Marilla soube que a dança já havia começado.

Sentiu-se acolhida naquela noite: uma casa aconchegante, amigos de infância, valores que sempre prezara. Desejara permanecer exatamente onde estava, confortável, observando as festividades desenrolando-se à sua frente, como um livro de contos. Contudo, sabia que, ao entrar na casa, a página do livro seria virada.

– Marilla! – exclamou o senhor Blair, diante da porta. – Entre, minha querida. Minha esposa já estava perguntando por você; por acaso, o que tem aí é uma garrafa do famoso vinho Cuthbert?

A jovem sacou os presentes de sua cesta.

– Vinho e fruta. Bebida e doces para celebrar o novo negócio de William, em Carmody, e sua casa lindamente restaurada.

O senhor acariciou o batente da porta como se fosse algo com vida.

– O que estava velho agora rejuvenesceu. As estações da vida nunca param de evoluir. Faz uma pessoa desejar ter duas vidas para desfrutar, não é?

Ela sorriu. Quem dera pudesse ser assim, pensou.

Entrou na sala, pediu desculpas pela ausência do irmão e se serviu de uma taça de ponche de rum. Por insistência da senhora Blair, ela cantou meia dúzia de músicas, participou de uma partida de *lookabout*[24]. Antes de degustar um pedaço de bolo de frutas, dançou uma música com o reverendo Bentley, que pisou em seu dedo três vezes. Então avistou John, elegante como sempre: trajava um terno escuro, o cabelo penteado para trás, os fios prateados caindo sobre as têmporas cintilavam sob a luz das arandelas. O tempo fez muito bem a ele, o refinamento aperfeiçoado. Ele a surpreendeu captando seu olhar fixo nele e sorriu no mesmo instante em que as senhoras Blair e Sloane murmuravam palavras perto dele. Talvez por causa da bebida ou, quem sabe, pelo calor da lareira ou pelo arco do violino, ela não sabia, mas deixou-se envolver e permitiu-se sentir amor por ele.

Contudo, tão célere quanto o sentimento veio, ele se foi.

– Devo voltar para casa agora – avisou à dona da casa.

– Tem certeza?

– Sim, Matthew está à minha espera.

– Agradeço de novo pelos presentes – O velho senhor Blair tornou-se menos severo ao longo dos anos. Abraçou Marilla. – Você e seu irmão não devem se afastar de nós. A loja estará fechada, mas nossas portas estarão sempre abertas para vocês.

---

[24] Jogo de salão, comum nos anos de 1800, adequado para todas as idades e para entreter convidados em festas, assim como distrair pequenos grupos de, no mínimo, duas pessoas. (N.T.)

Marilla se comprometeu a visitá-los sempre que fosse possível. Então, percebendo o olhar ardente de John atravessando a sala, Marilla desapareceu no meio da multidão. A noite fria a fez recuperar a sobriedade, e ela ficou feliz. Em uma curta caminhada, a rua principal deu lugar às pastagens. As luzes da cidade diminuíram, e a noite sem estrelas lançou uma sombra violeta sobre seu caminho. A distância, as gaivotas batiam contra as ondas. O vento soprou em uma única rajada para depois permitir que um ponto branco flutuasse. Marilla tirou a luva para pegá-lo, mas ele desapareceu antes de alcançar o chão. Contudo, outro ponto branco surgiu. E mais um. E muitos outros flocos de neve caíram ao mesmo tempo. Pendendo a cabeça para trás, permitiu que os flocos fizessem uma linda malha branca cobrindo seus cílios, nariz e lábios. Parada, deleitou-se naquele momento de paz; no entanto, percebeu que os flocos caíam cada vez mais rápido e logo muitos centímetros de neve poderiam ser um grave obstáculo para chegar em casa. Apressou o passo antes que a estrada ficasse intransitável.

Ouviu-se a vibração dos cascos de cavalos antes que visse uma carruagem atrás de si.

– Parem agora! – gritou a pessoa de dentro da carruagem.

Marilla pôde ver apenas uma silhueta na noite. A neve se acumulou em volta do teto da carruagem, como se fosse a aba de um chapéu.

A jovem protegeu os olhos da neve assim como faria contra o sol.

– Quem está aí?

John se afastou das sombras, estendendo a mão na direção dela.

– Proteja seus pés desse frio intenso. Isto é, se não se incomodar de partilhar a carruagem com um velho caipira como eu.

Ela não teve tempo de ter qualquer reação diante do gracejo; seu coração estava muito ocupado saindo pela boca ao mesmo tempo que dava risada. Ficou surpresa com sua reação, e aquele sempre fora o cerne de seu problema: a capacidade que ele tinha de sempre irritá-la.

A neve ficava cada vez mais intensa. Ela mal conseguia enxergar um palmo à frente de seus olhos, pouco importando os quase quatrocentos metros que ainda deveria percorrer até chegar a Green Gables. Seria irresponsabilidade continuar o percurso a pé, logo pegou na mão dele e subiu para o assento aquecido ao lado dele. Gentil, repousou a manta sobre as pernas e puxou as rédeas. O cavalou saiu trotando, obrigando-a a segurar o braço do jovem, para manter-se a salvo da chuva de neve.

– Foi uma festa agradável – ele comentou.

– Sim.

– Devo admitir que nunca estive em um lugar com luzes a gás. Senti-me como um caipira admirando as chamas bruxuleantes. Claro como o dia em plena noite.

Marilla pensou exatamente o mesmo quando o senhor Blair instalou aquela iluminação, mas aquilo fora há seis meses, quando a loja ainda estava aberta.

– Sim, você ficou ausente por muito tempo.

– Foi a primeira vez que a fazenda Blythe não comprou sementes para a colheita. – Ele franziu o cenho. – Não achei correto.

Marilla entendeu. Sem sementes, sem colheita, campos vazios, adega vazia. Ela estremeceu só de pensar.

– Deve ter sido muito duro para partir.

– Muito mais duro foi voltar.

– Rupert's Land deve ser um lugar dos sonhos, para convencer um homem a deixar sua fazenda, sua cidade e tudo o mais.

Ele tossiu para limpar a garganta.

– Lembra-se de quando lhe disse que a levaria até lá?

Como ela poderia ter se esquecido? Olhou para as rédeas nas mãos dele. Seu perfume amadeirado era uma de suas características mais marcantes. Permitiu-se recostar-se no ombro dele. Não o suficiente para ele perceber, mas o suficiente.

– Claro.

John repousou sua mão sobre as pernas dela, sob a manta.

– Pensei muito em diversas coisas enquanto estava ausente, Marilla. Eu, eu pensei se não poderíamos fazer as pazes.

Finalmente. Marilla amava John, mesmo que não conseguisse falar, mesmo que estivessem separados pela discórdia.

– Também pensei muito.

Ele pegou as rédeas com a mão esquerda, enquanto envolveu o pulso dela com a direita. O cavalo reduziu o trote para simples passadas.

Ela manteve sua promessa de cuidar de seu pai, de seu irmão, de Green Gables. Talvez já fosse o momento de alguém cuidar dela. Poderiam dar certo: a fazenda Blythe de um lado da cidade, Green Gables do outro lado. Nada seria impossível se tivessem um mesmo objetivo. Lembrou-se dos pedaços de giz jogados contra a lousa e do abraço carinhoso de John, muitos anos atrás. Era primavera quando se conheceram e a mesma estação quando trocaram o primeiro beijo. Como o reverendo Bentley pregava: enquanto a terra existisse, haveria dia e noite, frio e calor, inverno e primavera. Por vezes, um inverno poderia durar mais do que outro.

Marilla já vivera vinte invernos sozinha. A volta de John poderia ser a sua troca de estação. A sua primavera.

A ternura floresceu dentro do peito, mesmo com a neve caindo entre eles. Um arrepio de felicidade percorreu o corpo dela.

– Acho que podemos – ela afirmou.

John concordou com um gesto de cabeça.

– As discórdias entre nós já nos roubaram muito tempo.

– Sim. – Era desgastante sempre ter uma atitude defensiva. Como um barco ancorado contra a forte maré.

– Fico feliz por sermos amigos novamente – ele disse com uma piscadela.

Oh, aquela maldita piscadela, como sentira saudade daquele simples gesto! Desejava beijá-lo naquele instante, mas não sabia como fazê-lo. Os lábios queimavam, ansiando pelos dele, mesmo quando percebeu que ele soltou sua mão para pegar as rédeas. As margens da estrada já acumulavam bancos de neve. Com as rédeas em mãos, John deu um estalo duplo para que os cavalos começassem a trotar.

Permaneceram em silêncio por um breve período, e, pela primeira vez em toda a sua vida, ela desejou desesperadamente uma conversa: para contar-lhe o que ele perdeu ao longo de todos aqueles anos, para escutar o que ela desperdiçara em suas viagens, e ter a chance de conhecê-lo, e para que John soubesse verdadeiramente quem ela era, e assim nenhuma cicatriz permaneceria oculta. Seriam francos.

– Marilla?

A jovem se voltou para ele, ansiosa ao seu chamado.

– Sim, John? – Como era bom falar o nome dele mais uma vez, sem amargura, culpa ou remorso.

– Quero lhe falar sobre outro assunto.

Parecia sério, mas sempre com aquele olhar carinhoso e a voz suave, dos quais sentiu muita falta, devia admitir.

– Há uma garota, bem, uma mulher, a filha de um veterinário que conheci.

Um sentimento que não sabia explicar de onde veio abalou-a com tal força a ponto de quase cair da carruagem em movimento. Rezou por aquele momento de cumplicidade, ansiara por tê-lo a seu lado novamente, mas naquele momento sentiu seu mundo ruir. Aos poucos. Mais uma vez. No caminho remanescente até Green Gables tentou manter a respiração controlada: um, dois, três, quatro inspirou, um, dois, três, quatro, expirou. De novo.

Green Gables parecia um farol no oceano branco quando alcançaram o jardim.

– Fiquei feliz por termos conversado – ele afirmou. – Precisava retomar nossa amizade.

Marilla sorriu entre os flocos de neve salgados em seus olhos. Era tudo o que podia fazer. Escondeu o rosto corroído pela dor sob o chapéu e partiu correndo para seu quarto antes que Matthew perguntasse qualquer coisa sobre a festa. Em silêncio forçado, soltou as lágrimas que queimavam suas pálpebras. E se repreendeu por ser uma pessoa ridiculamente emocional. John mal mencionou a existência de uma mulher, e ela logo pensou em Rupert's Land. Ele não poderia manter um relacionamento a distância, ou poderia? Marilla nunca vivenciara um namoro tradicional, portanto não tinha certeza de nada. Tudo o que sabia sobre o amor era por ele.

Um telegrama

Seria uma segunda-feira como outra qualquer, não fosse um telegrama que Marilla recebeu em sua visita semanal ao correio:

COMPANHIA TELEGRÁFICA DE MONTREAL

Ao senhor e senhorita Cuthbert

Recebido em Avonlea, P.E.I.
De senhorita Elizabeth Johnson, Saint Catharines, Canadá Oeste
Meus queridos, já faz muito tempo desde a última vez que os visitei. Natal parece momento perfeito para estar na proteção da família. Chego 24 de dezembro com senhor Meachum, meu mordomo, e dois criados. Sei que Green Gables vai acolher bem hóspedes tão honoráveis.

Meu amor, tia Izzy

– Um mordomo e dois hóspedes? – inquiriu Matthew, enquanto levava camas para o quarto de hóspedes.

Marilla tinha em mãos fitas xadrez; faria os laços das guirlandas que enfeitariam os balaústres da escada.

– Uma pessoa precisa reduzir suas atividades diárias quando sente que o corpo não tem o mesmo vigor ou energia. Se não tem família por perto que possa apoiá-lo, deve procurar ajuda de outras pessoas, não acha? – Endireitou os arcos das guirlandas.

– Creio que sim – Matthew respondeu, do degrau superior da escada. – Idade e saúde realmente mudam a vida de uma pessoa. Izzy tornou-se uma pessoa renomada em Saint Catharines. Talvez este seja o modo como pessoas prósperas solucionam as questões de idade.

Marilla espetou um alfinete na guirlanda para mantê-la presa ao balaústre, esperando manter a calma antes de jogar tudo para os ares. O código entre elas era claro: "honoráveis hóspedes" significava que Izzy seria acompanhada por fugitivos. O que a jovem não sabia era quem exatamente seriam os fugitivos, o mordomo, os criados ou outros não mencionados. Leu o telegrama várias vezes, de frente para trás, de trás para a frente, para tentar decifrar qualquer outro enigma, se houvesse. Portanto, canalizou todas as suas energias em decorar Gables.

Normalmente, a decoração era mais simples. Marilla depositou uma coroa de bálsamo sobre a mesa para que a fragrância se espalhasse pelo ambiente, além de uma bela vela central para iluminar a sala. Faria, também, uma fornada de biscoitos de gengibre. E, para beber, ofereceria vinho quente de groselha. Na véspera de Natal, a missa na igreja era seguida por uma reflexão silenciosa na manhã de Natal. Sempre fora esse o ritual da família Cuthbert havia anos. Contudo, na presença de convidados, o hábito não poderia ser o mesmo, principalmente quando dois deles eram crianças. Família, criados ou escravos fugitivos, crianças eram crianças. E, se não fosse em nenhum dia do ano, pelo menos no Natal a imparcialidade seria respeitada e celebrada.

Marilla foi até a nova loja de William Blair, em Carmody, para buscar fita xadrez, gengibre, canela, café, um cartão de Natal para Izzy, a edição mais recente da *Harper's Weekly* para Matthew e balas de hortelã para as crianças. Havia muito tempo não compravam árvores de verdade. Considerava uma tarefa incômoda tê-las em casa, odiava ter de limpar seus galhos secos. Mas agora, com as visitas chegando, uma árvore era essencial. Seria anticristão passar as festas sem uma.

– Na minha volta para casa, dirigi o trenó por outro caminho. – Marilla chamou o irmão. – Encontrei uma linda árvore, de cerca de um metro e meio de altura, perto das árvores alinhadas na estrada. Não quero nada mais alto, daria muito trabalho para decorar.

– Entendo – ele disse. – Pegarei meu machado assim que terminar com estas camas dobráveis. Onde quer que as deixe?

– Por enquanto, sob a cama principal. O senhor Meachum pode montá-las à noite para os rapazes.

Marilla o escutou empurrar os colchões de algodão pelo chão de tábuas de madeira. Odiava manter um segredo tão importante de Matthew, mas já perdurara por tanto tempo que ela não saberia nem por onde começar.

– Acha que devo comprar presentes de Natal para os criados e o mordomo? – perguntou, ansiosa. – Sei que estão sendo pagos pelo serviço, mas eu me sinto tão mal por não oferecer nada a eles. – Estava no último degrau superior da escada, observando a cascata de fitas pendendo sobre o corrimão. – Nunca tivemos criados. Como seria o protocolo em relação a um mordomo e criados em outra casa, de qualquer maneira? – Puxou a fita de uma das guirlandas para que ficasse mais bem ajustada.

Matthew pousou a mão em seu ombro.

– Você está oferecendo para eles nossa hospitalidade; de fato, está oferecendo a todos nós, Marilla, não há melhor presente. – O irmão olhou para a escada com um sorriso. – Gables nunca esteve tão bonita desde que mamãe partiu.

– Eu deveria ter me esforçado um pouco mais para que as ocasiões fossem realmente especiais – ela se aproximou do irmão. – Faz muito bem deixar uma casa mais agradável.

– Você sempre faz isso, pelo simples fato de estar aqui. – Beijou o rosto dela e se dirigiu até a cozinha, onde estava o machado, dentro da caixa de madeira.

– Teremos batatas assadas e coalhada para jantar.

Matthew vestiu o casaco e o chapéu, pendurou o machado sobre o ombro e inalou o vento frio que entrou como uma rajada ao abrir a porta. Marilla colocou as batatas no forno; em seguida, percorreu a sala decorando as janelas com velas, para que Gables brilhasse cintilante na noite escura. Em pouco tempo, Matthew voltou com um pinheiro verde e pontas azuis amarrado no trenó.

– É perfeito!

Enquanto Matthew jantava, Marilla espalhou galhos pela sala e decorou a árvore com nozes, frutas cristalizadas, pequenos enfeites de vidro e de conchas, fitas xadrez e fios de uvas do monte que ela mesma havia trançado. No topo da árvore, ela posicionou a estrela de Bethlehem, feita de cobre, que brilhava muito à luz das velas. Não se lembrava de outra árvore tão bonita.

Matthew não era músico, mas William Blair vendeu-lhe uma gaita, chamando-a de "o mais novo frenesi instrumental do século". Matthew aprendeu a tocar alguns acordes, para alegria da irmã, que daria qualquer coisa para manter as mãos dele longe do cachimbo. Seu coração já era um dilema, e os pulmões não ficavam muito atrás. O doutor Spencer afirmou que Matthew precisava exercitá-los com regularidade; assim, a jovem considerou a gaita uma terapia medicinal.

Admirando a árvore de Natal no centro da sala, Matthew se acomodou na poltrona de espaldar alto e levou aos lábios o pequeno instrumento. Lentamente, ele tocou *Silent Night*, uma das favoritas da irmã. Ela se sentou no divã e inclinou a cabeça para trás, para descansar por um momento.

Silent night, holy night,
All is calm, all is bright.
Round yon virgin, mother and child,
Holy infant so tender and mild.
Sleep in heavenly peace,
Sleep in heavenly peace...[25]

A música fez brotar uma lágrima, e Marilla não tentou escondê-la. Lágrimas eram sempre incompreendidas, pensou, e com frequência usadas indevidamente. Foram concebidas como reações particulares do ser. Porque, às vezes, a vida traz angústias até o limite da essência, e a alma transborda toda a sua tristeza. Lágrimas eram a água do corpo para lavar a tormenta de emoções, do arrependimento à alegria e de outros sentimentos que não podiam ser descritos. Marilla sentiu um alívio imensurável, e uma noite de silêncio era uma bênção, a calma podia ser resplandecente, e a virgem poderia ser mãe, e a morte e o sono eram apenas dois nomes para a mesma paz celestial.

– Durma na paz celestial, mamãe – sussurrou à melodia da música.
– Durma na paz celestial, papai.

No dia seguinte, Matthew voltou da cidade em ansiosa agitação. Marilla estava na cozinha misturando os ingredientes para fazer mais uma porção de fermento natural para os pães de mais tarde, as mãos cobertas de farinha. Ele segurou o jornal diante dos olhos da irmã, porém ela estava sem os óculos; pôde apenas ler a data: 20 de dezembro de 1860.

– O que é isso, Matthew? Não consigo imaginar qualquer coisa que lhe cause tal angústia. – Acenou-lhe para tirar as botas, junto à caixa de madeira; estava deixando pegadas de lama por toda a cozinha limpa.

---

[25] Noite silenciosa, noite sagrada, / Tudo está calmo, tudo está brilhante. / Ao redor da virgem, mãe e filho, / Infante sagrado, tão jovem e gracioso. / Durma na paz celeste, / Durma na paz celeste. (N.T.)

— O estado da Carolina do Sul se separou dos Estados Unidos. Os outros estados do sul se juntarão a ele. A América está prestes a se dividir em dois territórios. Isto significa que em breve teremos uma guerra batendo à nossa porta.

O pensamento de Marilla imediatamente se voltou para Izzy e seus "ilustres hóspedes". Graças ao bom Deus ela estava chegando a Green Gables, longe da fronteira.

— Toda essa balbúrdia para manter seus escravos cativos? – a irmã questionou.

Matthew tirou as botas.

— Esta não é a única razão, pelo menos assim afirmam.

Marilla franziu o cenho e limpou as mãos.

— Não vamos trazer assuntos políticos à baila enquanto Izzy estiver conosco. Isso me embrulha o estômago. Há tanto tempo nossa tia não vem para Avonlea... Gostaria que tivéssemos um Natal feliz, sem macular nossa noite com conversas sobre guerra. Deixemos os americanos encarar suas próprias dificuldades, e nós enfrentaremos os nossos dilemas.

— A discórdia não se encerrará apenas diante de uma linha traçada no chão.

Sim, ela tinha essa consciência, era verdade, mas, mesmo assim, esperava que a tal linha no chão pudesse proteger os inocentes também.

— Se este limite for o Estreito de Northumberland, temos uma esperança – disse, colocando a vasilha com o fermento natural sobre o fogão, para crescer.

Enquanto o irmão foi até a sala para alimentar o fogo da lareira com gravetos, Marilla colocou os óculos para ler o artigo do jornal.

Especial do London Times: *Este é o resultado da escravidão. Tudo começou como sendo um movimento tolerado. No entanto, agora é uma instituição agressiva que ameaça dissolver a União Americana e se pulverizar como um vírus por todo o mundo. Deve ser inoculada para que a igualdade seja enraizada na era moderna. Negro ou branco, a cor da pele de uma pessoa não deve ser um predicado da liberdade...*

Matthew retornou à cozinha, de modo que ela rapidamente largou o periódico para limpar a mesa de assar, salpicada de manchas marrom e brancas. A ideia de intolerância baseada na cor da pele era insensata, risível até, se não fosse tão cruel. Contudo, pessoas estavam morrendo e matando por causa da irracionalidade. O manto de sangue vermelho cobrindo todos.

Tia Izzy e os três reis magos

Quando o manto do crepúsculo violeta cobriu a noite da véspera de Natal, as rodas de um trenó coberto revolviam a terra da estrada que levava a Green Gables. Os sinos pendurados nos arreios do cavalo silenciaram, e o veículo parou diante dos degraus da varanda. Os irmãos se apressaram para dar as boas-vindas aos convidados.

– Vocês devem ser a família Cuthbert – afirmou o cocheiro, certo do que estava falando e fazendo um gesto de reverência com o chapéu em mãos. – Eu sou Martin Meachum.

O gentil septuagenário era tão moreno e alto como um dos franceses oriundos das Índias Ocidentais. Os olhos cintilavam cor de avelã contra a terras áridas. Contudo, não havia dúvidas diante dos cabelos cacheados e da cor rosa na palma de suas mãos.

Apesar de seus conhecimentos e amparo à causa, nunca houve um negro hospedado sob o mesmo teto de Marilla, mas, sem nenhum motivo aparente, apenas ausência de ocasião, conjecturou. Havia descendentes de africanos em Avonlea, em Nova Scotia e nas províncias canadenses. Contudo, aquelas pessoas se mantinham afastadas da maioria branca da comunidade, cujas razões Marilla supunha serem relacionadas à inquietação latente da situação americana.

Um sorriso cativante surgiu nos lábios do mordomo ao anunciar: "*mademoiselle Izzy*"!

O tom da voz dele era tão caloroso que Marilla se inclinou como um gerânio pendente no parapeito da janela.

O rosto de Izzy surgiu por detrás da cortina da janela da carruagem. Seu cabelo estava grisalho como o peito de um pombo, mas estava igualmente linda como sempre. O coração da sobrinha palpitou ao imaginar como seria sua mãe se estivesse ao seu lado. Quase mergulhou nas profundezas da tristeza, mas esforçou-se para manter os olhos atentos no frio e nas pessoas que estavam à sua frente.

– Essa é minha pequena flor e seu irmão, Matthew? – Izzy balançou de leve a portinhola aberta. – Você envelheceu alguns anos tal como eu, que eu considero como nada, porque está tão encantadora como sempre; os anos não passam para você, minha querida!

O senhor Meachum ajudou-a a descer da cabine. Marilla percebeu um leve desequilíbrio do corpo da tia. Cerca de dez centímetros de altura de neve era o quanto havia no chão, que caiu durante da noite, formando um bloco de gelo sob os flocos da neve, então o mordomo manteve-se ao seu lado para ampará-la caso necessário.

– Venham, meninos – Izzy chamou. – Venham conhecer meus sobrinhos. Não precisam ficar envergonhados.

Os irmãos se entreolharam, estranhando que criados devessem ser persuadidos a sair da carruagem. Dois rostos de cor castanha surgiram, o mais novo na frente do mais velho.

Izzy os apresentou.

– Este é Abraham, e ele, Albert.

Matthew sorriu.

– Sejam bem-vindos. Será muito bom termos mais homens em Green Gables. Entre Marilla, as vacas leiteiras e as galinhas, um homem pode se sentir solitário e abandonado por outros de sua espécie!

O mais jovem, Albert, não hesitou em descer da carruagem. A neve cobria seus joelhos. Afundou a mão naquela brancura toda, estava maravilhado.

– Veja que delícia – sussurrou para o irmão. – Parece areia do mar, porém mais fofa e gelada.

O senhor Meachum limpou a garganta.

– Albert nunca viu tanta neve. Eu já passei por sete invernos, porém lembro-me apenas dos últimos três. A neve é como semente de dente-de--leão em tempos de colheita, pairando no ar, ao sabor do vento. Mas não me lembro de ver esse tanto de gelo, que não sai do lugar e forma pilhas e pilhas de gelo.

Virou-se para Abraham, que franziu a testa e o fez se calar.

Pela aparência e o modo como conversaram, os meninos só poderiam ser do sul americano. Marilla pousou a mão no ombro de Matthew, não por causa dele, mas por ela mesma.

– Aguardem, porque a previsão é de mais nevascas. É melhor vocês se acomodarem – aconselhou Matthew. – Ajudarei o senhor Meachum com as bagagens.

– Temos chá quente e biscoitos de gengibre na sala – Marilla comentou.

Abraham usava um velho chapéu militar com pendões que ele afastou da testa. À menção dos biscoitos, ele ergueu a aba do chapéu e ameaçou um sorriso tímido, mas reprimiu entre os dentes.

– Bem, vamos entrar. Não olhem para trás ou vamos nos transformar em pilares de gelo – Izzy brincou.

Matthew ajudou o mordomo a descarregar a carruagem, enquanto Izzy levou os meninos da varanda para o vestíbulo.

– Minha Marilla – ela falou, enquanto finalmente abraçava a sobrinha depois de tanto tempo.

Marilla cerrou os olhos e se deixou embalar por aquele momento de carinho e ternura. Lilases. Voltaram no tempo, penetrando em suas almas como se as fizessem viver cinco, dez anos atrás. Sentiu o coração de sua mãe pulsar novamente, a presença tranquila do pai, Gables calorosa como a primavera, vida e amor mesclados sob uma marquise de infinitas possibilidades. Ela estava tão envolvida nas lembranças que quase perdeu o olhar de perplexidade dos meninos, apreciando cada canto da propriedade.

O pinheiro tornou-se gigante em relação ao tamanho das crianças, e cada galho enfeitado com guloseimas brilhava sob a luz cintilante da lareira.

– Esqueci-me de que era Natal.

Era a primeira vez que Marilla ouvia a voz de Abraham. Ao perceber que chamara a atenção de todos, ele pôs a mão à frente da boca, tímido.

Albert se enrolou na bainha do casaco azul de Izzy, para depois puxá-la e chamar a atenção dela.

– Senhorita Izzy – ele mais se parecia com um filhote de papagaio no ninho –, parece que estamos na casa que sempre sonhei.

Izzy envolveu o pequeno queixo com a mão.

–Esta é a casa de Marilla. Muito mais segura que sonhos.

Marilla se atreveu a olhar para a tia, mas então o senhor Meachum e Matthew entraram pela porta da frente com os baús. E todos subiram as escadas para se acomodarem.

Marilla organizou o quarto no East Gable, antigo cômodo onde sua tia se instalara anos atrás, tudo ordenado com esmero, as paredes caiadas de branco e o tapete artesanalmente trançado. Anos antes, havia encontrado uma almofada costurada por sua tia, veludo vermelho como maçãs maduras. Ajeitou-as na mesa de canto onde havia um espelho pendurado, de modo que a cor vibrante refletiu pela sala. Trouxe a poltrona amarela para dentro, a mesma que Izzy usou amparando sua mãe ao lado da cama dela. Adornou a janela com os babados de musselina que fizeram juntas.

Izzy foi até lá, dedilhando na renda da borda. Depois, segurou de lado para ver a cerejeira lá fora, alta e tronco grosso, os galhos que batiam levemente contra a parede da casa. A cada primavera, as flores desabrochavam em uma profusão de cores e volume. Marilla temia, inclusive que, se deixasse a janela aberta, os galhos poderiam servir de ponte para todos os esquilos de Avonlea. Na jardineira que contornava os alicerces de Gables, ela plantou árvores japonesas ao lado das mudas de rosas escocesas brancas, de sua mãe. Especialmente para sua tia. Marilla sabia que um dia Izzy voltaria a Green Gables.

– Transformamos North Gable, o quarto de nossos pais, em um quarto de hóspedes. É bem maior, mas pensei que talvez fosse preferir ficar neste aposento, mais aconchegante.

– Ficaria bem em ambos, minha querida; uma pena seus pais não estarem mais aqui. Com certeza, tudo seria diferente – Izzy se voltou para a sobrinha, a fim de beijá-la. – A vida continua, meu amor. Obrigada por sua atenção.

No vestíbulo, Matthew mostrou ao senhor Meachum e aos garotos o aposento onde ficariam alojados.

– Espero que fiquem confortáveis.

– Este quarto é uma bênção. Somos agradecidos por ter um lugar para descansar.

– É muito difícil dormir durante o dia – bocejou Albert.

– Vocês viajaram a noite inteira? – Matthew perguntou.

– A senhorita Izzy gostaria de estar aqui em tempo para o Natal – explicou o senhor Meachum. – Tive de manter o ritmo.

Marilla lançou um olhar para a tia, que parecia ler seus pensamentos. Pegou nas mãos da sobrinha e as afagou.

– É a véspera do nascimento de nosso Salvador. Vamos deixar tudo como está. Meu coração não consegue se conter de alegria, repleto de paz e felicidade por me encontrar aqui, com a minha família.

– Marilla? – Matthew a chamou do vestíbulo. – Acho que nossos jovens convidados devem estar ansiosos para experimentar alguns de seus petiscos.

– Sua barriga está roncando – disse Albert para o irmão.

– Não, não está! – defendeu-se Abraham. – É o meu sapato que faz esse barulho – o menino disfarçou.

– Talvez seja a minha barriga, então. Sempre que estou com frio, sinto algo vazio dentro do meu corpo.

Izzy se moveu em direção a eles; porém, seus joelhos deram uma leve estalada, que apenas a sobrinha percebeu.

– Permita-me, tia – Marilla pediu –, troque suas roupas da viagem. Eu levo as crianças para lanchar enquanto o senhor Meachum desfaz as malas.

Izzy sorriu em agradecimento. A covinha em seu queixo se aprofundou sob uma porção de rugas.

– Há chá quente esperando por você quando estiver pronta – fechou a porta de East Gable e saiu ao encontro de Matthew e dos meninos. – Nossa vaca Bonny-D acabou de nos agraciar com sua ordenha noturna. Acho que seria um ótimo acompanhamento para os biscoitos de gengibre, concorda, Matthew?

O irmão mordeu seus lábios, simulando dúvida.

– Bem, tendo a concordar com você; porém, leite morno e doce tirado na hora de uma das melhores vacas da Ilha pode não agradar a todos. – Ele se virou para Abraham: – Quantos anos você tem?

– Dez anos, senhor.

Matthew meneou a cabeça, lentamente.

– Idade suficiente para decidir sobre questões como esta. Qual sua opinião?

Abraham engoliu em seco e naquele momento seu estômago emitiu um leve ronco. Como se fosse ele o irmão mais velho, Albert não hesitou em repetir: "Eu não lhe disse?", no que Abraham revidou com uma cotovelada.

– Eu, eu gosto de leite puro, senhor.

– Eu também – Albert gritou animado.

Matthew coçou a barba.

– Então, estamos combinados. Três porções de leite de Natal!

Marilla conduziu os pequenos até a sala, onde eles mergulharam seus biscoitos no leite morno diante da lareira. A combinação rendeu um efeito soporífico. Já estavam praticamente dormindo quando Marilla os levou ao quarto. O senhor Meachum já havia arrumado as camas adicionais.

– Sonhem com os anjos, garotos – disse Izzy. – Também já vou dormir, queridos. – Vestia seu robe noturno, rosto refrescantemente limpo e cabelos cuidadosamente trançados. O único adorno era seu pendente de quartzo, a pedra dos desejos, brilhando como os flocos de neve que escorriam pelos vidros da janela. – Hoje fizemos uma viagem e tanto. Tenho muita admiração pelos magos que seguiram a estrela cadente. – Sorriu. – Como eles, o que encontrei em meu destino realizou todos os meus desejos de esperança e sonhos. Você fez um belo trabalho em Green Gables. Clara certamente está muito orgulhosa. – Beijou a testa da sobrinha.

– Boa noite – desejou o senhor Meachum –, e muito obrigado de novo, senhorita Marilla.

Os passos no quarto de hóspedes imediatamente silenciaram. A luz foi apagada.

Apenas Matthew estava acordado na sala, lendo.

Só, no corredor do andar superior, Marilla colocou uma mão em cada uma das paredes, norte e sul. A casa estava repleta de pessoas. Fechou os olhos para sentir o calor da respiração e dos corpos, através das amuradas. Como aquela sensação era boa! Green Gables fora construída para uma família, e ela estava deliciada com os quartos ocupados. Seu pai os construiu com o propósito de vê-la sempre com o movimento de mais filhos.

Foi uma noite em que acreditaram em milagres. Uma mãe virgem. O filho de Deus. Uma estrela para guiar os pastores. Então, naquele momento, com cada uma das mãos apoiada nas paredes, ela orou por todos: "Deixe a vida e o amor preencher nossa casa".

Em vez de organizar a cozinha para a manhã seguinte, a jovem foi ao sótão. Um curto pavio da vela iluminou delicadamente o ambiente; ela abriu o baú de cedro, no qual havia guardado lenços e luvas excedentes, que tricotou na companhia de sua mãe, mas crescera antes de ter a chance de usá-los. Censurou-se muitas vezes por tê-los guardado na esperança de "quem sabe, um dia". Nunca conseguiu decidir o que fazer com aquelas peças. Desse modo, ano após ano, fazia mais xales e luvas para os órfãos de Hopetown, como penitência por sempre desejar e ao mesmo tempo desistir de doar os acessórios. Um sentimento dúbio. Mas, naquele momento, ficou surpresa com sua ansiedade por querer ver Albert e Abraham trajando as peças.

Marilla pegou as pequenas luvas e percorreu com os dedos o trabalho refinado que fizeram. A pouca habilidade que a mãe apresentava para a costura era compensada ao tricotar. Marilla segurou as luvas perto dos lábios, relembrando o movimento gracioso das mãos de Clara ao laçar os fios de lã; o som do encontro das agulhas era como música para seus ouvidos. Já era o momento de dispor os acessórios em uso.

Embalou dois conjuntos de luvas e xales em papel pardo, enfeitados por grandes laços feitos com os últimos metros de fita xadrez, e os posicionou delicadamente sob a árvore de Natal, com balas de menta.

– Feliz Natal para todos – sussurrou, apagando a vela.

Um Natal em Green Gables

Na manhã seguinte, o céu se abriu como se uma enorme fenda se rompesse e dela caíssem flocos e flocos de neve, pulverizando a terra, tornando-a branca como nuvens. Brasas na lareira ainda cintilavam e aqueciam a sala. Os garotos ainda estavam cansados por causa da viagem e assonados àquela hora da manhã. Pela primeira vez após anos, Marilla pôde relaxar porque não havia tarefas a serem cumpridas. Estava feliz apenas por existir.

– Isso tudo é para nós?

Marilla concordou com um menear de cabeça.

– Papai Noel sabe onde cada criança mora.

De canto de olho, ela observou Abraham hesitar, e depois voltar seu olhar para bem longe, além do vidro da janela.

– Venha. – Puxou-o para perto de si.

Juntos na varanda, Matthew leu uma passagem da Bíblia que pertencia a seu pai: Lucas 2. Izzy e o senhor Meachum inclinaram a cabeça em oração, enquanto rajadas alvas de neve batiam contra o vidro das janelas como asas de anjos. Os garotos desembrulharam os presentes, em seguida comeram biscoitos folheados amanteigados recheados de doces groselhas, polvilhados de canela e encharcados de xarope de bordo. Logo depois, Matthew abriu o tabuleiro de damas sobre a mesa de três pernas, e os irmãos se prepararam para uma competição.

Enquanto moviam as peças e faziam piadas bem-humoradas, os adultos se reuniram na cozinha. Marilla fez um café, e Izzy comeu seu biscoito amanteigado puro. Em nada a tia mudou suas preferências. Acomodou-se confortavelmente em seu lugar à mesa de madeira, tendo o senhor Meachum ao seu lado e Matthew à sua frente.

– Minha sobrinha é uma famosa *chef* de cozinha.

– Posso entender por quê – afirmou o senhor Meachum ao pegar mais um biscoito do prato. – Muito agradecido pelo amparo, senhorita Marilla. Meus meninos, especialmente, são também muito gratos.

Marilla prestou atenção à palavra "meus". Por quê? O senhor Meachum parecia muito velho para ser o pai deles, porém ela não conhecia os costumes daquelas pessoas. Obviamente, havia alguma relação entre eles. Ela serviu café quente para todos.

– Abraham e Albert são meninos fortes e resistentes – Izzy comentou. – Precisam apenas de um pouco mais de carne em seus ossos para enfrentarem o frio rigoroso do Canadá.

– Eles ficarão com você em Saint Catharines por enquanto? – Matthew quis saber.

O senhor Meachum limpou a garganta para responder a Matthew, porém Izzy tocou sua mão de leve antes que ele pudesse falar. O gesto um tanto íntimo surpreendeu até o sobrinho, que mostrou o espanto em sua face.

– Marilla, Matthew – começou a tia. – Vocês são a minha família, e eu nunca trairia a confiança entre nós. Compartilhamos muitas coisas nesta vida.

A sobrinha sentou-se à mesa.

Izzy lançou um olhar em direção ao senhor Meachum com intimidade, e ele virou a mão para cima, de modo que seus dedos se entrelaçaram.

— Martin não é meu mordomo — confidenciou a tia. — Ele é meu mais verdadeiro companheiro. Nós nos conhecemos há dez anos, por intermédio da Madre Superiora, em Hopetown. Martin era o contato do orfanato, ajudando a trazer as crianças da América para a *Underground Railroad*. Começamos uma amizade baseada na admiração e na missão comum aos dois. Em pouco tempo, no entanto, tornou-se muito mais que uma amizade.

Ela apertou a mão dele, e algo naquele gesto fez o estômago de Marilla apertar: a lembrança da própria mão na mão de John.

— Ofereci a Martin um emprego de assistente em minha loja de vestidos e de mordomo, de modo que pudemos continuar nosso projeto com os fugitivos. Era um disfarce convincente. Ninguém suspeitaria de uma velha costureira solteirona e o mordomo de sua loja, e muito menos alguém se interessaria pelo que ambos faziam juntos. Isso permitiu que compartilhássemos de nosso tempo, por menos convencional que pudesse ser.

Em algum momento do relato, Marilla prendeu a respiração. Mas já havia recuperado o fôlego, inspirando fundo. Não sabia o que pensar. Sua tia estava em um relacionamento com um homem, um homem negro, e quem sabe até um ex-escravo. Olhou para Matthew, que largou o cachimbo de lado. Pelo menos uma vez, ela não iria aborrecê-lo por fumar o tal cachimbo.

— Então... — ela esfregou as rugas de sua testa. Por onde começar? Pela questão mais urgente, decidiu. — O senhor Meachum e as crianças são escravos fugitivos?

— Eu sou um homem livre — ele respondeu. — Os meninos são meus netos. Quando minha esposa faleceu de uma enfermidade, nossas cinco crianças foram vendidas a vários fazendeiros do sul da América. Meu mestre me prometeu que eu poderia comprar minha liberdade, o que fiz conforme as leis, e então mudei-me para Saint Catharines. Lá, fui apresentado ao senhor Jermain Loguen e ao *Underground Railroad*, enquanto tentava descobrir o paradeiro de meus filhos. Ninguém foi encontrado. Assim, eu me comprometi com a *Railroad*. Trabalhei com as freiras em Hopetown e, por meio delas, conheci Izzy. – Ele apertou ainda mais a mão da tia. – Conseguimos passagem segura para centenas de fugitivos ao longo dos anos.

– E então, Martin recebeu notícias de sua família – informou Izzy.

– Minha filha tentou fugir da Carolina do Sul. Seu dono a capturou e decepou seus dedos do pé direito, de modo que ela nunca mais poderia fugir de novo, e hoje ela mal consegue andar. Quando a Assembleia Geral da Carolina do Sul declarou sua intenção de se separar, no mês passado, ela sabia que, se não fosse naquele momento, não teria outra oportunidade de tirar os filhos de lá. Soube que eu estava em Saint Catharines e entregou as crianças para um condutor *da Undergroud Railroad* com destino à fronteira. No dia que recebi a notícia de sua chegada iminente, sua tia lhe mandou o telegrama. A casa de Izzy é um lugar seguro, mas não uma parada permanente. Todos os caçadores de escravos fazem buscas em nossa cidade. Fornecemos os recursos para continuar mudando os locais de entrega. Contudo, esta era a primeira vez que *nós* seríamos esse local.

– Para protegermos os garotos e as operações, precisávamos sair de Saint Catharines o mais rápido possível – Izzy explicou. – Esse foi o motivo do inesperado telegrama. Peço desculpas por isso. No entanto, o lugar mais rápido e plausível para essa viagem sem levantar suspeitas era Green Gables.

– Natal com a família – disse Marilla. – Não são necessárias nem desculpas, muito menos explicações.

Izzy sorriu.

– Sabia que poderíamos contar com vocês.

Havia muito tempo que Marilla já estava alerta de que uma força silenciosa, mas poderosa, estava em ação entre o Canadá e a América. Percebera indícios dessa ação quando adolescente e viu seu crescimento ao longo dos anos, contudo nunca conversou com Matthew sobre o assunto. Lançou-lhe um olhar para avaliar sua reação. Ele acendeu seu charuto. A fumaça envolveu sua cabeça. Ele tragou uma vez, duas vezes e uma terceira vez antes de tirá-lo da boca.

— Esses meninos a trouxeram para nossa casa, e somos agradecidos por isso. Você faz parte de nossa família. Se você diz que o senhor Meachum é a sua família, então ele e seus netos são nossa família também.

Marilla bateu na mesa, demonstrando concordância, e o café nas quatro canecas já podiam ser bebidos.

— Sabe que podem ficar quanto tempo for necessário — ela comemorou.

Izzy se inclinou para a frente e beijou seu rosto.

— Sedutora e corajosa como sempre.

O senhor Meachum apertou a mão de Matthew, em cumprimento; em seguida, pegou a mão de Izzy. Houve uma troca de olhares entre eles que Marilla só poderia descrever como amor. Deu-lhe esperanças de que uma pessoa poderia encontrá-la em qualquer lugar e a qualquer tempo. O coração era um território sem limites desde que seu dono estivesse disposto a correr riscos.

Três dias após o Natal, Rachel veio para uma visita.

— Quando soube que a senhorita Johnson estava na cidade, pedi a Robert para engatar o trenó e me trazer para Green Gables, assim eu poderia apresentar o afilhado da família Cuthbert.

O senhor Meachum e as crianças estavam ajudando Matthew nas tarefas do celeiro. Robert levou o cavalo para lá, a fim de mantê-lo aquecido e seco, protegido da neve, enquanto as mulheres faziam o mesmo em torno do fogão, na cozinha. Izzy tomou nos braços o pequeno e sonolento Hughie.

— Ele é lindo!

— Ele se parece com seu homônimo; é o mais calmo de todos os meus filhos. Eu o ouvi chorar apenas uma vez, e foi porque a irmã deixou cair um sapato no seu rosto. — Rachel passou o dedo por sua bochecha. — Ele é um amor.

– Bem, estou honrada por conhecê-lo e já posso dizer com certeza de que Hugh o teria amado muito também.

– Ele tem a sorte de ser o número doze.

– Como os apóstolos – Izzy observou.

– Dez crianças vivas além de mim e de Thomas. Somos mais doze evangélicos para frequentar a igreja – Rachel sorriu com muita alegria. – É muito bom tê-la entre nós novamente, Izzy.

– Por favor, dê minhas lembranças à sua mãe. Já se passaram tantos anos... Como ela está?

– Oh, você conhece mamãe. Desde que papai se foi, não faz nada além de cuidar dos netos. E limpar a casa depois que eles vão embora! – Rachel riu muito.

– A senhora White não mudou a rotina de sua vida em nenhum dia – Marilla completou. – Ella ainda trabalha na casa.

– Como está aquela doce menina?

– Deve estar bem. Teve cinco filhos por sua própria conta – Rachel replicou.

– Meu Senhor... Bem, graças em abundância. – Izzy balançou Hughie gentilmente. – Vamos até a varanda para que vocês, garotas, possam conversar sem acordá-lo.

– Oh, sem problemas. Esta criança dorme com nove irmãos pulando ao seu redor. Um pequeno assobio da chaleira não vai atrapalhar o sono dele.

– Oh, mesmo assim, vamos nos acomodar perto da árvore de Natal. Algo entre uma árvore de Natal e um bebê dormindo no colo rejuvenesce o espírito. – E saiu antes que alguém pudesse falar qualquer coisa.

– Ela vai se sentar no sofá macio – Marilla comentou. – Seus ossos doem.

– Seria artrite?

Marilla concordou com um meneio de cabeça.

– Creio que sim. Com certeza, ela nunca vai admitir, mas reparei como ela sofre ao andar.

Rachel balançou a cabeça.

— O corpo é um amigo apenas dos bons tempos. Ama você quando é jovem e estúpida para apreciá-lo, depois sua petulância cresce cada vez mais a cada ano que se passa, até que, finalmente – ela ergueu as mãos –, as engrenagens param, estando você pronta ou não.

Marilla colocou os biscoitos de Natal remanescentes em um prato, e a chaleira, no fogão.

— Rachel Lynde, nunca pensei que você pensasse em *fire-and-brimstone*[26], variedades de *death-is-coming*[27].

— Bem, o fim está chegando, não está? Dispendemos nossa vida inteira correndo da morte. Nem nos é permitido falar sobre ela, sempre tememos por nossos entes queridos. — Balançou a cabeça e dobrou o pano do bebê que tinha em mãos. — Porém, depois de tudo o que vimos pelo mundo, decidi viver mais feliz com os dias que me restam se apenas reconhecer que a morte faz parte da vida. As folhas das flores de uma macieira ajudam a produzi-las e caem. Não adianta se preocupar com a doçura da fruta. Basta colhê-las se parecerem maduras e seguir em frente. É o tolo que está desamparado diante daquilo que pensa que perdeu. Tenho certeza de que tudo está escrito em algum lugar do Evangelho.

Mesmo que não estivesse, Rachel mudaria o texto de acordo com sua vontade. A Palavra segundo Rachel, como alguns diriam. Não Marilla, claro. Rachel era sua melhor amiga, portanto permaneceu calada, ao estilo da família Cuthbert. Quem tem conhecimentos poupa suas palavras. A frase pertencia aos Provérbios e fora sublinhado por Hugh na Bíblia da família. Fez uso de seu conhecimento naquele momento, não sabendo aonde sua amiga queria chegar com todo aquele sermão. Por vezes, Rachel tinha uma ideia para relativizar e não cessaria até transformá-la em uma homilia. Uma mudança de assunto cortaria o mal pela raiz.

---

[26] Representação bíblica que se refere ao fogo, como o inferno, e o enxofre, como o que libera um odor acre, de repulsa; ou seja, quando alguém cita a expressão fogo-e-enxofre está se referindo ao inferno e como se pensa que as pessoas são punidas após sua morte. (N.T.)

[27] Por se tratar de um assunto tabu, é uma expressão muito usada para falar da morte sem se referir a ela diretamente. (N.T.)

– Sorte a nossa, que temos um generoso pomar e muito mais em nossas cestas de colheita e que sabemos o que fazer com elas. O porão está repleto de compotas de frutas. Quem sabe seus filhos não gostariam de compotas de maçã ou de ameixa para começar o Ano-Novo? Temos o suficiente para o almoço. – A chaleira apitou e Marilla despejou a água sobre a porção de folhas de Assam[28] no pote de chá.

– O melhor pomar da Ilha está em Green Gables. Thomas é totalmente apaixonado por sua famosa ameixa azul.

E Rachel também era, Marilla tinha ciência. E caminhou em direção ao porão.

– Buscarei alguns potes.

Rachel pôs uma das mãos na cintura da amiga para detê-la.

– Marilla, tenho algo que preciso arrancar do meu peito. Está me sufocando. Mal tenho dormido por causa disso.

Um momento de preocupação: teria seu segredo sobre os meninos sido descoberto? Avonlea era uma cidade pequena. Mas nenhum deles deixou Green Gables desde a chegada, na véspera do Natal. Permaneceram em casa todos aqueles dias também por causa da neve, que parou apenas na noite anterior. Rachel foi a primeira pessoa que ela viu na estrada, e apenas porque morava bem perto de Green Gables.

– Seja lá o que for, por favor, desabafe, alivie seu coração. Odeio saber que está perdendo suas horas de descanso por minha causa.

Rachel demonstrou tristeza em seu rosto.

– Eu disse a Thomas, sei que tanto faz, mas também sei que importa. Ele sugeriu que falasse sobre o assunto após o Natal. Assim que pudéssemos ficar a sós. Não gostaria que fosse surpreendida por outra pessoa e... – ela encolheu os ombros.

– Você está começando a me assustar, Rachel.

O vapor subiu do pote de chá sobre a mesa.

---

[28] Folhas de Assam, originárias da Índia, são as folhas de chá indiano preto. (N.T.)

– Muito bem, não vou adoçar a conversa. – Rachel lançou um olhar decidido em direção à amiga. – John Blythe se casou; ela não é da cidade, é filha de um veterinário, foi o que soube. Foi uma cerimônia simples, apenas John, a noiva e seus pais, nenhum amigo foi convidado. Trocaram votos em Charlottetown, na sala de estar do pastor. Suponho que tenha sido logo após a festa da família Blair. Desfrutaram do feriado em Boston, como lua de mel. – Rachel meneou a cabeça, mas não quis se confrontar com o olhar de Marilla. – Um escândalo. Uma garota de Rupert's Land? Lua de mel em Boston? A América vive a iminência de uma guerra e lá estavam eles, vivendo um romance pelas ruas de Boston.

Fez-se silêncio na cozinha. Marilla se apoiou na borda da mesa.

Sentindo-se chateada, Rachel balbuciou:

– Ela é dez anos mais nova que ele, acredita? É uma apelação. Qual a idade dela, então, trinta anos? Bem, suponho que já sejam velhos demais para fazer isso. Um casamento improvisado há quinze dias, sem convites, sem marcha nupcial ou qualquer formalidade? Provavelmente, nem bolo eles tinham, por Deus! Difícil de acreditar ser um casamento verdadeiro. Duvido até que o pastor seja ordenado!

Um zumbido estridente começou a soar no ouvido esquerdo de Marilla. Puxou o lóbulo para tentar acabar com ele, mas em vão, como se estivesse perfurando a garganta e subindo até o lado esquerdo da face.

Rachel movia as mãos nervosamente. Para recuperar a calma, despejou o chá nas xícaras.

– Aqui, tome isto, Marilla. Você está tão pálida quanto a neve.

– Comi pouco hoje – mentiu, sentindo-se imediatamente culpada por isso.

Deveria estar feliz por John. Mas anos de um lindo sentimento simplesmente desapareceram em um piscar de olhos. Tudo o que sentia era arrependimento. Marilla não era do tipo que dispendia muito tempo pensando em seus sentimentos, mas naquele momento era incapaz de pensar em qualquer outra coisa. Rachel estava enganada. Uma pessoa poderia ser tola, não por ser desamparada, mas, sim, por não ter o bom senso de morder uma fruta que tinha em mãos. O problema era que ela não havia se realizado até aquele momento que estava faminta, morrendo de fome.

Comeu um biscoito sem nem sentir o sabor, forçando-se a engolir tomando seu chá. Aquilo eliminaria momentaneamente a náusea que estava sentindo.

– Fico feliz por você ter me falado, Rachel. Estou contente por John, eu... – Ela se levantou. – Deixe-me pegar as compotas de ameixa.

No sótão, apenas na companhia de compotas de frutas e vegetais como testemunhas, cobriu os olhos com as mãos. Era tudo o que podia fazer contra o terremoto de emoções que tomou conta dela.

Escutou passos vindos do piso de madeira da cozinha, da porta de trás.

– Marilla?

Era Matthew com o jovem Robert e o senhor Meachum.

Engoliu em seco, tentando demonstrar serenidade, pegou as compotas da prateleira e saiu com o semblante imperturbável, como jamais pensou que conseguiria. Pensaria em John quando pudesse. Aquilo já fora o suficiente para o dia. "Minha xícara", pensou, "já está transbordando".

Apresentando a senhora John Blythe

Perna de carneiro seria o cardápio de jantar de *Hogmanay*, a noite de Ano-Novo. Na manhã daquele dia, Marilla pegou sua sacola de compras e partiu por entre os campos, em direção ao açougueiro.

O céu era de um azul cintilante, sem nuvens e sol brilhando; pensaria que estava em junho, não fosse seu nariz congelado. O calor de seus ombros e seus pés empurrando a neve, afundados nela, eram reconfortantes. A natureza elucidava seus pensamentos.

Entrando no açougue, via apenas sombras. As pupilas estavam lentas para liberar a contração da luz. Por um longo minuto, pensou que os jarretes de presunto pendurados eram um par de olhos e uma boca sorridente. Teria dado bom-dia àquilo se Theo Houston não tivesse entrado, vindo do depósito, com duas galinhas, naquele exato momento.

– Senhorita Cuthbert, feliz Ano-Novo!

Ela arregalou os olhos, de modo que as sombras fugiram e sua visão voltou ao normal.

– O mesmo para você, Theo. Estou em busca de uma perna de carneiro para nosso jantar.

– Para sua sorte, tenho apenas mais uma aqui! Todas as outras foram vendidas. Muito trabalho ao logo dos feriados. – Pendurou as galinhas nos ganchos, para depois limpar as mãos no avental. – Ouvi dizer que tem hóspedes em Green Gables.

– Minha tia Izzy – ela concordou, com um meneio de cabeça. – Você ainda vestia calças curtas quando ela esteve aqui pela última vez. Duvido que se lembre dela.

– Com certeza! Muitos rostos desconhecidos nestes dias. A cidade está cheia!

– E suponho que todos já têm a perna de carneiro para saborear.

– Parece que sim. Deixe-me embalar a última para a senhorita. – E saiu sorrindo.

Dirigiu-se para os fundos, atravessando as cortinas, quando o sino da porta da frente tilintou. Vozes eram ouvidas, entrando no açougue.

Marilla olhou por cima do ombro e viu a silhueta de um casal contra a luz. O homem rapidamente tirou o chapéu e se virou para a mulher. Marilla desviou o olhar para a pequena sombra bem abaixo da linha que definia o cabelo e a testa.

– John? – Não esperava que conseguisse falar naquele momento, era apenas um pensamento que fugira de seus lábios.

Enlaçada em seu braço, havia uma mulher com olhos de corça, faces com pele de pêssego e um sorriso tão largo como o céu do dia. Parecia muito mais nova que Marilla, aos trinta anos de idade. Qualquer um saberia dizer quem nasceu e cresceu em Maritimes. Os ventos da Ilha deixavam marcas no rosto, inclemente e característico. Aquela mulher mal tinha sido beijada por uma brisa, pensou consigo.

– Marilla, eu, esta é... – A língua dele deu um nó. – Pensei em chamar você e Matthew, para fazer as apresentações, mas soube que sua família está em Green Gables, e nós acabamos de chegar da América.

A respiração dele falhou. Foi obrigado a tossir para recuperar a fala.

– Esta é Katherine, Katherine Blythe.

Marilla olhou para a esposa dele, uma desconhecida, um rosto amigável que não carregava lembranças em suas curvas descansadas.

– Marilla Cuthbert – estendeu a mão.

A mulher soltou o braço de John e deu um passo adiante.

– Por favor, chame-me de Kitty. – Pegou na mão de Marilla. – Ouvi muitas coisas boas a seu respeito, senhorita Cuthbert. John diz que a senhorita e seu irmão são sua família. Assim, ficaria honrada se pudesse me considerar da família também. Tenho muito a aprender sobre Avonlea. Tudo o que sei são as histórias que John me conta.

– Marilla, chame-me simplesmente de Marilla. Senhorita me faz sentir... velha. – Fez o que pôde para esboçar um sorriso.

– Marilla – Kitty repetiu. O tom de voz era suave, vindo dela.

O cabelo marrom castanho de Kitty juntava-se em cachos presos por um pente. Quando ela se virou, a luz do ambiente refletiu nas pedras encrustadas no pente, violeta cintilante.

Em busca de palavras neutras para dizer, Marilla arriscou:

– Seu pente é lindo. Ametista é minha pedra favorita.

Kitty pôs a mão delicada no cabelo.

– John o comprou em Boston para mim. Um presente de lua de mel. – Olhou para o marido com admiração, e o brilho das pedras dançavam pelo rosto de Marilla. – Aprecio mais pedras semipreciosas do que diamantes. São mais interessantes, não acha?

Antes que Marilla pudesse responder, John interveio.

– Viemos atrás dos carneiros de Theo.

– Há tantas ovelhas aqui – disse Kitty. – John me disse que os rebanhos são melhores nas ilhas Maritimes. Seria por causa do solo?

– São ricas em ferro – Marilla explicou. – Os animais se alimentam da grama; diante disto, a carne é mais nutritiva e saborosa.

Kitty piscou com seus longos cílios negros.

– Que maravilhoso!

Ouvindo seu nome, Theo voltou trazendo a perna de carneiro.

– Senhor Blythe e... – Olhou para Kitty curioso.

– A senhora Blythe – informou Marilla. – Acabou de chegar em Avonlea. – Virou-se para Kitty. – Este é Theo Houston, nosso açougueiro.

Theo lançou um olhar entre os três.

– Sim, claro! Ouvi sobre seu casamento, senhor Blythe. Parabéns e é um prazer conhecê-la, senhora Blythe.

– O mesmo digo eu, senhor Houston. – Seus olhos perceberam o pacote que ele carregava.

– É a perna de um carneiro?

– Sim, a última peça do açougue.

– Contudo, você sabia que o senhor Blythe estava para chegar à Ilha. Você deve ser mesmo um açougueiro profético! – ela bateu palmas.

Theo franziu o cenho, confuso, e Marilla considerou apropriado se interviesse para manter o constrangimento sob controle.

– De fato, por causa de sua intuição, ele tinha um presente guardado nos fundos do açougue. – Lançou-lhe um olhar firme. – E agora, Theo, vá em frente e embrulhe melhor a perna de carneiro para a senhora Blythe. Estou pensando em levar um pouco de seu presunto defumado.

Theo concordou de imediato.

– Como quiser, senhorita Cuthbert.

Ela virou-se em direção a Kitty:

– O carneiro ficaria excelente com um pouco de alho, alecrim, sal e pimenta, se tiver em casa.

– Acredito que sim – respondeu Kitty.

– Uma perna deste tamanho, eu grelharia lentamente na lareira por cerca de duas horas. Talvez um pouco mais, se necessário. Tempo bastante para os sucos escorrerem. Deverá ser o satisfatório para alimentar a ambos, pelo menos, para um par de refeições.

— Oh, muito obrigada! John contou-me que você é uma cozinheira famosa; assim, ficaria muito agradecida se pudesse compartilhar de suas receitas secretas.

Marilla balançou a cabeça.

— Não há nada de secreto nas receitas. Tudo se resume a como você mistura os ingredientes para que se torne a *sua* receita.

— Bem, espero que tenha orgulho de mim, senhorita... desculpe-me, Marilla.

Uma doce garota, graciosa e genuinamente gentil. Marilla compreendeu a atração entre ambos. John escolheu com inteligência, e, assim que colocou os olhos em Kitty, ela teve forças para tolerar a dor em seu coração. E, sempre que ele surgia diante de seus olhos, procurava ocupar sua mente pensando no que faria com aquele pedaço de presunto no dia seguinte. Já havia preparado os acompanhamentos para o carneiro.

— John e eu a convidaremos em breve para nos visitar.

"Quem sabe um molho de açúcar mascavo e vinagre."

— Sim, será perfeito.

— Depois que seus hóspedes partirem, obviamente. Não gostaria de ser inoportuna, embora esteja com inveja por sua hospitalidade. Eu poderia apostar que estão comendo como a realeza!

"Talvez ervilhas verdes para acompanhar. Duas latas na despensa."

— Nossa comida é simples e boa, como o povo de Avonlea costuma dizer.

— Bem, já estou decidida a aprender a cozinhar como você. John não consegue explicar como consegue cozinhar com tanto esmero. Se for um dom, não terei como aprender, pode ter certeza.

"Nada muito doce para a sobremesa. Seria indigesto após o presunto. Quem sabe, uma torta de maçã invertida."

Theo finalmente trouxe a perna de carneiro embalada, e John pagou por ela.

— Agradecida novamente, Marilla. Foi realmente prazeroso conhecê-la. Sei que seremos boas amigas.

— Boa sorte com seu carneiro grelhado. — Ela concordou.

— Quem precisa de sorte se tenho as bênçãos de Marilla Cuthbert? — a jovem riu da própria graça.

John conduziu Kitty em direção à porta, e Marilla tomou seu rumo, de modo que ela apenas o ouviu dizer "até logo, Marilla".

Ela andou até Green Gables com o pedaço de presunto nas mãos, atordoada. Fora um pesadelo os momentos vividos havia pouco tempo? Estaria confusa ou frustrada? Não conseguia sequer se lembrar dos detalhes do encontro. Matthew estava na cozinha, limpando seus arreios de freio.

— Trouxe presunto defumado para o jantar.

— Presunto? Já temos alcatra defumada na despensa, não temos?

Havia, sim, mas ela não estava com disposição para ser lembrada daquilo.

— Uma alcatra não será suficiente para alimentar seis bocas — ela rebateu.

Matthew largou o cabresto. As amarrações de metal fizeram um barulho surdo na mesa.

— Você tem razão.

Ele se sentou, aguardando. Ambos viveram muitos anos juntos. O irmão realmente a conhecia muito bem.

— Encontrei-me com a esposa de John Blythe hoje. — Desembrulhou o presunto. — Uma boa companhia para ele. Radiante, alegre, bonita e jovem. — Ela cortou levemente a parte superior do presunto, formando um quadriculado na peça para que o molho pudesse penetrar nele.

Matthew não disse uma palavra. Quando ela se virou para pegar o açúcar mascavo e o vinagre na despensa, ele já havia saído.

Na varanda, Abraham e Albert jogavam a mais silenciosa partida de damas que ela jamais ouvira.

— Para onde foram todos? — ela inquiriu.

– A senhorita Izzy e vovô foram para um passeio – Abraham respondeu.

– Disseram-nos para ficarmos exatamente aqui e não fazermos um barulho sequer – completou Albert.

Era uma surpresa ver os dois garotos tão silenciosos.

– Já experimentaram um presunto de Ano-Novo antes?

Negaram, balançando a cabeça.

– Entrem, então, e deixem o jogo aí. Ganhando ou perdendo, todos vão comer.

Escravo fugitivo capturado

Uma semana depois, Marilla estava diante da lareira, tricotando. Seus olhos doíam como nunca. Esfregara-os diversas vezes na tentativa de recuperar o foco, mas havia apenas manchas e vultos diante de si. Pensou em se consultar com o doutor Spencer; talvez ele pudesse lhe receitar algum tônico. Rachel comentou algo em relação a um elixir de ginkgo e mirtilo, que contribuiu para amenizar os sintomas de catarata de sua mãe, a senhora White.

A sala estava escura. Marilla tinha a mente exaurida por todos os recentes acontecimentos, e sua falta de energia era evidente, até para acender as lanternas. Preferiu ficar perto da luz e do calor da lareira, ao lado de Matthew, distância suficiente para não se queimarem. Izzy e o senhor Meachum se juntaram a eles após acomodarem as crianças na cama. Marilla admirou-se com o amor profundo nutrido pela tia em relação a Abraham e Albert, como se fossem seus próprios netos, ou quem sabe os considerava como os filhos que não tivera. Todas as noites, o senhor Meachum e ela levavam os meninos para baixo das cobertas e rezavam com eles antes de dormirem. Parte de Marilla invejava a intimidade daquele simples e singelo cuidado.

– Marilla, Matthew, temos novidades – declarou a tia.

Matthew deixou de lado seu jornal *Harper's Weekly*, e Marilla, o tricô.

– Recebemos a informação de nosso contato da *Undergroud Railroad*, em Charlottetown, de que concorda em fornecer a carta de alforria aos meninos. Ele possui uma rota mapeada a partir da Ilha do Príncipe Edward até Newfoundland. Há um casal que se ofereceu de ficar com os garotos o tempo que fosse necessário, até que o senhor Meachum possa reuni-los com sua filha, obviamente.

– Se eles puderem ser reunidos. – O senhor Meachum não hesitou ao dizer aquilo, embora os demais nem imaginaram tal hipótese. – Não sou cego diante da realidade de nossa situação. Ninguém sabe do paradeiro de minha filha na Carolina do Sul, desde que ela embarcou meus netos no trem. Donos de escravos não agem com delicadeza quando seus cativos desaparecem. A esta hora, anúncios sobre o desaparecimento de meus netos foram divulgados para sua captura e, obviamente, a significativa recompensa a ser paga por eles. Era a cenoura para atrair os coelhos.

Pôs-se a observar a lenha na lareira, crepitando e soltando brasas. Izzy pegou em sua mão. Seu olhar demonstrava ansiedade e temor.

– Quanto mais ao norte os meninos chegarem, mais seguros estarão e não serão encontrados – ele continuou. – Temos de tirá-los daqui. Não podemos ficar escondidos em Green Gables por muito mais tempo. Visitar parentes nos feriados é uma situação normal; porém, logo mais, o povo suspeitará de nossa longa estadia com vocês. Precisamos levar os garotos até Newfoundland e depois retornar a Saint Catharines.

– De lá, faremos o nosso melhor para evitar que os caçadores de escravos fugitivos sigam a trilha – disse Izzy.

Marilla entendeu. Odiava pensar na partida deles, mas seria a única forma de garantir sua proteção. A Ilha do Príncipe Edward localizava-se muito perto do continente. Era apenas uma questão de tempo para os homens chegarem aqui.

– O que podemos fazer para ajudar?

– Precisamos primeiramente retirar as cartas em Charlottetown. Depois, partir para a costa. Lá há uma casa de segurança que possui um barco pronto para navegar até Port aux Basques.

– Eu os levarei – afirmou Matthew. – Ninguém suspeitaria de mim e tia Izzy e o senhor Meachum nos acompanhando. No entanto, vocês dois, sozinhos... As pessoas vão falar.

– Isso é verdade – o senhor Meachum concordou com um meneio de cabeça.

– Serão um dia e uma noite inteira até chegar a Charlottetown – Marilla conjecturou. – Com o gado mantido no celeiro, haverá apenas as tarefas da casa a serem feitas. Abraham e Albert poderão me ajudar.

– Obrigada. – Izzy apertou afetuosamente as mãos de Marilla. – Então, partiremos ao amanhecer.

Tudo decidido, despediram-se e foram dormir, a ansiedade corroendo as bordas de seu sonhos.

Marilla se levantou bem antes do nascer do sol, embalando bolos de aveia e fatias frias de bacon, acondicionando tudo em sacolas. Matthew tomou seu café em três goles e saiu porta afora para preparar o cavalo e o carroção. Pensou em colocar todas as cargas atrás, de modo que Izzy pudesse dormir sobre elas para descansar, se fosse preciso; a jornada seria longa. Partiram ao amanhecer.

Os meninos mal puderam se despedir do avô e de Izzy. Acordaram para o café da manhã, Abraham esforçando-se para dar uma mordida no bolo, enquanto Albert dava garfada após garfada, repetidamente, até o prato assemelhar-se a um campo arado.

– Não o culpo por não ter fome logo cedo, de manhã – Marilla o consolou. – Mas, independentemente de qualquer coisa, teremos de encarar o dia. Respirar o ar, andar na grama, cumprir as tarefas. E precisa comer para ter forças e enfrentar o trabalho a ser feito.

Marilla espalhou xarope de bordo sobre os bolos, foi para a cozinha e, antes que pudesse voltar para a sala, seus pratos já estavam limpos.

– Parabéns, garotos. Tudo fica melhor com a barriga cheia!

Ajudaram-na a lavar os pratos. Em seguida, foram ao celeiro para a ordenha da manhã, a fim de alimentar os animais, limpar as baias e repor a água dos baldes. Os meninos tinham as almas pacíficas e em paz, ansiosos por ajudar no que pudessem, sem tempo para sonharem acordados como as crianças naturalmente fazem. Aos dez e sete anos de idade, pareciam pequenos homens em corpos de crianças. Marilla os admirava e ao mesmo tempo lamentava por suas infâncias ceifadas. Perder a mãe, por saúde ou por idade avançada, ela poderia entender. Mas nunca pensaria que alguém pudesse lhe tirar a vida também. Aquele tipo de terror incessante era inimaginável em qualquer idade. No entanto, aquelas duas crianças lidavam com as adversidades como verdadeiros príncipes. Entender os problemas daqueles pequenos jovens suavizou e estreitou a relação entre eles, e pela primeira vez sentiu florescer um sentimento que jamais ousou experimentar em sua vida: a maternidade.

– Bonny-D gostou de vocês – ela os cumprimentou. – Em tempo algum ela deu tanto leite para mim ou Matthew no dia a dia.

Antes mesmo do almoço, os garotos estavam na cozinha, orgulhosos por tudo o que haviam realizado: ordenharam a vaca, resultando em um balde cheio de leite, a fornalha reabastecida, meia dúzia de ovos recolhidos do galinheiro e suas luvas, presentes de Natal, secando perto do fogão.

– Sei que Matthew os apresentou apenas ao jeito manso de Bonny-D; porém, quando o trabalho duro requer mais empenho, eu gosto de acrescentar um pouco mais de chocolate e açúcar no leite. Querem provar?

A expressão no rosto de Albert era de pura alegria; abriu um sorriso cativante.

– Sim, senhora! É assim que mamãe faz para nós quando uma senhora lhe dá um chocolate especial. Ela ferve com leite para nós.

– Já lhe falei para não tocar no nome de mamãe! – Abraham ralhou.

Al quase chegou às lágrimas. E, para evitar o choro, mordeu o lábio inferior, que inchou de imediato.

– Bem, bem – abraçou os meninos, de modo que os três formaram um círculo. – Por que Al não pode falar sobre a mãe de vocês? Ela era uma boa pessoa, e agiu muito bem ao mandá-los para seu avô Meachum. Vocês devem contar a todos as belas lembranças que ela lhes traz. Isso mantém a pessoa ao seu lado, não importa quão longe ela esteja ou quanto tempo se passou desde a última vez que se viram. Nem mesmo o túmulo pode tirar isso de vocês. Eu sei. Minha mãe partiu quando eu era um pouco mais velha do que você, Abraham.

Marilla surpreendeu-se por falar tanto; parecia o fluxo do mel cujo favo fora espremido.

Os olhos de Abraham se arregalaram, cheios de tristeza.

– Sua mamãe foi para o céu?

Perceber a emoção do menino despertou nela as próprias emoções. Fora obrigada a engolir em seco para se manter calma.

– Sim.

Sentiu uma ferida em seu coração: a hipocrisia do que acabara de falar e o que nunca fizera. Matthew e ela jamais falaram sobre Clara e muito menos sobre Hugh quando ele se foi. De repente, queria muito que Matthew estivesse ao seu lado naquele momento para que pudessem conversar sobre os pais.

– Tem saudade de sua mamãe? – Al perguntou. Uma lágrima escorreu por sua face.

Marilla envolveu o pequeno rosto com as mãos.

– Tanto quanto você sente saudade de sua mãe.

Aproximou-se para beijar sua testa, mas se conteve e decidiu-se por limpar a lágrima com seu dedo polegar.

– E agora, por que não vão os dois jogar damas, enquanto aquecerei o leite com chocolate?

– Sim, senhora – obedeceram e partiram em direção à sala, sem fazer mais barulho.

A escuridão chegava mais cedo no inverno. Ela mal tinha colocado o leite nas xícaras quando seus olhos começaram a lacrimejar semicerrados.

Talvez tivesse sido melhor daquele modo. A noite era um conforto quando se era necessário manter-se escondido. Esperava que Izzy e o senhor Meachum tivessem cumprido sua missão e estivessem descansando confortavelmente sob o teto da pousada em Charlottetown. Voltariam em breve, recarregando o carroção e se dirigindo ao norte. Gables ficaria vazia novamente.

Em pouco tempo, acostumou-se com todos em sua casa. Era difícil imaginar a casa sem eles. Contudo, no dia seguinte seria um novo dia, nenhuma lembrança ou sentimentos vividos ao longo do feriado. Como fora maravilhoso, pensou. Como era trágico.

Acendeu uma lamparina e colocou-a na bandeja com as bebidas.

– Aqui estamos. Pôs a bandeja na mesa da sala, próxima ao tabuleiro de damas.

No momento em que cada um dos meninos pegava sua xícara, ouviram-se batidas de cascos no chão de terra. Cavalos. Trotando em direção a Green Gables, ritmado.

Os garotos também ouviram, e os olhos arregalados voltaram-se em sua direção.

– Vão – Marilla ordenou. – Até West Gables, na sala de costura. Lá há um baú coberto por crina preta de cavalo, com pregos de latão para costura. Entrem e se cubram. Não saiam de lá, erm hipótese alguma, independentemente do que escutarem.

As xícaras tombaram ao se levantarem.

Marilla sentiu-se aliviada por ter acendido apenas uma lamparina, e agora, apagou-a. Foi até a janela da sala e espremeu os olhos para ver o melhor que pôde: uma carreira de abelhas se aproximava cada vez mais, gafanhotos gigantes pousaram em Gables. Apavorada, era imprescindível aguardar e manter a calma. Sua mente acelerou. Seu coração bateu descompassado. O medo martelou seu esqueleto. Agiria como em qualquer outra noite. "Comporte-se como se estivesse sozinha", tentou acalmar-se. De imediato, foi à cozinha, completou com água a panela, acrescentou cenouras, cebola e nabo e levou-a ao fogão. Tomou nas mãos o tricô e, ao se sentar, colocou-o no colo, como se quisesse simular ser seu eterno purgatório. Em seguida, um estrondo veio da porta da frente.

– Quem está aí? – perguntou em um tom mais alto que seu normal, de modo que os meninos pudessem ouvi-la no andar superior. – Um momento!

Dispôs as agulhas na cadeira; lenta e calmamente destrancou a porta da frente.

Os homens não entraram de imediato, como supôs. Quatro deles permaneceram à sua frente, no gramado, com rifles em uma das mãos e cavalos sacudindo as escuras crinas do lado oposto. Aquele que parecia o líder cumprimentou-a na varanda.

– Boa noite, senhora Cuthbert.

– Senhorita Cuthbert – corrigiu-o, mantendo o corpo ereto, tentando disfarçar o tremor nos joelhos. – E quem é o senhor, entrando em minha propriedade tão tarde da noite?

– Senhorita Cuthbert, sou Rufus Mitchell, da Patrulha de Escravos Runaway. – Propositalmente, deixou brilhar um distintivo em metal, mal fixado em seu uniforme.

– Nunca ouvi falar de você – Marilla apertou os olhos para tentar focalizar melhor o rosto.

Ele riu em um tom próximo ao desafiador que a fez se lembrar de uma lâmina de arado ao atingir uma rocha.

– Desculpe-me – inclinou-se para a frente – Por certo, nunca ouviu falar de mim. Nunca estive deste lado do Canadá. Uma ilha não é o melhor lugar para que negros se reúnam, não acha?

– Não tão incomum – ela o desafiou. – Há vários em Nova Scotia. Famílias inteiras. Temos alguns trabalhando na Ilha do Príncipe Edward.

– Quer dizer que há negros por perto. – Elevou uma sobrancelha. – Algum deles morando com a senhora?

Preferiu manter-se em silêncio por alguns segundos, sem saber quanto poderia dizer. Apenas Rachel e Robert viram os meninos. O restante da cidade apenas percebeu a presença de Izzy em visita, acompanhada de seu mordomo, um criado livre que viajava com ela.

Mitchell encarou seu silêncio como um indício de culpa. Ele deu um passo à frente. – Importa-se se fizermos uma vistoria? Nada a esconder, certo?

Seus companheiros o seguiram, dando também um passo adiante. Marilla barrou a entrada com os braços.

– Não está no seu direito, desculpe-me

– A lei de propriedade diz o contrário.

– Esta é minha propriedade, e eu me oponho à sua permanência aqui.

– Caso a propriedade escrava dos proprietários esteja aí dentro, então devo insistir. – E a empurrou, passando por ela para entrar na casa.

Ela teve vontade de pular no pescoço dele.

– Então, pelo bem e direito das propriedades, mesmo que o senhor acredite haver alguém que se enquadre em sua descrição, não tem o direito de invadir a *minha* propriedade, sem os devidos documentos legais. Vivo com meu irmão, Matthew Cuthbert, e ele está ausente. Seria muito indecoroso para uma mulher solteira como eu receber homens, desconhecidos, em casa. Sempre soube que as pessoas do sul tinham a mais ilibada honra. O senhor é um ponto fora a curva, por acaso?

Mitchell suspendeu as duas mãos para o ar, simulando inocência, embora ela tivesse visto o volume de sua arma ao lado.

– Não encostarei um dedo em seu corpo, senhorita Cuthbert. Terá minha palavra como um homem dos Estados Confederados da América.

– De que Estado está falando? – perguntou. – Nunca ouvi nada sobre isso tampouco.

– Oh, mas vai ouvir – afirmou Mitchell. – Certamente vai ouvir.

Seus homens entraram. Botas enlameadas sujaram as tábuas de madeira. Um deles foi à sala, empurrando a árvore de Natal. Galhos caíram pelo chão. Os demais três entraram na cozinha, no quarto de Matthew e além do celeiro. Marilla deveria mantê-los longe do caminho escada acima. O homem que foi à sala pegou a Bíblia de seu pai, folheou as páginas como se estivesse procurando por mensagens escondidas. Ela odiou sua impertinência, além das mãos imundas tocando seus objetos pessoais.

– Lábios mentirosos são abomináveis ao Senhor – Marilla zombou dele. – Provérbios 12.

"A verdade o fará livre", pensou, mas como? Então, os homens se aproximaram dela.

– Senhor Mitchell, por favor – pegou a Bíblia das mãos do outro guarda e gesticulou em direção à desordem espalhada no chão. – Gostaria que seus homens respeitassem minha casa. Se o senhor simplesmente perguntasse se possuo ou escondo algum escravo sob meu teto, eu seria honesta e lhe falaria a verdade.

Mitchell rangeu os dentes. Em seguida, fez um sinal para que seu homem se afastasse.

– Muito bem, senhorita Cuthbert. Darei à senhorita uma chance de me falar a verdade.

Forçou-se a dar dois passos em direção ao homem, de modo que pudesse ver todos os fios de sua barba.

– Providenciei acomodações para o mordomo de minha tia, um homem negro e livre, que possui sua carta de alforria. Ela esteve aqui no feriado. Mas já foram para Charlottetown, em uma missão. E meu irmão os acompanhou.

Os dois homens vieram da cozinha.

– Tudo certo. Quer que subamos a escada e façamos a vistoria nos quartos?

Mitchell lançou um olhar agressivo a Marilla, que manteve a respiração calma para afastar o pânico.

– Senhor Mitchell, eu não conseguiria suportar...

– Senhorita Cuthbert, vou tomá-la como uma pessoa honesta, que assim acredito ser.

Apoiou-se casualmente no espaldar da poltrona de Matthew, e Marilla nunca pensou que poderia ser tão feliz por ter uma manta protegendo o móvel.

— A senhorita jura que não há razão para que meus homens façam buscas nos quartos superiores?

Encarou-o com restrita determinação.

— Absolutamente nenhuma razão.

— Viram algo suspeito? — Virou-se para seus homens.

Balançaram as cabeças em sinal negativo.

— Apenas sopa no fogão — disse um deles, enquanto os demais lamberam os beiços.

Mitchell limitou-se a forçar um sorriso cínico de lobo.

— Bem, suponho, então que o melhor a fazer é tomarmos o caminho para Charlottetown. Mas, antes de partirmos, meus homens percorreram uma longa distância e ficariam muito gratos por uma singela caridade cristã, vinda de sua panela.

Marilla não tinha a menor vontade de servir aqueles homens; porém, se somente assim eles partiriam, faria o enorme sacrifício.

— Certamente. Podem levar tudo. Como pode ver, estou sozinha. Nada posso fazer para detê-los.

Dizendo aquilo, partiu para a cozinha. Caldo de legumes não era necessariamente uma refeição, mas poderiam até levar a panela, desde que partissem de Green Gables. Amarrou uma toalha em volta da panela, quando Mitchell falou em um tom irritantemente alto.

— Eu amo jogo de damas. Quem está jogando com a senhorita? Vejo que há três xícaras de leite com chocolate também.

A sala parecia girar e, de súbito, Marilla sentiu faltar-lhe o chão.

— Essa bebida é de hoje de manhã. — Sua voz era estridente, limpou a garganta, mas a angústia na voz permaneceu. — Eu estava jogando com, com...

Ouviu passos se dirigirem à escada.

— Não! — Largou a panela sobre a mesa, e tudo se esparramou pelo chão. No entanto, antes que pudesse se dirigir ao corredor, a porta da frente se abriu e deixou entrar uma rajada de vento gelado e a luz do luar.

Um amigo mais próximo que um irmão

John. Mais uma vez e como sempre, ele estava ali. Marilla nunca se sentira tão feliz em toda a sua vida por ver uma pessoa. Ele segurava um rifle, armado e carregado, embaixo de seu braço.

– Senhor, posso lhe perguntar o que faz aqui com seus homens na casa da senhorita Cuthbert? Quais negócios tem com ela?

O caçador de recompensa ao lado de Mitchell deu um passo adiante, demonstrando hostilidade e sendo seguido pelos demais. Contudo, Mitchell estendeu o braço para detê-los. Nenhum dos homens tinha a arma engatilhada, fornecendo a John vantagem. Apesar de estarem em maioria, John teria disparado pelo menos um tiro fatal antes que tivessem a chance de revidar.

– Vamos todos manter a calma – disse Mitchell. – Não queremos causar problemas ao senhor.

– Suas atitudes não me deixam alternativa. – John apontou sua arma diretamente para o peito de Mitchell. – Obviamente, não são das redondezas, caso contrário conheceriam muito bem as leis que regem esta Ilha. Ultrapassar os limites à noite é uma violação de nosso código criminal, esta é uma delas. Tenho todos os direitos de atirar em você e em seus homens pela simples razão de estarem aqui.

– Bem, é o senhor Cuthbert? Porque, se não for, onde estou não é sua propriedade, portanto atirar em nós será considerado assassinato.

– Não se a senhorita Cuthbert me der sua permissão.

– Eu dou minha permissão. – Marilla não esperou um segundo sequer para responder.

Mitchell levantou as mãos novamente, mas, daquela vez, mais alto.

– Pedimos desculpas pelo inconveniente, senhorita Cuthbert. Estamos aqui apenas à procura de escravos fugitivos em nome do senhor Laurens, da fazenda Cottage Point, da Carolina do Sul. Somos homens simples que defendem a lei, assim como a senhora é ciente dela.

– Eu já lhes disse que não há mais ninguém aqui além de mim – Marilla confirmou, veemente.

– Vocês escutaram – John acenou com o rifle. – Já passou da hora de deixarem Green Gables. E Avonlea.

Mitchell deu um tapa na aba de seu chapéu, respeitosamente.

– Bem, será melhor tomarmos nosso rumo a Charlottetown, para onde a senhorita Cuthbert informou que sua tia se dirigiu. Veremos se o escravo dela tem alguma informação a compartilhar conosco.

– Ele é um homem livre, trabalha para minha tia como assistente de vendas e mordomo – corrigiu-o, para que não houvesse nenhuma dúvida.

Mitchell sorriu, cínico.

– Negros são negros, senhorita Cuthbert. Nenhum papel pode mudar esta realidade.

Aquelas palavras a atingiram como um soco em seu estômago.

– Vão embora! – John os forçou com o rifle apontado para eles.

Os homens deixaram a sala pela porta da frente e desceram os degraus da varanda, um após o outro. John movia sua arma, intimidador.

– Foi um prazer conhecê-la, senhorita Cuthbert. – Mitchell gritou; depois, deu um chute no cavalo, fazendo-o zurrar de dor e partir a galope. Os quatro homens o seguiram.

John e Marilla permaneceram na varanda por um longo tempo até o som das batidas dos cascos dos cavalos desaparecerem. O ar gélido da noite rastejava sobre eles, agonizante. O suor nas sobrancelhas brilhava como gelo na noite clara de inverno. Marilla mal percebeu que estava tremendo até que John repousou um braço em seu ombro para levá-la para dentro da casa. Apenas naquele momento deixou-se relaxar e baixar a guarda. Aninhou-se em seu peito. A cabeça de John recostava na dela; com os braços, envolveu-a. Marilla pressionou o ouvido até poder escutar o coração e seu suave e cadenciado palpitar. Sem lembranças do passado. Sem medo do futuro. Apenas as batidas dos segundos: agora, agora, agora.

– Está tudo bem – ele sussurrou. A respiração de John soprou em sua testa. – Venha, vamos entrar antes que fique resfriada.

Ela se moveu apenas porque John deu alguns passos, seu corpo acorrentado ao dele.

– Por que, por que veio até aqui? – Os dentes batiam de frio.

John a levou para bem perto da lareira e esfregou os braços dela com delicadeza, até que ficassem aquecidos.

– Rachel. Ela viu estranhos passarem pela fazenda dela, em direção a Green Gables. Thomas está em viagem a Spencervale, então ela pediu para Robert ir à minha casa. A esta hora da noite, Rachel sabia que, quem quer que fossem, certamente significavam problemas.

Marilla concordou, ainda envolvida pelos braços dele. Não teria se movido um centímetro sequer se não tivesse se lembrado...

– As crianças!

Subiu as escadas o mais rápido que suas pernas puderam carregá-la. John a seguiu. Na sala de costura, em West Gable, ela abriu o baú coberto com a crina de cavalo.

– Abraham! Al!

Sob as faixas de tecido rosa, surgiram dois negros e esguios corpos e dois pares dos mais belos e radiantes olhos que ela jamais vira. Marilla jogou os braços sobre eles, as pequenas cabeças batendo contra a dela, delicadamente.

John permaneceu encostado ao batente da porta, maravilhado com a cena.

– Este é o senhor John Blythe – apresentou-os. – Ele mandou embora os homens maus.

– Eles já foram embora? – As lágrimas escorriam pelas faces de Al, temeroso.

John repousou sua mão no ombro dele.

– Sim, filho, eles já foram embora.

Abraham tinha os olhos arregalados, fixos no rifle que John ainda portava.

– Ficará conosco?

– Sim.

Então, Abraham puxou seu irmão para perto, e ambos se agarraram com dois elos de uma corrente.

Os pequenos não dormiriam sem Marilla e John perto deles, e, verdade deve ser dita, nem Marilla poderia ficar sem os três rapazes. Trouxe travesseiros e cobertores para a sala de costura. Era o lugar mais seguro para ficarem caso os homens voltassem. Os meninos poderiam se esconder com agilidade.

– Não consigo dormir – Al murmurou para o irmão. – Mamãe lê contos de fadas quando Sandman não vem.

Abraham colocou uma das mãos nas costas do irmão.

– Não consigo me lembrar de nenhuma delas agora.

– Senhorita Marilla, conhece alguma história?

– Bem, acho que não me lembro de nenhuma, assim, de repente... – Marilla sentiu-se comovida ao perceber os sinais de cansaço de Al, o olhar choroso. – A senhorita Izzy costumava ler rimas para nós quando éramos mais novos. Eram histórias felizes, que ajudavam a passar o tempo. Gostariam de ouvir uma delas?

Os meninos concordaram de pronto.

Marilla não pensava nas rimas de infância em anos.

– Minha preferida chamava-se "A estrela". Limpou a garganta. "Brilha, brilha, estrelinha, como gostaria de saber o que você é. Acima de tudo e tão alto... – Marilla pausou, forçando-se para se lembrar da próxima parte.

– Como um diamante no céu – completou John.
– O senhor conhece, senhor Blythe? – Al sussurrou.
– Este poema, sim, conheço – John confirmou.

Com a ajuda dele, quando terminaram de declamar o poema, os meninos já estavam com a respiração mais tranquila, Al aconchegado nos braços de John. A cabeça de Abraham pendeu no colo de Marilla, de boca aberta, como a lua nova. Refletiu como o bebê Hughie se parecia com Al, considerando seus dez anos, claro. Acomodou o cobertor macio sob o queixo dele e, quando olhou para cima, John estava admirando a cena. Ele sorriu. Ela sorriu. Havia entre eles um turbilhão sendo criado, transportando sua mente para tempos atrás. Poderia, algum dia, ter sido assim, ter a própria família?

Imaginou-se à beira de um abismo invisível, e, ao cair, seu corpo se elevava e caía de novo, tudo ao mesmo tempo.

– Obrigada, John – sussurrou.

Os olhos dele brilhavam, transmitindo pensamentos não verbalizados, e ela sabia que não haveria outra oportunidade de falar com ele novamente. Contudo, palavras de amor não faziam parte do repertório da família Cuthbert.

– Você foi o mais verdadeiro, o amigo mais *querido* que tive em minha vida.

John nem sequer piscava. Seu olhar irradiava calor e serenidade.

– E você sabe o que significou para mim, Marilla.

A seriedade daquele momento era envolvente. Desistiu de dormir, preferiu deixar-se seduzir pelo ritmo da história que a embalava naquela noite escura de inverno.

Quando o sol escaldante se for,
Quando ele não brilhar sobre mais nada,
Então você mostrará sua pouca luz,
Cintila, cintila toda a noite.

Revelação da manhã

O relinchar de um cavalo fora o suficiente para que Marilla acordasse. Colocou-se de pé antes de se perceber completamente sozinha no quarto. O que ela supunha ser Abraham sob seu braço era, na realidade, um travesseiro. John e os meninos não estavam mais lá. Sobressaltada, saiu do quarto do andar superior e sentiu o aroma de café e os murmúrios de vozes no andar inferior.

– John? – ela o chamou.

Nenhuma resposta. Atravessou o corredor até o quarto de Izzy, East Gable, assim poderia ver a estrada através dos galhos secos da cerejeira. Lá estava John, ao lado de seu cavalo e do cabriolé, com Matthew, Izzy e o senhor Meachum a bordo.

Marilla colocou a mão na janela, lavada pelo orvalho da manhã e aquecida pelos primeiros raios de sol. Estava agradecida por mais aquele dia. Ao tocar o vidro da janela, sentiu a umidade se desfazer com o calor de sua mão; seus olhos também ficaram úmidos pela emoção. Antes de descer, secou-os com as mãos e prendeu o cabelo em um coque.

– Nosso operador mandou-nos informações sobre os caçadores de escravos em seu caminho a Green Gables – Izzy explicou. – Matthew viajou a noite inteira para evitar que nos encontrássemos em Charlottetown e voltar para casa.

John havia limpado a panela entornada na cozinha e fez o café enquanto Marilla dormia. Os meninos comeram tigelas fumegantes de mingau de aveia. Ela não comia desde a manhã anterior, mas ainda estava sem apetite. Café era a única coisa que seu estômago suportaria e, generosamente, John havia feito uma boa chaleira. Izzy e Marilla sentaram-se à mesa de madeira com os meninos, enquanto os homens faziam a ronda pela fazenda.

– Salvou a vida de meus netos. Estarei para sempre em dívida com você – agradeceu o senhor Meachum.

John meneou a cabeça.

– Sem dívidas, por favor. Vivemos sob diferente crença em relação a nossos vizinhos do sul. *Abegweit*, como era conhecido este lugar, foi seu primeiro nome. Uma sábia mulher certa vez a chamou desse nome porque "era um lugar do novo nascimento, onde todas as cores de homens e animais eram livres para viver o seu melhor". Nunca me esquecerei desta história.

As palavras de Marilla, escritas havia muito tempo, pareciam pesadas por todos os anos e pesares inseridos nelas. Representavam a lembrança de que um dia tiveram voz e ainda têm uma chance no futuro.

– *Abegweit* – o senhor Meachum repetiu. Tem, em si, um som maravilhoso. – Virou-se para Abraham e Al. – A partir de hoje, sempre que falarmos de Green Gables, vamos chamá-la de *Abegweit*.

– Um nome sagrado, como Canaã? – perguntou o mais velho.

– Canaã é o nome de *Underground Railroad* para se falar sobre o Canadá – o avô explicou.

– A senhorita Cuthbert seria uma pastora no trem do Evangelho? – perguntou o mais novo dos irmãos.

– De certa forma, sim.

Al bateu a colher do mingau.

– Eu soube desde o primeiro minuto que cheguei. A casa da senhorita Marilla é a estação do sonho.

Marilla não evitou o sorriso. Era um pensamento muito bonito, embora somente em sonho.

De súbito, ouviu-se uma discussão, vinda da porta da frente, e todos se levantaram da mesa, em um sobressalto.

– Senhorita Cuthbert, Marilla? John?

Era Kitty, vestindo saia de montaria e botas. Seu cavalo estava amarrado ao poste da cerca, bufando de exasperação no ar da manhã. Marilla fora obrigada a admirar seu traje. Abriu a porta.

– Ajude-me, por favor! – Era Kitty, abraçando-a. – Não dormi a noite inteira.

Vendo o marido no vestíbulo, livrou-se de Marilla para se jogar nos braços dele, beijando sua nuca. Marilla percebeu que o sentimento que a fizera perder o sono na noite anterior, repentinamente, estava escondido e remendado à dura realidade que se mostrava diante de seus olhos.

– Marido! – O alívio de Kitty era palpável.

– Estou bem. E aliviado por ter vindo aqui ontem.

Mantendo um dos braços ao redor da cintura de John, ela se virou para encará-los.

– Quando Robert Lynde nos informou de que havia homens a cavalo se dirigindo a Green Gables, falei para John: "Isso é preocupante, deve ir lá agora, Marilla precisa de sua ajuda!". Mas não consegui ficar um minuto a mais em casa, intranquila. Estava muito ansiosa e vim assim que o dia clareou, doente de aflição. Além disso, precisaremos de vocês também. – Pôs a mão sobre a barriga.

– Nós? – Encarou-a por um momento, perturbado.

Kitty concordou com um gesto de cabeça.

– Tão cedo? – Foi a vez de ele balançar a cabeça.

– Somos marido e mulher há dois meses – ela corou. – Estas coisas não tomam muito tempo.

"Não tomam?", Marilla conjecturou.

De súbito, a sala girou como um cata-vento, com Kitty e John ao centro. Os demais eram apenas uma tênue névoa incidental. John tomou a esposa nos braços e a girou no ar. Ato contínuo, colocou-a ao chão, com cuidado, como se os pés pousassem no chão forrado de pétalas. Ao contrário, para Marilla o chão lhe faltou, um cabouco se abriu sob seus pés e por instantes temeu cair nele e nunca mais voltar. Uma criança. A criança dele. Um filho deles. Era tudo o que desejava e rezava ao longo de todos aqueles anos. Desejava uma vida com ele.

Marilla olhou no entorno, para os rostos que estavam em seu entorno na casa que o pai e a mãe construíram. Em cada fresta, em cada parede, observou as escolhas que ambos fizeram para construí-la, dar-lhe forma e transformá-la no que a tornaria o lar deles. Nem um centímetro poderia ser mudado sem alterar o todo.

– Marilla – Matthew a trouxe de seus pensamentos de volta à realidade. – A carruagem do senhor Meachum já está carregada. O bando que esteve aqui logo chegará em Charlottetown, e não demorarão muito para alcançarem o trem. O agente está aguardando pelos meninos na costa. É urgente partir agora.

No mesmo tempo em que o senhor Meachum acomodava com segurança as crianças na carruagem, John auxiliou Kitty a montar no cavalo.

– Considera seguro cavalgar até a fazenda?

– Carregar uma criança não torna uma mulher mais frágil, John – a esposa declarou.

Marilla sentiu o joelho estalar ao dar um passo adiante. As costas sentiam pontadas pela noite mal-dormida, deitada no chão. Kitty era mais jovem e forte. Seu filho seria a encarnação da renovação e misericórdia. Kitty amava John como ele merecia.

– Muito obrigada, Kitty – Marilla agradeceu. – Pedir a John para vir aqui foi realmente uma bênção.

Kitty sorriu. John curvou-se diante dela. E ambos partiram juntos em seus cavalos, em direção à fazenda.

Vestida mais uma vez em seu manto azul para a viagem, Izzy colocou-se ao lado da sobrinha. Compreendia a dor do amor distante das mãos.

Uma reduzida distância, mas que também poderia ser um afastamento oceânico até o coração. As duas mulheres contemplavam o horizonte, à medida que os vultos se tornavam menores. O sol despejava seus raios sobre o pasto coberto de neve, marcado por pegadas de cascos e de botas.

– Veja! – Izzy apontou para a frente.

Retraída em meio aos troncos, uma corça marrom espiava o movimento, graciosamente. Mordiscava as agulhas de um pinheiro branco. O pássaro olhava para eles, que a observavam em retorno.

– As trilhas da natureza não enganam. Sempre conduzem para a vida. Onde há corações batendo, há o amor. Permita-se estar desimpedida para bênçãos inesperadas, minha querida.

Izzy passou as mãos pelos ombros da sobrinha. Como o ponto de uma roseta, pareciam unidas uma à outra. A fragrância de seu perfume lilás resplandecia, incorporando-se ao aroma da neve derretida, trazendo conforto a Marilla. Honestamente, não conseguia se lembrar do perfume que Clara usara. Conheceu-a por meros treze anos. Mas Izzy participara de sua vida por mais de vinte anos. Irmãs gêmeas, compartilharam do mesmo útero. Marilla considerou se o mundo tivesse sido muito pequeno para o espírito magnificente de ambas. Tão grande que se separaram durante a criação e se condensaram novamente para voltarem ao centro da terra. De certo modo, sua mãe estava presente em Izzy e sempre esteve.

As imagens de John e Kitty finalmente desapareceram de suas vistas. Como a última linha de um conto de fadas. Marilla jamais imaginara o que vinha depois.

Izzy se abaixou no jardim e tomou nas mãos duas pedras de quartzo arenoso rosa.

– Não estamos às margens do rio Hope, mas farei mesmo assim. – Fechou os olhos e jogou uma das pedras no pasto branco de neve, que deslizou e parou. Como um ponto de tinta de uma caneta pausada.

Entregou a Marilla a segunda pedra.

– Faça um desejo.

Tomou-a nas mãos, alisando-a entre os dedos antes de, por fim, deixar seu coração falar mais alto. Ele permanecera calado por muito tempo.

– Seria muito bom conhecer e compartilhar do amor de uma criança, talvez um dia.

Izzy beijou a face da sobrinha.

– E assim você poderá descobrir.

Então, Marilla arremessou a pedra para longe, no pasto coberto de neve, com toda a força de seu pensamento.